Jörg Olbrich

Das Erbe des Antipatros

ISBN 9783743102651

© 2016 bei Jörg Olbrich

Lektorat:	Björn Kaps
	Lektorat Sprachkunst
Cover:	Chris Schlicht
Kapitelillustration:	Mandy Schmidt
Herstellung & Verlag:	BoD-Books on Demand, Norderstedt

Erstmals erschienen:

SCRATCH Verlag Simon Czaplok, Hamburg 2009

Alle Rechte vorbehalten. Das Werk darf – auch teilweise – nur mit Genehmigung des Autors wieder gegeben werden.

www.joerg-olbrich.de

Die Akropolis

»Wenn du es dir nicht endgültig mit der wilden Hilde verderben willst, komm jetzt endlich!«, sagte Tim.

Ich grinste meinen Freund an. Unsere Klassenlehrerin Hilde Kern war in etwa so wild wie eine Schildkröte voller Valium. Dennoch benutzte Tim diese Bezeichnung gerne, wenn wir über sie sprachen.

»Kannst du ihr nicht sagen, dass ich krank bin?«

»Wieso? Willst du den ganzen Tag im Hotel sitzen?«

»Besser, als zwischen alten Steinen herumzurennen«, antwortete ich. »Ich möchte gern den Zehnkampf sehen.«

»Du verstehst doch sowieso nicht viel«, sagte Tim und deutete auf den Fernseher. Es lief eine Live-berichterstattung von den Olympischen Spielen und der Sprecher redete englisch, was nicht zu meinen Stärken gehörte.

»Ich muss nicht verstehen, was gesprochen wird. Ich sehe ja die Ergebnisse.«

»Die kannst du auch später in den Nachrichten sehen.«

»Du weißt, dass das nicht dasselbe ist.«

»Trotzdem musst du jetzt zum Frühstück kommen. Die anderen sitzen schon alle unten.«

»Ist ja schon gut«, sagte ich mürrisch und schaltete den Fernseher ab. Die Leichtathletikwettbewerbe hätte ich gerne verfolgt. Warum musste unsere Klassenfahrt auch ausgerechnet in die Zeit der Olympischen Spiele fallen? Mein größter Traum war es, irgendwann einmal selbst daran teilzunehmen. Als Zehnkämpfer hatte ich bereits zwei Mal die Kreismeisterschaften gewonnen, war aber beim Landesentscheid nie unter die besten fünf gekommen.

Tim und ich gingen in den Speisesaal, wo unsere Klassenkameraden bereits beim Frühstück saßen. Es war unser dritter Tag in Athen. Heute sollten wir die Akropolis besichtigen. Ich war nicht der Einzige, der dazu keine Lust hatte.

»Hast du endlich ausgeschlafen Ralf?«, begrüßte mich Anna.

»Ich bin schon lange wach«, antwortete ich.

»Unser Athlet konnte sich nicht vom Fernseher trennen«, lachte Tim.

»Der Bus fährt in fünfzehn Minuten«, sagte Anna. »Sandra und Mike stehen schon davor.«

»Das war so klar«, antwortet ich zwischen zwei Bissen in mein Schokoladenbrötchen. Mike Grenzer war unser Klassenstreber und ließ keine Chance aus, sich bei der wilden Hilde oder den anderen Lehrern einzuschmeicheln. Sandra Wagner war für mich das hübscheste Mädchen der ganzen Schule. Ich verstand nicht, warum sie sich so an Mike heranwarf. Viele Jungs in unserer Klasse schwärmten für Sandra, die sich jedoch unnahbar zeigte und sich ständig an Grenzer hielt.

Ich schnappte mir noch schnell ein Brötchen, damit ich den Tag nicht mit fast leerem Magen beginnen musste. Dann folgten wir den anderen nach draußen und stellten uns hinten an die Schlange vor dem Bus.

»Müssen wir wirklich bei dieser Hitze auf den Berg laufen, nur um uns ein paar alte Steine anzusehen?«, fragte ich und fing mir dafür einen bitterbösen Blick von Hilde Kern ein.

»Du solltest die Zeit nutzen und dir die Akropolis sehr genau anschauen Ralf«, antwortete meine Lehrerin. »Sie wird das Thema unserer nächsten Klausur sein.«

»Auch das noch«, fluchte Tim neben mir.

»Beeilt euch ein bisschen«, sagte Frau Kern. »Unser Führer wird uns in einer halben Stunde am Parthenon treffen.«

»Ich dachte, wir gehen zur Akropolis«, sagte ich verwundert.

»Es ist erschreckend, wie wenig du weißt«, antwortete sie. »Der Parthenon ist Teil der Anlage.«

Ich setze gerade zu einer Erwiderung an, als mich Tim am Arm zog und den Kopf schüttelte. »Lass es lieber«, zischte er mir zu.

Die Kern beschleunigte ihre Schritte und ich blieb mit meinem Freund hinter ihr zurück. Es sah schon lustig aus, wie sich die wilde Hilde den Hang hochkämpfte. Sie war etwa einen Kopf kleiner als ich, wog dafür aber das Doppelte. Ich fand es nur gerecht, dass es ihr am meisten Probleme bereitete, in dieser Hitze über die Steine zu steigen. Schließlich war sie es gewesen, die unbedingt hierher wollte.

»Übertreibe es nicht«, sagte Tim.

»Was habe ich denn Schlimmes gesagt?«

»Wenn du dir keine Fünf im Abschlusszeugnis einfangen willst, ärgere die wilde Hilde nicht. Du weißt, wie nachtragend sie sein kann.«

»Lass uns einen Zahn zulegen«, sagte ich und deutete auf die anderen. Die Ersten aus unserer Klasse hatten die Plattform bereits erreicht und blieben zwischen den mächtigen Säulen des Tempels stehen. Tim und ich waren die Letzten, die bei der Ruine ankamen.

»Das ist absolut sinnlos«, sagte ich so leise, dass nur mein Freund mich hören konnte.

»Ja. Trotzdem müssen wir da jetzt durch. Lass uns die Sache hinter uns bringen. So schlimm wird es schon nicht werden.«

»Du hast recht. Aber heute Abend spülen wir uns dann den Staub aus der Kehle.« Ich grinste meinen Freund an, der nur nickte und den ausgestreckten Daumen nach oben hob. Die Vorbereitungen für die Party waren längst abgeschlossen und wir alle freuten uns darauf. Da konnte uns selbst der Ausflug zur Akropolis die Laune nicht verderben, so beschwerlich er auch sein mochte.

Bereits in der Schule hatte Hilde Kern uns eindringlich darauf hingewiesen, dass wir die Fahrt nach Athen nicht nur zu unserem Vergnügen unternehmen würden, sondern dabei auch etwas lernen sollten. Sie hatte es sich danach nicht nehmen lassen, uns von den vielen Sehenswürdigkeiten vorzuschwärmen, welche die Stadt zu bieten habe.

Tim und ich setzten uns zu den anderen und nutzten die Zeit, etwas zu trinken. Es musste bereits jetzt mindestens 40 Grad warm sein, obwohl wir noch nicht einmal Mittag hatten. Frau Kern war es gelungen, sich den heißesten Tag in dieser Woche auszusuchen, um uns auf den Berg im Zentrum der Stadt zu hetzen. Ihre Androhung, die Akropolis zum Thema der nächsten Klausur zu machen, mussten wir ernst nehmen. In neun Monaten wollten wir unser Abitur machen. Dafür brauchten wir jede gute Note.

»Wann kommt denn unser Führer endlich?« Lars Krämer stellte die Frage, die uns allen auf der Zunge brannte. Es machte keinen Spaß, in der Sonne zu sitzen und zu warten.

»Ich bin bereits hier«, antwortete plötzlich eine fremde Stimme. Ein Grieche trat zwischen den Steinsäulen hervor und blieb lächelnd in unserer Mitte stehen. »Ihr könnt mich Dimitri nennen.«

Nachdem er jedem von uns freudestrahlend die Hand geschüttelt hatte, drehte sich Dimitri zu den Resten des Tempels um. »Der Parthenon ist der zentrale Tempel der Akropolis und wurde unserer Stadtgöttin geweiht. Von ihr hat die Stadt ihren Namen bekommen.«
»Weiß jemand von euch, um welche Göttin es sich handelt?«, fragte Hilde Kern in die Runde.
»Das war Pallas Athene«, antwortete Mike Grenzer. »Sie wurde auch Athene Parthenos genannt. Daher stammt der Name für den Tempel.«
»Das ist richtig«, sagte Dimitri und schaute Mike anerkennend an.
»Ich glaube, mir wird schlecht«, sagte Tim neben mir.
»So ein Streber«, stimmte ihm Anna zu, die sich zwischen meinen Freund und mich gedrängt hatte. Ich wusste, dass das Mädchen mich anhimmelte, wollte aber nichts davon wissen. Meine große Liebe war Sandra, die sich aber wiederum nur für Mike interessierte. Keiner verstand, warum dies so war. Grenzer war ein arroganter Kerl, der sich nicht um seine Klassenkameraden scherte und sie eher verpfiff, als sie bei sich abschreiben zu lassen. Niemand mochte ihn. Doch ausgerechnet Sandra fiel auf Mikes Masche herein und strahlte ihn auch jetzt an.
»Weißt du auch, wie Athene zur Stadtgöttin wurde?«, fragte Dimitri.
»Nein«, entgegnete mein Klassenkamerad kleinlaut.

»Ist es zu glauben, dass der große Mike Grenzer einmal nicht alles weiß?«

»Sei still, Tim!«, sagte Frau Kern.

Ich musste mir das Lachen verkneifen und sah zu Sandra, die Tim böse anschaute. Sie war die Einzige, die den Spruch meines Freundes nicht lustig fand.

»Der Legende nach buhlten Poseidon und Athene um die Schirmherrschaft einer Stadt«, fuhr Dimitri fort, ohne sich von den Zwischenrufen stören zu lassen. »Es kam zu einem Wettstreit. Wer den Menschen der Stadt das nützlichere Geschenk machte, sollte der neue Schutzpatron sein.«

»Worum ging es dabei?«, fragte Mike und trat einen Schritt dichter an unseren Führer heran.

»Das wollte uns Dimitri gerade sagen«, sagte ich und schüttelte verärgert den Kopf. Es war wirklich widerlich, wie Mike den Mann vollschleimte. Das Schlimmste daran war, dass er dafür vermutlich bei Frau Kern weitere Pluspunkte sammeln würde. Meine Chancen bei Sandra waren dagegen durch meine Bemerkung wohl weiter gesunken.

»Poseidon gab der Stadt einen Brunnen, der jedoch nur Salzwasser spendete und damit unbrauchbar war«, sagte Dimitri. »Von Athene bekamen die Menschen einen Olivenbaum, dessen Holz und Früchte sie nutzen konnten. Damit wurde sie die Schutzgöttin der Stadt, die seither ihren Namen trägt.«

»So ein Unsinn!«, brach es aus mir hervor. »Das ist doch alles nur Aberglaube.«

»Der Glaube der Menschen war in der Antike die Grundlage ihrer Existenz«, sagte Dimitri leicht verärgert. »Die mächtigen Tempel beweisen, welchen Ruhm die Götter damals genossen.«

»Wer glaubt denn heute noch, dass diese Götter

tatsächlich existierten?«, legte ich nach.
»Es reicht jetzt, Ralf«, sagte Frau Kern mit schneidender Stimme.
Ich verstand in diesem Moment selbst nicht, was mich dazu bewog, eine Diskussion mit dem griechischen Führer anzufangen, der einfach nur seinen Job tat. Ich ärgerte mich über Mike und vor allem darüber, wie sehr Sandra diesen schmierigen Typen anhimmelte. Die anderen aus meiner Klasse grinsten mich an. Ich wusste, dass sie alle auf meiner Seite standen, wenngleich das auch keiner offen zugeben würde.

»Man sollte diesen Berg einfach wegsprengen und etwas bauen, mit dem die Menschen auch etwas anfangen können«, sagte ich kurze Zeit später. Dimitri führte uns durch den Parthenon und ich hatte es längst aufgegeben, seinen Worten zu folgen. Der Grieche schien sprechen zu können, ohne Luft holen zu müssen. Er redete und redete und redete.
Gemeinsam mit Tim und Anna war ich ein Stück zurückgeblieben. Die Worte des Führers rieselten an mir herab. Ich hörte nicht zu, was der Mann sonst noch über sein Heiligtum erzählte. Es war mir egal.
»Was würdest du denn bauen?«
»Ein Einkaufszentrum«, beantwortete ich Annas Frage grinsend.
Wir mussten alle drei lachen und fingen uns erneut einen bösen Blick von der wilden Hilde ein.

»Mal im Ernst«, sagte ich. »Ich wäre lieber zu den alten

Sportstätten von Olympia gefahren, als hier herumzulaufen.«
»Dort gib es auch nicht mehr als alte Steine«, entgegnete Tim.
»Das ist etwas anderes«, sagte ich voller Überzeugung.
Inzwischen hatten wir die Ausgangsposition unseres Rundgangs wieder erreicht und ich hatte das Gefühl, dass es noch heißer geworden war. Vor lauter Sonne und überflüssigem Gerede wurde mir schon leicht schummrig.
»Wir werden nun zum Dionysos-Theater gehen«, sagte Dimitri und zerstörte damit meine Hoffnung, schnell wieder im Bus zu sitzen. Dicht gefolgt von Mike, der während des gesamten Rundganges nicht von seiner Seite gewichen war, schritt er über einen steinigen Weg zum Südhang der Akropolis.
»Du bist ein Idiot!«, sagte Sandra, als sie an mir vorbeiging.

Selbst ich musste zugeben, dass der Anblick vom oberen Ring des Amphitheaters überwältigend war. Wir blickten hinunter zur Bühne. Über dreißig Sitzreihen zogen sich halbrund über den Hang. In der Mitte war ein breiterer Gang. Auf der gegenüberliegenden Seite war, wie Dimitri erklärte, der verbliebene Rest des Bühnenbaus zu sehen, eine Mauer mit vielen Fenstern und Durchgängen.

Durch einen der Wege zwischen den Sitzreihen gingen wir nach unten zur Bühne. Dort angekommen versammelten wir uns um unseren griechischen Führer und warteten auf seine Ausführungen. Ich hoffte, dass diese schnell beendet sein würden und wir dann zu einem schattigeren Ort gehen konnten. Gnadenlos brannte die Sonne auf uns herab und trieb uns den Schweiß aus allen Poren. Obwohl es noch nicht lang her war, dass ich etwas getrunken hatte, war mein Mund ausgetrocknet.

»Das Theater fasste in seiner Glanzzeit etwa 17.000 Zuschauer«, erklärte Dimitri. »Es verfügte über 78 Sitzreihen. Die Vorderste bestand aus Marmorsitzen, die besonderen Würdenträgern vorbehalten waren.«

»Wurden den Göttern hier auch Opfer dargebracht?«, fragte Mike.

»Am liebsten würde ich ihn opfern«, flüsterte ich Tim zu. Wieder musste ich mir den Schweiß von der Stirn wischen. Was war denn heute los mit mir? Auch wenn ich die enorme Hitze von zu Hause nicht gewohnt war, hatte sie mir bisher nichts ausgemacht. Am Morgen hatte ich mich noch fit gefühlt. Jetzt spürte ich ein flaues Gefühl im Magen, das ich mir nicht erklären konnte.

»Ja«, antwortete Dimitri. »Hauptsächlich war es aber das Schauspiel, von dem sich die Athener hier im Theater erfreuen ließen.«

»Was ist mit dir?«, hörte ich Tims Stimme.

»Es ist nichts«, antwortete ich. »Mir ist es einfach nur zu warm.«

Plötzlich spürte ich einen leichten Schwindel. Ich bekam nur noch die Hälfte von dem mit, was um mich herum gesprochen wurde, und ich erkannte die Menschen um mich herum nur schemenhaft. Das flaue Gefühl in meinem Bauch weitete sich aus. Ich spürte den Druck, der von meinem Magen ausging, und hatte Angst, mich

mitten zwischen meinen Klassenkameraden übergeben zu müssen.
»Du bist kreidebleich im Gesicht.«
Ich konnte meinem Freund, dessen Gestalt langsam vor meinen Augen verschwamm, nicht antworten und versuchte, mich mit den Händen irgendwo festzuhalten. Es kam mir vor, als liefe ich auf einem Schwamm und meine Beine drohten unter meinem Gewicht einzubrechen. Ich merkte noch, wie mich jemand an der Schulter festhielt. Dann ging ich zu Boden.

Giganten aus Stein

Die Stimme drang zu mir wie durch dichten Nebel und ich konnte nicht verstehen, was gesprochen wurde. Es interessierte mich auch nicht. Ich hielt die Augen fest geschlossen, aber der plötzliche Schwindel in meinem Kopf wollte nicht verschwinden. Jemand rüttelte mich an der Schulter.
»Geh zu deiner Gruppe, oder du bekommst meine Peitsche zu spüren.«
Ich öffnete langsam die Augen. Es dauerte einen Moment, bis sich der Schleier lüftete und ich erkennen konnte, wer mit mir sprach. Ausdruckslos starrte ich den fremden Mann vor mir an. Er trug nur eine Art Hemd, das ihm bis zu den Knien reichte, und keine Schuhe. Wer war der Kerl und was wollte er von mir?
»Du hältst alle Arbeiter auf. Es ist schon schlimm genug, dass du zu Arbeitsbeginn nicht hier warst. Die Strafe des Chafre wird dich treffen, wenn du meinen Anweisungen nicht sofort folgst.«
Was war mit dem Kerl los? Ich hatte immer noch das Gefühl Spinnenweben in meinem Kopf zu haben. Wo waren Tim und die anderen? Verwirrt blickte ich an dem Fremden vorbei und traute meinen Augen nicht. Von weit oben sah ich auf eine riesige Wüstenkulisse herab. Es gab keine Häuser und keine Straßen. Nur Sand, so weit das Auge reichte. Die Umgebung war mir völlig fremd und ich hatte nicht die geringste Vorstellung, wo ich mich befand.
»Ich warne dich kein weiteres Mal!«
Ein kurzer Blick in das Gesicht des Fremden reichte mir, um zu erkennen, dass er es ernst meinte. Also stand ich mühsam auf und ging mit unsicheren Schritten zu den anderen Männern, die mich bereits erwarteten und

böse anschauten. Wo war ich? Und wie kam ich hierher?

Meine Gedanken überschlugen sich, ohne dabei zu einem Ergebnis zu kommen. Wenn sich jemand einen Scherz mit mir erlaubte, hatte er sich größte Mühe damit gegeben. Jedes Detail wirkte echt. Was war hier los?

Erst einmal versuchte ich, mich in der ungewohnten Umgebung zu orientieren. Ich befand mich auf einer riesigen Rampe, die steil nach oben führte. Links von mir stand eine Mauer und auf der anderen Seite ging es senkrecht in die Tiefe.

Die Gruppe, zu der ich geschickt worden war, bestand mit mir aus vierzehn Männern, die in zwei Siebenerreihen hintereinander aufgestellt waren und an unterarmdicken Tauen zogen. Ratlos nahm ich meinen Platz am Ende der linken Reihe ein.

Die Seile waren an einem Steinblock befestigt, der fast die Größe eines Kleinwagens hatte. Ich schätzte sein Gewicht auf über eine Tonne. Die Rampe, auf der wir den Stein hochzogen, war mit Schlamm ausgegossen, den die Hitze aber ausgetrocknet und ihm somit seine Gleitwirkung entzogen hatte.

Meine innere Stimme sagte mir, dass es das Beste wäre, mich zunächst einfach ruhig zu verhalten und abzuwarten, was passierte.

Die anderen Männer waren mindestens einen Kopf kleiner als ich, hatten schwarze Haare und waren sonnengebräunt. Sie trugen keine Schuhe und nur weiße Schürzen oder Hemden. Verblüfft stellte ich fest, dass ich die gleiche Kleidung anhatte. Wie war das möglich?

Wir kamen nur sehr langsam voran. Die Taue rieben über meine Handflächen, die entsetzlich schmerzten. Die Sonnenstrahlen taten ein Übriges und trieben mir

den Schweiß auf die Stirn. Das Atmen fiel mir zunehmend schwerer. Die keuchenden Laute meiner Leidensgenossen verrieten mir, dass es ihnen nicht besser ging. Um Luft ringend, zogen wir den Felsbrocken Zentimeter für Zentimeter vorwärts.
Jeder kleine Stein, auf den ich mit meinen nackten Füßen trat, ließ die Schmerzen bis zu meinen Oberschenkeln emporschießen. Hinzu kam die Angst, auf dem unebenen Boden den Halt zu verlieren und in die Tiefe zu stürzen. Was sollte das alles?
Zum Glück konnte ich fünf Meter vor mir eine Biegung erkennen und hoffte, mehr zu sehen, wenn wir sie erst einmal passiert hatten. Lange würde ich diese Strapaze nicht mehr aushalten.

Was ich dann sah, konnte mir nicht gefallen. Der Weg ging etwa hundert Meter weiter, bevor er erneut hinter einer Biegung verschwand. Meine letzte Hoffnung war, dass die Rampe die Höhe der Mauer neben uns an der nächsten Ecke fast erreicht hatte. Es konnte also nicht mehr viele Kurven geben, bis wir endlich am Ziel waren.
Im letzten Drittel der Steigung konnte ich vor mir eine weitere Gruppe erkennen, die ebenfalls einen an Taue gebundenen Stein in die Höhe zog. Hinter dem Block gingen zwei Männer, die ihn mit langen Holzstangen abstützten. Im selben Moment sah ich, wie von oben ein weiterer Arbeitstrupp herunterkam. Voller Neid blickte ich auf die Männer, die ihre Last bereits losgeworden waren. Da sie auf der schmalen Rampe an uns vorbei mussten, durften wir kurz stehen bleiben.

»Was war denn eben mit dir los?«, fragte der Mann neben mir.
»Ich hatte plötzlich keine Kraft mehr und bin umgefallen«, antwortete ich ihm. Damit hatte ich noch nicht einmal gelogen, wenn es auch nur die halbe Wahrheit war.
Endlich passierten uns die Männer des anderen Arbeitertrupps. Während der Aufseher uns schon wieder antrieb, blickte ich mich erneut kurz um. Auf der rechten Seite konnte ich einen breiten Strom erkennen, auf dem einige Schiffe unterwegs waren, die weitere Steine brachten. Viel Material konnten sie nicht aufnehmen. Ich sah, dass die vollen Schiffe sehr viel tiefer im Wasser lagen, als die entladenen. Die Kähne waren nicht größer als ein Reisebus und hatten nur ein Segel. Aus der Seite schauten Ruder heraus.
Wieder schleppten wir uns Zentimeter für Zentimeter voran. Am liebsten hätte ich mich einfach fallen lassen und wäre liegen geblieben. Egal was dieser nervende Aufseher dann auch mit mir gemacht hätte. Aber die Angst, dass die ganze Gruppe bestraft werden würde, trieb mich weiter. Die Strecke zur nächsten Biegung zog sich länger hin als erwartet. Ich hatte jegliches Zeitgefühl verloren und es kam mir vor wie eine Ewigkeit, bis wir die Ecke erreichten und ich wieder einen Blick in die Tiefe werfen konnte.
Am Ufer war eine stattliche Ansammlung Hütten aufgebaut, die bestimmt über zehntausend Bewohner aufnehmen konnten. Aber ich konnte keine Menschen in dieser Siedlung entdecken. Auch sonst sah ich, außer am Ufer, wo weitere Steine von einem Schiff entladen wurden, niemanden. Anscheinend gab es keinen, der nicht bei den Bauarbeiten half. Die ganze Szene um mich herum gab mir das Gefühl, mich weit,

weit in der Vergangenheit zu befinden. Aber konnte das möglich sein?

»Du darfst den Aufseher nicht weiter verärgern«, sprach mich mein Nebenmann erneut an. »Wenn er dich dem Pharao meldet, hast du eine grausame Strafe zu erwarten.«

»Ja, natürlich.«

»Wie heißt du eigentlich?«, fragte ich ihn.

»Ich bin Sevas.«

»Ich heiße Ralf.«

»Ich habe noch nie einen Menschen gesehen, dessen Haare die Farbe des Sandes haben. Woher kommst du?«

»Aus Köln«, antwortete ich. Wenn mir meine Situation in diesem Moment nicht so ausweglos erschienen wäre, hätte ich wahrscheinlich über Sevas gelacht. Es war schon komisch, dass ich derjenige sein sollte, der sich auffällig benahm.

»Ich habe noch nie etwas von dem Land gehört.«

»Es liegt sehr weit entfernt«, sagte ich.

Du hast ja keine Ahnung, wie weit, dachte ich. Es war völlig verrückt, aber offensichtlich war ich fast fünftausend Jahre in der Zeit zurückgereist und half beim Bau einer Pyramide. Aber warum konnte ich die Ägypter dann verstehen? Auch Sevas schien mit der deutschen Sprache kein Problem zu haben, sah man einmal davon ab, dass er einige Wörter nicht kannte.

Die Hoffnung, dass dies alles nur ein schlimmer Traum war, hatte ich aufgegeben. Dafür waren die Schmerzen zu real. Mit blutverschmierten Händen zog ich weiter am Seil und war sicher, meine Finger nie wieder normal bewegen zu können.

Mittlerweile hatte die andere Gruppe uns passiert und wir konnten weiter gehen.

Der Schmerz schoss wie ein glühender Strahl durch meine Schulter, als sich das Tau spannte und wir die Last weiter vorwärts ziehen mussten. Während wir uns die Rampe hochkämpften, hing ich weiter meinen Gedanken nach.
Sollte ich mich wirklich im alten Ägypten befinden? Und wenn ja, wie kam ich hierher? Ich erinnerte mich daran, dass ich mit meinen Klassenkameraden die Akropolis in Athen besucht hatte. Plötzlich war mir schwindelig geworden. Erwacht war ich hier, direkt vor diesem Aufseher. Aber wie war das möglich? Es musste doch eine logische Erklärung für all das geben. Nur, wer konnte sie mir nennen?

Endlich hatten wir auch die nächste Biegung und damit das Ende der Rampe erreicht. Mir bot sich ein überwältigendes Bild. Als ich die gesamte Wahrheit erkannte, überkam mich das Gefühl, wahnsinnig zu werden. Fassungslos starrte ich den Giganten aus Stein an, der sich direkt vor uns auftürmte. Das gewaltige Bauwerk erinnerte mich an einen Berg und musste rund einhundertfünfzig Meter hoch sein. Die Ausmaße waren so gewaltig, dass man den Kölner Dom bestimmt fünfmal darin hätte unterbringen können. Die schneeweißen Außenwände waren absolut glatt. Es sah aus, als würde sich die Spitze in die langsam untergehende Sonne bohren. Nie in meinem Leben hatte ich etwas derartig Schönes gesehen. Der mächtige Bau zog mich völlig in seinen Bann.
Ich fragte mich, für welchen Pharao das Grabmal wohl

gebaut wurde, an dem wir jetzt arbeiteten. Ich erinnerte mich an Bilder von drei mächtigen Pyramiden, die wir im Unterricht gesehen hatten, und wusste, dass die älteste die des Cheops war. Der Geschichtsunterricht der wilden Hilde war also nicht völlig umsonst gewesen. Wer aber nach Cheops über die Ägypter geherrscht hatte, wusste ich nicht. Ich konnte auch schlecht Sevas fragen, der mich endgültig für verrückt erklären würde.

»Träumst du wieder?«, knurrte eine verärgerte Stimme neben mir.

Als ich aufblickte, sah ich, dass wir eine Plattform erreicht hatten, auf der insgesamt sechs Arbeitertrupps dabei waren, ihre Last an die richtige Position zu bringen. Mir kam es so vor, als würde die Sonne hier noch heißer auf uns herabbrennen. Meine Haut glühte und wenn ich nicht bald in den Schatten käme, würde ich dieses unfreiwillige Abenteuer sicher nicht überleben. Der Untergrund bestand an dieser Stelle aus Stein und machte das Vorwärtskommen noch schwieriger als auf der Rampe, die sich rund um die Pyramide zog. Mit vereinten Kräften schafften wir es schließlich, den Koloss an die richtige Position zu bringen, die uns einer der Ägypter zuwies. Er war als Einziger mit einem Turban bekleidet, der seinen Kopf vor der glühenden Sonne schützte. Ich vermutete in ihm einen Aufseher oder eine Art Architekt.

»Für heute haben wir es geschafft«, sagte Sevas. »Wir werden jetzt zum Essen gehen, und dann bis morgen ausruhen.«

Entsetzt sah ich ihn an. »Sollen wir etwa morgen wieder so einen Brocken hier hochziehen?« Mein ganzer Körper schmerzte und der Gedanke, die gleiche Tortur am nächsten Tag noch einmal über mich ergehen lassen zu müssen, gab mir den Rest. Der Ägypter sah mich kurz irritiert an, sagte aber nichts. Gemeinsam mit den anderen Arbeitern machte ich mich an den Abstieg. Nun bekam ich auch die vierte Seite der Pyramide zu sehen. Hunderte von Arbeitern waren am Ufer des Nils damit beschäftigt, mit Hammer und Meißel einen Felsen zu bearbeiten. Konnte es sein, dass hier die berühmte Sphinx entstand? In diesem Moment interessierte mich die Antwort auf diese Frage jedoch nicht sonderlich. Ich hatte nur noch den Wunsch, mich endlich ausruhen zu können. Hinzu kam der Hunger. Ich wusste nicht genau, wann ich das letzte Mal etwas gegessen hatte. Mir blieb nichts anderes übrig, als Sevas zu folgen. Er würde schon wissen, was als Nächstes zu tun war.

Sevas und ich reihten uns in die lange Schlange von Arbeitern ein, die geduldig auf ihr Essen warteten. Über einem Feuer hing ein Topf, aus dem sicherlich einige hundert Menschen satt werden sollten. Neugierig schaute ich auf die weiße Pampe, die uns serviert wurde. Ich hätte mir jetzt lieber ein saftiges Steak gewünscht, als diesen eigenartigen Reisbrei zu essen. Trotzdem nahm ich meine Portion dankbar entgegen. Die anderen schaufelten das Zeug begeistert in sich hinein. So schlecht konnte es also nicht schmecken.

»Chafre dankt dir für deine Arbeit«, sagte der Ägypter, der mir die Schale überreichte.

»Danke!«, antwortete ich schlicht.

Da Sevas der Einzige war, den ich bisher kennengelernt hatte, setzte ich mich zu ihm. *Wer ist dieser Chafre?*, dachte ich, während ich zögernd das Essen probierte. War er vielleicht der Pharao, für den wir die Pyramide bauten?

Auch wenn der Brei nach gar nichts schmeckte und mir zwischen den Zähnen klebte, leerte ich die Schale gierig bis auf den letzten Rest.

»Wo sind eigentlich die Wachen?«, fragte ich Sevas, als ich sah, dass auch er mit dem Essen fertig war.

»Welche Wachen?«

»Wir werden doch sicherlich bewacht, damit wir nicht fliehen können.«

»Warum fliehen?« Sevas schaute mich verblüfft an. »Wir sind doch keine Gefangenen.«

»Also ist noch nie jemand abgehauen?«

»Nein, warum denn? Es ist doch eine Ehre und unsere Pflicht, am Bau des Grabmals des göttlichen Chafre mitzuarbeiten. Er versorgt uns mit Essen und Kleidung und wir haben einen Platz zum Schlafen.«

»So ist das also. Ich habe immer angenommen, die Pyramiden würden von Sklaven gebaut werden.«

»Was hast du für seltsame Ideen. Arbeitest du nicht gerne für den mächtigen Pharao?«

»Doch, natürlich«, sagte ich schnell, um Sevas nicht noch misstrauischer zu machen. Auf keinen Fall durfte er mich den Aufpassern melden, die es sicherlich gab. Jemand musste schließlich für den zügigen Fortgang der Bauarbeiten verantwortlich sein.

»Jedes Jahr, wenn der Nil unsere Felder mit Schlamm überschwemmt, kommen wir für vier Monate her, um beim Bau der Pyramide zu helfen«, erzählte Sevas weiter. »Woher kommst du, dass du nichts von alledem weißt, obwohl du doch hier arbeitest?«

Jetzt hatte ich ein Problem. Wie sollte ich Sevas erklären, dass ich eigentlich erst fünftausend Jahre später lebte, wo die Pharaonen und ihre Pyramiden längst Geschichte waren? Ich musste mir schnell eine glaubwürdige Ausrede einfallen lassen.

»Ich bin als Sklave aus meinem Land verschleppt worden«, sagte ich. »Wir waren eine große Gruppe, zu der auch Frauen und Kinder gehörten. Unsere Peiniger

haben uns geschlagen und gedemütigt. Vor einigen Wochen jedoch gelang es mir, zu fliehen. Ich habe mich bei euch versteckt, weil ich Angst hatte, meine Häscher würden mich töten, wenn es ihnen gelänge, mich wieder zu fangen. Auch mir ist es eine Ehre, an diesem Bauwerk mitzuarbeiten, das für die Ewigkeit geschaffen wird.«
Jetzt konnte ich nur hoffen, dass mir Sevas die Geschichte abkaufte und nicht auf die Idee kam, dass ägyptischen Häscher mich suchten, denen er mich vielleicht ausliefern könnte. Ich musste sein Mitleid erwecken, ihm gleichzeitig aber auch meine Treue zu seinem Pharao glaubhaft machen. Natürlich hatte ich nicht vor, länger als unbedingt notwendig hier zu bleiben. Solange ich aber keine Möglichkeit fand, nach Hause zu kommen, war ich bei Sevas sicher am besten aufgehoben.
Einen Moment sah er mich unsicher an. Schließlich nickte er und stand auf. Unser »Mahl« hatten wir mittlerweile beendet, und ich war gespannt, wie es weitergehen würde.
»Hast du eine Unterkunft?«
»Nein, leider nicht.«
»Folge mir«, sagte Sevas.
Gemeinsam schritten wir durch eine schmale Gasse, die sich durch die Barackenstadt zog. Obwohl ich beim Essen auch einen Becher Wasser getrunken hatte, fühlte sich mein Körper völlig ausgetrocknet an. Ich schwitzte nicht einmal mehr in der immer noch stickigen Hitze. Meine Füße schienen nur noch aus rohem Fleisch zu bestehen, jeder Schritt schmerzte.
Die meisten Unterkünfte, an denen wir vorbeikamen, bestanden aus gewebten Planen, die von dünnen Holzstangen gestützt wurden. Jetzt sah ich auch zum

ersten Mal Frauen. Sie trugen Wasserkrüge oder waren mit Aufräumarbeiten beschäftigt. Schließlich blieb Sevas vor einer der Hütten stehen. Sie bestand aus Stein und gehörte eindeutig zu den besseren Behausungen. Allein würde ich den Weg durch die engen Gassen nicht wiederfinden. Es war beeindruckend, wie sich Sevas und die Anderen in diesem Getümmel zurechtfanden. Obwohl ich in einer Großstadt wohnte, hatte ich selten so viele Menschen auf so engem Raum gesehen. Von überall her drang lautes Geschrei und Stimmengewirr zu mir. Der Geruch nach Schweiß und Exkrementen machte das Atmen zur Qual. Der Druck in meinem Magen setzte sich im Hals fort und ich hatte das Gefühl, mich jeden Moment übergeben zu müssen.

»Hier kannst Du heute Nacht schlafen«, sagte Sevas und wies auf eine Ecke, in der zwei Decken lagen. »Morgen werden wir dann wieder gemeinsam zur Arbeit gehen.«

Ich bedankte mich bei meinem neuen Freund und war froh, mich endlich ausstrecken und ein wenig erholen zu können. Selten zuvor war ich auch nur annähernd so kaputt und müde gewesen. Meine Haut brannte wie Feuer und ich war sicher, dass sich am nächsten Tag die ersten Fetzen daraus lösen würden.

Ich breitete eine Decke auf dem trockenen Gras aus, legte mich auf das Lager und nahm die Zweite, um mich zuzudecken. Das provisorische Bett war bequemer, als ich erwartet hatte. Obwohl jeder Muskel nach Erholung und Schlaf schrie, ließen mir Gedanken keine Ruhe. Wie und warum war ich in diese Gegend gekommen? Was hatten die Kern und meine Klassenkameraden unternommen, als ich plötzlich verschwunden war? Vermisste mich außer meinem besten Freund Tim und

Anna überhaupt jemand aus der Gruppe? Sandra wäre es sicher egal, wenn sie mich niemals wieder sehen musste. Mit diesen traurigen Gedanken schlief ich irgendwann ein.

Als mich Sevas am nächsten Morgen weckte, hatte ich das Gefühl, sterben zu müssen. Es gab keine Stelle an meinem Körper, die mir nicht wehtat. Besonders schlimm war es an den Handgelenken, die von einer dicken Blutkruste umgeben waren. Meine Hoffnung, dass alles nur ein Traum war und ich wieder in meiner gewohnten Umgebung aufwachen würde, erfüllte sich leider nicht. Die brütende Hitze und der Sand in der Luft bewiesen mir, dass ich mich noch immer in Ägypten befand.
Am liebsten wäre ich einfach auf meinem Lager liegen geblieben, doch Sevas kannte keine Gnade.
»Wir werden bestraft, wenn wir nicht pünktlich bei der Fähre sind«, sagte er.
»Bei welcher Fähre?«, fragte ich müde.
»Wir müssen auf die andere Seite des Nils in den Steinbruch. Oder denkst du, die Steine kommen über den Nil geschwommen?«
Verblüfft schaute ich Sevas an. Es war das erste Mal, dass der drahtige Ägypter einen Ansatz von Humor zeigte. Bisher hatte ich mir wenig Gedanken darüber gemacht, warum ich die Sprache der Arbeiter verstand, und es einfach hingenommen. Ich hätte eine altertümlichere Wortwahl erwartet, aber mit Sevas konnte ich mich genauso locker unterhalten wie mit Tim

oder Anna.

Nach einem einfachen Frühstück mit Wasser und einem dunklen Fladenbrot, das überraschend gut schmeckte, machten wir uns auf den Weg zum Flussufer. Wir gingen an einer mit Bohlen ausgelegten Straße vorbei, die von der Pyramide zum Fluss führte. Sicher war sie angelegt worden, um auf ihr die schweren Steinbrocken zum Grabmal zu transportieren.

Vor einer Holzfähre, die aussah wie ein übergroßer Holzkasten und Platz für zweihundert Arbeiter bot, hatten sich die Bauern in Gruppen zu jeweils acht Männern aufgestellt. Sevas und ich reihten uns in eine der Gruppen ein und warteten darauf die Fähre zu besteigen. So richtig überzeugt war ich von dieser Art der Flussüberquerung nicht. Die starke Strömung ließ mich zweifeln, ob wir das andere Ufer erreichen konnten, ohne abgetrieben zu werden.

Ich hatte gehofft, während der Überfahrt noch etwas ausruhen zu können, aber daraus wurde nichts. Je eine Arbeitergruppe setzte sich an eines der sechzehn Ruder, die gleichmäßig auf beide Seiten der Fähre aufgeteilt waren. Wir saßen in einer Reihe nebeneinander und hielten die langen Stangen mit beiden Händen fest.

Jetzt fehlt nur noch der Trommler, dachte ich und erinnerte mich an die Filme, in denen ich Galeeren mit Sklaven gesehen hatte, die immer von kräftigen Schlägen auf einer großen Trommel angetrieben wurden. Aber auch ohne einen solchen Sklavenschänder steuerten die Ägypter die Fähre mit gleichmäßigen Zügen an das andere Ufer. Die Ausdauer und Disziplin der Männer konnte ich nur bewundern. Für mich wurde die Überfahrt zur reinsten Tortur. Stechende Schmerzen durchzogen meinen

gesamten Körper, der sich auf diese Weise über die Behandlung des letzten Tages beschwerte. Mein Kopf stand kurz davor unter der Hitze zu platzen und meine Haut brannte wie die Hölle.
Als wir endlich auf der anderen Seite des Flusses angekommen waren, verließen wir die Fähre und schritten, wiederum nach Arbeitergruppen geordnet, einen sandigen Weg entlang in Richtung Steinbruch. Mit jedem Schritt gewöhnten sich meine Muskeln ein bisschen mehr an die Strapazen. Die Neugierde auf die kommenden Ereignisse drängte nun die Gedanken an die Schmerzen zurück und verlieh mir frischen Tatendrang. Ich war gespannt, wie wir es anstellen wollten, die mächtigen Steinblöcke aus dem Fels zu hauen.

Im Steinbruch wurden wir von einem Vorarbeiter eingewiesen. Wir sollten einen Steinblock aus dem oberen Drittel des Hanges, der schätzungsweise zwanzig Meter hoch war, heraustrennen. Auf dem Fels war bereits eine schwarze Linie eingezeichnet, die die Maße des Steines markierte.
»Kannst du überhaupt mit Hammer und Meißel umgehen?« Sevas drückte mir das Werkzeug in die Hand und sah mich zweifelnd an.
»So schwer wird das wohl nicht sein«, antwortete ich.
Sevas grinste nur und begann dann, den Stein entlang der Trennlinie abzustemmen.
Hammerkopf und Meißel bestanden aus Kupfer, der Griff aus Holz. Ich folgte dem Beispiel meines Freundes

und begann ebenfalls, den Fels zu bearbeiten. Da ich meinem Vater oft beim Hausbau geholfen hatte, fiel mir die Handhabung dieser einfachen Werkzeuge leicht.

»Du steckst wirklich voller Überraschungen.« Sevas warf mir einen anerkennenden Blick zu. »So wie du dich bisher angestellt hast, habe ich schon befürchtet, du würdest dir mit dem Hammer deine eigene Hand kaputtschlagen.«

»Mach dir keine Sorgen um mich«, sagte ich und wechselte dann das Thema. »Glaubst du wirklich, dass wir es schaffen, den Stein so aus dem Fels zu lösen?«

»Ja. Was glaubst du, wie wir das mit den anderen gemacht haben.«

Ich betrachtete den Block zweifelnd. Seine Außenwände waren erstaunlich glatt. Er war etwa einen Meter hoch und breit und zwei Meter lang. Sevas und ich arbeiteten an der Kopfseite des Steines. An der Rückseite waren vier weitere Männer damit beschäftigt, den Block aus dem Fels zu lösen. Die anderen beiden Mitglieder unseres Trupps trieben mit einem Bohrer aus Kupfer an der unteren Begrenzungslinie des Blocks am Boden Löcher in den Stein. Unermüdlich drehten sie die Kurbel, welche die Spirale Millimeter für Millimeter in den Fels drückte.

Überall im Steinbruch waren Männer damit beschäftigt, die Steinbrocken aus dem Fels zu lösen. Die weiterhin unerträgliche Hitze erschwerte die Arbeit zusätzlich.

»Warum haben wir keine Wasserflaschen mitgenommen?«, fragte ich Sevas und wischte mir den Schweiß von der Stirn.

»Es wird gleich etwas zu trinken geben«, sagte der Ägypter.

Wir hatten ungefähr die Hälfte der Trennung in den Fels geschlagen, als endlich ein Horn ertönte, das uns zu

einer ersten Pause rief. Das Wasser war sehr warm und schmeckte abgestanden. Froh darüber, meinen Durst löschen zu können, leerte ich den Becher trotzdem bis auf den letzten Tropfen.
Viel zu schnell ertönte das Signal erneut, um das Ende der Pause anzuzeigen.
Mit schmerzenden Gliedern begab ich mich zurück an meinen Arbeitsplatz. Wieder und wieder schlug ich mit dem Hammer auf den Meißel und freute mich über jeden Splitter, den ich aus dem Fels heraustrennen konnte. Endlich gebot uns der Vorarbeiter, unsere Werkzeuge niederzulegen, da wir die notwendige Tiefe erreicht hatten. Neben mir hatten meine Kollegen inzwischen rund ein Dutzend Löcher in den Fels gebohrt.
Ich sah, wie die Männer Taue durch drei durchgehende Öffnungen schoben und sie an der Oberfläche des Blockes verknoteten. Wir befestigten Zugseile, die den schweren Stein später halten sollten. Sevas und ein weiterer Arbeiter nahmen Holzstücke, die sie in Wasserbottichen tränkten und in die restlichen Löcher unter den Fels schoben.
»Jetzt müssen wir warten«, sagte Sevas.
Das ist der beste Satz, den ich heute gehört habe, dachte ich. Gemeinsam gingen wir wieder nach unten, um unsere Essensration abzuholen. Zu meiner Enttäuschung gab es wieder nur diesen Reisbrei. Heute schmeckte mir die Pampe aber schon viel besser, was sicher an meinem riesigen Hunger lag.
Die knackenden Geräusche am Stein ließen mich herumfahren. Das Holz war inzwischen so weit aufgequollen, dass es den Fels an der Seite aufsprengte und den Block freilegte. Lediglich von den Zugseilen gehalten, hing er freischwebend über

unseren Köpfen am Berg. Wir mussten den Stein nur noch langsam herunterlassen und konnten mit dem Transport zur Pyramide beginnen.
Eilig kletterte ich mit meiner Gruppe zu der Stelle, an der die Halteseile festgebunden worden waren, um den Block so schnell wie möglich auf den Boden zu bringen. Wir hatten ihn fast erreicht, als das Unglück geschah.

Wie von Geisterhand zerschnitten, riss das linke Zugseil plötzlich ab. Ich sah den Stein wie in Zeitlupe fallen, gab Sevas einen Stoß und sprang ebenfalls zur Seite. Dabei fiel ich hart auf den steinigen Boden und schrie auf. Durch den aufgewirbelten Staub konnte ich nicht erkennen, was um mich herum geschah. Aus dem Nebel heraus hörte ich die gellenden Schreie der Männer, die von den Steinbrocken getroffen wurden. Endlich klärte sich meine Sicht und ich blickte in das entsetzte Gesicht von Sevas, der den Steinschlag zum Glück genauso unverletzt überstanden hatte wie ich.
Einen Moment lang lag eine gespenstische Stille über dem Steinbruch. Dann brach das Chaos los. Schreiend stürzten alle Arbeiter zur Unglücksstelle. Den Vorarbeitern gelang es nicht, Ruhe in die aufgeregte Menge zu bekommen. Alle rannten kreuz und quer durcheinander und entgingen dabei nur knapp einem weiteren Block, der zwischen ihnen zu Boden stürzte. Einer der Aufseher blies in sein Horn. In ihrer Panik reagierten die Männer aber nicht auf das Signal. Erst als sich der Staubnebel gelichtet hatte und keine weiteren Felsbrocken mehr in die Tiefe stürzten, kamen

sie wieder zur Besinnung.

Die Arbeiter versammelten sich um einen der Aufseher, der ein Tau in der Hand hielt, mit dem einer der Blöcke gesichert gewesen war. »Das Seil ist angeschnitten«, sagte er und hielt das durchtrennte Ende in die Höhe, damit alle es sehen konnten. »Wir haben einen Verräter unter uns.«

Ein Raunen ging durch die Menge. Für die meisten Männer war es unvorstellbar, dass jemand gegen das Werk des großen Chafre handeln könnte. Die Anschuldigung des Aufsehers hing wie ein schwerer Klotz zwischen den Arbeitern.

»Er ist der Verräter«, schrie Sevas plötzlich und deutete mit dem Zeigefinger auf mich.

Entsetzt starrte ich Sevas an. Wie konnte er nur so etwas behaupten? Er musste doch gesehen haben, dass ich wie alle anderen am Stein gearbeitet hatte und dabei allen Anweisungen gefolgt war.

»Warum vermutest du dies?«, fragte der Aufseher.

»Er ist gestern zum ersten Mal aufgetaucht und hat sehr ungewöhnliche Fragen über den Pyramidenbau gestellt. Zunächst habe ich ihm vertraut und ihm sogar Unterkunft gewährt. Jetzt weiß ich, dass das falsch war, denn er bringt Unheil über uns. Der Pharao möge mir verzeihen.«

Fassungslos hörte ich die Worte. Sevas konnte doch unmöglich glauben, dass ich die Arbeit hier sabotieren wollte. Dabei war ich es gewesen, der ihm vor wenigen Minuten das Leben gerettet hatte. Ich starrte ungläubig auf den Mann herab, der vor dem Aufseher auf die Knie gegangen war.

»Ergreift ihn!«, riss mich dessen Stimme aus meinen Gedanken.

Alle Arbeiter in meiner Nähe stürzten sich auf mich. Sie

schlugen, traten und einer holte sogar einen Knüppel hervor und prügelte brutal auf mich ein. Ich hatte nicht den Hauch einer Chance, mich gegen so viele Angreifer zu wehren und krümmte mich vor Schmerzen, als die Hiebe meinen lädierten Körper trafen.
»Chafre, der mächtige Pharao, wird entscheiden, auf welche Art du deinen Tod finden wirst«, zischte Sevas in mein Ohr. Ich verspürte einen heftigen Schlag an meinem Hinterkopf und merkte, wie mir langsam schwarz vor Augen wurde.

Ich fühlte mich, als würde mir jemand ständig mit einem Hammer gegen die Schädeldecke schlagen. Es kam mir vor, als würde mir jeden Moment der Kopf platzen. Ich versuchte, mich aufzusetzen, ließ es dann aber bleiben, weil der plötzliche Schwindel alles vor meinen Augen in tausend Farben zerspringen ließ. Stöhnend wälzte ich mich auf dem Steinboden und presste die Hände gegen die Ohren, als könne ich damit den Schmerz lindern. Es gab keine Stelle, die mir nicht weh tat, und ich fror entsetzlich. Noch immer war ich nur mit einem kurzen Rock bekleidet, doch die Hitze der Sonne war verschwunden. Mein Arm lag in einer schmierigen Lache, aus der mir ein beißender, saurer Geruch in die Nase stach. Der Geschmack in meinem ausgetrockneten Mund war einfach nur ekelhaft und ich hatte Mühe, den Brechreiz zu unterdrücken.
Langsam setzte die Erinnerung wieder ein. Ich dachte an den Pyramidenbau und daran, wie mich die anderen Arbeiter als Verräter beschimpft und zusammen-

geschlagen hatten. Wo ich mich jetzt befand, wusste ich nicht. Der Raum, in dem ich lag, war fast völlig dunkel. Nur durch eine kleine Maueröffnung, durch die ich nicht einmal die Hand hätte stecken können, schimmerte etwas Mondlicht.

Meine Hoffnung, dieses Verlies schnell wieder verlassen zu können, war verschwindend gering. Und wenn, wohin sollte ich mich wenden? Ich erinnerte mich an die letzten Worte von Sevas, der von meiner Hinrichtung gesprochen hatte. Ich konnte immer noch nicht fassen, wie er mir so etwas Schändliches zutrauen konnte. Würde ich jemals wieder aus dieser Situation herauskommen und den Weg zurück in meine Zeit finden?

Die Kopfschmerzen hatten ein wenig nachgelassen und ich versuchte ein zweites Mal, mich aufzusetzen. Dabei stützte ich mich vorsichtig auf den Händen ab. Ich sah nun, worin ich die ganze Zeit über gelegen hatte. Die Lache neben mir entpuppte sich als mein eigenes Erbrochenes. Weil ich nichts anderes hatte, versuchte ich, meinen Arm wenigstens notdürftig an dem dünnen Rock, den ich trug, abzuwischen, damit mir der Geruch nicht so extrem in die Nase strömte.

Die Kälte kam mir immer beißender vor. Mit zittrigen Beinen stand ich auf, um mir mein Gefängnis näher anzusehen. Ich ging die Wände ab, um nach einem Ausgang zu suchen. Meine Muskeln schmerzten bei jedem Schritt. Leider waren die Mauern aus riesigen Felsquadern fest wie Beton. Wie es aussah, gab es nur einen Weg aus meiner Zelle. Verzweifelt rüttelte ich an der schweren Holztür. Es war zwecklos. Ohne fremde Hilfe würde es mir niemals gelingen, aus diesem Verlies zu entkommen.

In einer Ecke des Raumes fand ich eine zerrissene

Decke auf einem Haufen Stroh. Dankbar wickelte ich mich, so gut es ging ein, und ließ mich auf dem Lager nieder. Ich war noch immer so erschöpft, dass ich unter Schmerzen einschlief.

Ein scharrendes Geräusch schreckte mich auf. Ich öffnete die Augen und sah zur Zellentür, die sich langsam nach innen öffnete. Eine gebückt gehende Gestalt betrat das Verlies. Der Mann trug eine völlig verschmutzte Tunika. Seine wenigen weißen Haare hingen ihm in verklumpten Strähnen auf die Schulter. Wahrscheinlich war es nur Einbildung, aber es kam mir in diesem Moment so vor, als wäre der Geruch in meinem Verlies noch schlechter geworden.
»Ich bringe dir Wasser und Essen«, sagte der Alte. Als er den Mund öffnete, blickte ich auf zwei Reihen schwarzer Zähne.
»Ich habe keinen Hunger«, sagte ich. Allein bei dem Gedanken, dass der Kerl das Essen mit seinen schmutzigen Fingern berührt hatte, wurde mir schlecht. Meine ausgetrocknete Kehle lechzte dagegen nach einem Schluck Wasser. Den würde ich nicht ablehnen. Meine Lebenserwartung schien im Moment ohnehin nicht besonders hoch zu sein, sodass ich mir keine Gedanken über die Qualität der Brühe machen musste.
»Du musst etwas essen, Fremder.«
»Wozu?«
»Wenn du nicht bei Kräften bleibst, wirst du ein schlechtes Bild abgeben, wenn du öffentlich hingerichtet wirst.«

»Glaubst du wirklich, dass mich das noch stört, wenn ich ohnehin sterben muss.«

Der Alte hob nur die Schulter. Es schien ihn nicht sonderlich zu interessieren, was ich tat. Er stellte den Becher und eine Tonschale auf den Boden, drehte mir den Rücken zu und ging zum Ausgang. Einen Moment lang überlegte ich, ob ich ihm folgen und fliehen sollte, ließ es dann aber bleiben. Selbst wenn es mir gelingen würde, den Alten zu überwältigen, würde ich nicht an der Wache vorbeikommen, die die ganze Zeit über an der Zellentür gestanden hatte.

Ich wartete, bis ich wieder alleine in dem Raum war, und kroch dann zu dem Becher mit Wasser. Vorsichtig probierte ich einen Schluck und hätte die Flüssigkeit beinahe wieder ausgespuckt. Es schmeckte furchtbar und ich wollte nicht wissen, wie lange es her war, dass das Wasser aus einem Brunnen geschöpft worden war.

Das Essen rührte ich nicht an. Ich war sicher, dass ich es ohnehin nicht im Magen behalten würde, und gab mich damit zufrieden, endlich etwas trinken zu können.

Ich kroch zurück zu meinem erbärmlichen Lager und wollte mich gerade darauf niederlassen, als sich die Zellentür erneut öffnete. Ich vermutete, dass der Alte wieder kam, um das Geschirr abzuholen. Tatsächlich war es der zerlumpte Kerl von vorhin, der den Raum betrat. Aus den Augenwinkeln registrierte ich, dass diesmal keine Wache an der Tür stand. Der Mann schloss die Tür und kam zwei Schritte auf mich zu.

»Du kannst die Schüssel wieder mitnehmen.«

»Ich bin nicht wegen des Geschirrs hier.«

»Weswegen dann?« Neugierig blickte ich den Alten an. Irgendetwas an dem Kerl war anders geworden.

»Ich bin hier, um dir zu helfen, Ralf.«

»Woher kennst du meinen Namen?«

»Ich weiß noch viel mehr über dich und dein Leben.«

»Rede nicht um den heißen Brei herum. Sag mir, was du von mir willst«, forderte ich den Alten auf, der mir noch immer zutiefst unsympathisch war.

»Ich beobachte dich nun schon seit einigen Wochen.«

»Was soll das heißen?«, fragte ich verärgert. »Willst du damit sagen, dass du mich schon kanntest, als ich noch in meiner eigenen Welt war?«

»Du hast es erfasst«, sagte der Alte mit einem dämlichen Grinsen.

Ich brauchte einen Moment, um zu erfassen, was der Kerl mir damit gesagt hatte. Dann fiel es mir wie Schuppen von den Augen. »Dann bist du verantwortlich für diesen ganzen Irrsinn? Du hast mich aus dem Kreis meiner Freunde gezogen, die sich jetzt mit Sicherheit genau wie meine Eltern furchtbare Sorgen um mich machen. Du bist schuld, dass ich zusammengeschlagen wurde und hier im Kerker sitze.« Wütend starrte ich den Fremden an.

»So könnte man es formulieren«, antwortete er, noch immer mit diesem dämlichen Grinsen im Gesicht.

Das war wirklich nicht zu fassen. Der Typ hatte mir diese ganze Scheiße eingebrockt und stand nun vor mir, als wäre nichts passiert. »Wer bist du und was willst du von mir?«

»Ich hatte wichtige Gründe, dich hier herzubringen. Beruhige dich! Ohne meine Hilfe wird es dir niemals gelingen, wieder in deine Welt zurückzukehren.« Schweigend starrte der Greis mich an und setzte schließlich hinzu: »Mein Name ist Antipatros!«

»Was hat das alles für einen Sinn?« Jetzt war ich wirklich auf die Erklärungen des Alten gespannt. Er tat so, als müsste die ganze Welt seinen Namen kennen.

»Fast zweitausendfünfhundert Jahre vor deiner Zeit

habe ich einen Reiseführer über die größten Meisterleistungen der Baukunst geschrieben. Viele Menschen machten sich auf, um diese Wunder zu besichtigen. So erlangten sie Ruhm und Ansehen in der ganzen bekannten Welt. Doch mit dem Verfall dieser Kunstwerke gerieten im Laufe der Jahrhunderte auch meine Aufzeichnungen immer mehr in Vergessenheit.«

»Was zum Teufel hat das alles mit mir zu tun?«

»Genau das versuche ich dir gerade zu erklären. Nach vielen Jahren begannen die Menschen, sich wieder für ihre Vergangenheit zu interessieren, und wurden auf die großen Bauwerke der Antike aufmerksam, die über zweitausend Jahre zuvor errichtet worden waren. Meine Aufzeichnungen und damit auch mein Name gewannen erneut an Ansehen. In deiner Generation sind diese Dinge aber immer bedeutungsloser geworden. Leuten wie dir, die im Geschichtsunterricht einschlafen und ihre menschenverachtenden Computerspiele jedem historischen Buch vorziehen, ist es zu verdanken, wenn die großen Meisterwerke der Menschheit wieder in Vergessenheit geraten.«

»Und zur Strafe sorgst du dafür, dass ich fünftausend Jahre vor meiner Zeit in einen dunklen und kalten Kerker gesperrt werde, und erwartest dafür auch noch Verständnis? Das kann unmöglich dein Ernst sein!«

Langsam aber sicher wurde ich wütend. Was mir der Alte hier erzählte, war absoluter Unsinn. Meine Schmerzen aber waren Realität und zwangen mich zur Ruhe, so gern ich mich auch auf den Kerl gestürzt hätte.

»Ich habe dich unter vielen ausgesucht, die sich genauso wenig für die Geschichte der Antike interessieren wie du.«

»Warum mich?«

»Wer wäre besser geeignet als du, um die Menschen wieder von den alten Werten zu überzeugen.«

»Ich verstehe kein Wort von dem, was du da sagst«, regte ich mich auf. Der Kerl hatte ganz offensichtlich nicht mehr alle Tassen im Schrank. Leider befand er sich im Moment in der deutlich besseren Position und ich konnte nichts gegen ihn unternehmen.

»Dein Vater gehört zu den Menschen, die sich der sogenannten modernen Baukunst verschrieben haben. Du eiferst ihm nach und willst ebenfalls einer dieser neumodischen Betonarchitekten werden. Beide würdet ihr am liebsten alle alten Gemäuer abreißen lassen, um Platz für noch mehr Hochhäuser zu gewinnen.«

»Was ist daran falsch. Niemand braucht diese Ruinen.«

»Du wirst deine Meinung noch ändern«, sagte Antipatros. Irgendetwas in seiner Stimme gefiel mir nicht. Er schien sich seiner Sache sehr sicher zu sein und keine Sekunde daran zu zweifeln, dass alles so ablief, wie er es plante.

»Ich habe die Götter auf den Knien angefleht, mir die Macht zu geben, dich auf die Reise zu schicken.«

»Und wozu das alles?«, schrie ich ihn an.

»Ich will, dass du der Menschheit von deinen Erlebnissen erzählst und die Wunder meiner Zeit wieder in ihr Gedächtnis zurückrufst.«

»Das ist doch Unsinn«, regte ich mich auf. »Kein Mensch wird mir glauben, dass ich eine Zeitreise gemacht habe, um alte Ruinen zu besichtigen.«

»Du sollst deine Erlebnisse als Geschichte erzählen, die sich auf tatsächliche Schauplätze stützt. Ich möchte nicht, dass die antike Baukunst wieder in Vergessenheit gerät und sich dann vielleicht nie wieder ein Mensch an mich und meine Zeit erinnert.«

»Wenn das alles ist, warum hast du mir dann nicht

einfach ein Buch geschenkt?«

»Hättest du es gelesen?«

»Wahrscheinlich nicht«, gab ich zu. »Trotzdem habe ich keine Lust mehr auf deine Spielchen. Ich will, dass du mich sofort wieder zurückbringst.«

»Das geht nicht.«

»Warum nicht?«

»Die Götter werden mir keine zweite Chance geben. Wenn du die Reise nicht beendest, wird sie keiner unternehmen und mein Name endgültig in Vergessenheit geraten.«

»Und was, wenn ich nicht will?« Immer mehr wuchs in mir der Verdacht, dass es dem Alten gar nicht nur um die Gebäude ging, sondern er vielmehr Angst hatte, dass sein eigener Name vergessen würde. Mir war auch nicht klar, was irgendwelche Götter für eine Rolle spielen sollten. Bei all den offenen Fragen entschloss ich mich aber, deren Existenz zunächst hinzunehmen. Irgendeine Macht musste schließlich dafür gesorgt haben, dass ich aus meiner Welt gerissen und in die Vergangenheit geschleudert worden war.

»Du hast keine andere Wahl.«

»Wie willst du mich zwingen? Was, wenn ich einfach nur abwarte, bis der ganze Spuk vorbei ist? Ich könnte einfach hier sitzen bleiben und darauf warten, dass ich in meine Zeit zurückkehre«, versuchte ich zu bluffen.

»Das wird nicht geschehen. Wenn du nicht tust, was ich von dir verlange, wirst du für immer in der Vergangenheit verschollen bleiben und sicher nicht lange überleben.«

»Also gut. Mal angenommen ich glaube dir und gehe auf deine Wünsche ein. Wie soll ich bitte schön von den Pyramiden berichten, wenn ich hier in diesem Verlies auf meine Hinrichtung warte? Dein Plan ist offensichtlich gescheitert.«

»Es reicht nicht aus, sie einfach nur zu sehen. Du sollst wissen, wie sie entstanden sind. Und welch eine Meisterleistung es in der damaligen Zeit war, sie zu erbauen. Eine Geschichte kannst du nur erzählen, wenn du auch wirklich etwas erlebt hast, das du mit den Schauplätzen der Vergangenheit verbinden kannst. Mit einem hast du aber recht. Dein Tod hilft mir nicht weiter. Deshalb werde ich dafür sorgen, dass du aus dem Kerker freikommst.«

»Das wäre ein Anfang«, murrte ich. »Und was ist dann? Wie geht es weiter? Gibt es noch weitere Stationen auf meiner Reise?«

»Es sind insgesamt sieben.«

Geschockt sah ich Antipatros an. Wenn ich gleich bei der ersten Station dicht vor dem Tod stand, was würde dann bei den anderen sechs passieren? Das durfte alles nicht wahr sein. Warum nur hatte sich der Alte ausgerechnet mich für seinen wahnsinnigen Plan ausgesucht? Für ihn war es ein Leichtes, diesen Ort zu verlassen, ich aber konnte nun mal nicht durch die Zeit reisen, wie es mir beliebte. »Warum schickst du mich nicht einfach zum nächsten Ziel?«, fragte ich ihn in der Hoffnung, so schnell wie möglich aus diesem Kerker herauszukommen.

»Das kann ich nicht. Auch meine Kräfte sind begrenzt und ich muss sie einteilen. Du wirst deinen Weg aus eigener Kraft gehen müssen. Ich kann dich nicht immer beschützen.«

»Du ziehst mich in die Vergangenheit und erzählst mir, dass du mich nicht retten kannst, wenn ich in Gefahr gerate?«

»So ist es. Du musst herausfinden, wer hinter dem Anschlag im Steinbruch steckt, um das Problem zu

lösen.«
»Warum ich?«
»Weil du der Einzige bist, der weiß, dass ein anderer das Seil durchgeschnitten haben muss. Alle anderen denken, der Täter sitzt bereits im Kerker.«
»Wirklich ganz toll. Und wie soll ich das deiner Meinung nach anstellen?«
»Es wird dir schon eine Lösung einfallen«, antwortete Antipatros und ging zum Ausgang.
»Warte!«, schrie ich ihm nach. »Du kannst mich doch hier nicht zurücklassen.« Aber es war zu spät. Genauso schnell, wie er erschienen war, machte sich Antipatros wieder aus dem Staub und ließ mich mit meinem Elend allein.

Ich lag auf meinem Lager und dachte über die Worte des Alten nach. Mir war immer noch nicht so richtig klar, von welchen Bauwerken er dauernd gefaselt hatte. Die Cheopspyramide, ja, aber ich konnte mir beim besten Willen nicht vorstellen, welche weiteren vergleichbaren Werke die Antike noch zu bieten haben sollte. Vielleicht war mein Geist durch die Strapazen der letzten Stunden einfach noch zu verwirrt, um einen klaren Gedanken zu fassen. Der Alte hatte von einer Liste gesprochen, die man in meiner Zeit noch kannte. Sicher hatte auch ich schon davon gehört, konnte mich aber im Moment einfach nicht daran erinnern. Mitten in meinen Gedanken hörte ich erneut ein scharrendes Geräusch. Hatte es sich Antipatros etwa anders überlegt und war zurückgekehrt?

Ich suchte mein Gefängnis nach der Ursache des Geräusches ab, konnte aber nichts entdecken. Das Scharren wiederholte sich. Kleine Steine bröckelten aus der Wand neben mir. Gespannt starrte ich die Stelle an. Plötzlich schob sich einer der großen Felsquader, aus denen der Kerker gemauert war, ein kleines Stück vor. Ein leichter Schauer lief über meinen Rücken. Kam mir etwa wirklich jemand zu Hilfe? Antipatros hatte gesagt, dass er für meine Befreiung sorgen wolle, aber so schnell hatte ich nicht damit gerechnet, dass sich dieses Versprechen auch erfüllte.

Wieder schob sich der Stein ein Stück aus der Wand. Ich sah mit gemischten Gefühlen zu, wie er immer weiter in den Raum hineinragte. Krachend fiel er schließlich zu Boden und wirbelte eine Staubschicht auf, die es mir unmöglich machte, irgendetwas zu erkennen. Ich traute mich aber auch nicht, aufzustehen, um einen Blick in das Loch in der Wand zu werfen.

Plötzlich tauchte ein verschmutztes Gesicht in der Öffnung auf. Zu meinem großen Erstaunen war es eine junge Frau, die sich hustend den Weg in mein Gefängnis bahnte. Sie trug eine eng anliegende Tunika, die so verdreckt war, dass ich die Farbe nicht mehr genau erkennen konnte. Das lange, gelockte Haar war voller Staub und hing ihr ins Gesicht.

Ohne Notiz von mir zu nehmen, stand sie auf und klopfte sich den gröbsten Dreck vom Körper. Erst dann drehte sie sich zu mir um. »Es wird Zeit, dass du dieses Loch verlässt«, sagte sie und lächelte mich an.

»Wer bist du?«, stammelte ich.

»Ich bin Mara. Antipatros schickt mich.«

Noch immer überrascht starrte ich das Mädchen an.

»Alles Weitere erkläre ich dir später. Lass uns von hier verschwinden. Es wird nicht mehr lange dauern, bis die

Wachen kommen, um dich dem Pharao vorzuführen.«
Sicher hatte sie recht. Ich biss die Zähne zusammen und folgte meiner Helferin in den Tunnel. Schon nach einem halben Meter ging es steil bergab. Es war schwer, an den glatten Wänden Halt zu finden und nicht abzurutschen. Ich konnte nicht einmal die eigene Hand vor Augen erkennen. Am liebsten hätte ich mich an Maras Fuß festgehalten, um den Anschluss nicht zu verlieren. Endlich wurde der Tunnel etwas flacher und auch höher. Wir konnten jetzt kriechen und mussten nicht mehr auf dem Bauch über den Stein robben.
Plötzlich hielt die Fremde an und ich stieß mit dem Kopf gegen ihre Füße. Sofort spürte ich, wie die Schmerzen in meinem Schädel wieder zunahmen. Es fühlte sich an, als hätte ich Spinnenweben in meinem Kopf, die meinen Blick verschleierten.
»Ruhig«, hörte ich Maras Stimme vor mir. »Wir müssen jetzt ganz leise sein.«
Ich presste die Lippen fest zusammen und konnte einen leichten Windhauch spüren. Offensichtlich hatten wir den Ausgang fast erreicht. Neugierig versuchte ich, an Mara vorbei einen Blick ins Freie zu werfen. Außer ein paar Schatten war aber nichts zu sehen.
Leise Stimmen drangen zu unserem Versteck und ich hielt gespannt den Atem an. Suchte man mich etwa schon? Oder ging nur jemand zufällig an der Öffnung vorbei? Die Spannung wurde unerträglich. Falls man uns erwischte, würden sich die Ägypter sicher nicht mehr die Mühe machen, mich in den Kerker zu sperren, sondern mich gleich töten.
Endlich entfernten sich die Stimmen von uns. Hinter Mara trat ich ins Freie und wir schlichen leise über eine Straße vor dem Palast. Ich drehte mich um und sah den prächtigen Bau direkt vor meinen Augen. Die mit Gold

verzierten Türme glänzten im Mondlicht. Staunend sah ich zu den hohen Mauern, die den Wohnsitz des Pharaos umragten.

»Dafür haben wir jetzt keine Zeit«, sagte meine Gefährtin und zog mich weiter.

»Ergreift sie!«, hallte eine Stimme über den Platz.

Erschrocken drehte ich mich um. Eine Truppe der Palastwache lief mit langen Schritten auf uns zu. Mein Verschwinden war also bemerkt worden.

So schnell ich konnte, rannte ich hinter Mara her, die in eine schmale Seitengasse abbog. Zielsicher fand sie den Weg und stockte an keiner der vielen Kreuzungen, an denen wir mal links und mal rechts abbogen. Die lauten Schreie hinter uns verrieten mir, dass uns die Verfolger dicht auf den Fersen waren.

Plötzlich blieb Mara stehen und zog einen Vorhang zur Seite, den ich in der Eile gar nicht gesehen hätte. Schnell huschten wir hindurch und gerieten in ein Labyrinth aus Kellerräumen. Meine Begleiterin schien sich hier gut auszukennen und eilte immer tiefer in die Katakomben hinein.

Endlich blieb sie stehen. Ich stützte mich erleichtert an der Wand ab. Meine Lungen brannten wie Feuer und ich schmeckte saure Magenflüssigkeit auf der Zunge.

»Hier werden sie uns nicht finden«, sagte Mara. Und ehe ich überhaupt realisieren konnte, wo wir uns befanden, breitete sie eine Decke aus, die sie aus einer Nische geholt hatte, und ließ sich auf dem Boden nieder. Froh, einen Moment verschnaufen zu können, setzte ich mich neben sie auf den überraschend weichen Boden. Ich hatte gar nicht bemerkt, dass er auf den letzten Metern immer sandiger geworden war.

»Wo sind wir hier?«, fragte ich nach einer Weile.

»Wir befinden uns kurz vor den Mastabas. Hier sind die

Gräber der Hohenpriester und der obersten Gefolgsleute des Pharaos. Die Wachen werden aus Furcht vor den Göttern nicht wagen, uns zu folgen. Hier sind wir sicher.«

»Was tun wir jetzt?«

»Du musst dich erholen. Ich werde mich um deine Wunden kümmern und danach solltest du schlafen«, sagte Mara.

Woher sie auf einmal die Schale mit dem Wasser hatte, war mir ein Rätsel. Dankbar nahm ich einen großen Schluck. Danach begann sie damit, meine Wunden vom Schmutz zu befreien und schmierte eine übel riechende, grüne Paste darauf. Mit sauberen Tüchern deckte sie die Wunden ab.

Offensichtlich hatte Mara von Anfang an vor, genau hierher zu kommen und meine Rettung sehr gut vorbereitet. Ich beobachtete ihre Hände und wunderte mich, wie zart sie waren. Es sah nicht so aus, als sei Mara es gewohnt, schwere Arbeit zu verrichten. Dennoch schien es ihr keine große Mühe bereitet zu haben, sich in das Verlies vorzugraben. Oder war der Tunnel vorher schon einmal als Fluchtweg benutzt worden? Als ich meine Retterin später danach fragte, bestätigte sie mir diese Vermutung. Sie erzählte mir, dass Antipatros ihr den Eingang zu dem Tunnel gezeigt hätte. Ich fragte mich, in welcher Beziehung Mara zu dem alten Griechen stand. Warum hatte er gerade sie zu meiner Rettung geschickt?

Meine Schmerzen ließen langsam nach und eine angenehme Wärme machte sich in meinem Körper breit. Ich wollte mich noch bei Mara für die Rettung bedanken, war aber auf einmal zum Sprechen zu müde. Ich vertraute darauf, dass sie recht damit behielt, dass wir hier sicher waren, und fiel in einen traumlosen

Schlaf.

Am nächsten Morgen fühlte ich mich etwas besser. Ich wurde wach, weil Mara mir sanft über die Wangen strich. »Wach auf«, sagte sie und lächelte mich an. Einen Moment verfing sich mein Blick in ihren dunkelbraunen Augen, bis sie sich schließlich abwendete und aufstand. Irgendwoher musste sie neue Kleidung aufgetrieben haben. Sie trug eine dunkelblaue Tunika und reichte mir ein zusammengerolltes Bündel.
Während ich mir den ebenfalls blauen Umhang überstreifte, wandte sie den Blick ab. Ich war froh, den alten Rock, der völlig verschmutzt war und an mehreren Stellen Risse hatte, endlich loszuwerden.
Schweigend reichte mir Mara einen Becher mit Wasser und ein Stück Fladenbrot, das ich gierig aß. Während des kargen Frühstücks sprachen wir beide kein Wort, obwohl mir die Fragen regelrecht auf den Nägeln brannten. Ich wusste nicht, wie ich das Gespräch mit meiner geheimnisvollen Retterin beginnen sollte.
»Ich habe mich noch gar nicht richtig bei dir für meine Rettung bedankt«, sagte ich schließlich.
»Das brauchst du auch nicht.«
»Doch. Ohne dich wäre ich niemals aus dem Kerker herausgekommen.«
»Antipatros hat mich geschickt, um dir zu helfen.«
»Wieso gerade dich?«
»Wir kennen uns schon sehr lang. Nachdem er starb, wusste ich, wir würden uns noch einmal begegnen. Als er mich besuchte, habe ich nicht gezögert, seinem

Wunsch nachzukommen und mich von ihm in die Vergangenheit bringen lassen, um dir zu helfen.«
»Dann kannst du mir auch sagen, was genau er von mir will?«
»Er hat mich nicht in seine Pläne eingeweiht«, sagte Mara und drehte sich von mir weg.
Offensichtlich wollte sie nicht weiter darüber sprechen. Ich wurde dabei das Gefühl nicht los, dass sie mir nicht die ganze Wahrheit sagte.
»Wie geht es jetzt weiter?«, wechselte ich das Thema.
»Wir müssen den wahren Verräter finden, um deine Unschuld zu beweisen. Wenn wir herausfinden, wer die Bauarbeiten stört, wird Chephren dich gehen lassen.«
»Chephren?«
»Der Pharao«, antwortete Mara.
»Ich dachte, er heißt Chafre.«
»Das ist sein ägyptischer Name. Die Griechen nennen den Sohn des Cheops anders.«
»Dann bist du Griechin?«
»Ja.«
Ich folgte meiner Helferin durch die dunklen Gänge der Mastabas, bis endlich ein Sonnenstrahl durch eine schmale Öffnung im Mauerwerk zu sehen war. Ich ging darauf zu, um einen Blick nach draußen zu werfen. Direkt vor mir sah ich die mächtige Cheops-Pyramide. Wieder staunte ich über die glatte, schneeweiße Oberfläche. Es fiel mir schwer zu glauben, dass daraus einmal diese bröckeligen und unebenen Bauten werden sollten, die ich aus meiner Zeit kannte. Wie gerne würde ich jetzt Bilder machen, um meinen Freunden diesen tollen Anblick später zeigen zu können. *Antipatros hätte mir wenigstens meine Digitalkamera mitgeben können*, dachte ich schmunzelnd. Damit hätte ich in meiner Zeit viel eindrucksvoller über dieses Wunder der Baukunst

berichten können. Der Gedanke hatte was. Ein Bildband über die Antike mit Fotos, die sozusagen vor Ort geschossen wurden. Ich konnte mir vorstellen, wie unterschiedlich die Menschen in meiner Zeit darauf reagieren würden. Während die einen mich als Betrüger beschimpfen und mir die Unmöglichkeit meiner Behauptungen vor Augen halten würden, wäre ich bei den anderen der gefeierte Held, der die Zeiten überwunden hätte.

Mara ließ mir die Zeit, die Pyramide anzuschauen, drängte mich dann aber weiter. Nachdem wir einige Gänge durchquert hatten, gelangten wir zu einer größeren Öffnung, durch die wir die Mastabas verlassen konnten. Draußen sahen wir überall Wachen umherlaufen, die das Gelände beobachteten.

»Sicher suchen die nach mir«, sagte ich leise.

»Vermutlich. Wenn sie uns jetzt erwischen, töten sie uns beide. Nachdem du aus dem Kerker des Palastes geflohen bist, werden sie dich nicht mehr dorthin zurückbringen. Sie werden es als ein Eingeständnis deiner Tat sehen. Sicher hat Chephren den Befehl gegeben, dass man ihm deine Leiche vor die Füße wirft.«

»Das sind ja tolle Aussichten. Und was sollen wir jetzt tun? Wir können ja schlecht zwischen den Soldaten herumlaufen.«

»Ich hatte gehofft, dass wir die Mastabas unbemerkt verlassen können, und nicht damit gerechnet, dass du dem Pharao so wichtig bist, dass er seine halbe Leibgarde auf dich hetzen würde«, sagte Mara. »Ein Fluchtversuch wäre Irrsinn. Es wird uns nichts anderes übrig bleiben, als uns zu verstecken, bis es dunkel wird.«

Die Zeit bis zum Abend erschien mir endlos. Wir verbrachten die meiste Zeit in dem Raum, in dem wir auch übernachtet hatten. Mara war nicht sehr gesprächig und nutzte die Zeit, um sich auszuruhen. Ich ging zwischendurch mehrmals zur Maueröffnung zurück, um zu sehen, ob noch immer so viele Soldaten unterwegs waren. Dabei blieb ich jedes Mal am prächtigen Anblick der Cheopspyramide hängen.

Mit dem Einsetzen der Dämmerung wurde es langsam ruhiger. Die Wachen hatten anscheinend aufgegeben, nach mir zu suchen. Zumindest für diesen Tag.

Bevor es in den Mastabas so dunkel wurde, dass ich den Weg nicht mehr finden konnte, lief ich zurück zu Mara, die es sich auf dem Lager bequem gemacht hatte und schlief. Sie sah sehr zerbrechlich aus, wie sie so dalag. Ihr schlanker Körper und das zarte, fast noch mädchenhafte Gesicht. Und doch steckte soviel Energie in ihr. Ich bewunderte den Mut der bildhübschen Griechin, die sich selbst in Gefahr begeben hatte, um mich zu retten. Gerne hätte ich ihr jetzt so zart über die Wange gestrichen, wie sie es am Morgen bei mir getan hatte.

Plötzlich schrak Mara zusammen und sprang auf. »Warum weckst du mich denn nicht?«, fragte sie und rieb sich die Augen.

»Das wollte ich gerade tun. Ich war bis eben an der Öffnung. Die Arbeiter haben die Baustelle verlassen, und auch von den Wachen sind nur noch wenige zu sehen. Ich denke, dass wir es bald wagen können.«

»Wir werden einen anderen Ausgang benutzen, der näher am Nilufer liegt«, sagte Mara. »Dort werden wir jetzt hoffentlich niemanden mehr antreffen.«

»Warum hast du mir den Ausgang nicht schon früher gezeigt?« Es ärgerte mich, dass Mara mir immer nur so viel von ihren Plänen verriet, wie sie gerade musste.

»Er ist verschlossen. Man kann ihn nur von innen öffnen, tagsüber ist das aber nicht möglich, ohne bemerkt zu werden. Du hättest dort nur eine Steinwand gesehen. Da der Weg recht weit ist, fand ich das unnötig.«

»Trotzdem würde ich gerne wissen, was du als Nächstes vorhast.«

»Wir müssen den Verräter finden«, antwortete Mara. »Ich denke, dass er sich auf der anderen Seite des Nils in der Nähe der Steinbrüche versteckt.«

»Wie kommst du darauf?«

»Dort kann er besser aus dem Hinterhalt zuschlagen, wie sein erster Anschlag ja gezeigt hat.«

»Woher willst du das alles wissen? Wer sagt, dass es noch weitere Anschläge geben wird?« Ich ärgerte mich darüber, dass meine Begleiterin ständig den nächsten Schritt bestimmte, den wir unternahmen. Nachdem ich von Antipatros gegen meinen Willen in die Vergangenheit gerissen worden war, um von ein paar aufgebrachten Ägyptern in den Kerker geworfen zu werden, hatte ich nicht vor, Mara immer nur wie ein Hund hinterherzulaufen.

»Ich glaube nicht, dass es sich bei dem Unglück im Steinbruch nur um einen Streit unter den Arbeitern gehandelt hat«, sagte Mara. Es steckt mehr hinter der Sache.«

Auch wenn mich ihre Argumente nicht hundertprozentig überzeugten, musste ich zumindest zugeben, dass sie recht haben könnte. Auf keinen Fall kamen wir weiter, wenn wir in den Mastabas blieben. Wir mussten etwas unternehmen.

Die Gänge, die wir durchschritten, wurden immer schmaler und auch niedriger. Einige waren mit Holz verkleidet, die meisten zeigten aber den glatten, gelben

Stein, aus dem auch die Pyramiden gebaut wurden. Plötzlich blieb Mara stehen und fing an, die Wand des Ganges abzutasten. Schnell fand sie, was sie suchte. Der schwere Stein bewegte sich leise scharrend zur Seite und der Weg nach draußen war offen. Verblüfft untersuchte ich die Stelle, an der sie den Mechanismus in Gang gesetzt hatte, konnte aber keinen Unterschied zum restlichen Mauerwerk entdecken.

Ich war froh, die staubigen Gänge verlassen und wieder frische Luft einatmen zu können. Bis auf die Geräusche des nahen Flusses war es ruhig, und ich konnte die Silhouette der Pyramide hinter uns erkennen.

»Was hättest du eigentlich gemacht, wenn wir hier von Soldaten in Empfang genommen worden wären?«

»Sprich nicht so laut«, sagte Mara. »Sie werden sicher noch in der Nähe sein. Aber die Ägypter wären uns nie in die Mastabas gefolgt. Wir wären ihnen in den Gängen entkommen.«

Auf dem Weg zum Nilufer sprachen wir beide kein Wort. Wir schlichen an der Mauer entlang, die zum Taltempel der Cheopspyramide führte. Endlich erreichten wir das Wasser und gingen weiter flussabwärts. An einem Steg fanden wir ein kleines Boot. Mara wies mich an einzusteigen und folgte mir, nachdem sie das Tau gelöst hatte.

Etwas mulmig wurde mir schon, als das Boot langsam Fahrt aufnahm. Während wir vorwärts ruderten, wurden wir automatisch flussabwärts getragen. Die Strömung war sehr stark und die Gefahr zu kentern nicht zu unterschätzen. Auch wenn ich ein guter Schwimmer war, hatte ich vor allem Angst vor Krokodilen. Mara versicherte mir zwar, dass es an dieser Stelle des Flusses keine dieser Reptilien gab, weil sie seichteres Wasser bevorzugten, aber verlassen wollte ich mich darauf nicht.

In der Mitte des Flusses wurde die Strömung noch stärker. Immer wieder schwappten die Wellen über. Im Boot hatte sich schon eine Wasserlache gebildet, die mir fast bis zu den Knöcheln reichte. Ich hatte große Angst, dass wir so kurz vor dem Ziel doch noch untergehen würden. Meine Ruderschläge wurden hektischer. Das hatte zur Folge, dass wir langsamer wurden, weil ich das Holz nicht mehr richtig ins Wasser eintauchte.

»Wir sinken, so ein Mist!«, schrie ich und sah auf das trübe Nilwasser im Boot, das Zentimeter für Zentimeter anstieg.

»Gleich haben wir es geschafft«, trieb mich Mara an.

Das weiter steigende Wasser versetzte mich langsam in Panik. *Reiß dich zusammen*, machte ich mir selber Mut und zwang mich, die Ruder gleichmäßig durchzuziehen.

Mit vereinten Kräften gelang es uns schließlich, das rettende Ufer zu erreichen. Erleichtert kletterte ich aus dem Boot, in dem das Wasser nun schon fast die Bordwand erreichte. Als auch Mara ausgestiegen war, ließen wir es einfach weiter den Fluss hinabtreiben, um unseren Häschern nicht zu zeigen, wo wir an Land gegangen waren. Mit etwas Glück würden die Soldaten denken, dass wir ertrunken waren, wenn das Wrack angespült wurde.

Ein Blick zum anderen Ufer zeigte mir, dass wir ein ganzes Stück von der Stelle entfernt waren, an der wir unsere Fahrt begonnen hatten. Weit vor uns konnte ich nur noch schemenhaft die Ausmaße der Pyramide erkennen.

»Bis zum Steinbruch haben wir einen langen Weg vor uns«, sagte ich.

»Trotzdem müssen wir ihn erreichen, bevor es hell wird

und ein Versteck suchen. Wir werden unterwegs auch an einem Dorf vorbeikommen. Wir müssen aufpassen, dass wir dort nicht erwischt werden.«
Ich hatte wenig Hoffnung, dass wir am Steinbruch eine Lösung für unsere Probleme finden würden, wusste aber auch nicht, was wir sonst tun sollten. Mit schmerzenden Füßen ging ich hinter Mara her, immer weiter den Nil entlang. Für ein Paar Schuhe hätte ich jetzt mit Vergnügen jeden Preis gezahlt. Wieder konnte ich meine Begleiterin nur bewundern, für die es völlig normal zu sein schien, barfuß zu laufen. Dabei musste es auch Mara weit in die Vergangenheit verschlagen haben. Sonst hätte sie Antipatros nicht kennen können. Andererseits kannte sie sich mit den Sitten und Gepflogenheiten der Ägypter sehr gut aus und besaß große Ortskenntnis. Was verschwieg mir die schöne Griechin? Wer war sie wirklich?

Nach schätzungsweise zwei Stunden Fußmarsch sahen wir vor uns die ersten Holzhütten. Eine friedliche Ruhe lag über dem Dorf und es war keine Menschenseele zu sehen.
»Wir müssen jetzt sehr leise sein«, sagte Mara. »Das kleinste Geräusch könnte uns die Bewohner auf den Hals hetzen, die sicher nicht zögern werden, uns an die Wachen des Pharao auszuliefern.«
Ich hätte ja gerne im Dorf nach etwas Essbarem gesucht, aber meine Gefährtin hielt dies für zu gefährlich. Also schlichen wir uns in geduckter Haltung an den Behausungen vorbei. Die Stille überraschte

mich. Auch wenn mir Mara mehrfach versicherte, dass hier sehr viele Menschen lebten, hatte ich nicht den Eindruck, dass die Hütten überhaupt bewohnt waren.

Das Dorf lag geschützt hinter einem kleinen Wäldchen aus Palmen, hinter deren Stämmen wir Deckung fanden. »Es ist jetzt nicht mehr weit bis zum Steinbruch«, sagte Mara, als wir die letzten Häuser endlich passiert hatten.

Wir verließen den Palmenwald und ich konnte den Steinbruch im Sternenlicht erkennen. Mehr als zwei Kilometer waren es auf keinen Fall mehr, die wir bis zu unserem Ziel zurückzulegen hatten. Jetzt, wo ein Ende dieser Tortur absehbar war, mobilisierte ich meine letzten Kräfte und beschleunigte meine Schritte.

»Wir müssen einen Bogen schlagen, um auf die andere Seite des Steinbruches zu gelangen«, sagte Mara und zerstörte damit meine Hoffnung, mich gleich ausruhen zu können. »Wenn wir unser Ziel direkt ansteuern, werden wir den Soldaten ganz bestimmt in die Arme laufen. Sicher haben die Ägypter seit dem Vorfall im Steinbruch ihre Wachen dort verstärkt.«

»Können wir dann wenigstens eine kurze Pause machen?«

»Es wird bald hell. Lange werden wir nicht mehr brauchen. Lass uns den Weg so schnell wie möglich hinter uns bringen.«

Ich hatte das Gefühl, jeden Moment zusammenbrechen zu müssen, gab Mara aber recht. Beide nahmen wir noch einen großen Schluck aus der Wasserflasche und gingen dann weiter. Unser Weg führte uns jetzt leicht bergan und das Gelände wurde unebener. Sehr zum Leidwesen meiner Füße war der Untergrund jetzt noch steiniger, je näher wir an den Steinbruch herankamen. Ich biss die Zähne zusammen und schaffte es, mit meiner Begleiterin Schritt zu halten. Auch wenn mir der Schweiß in Bächen über das Gesicht lief, wollte ich vor ihr nicht als Schwächling dastehen. Innerlich verfluchte ich Antipatros. Es war ja in Ordnung, wenn er mir seine Wunder zeigen wollte, aber musste er mich dafür derartigen Strapazen aussetzen? Was genau es mit den Bauwerken auf sich hatte, wusste ich immer noch nicht. Konnte er die sieben Weltwunder meinen? Ich war mir nicht sicher, glaubte aber, dass die Cheopspyramide dazugehörte. Welche die anderen sechs waren, wusste ich aber nicht. Es wäre sicher hilfreich gewesen, wenn ich in der Schule besser aufgepasst hätte. Doch für Dinge, die mehrere Tausend Jahre zurücklagen, hatte ich mich nie interessiert. Hier, in einer längst vergangenen Zeit, in einem fremden Land, rächte sich dies nun.

»Was machen wir, wenn wir im Steinbruch keinen Hinweis auf den Täter finden?«, fragte ich meine Gefährtin.

»Wir legen uns auf die Lauer und warten, ob noch etwas passiert. Wenn nach drei Tagen nichts geschehen ist, müssen wir doch in der Nähe der Pyramiden nach dem Verräter suchen. Ich bin mir aber sicher, dass er sich nicht traut, direkt am Grabmal des Chephren tätig zu werden. Du darfst nicht vergessen, wie gläubig die Ägypter sind. Sie fürchten die Rache der Götter und würden es niemals wagen, in Heiligtümer vorzudringen, deren Betreten durch die Priester verboten worden ist.«

Im Morgengrauen erreichten wir den Steinbruch und schauten von oben auf die Arbeitsstätte, wo in wenigen Minuten mit dem Abtragen der Steinblöcke begonnen werden würde. In einer Felsspalte, die etwa zweihundert Meter von der Klippe entfernt war, fanden wir ein Versteck, in dem wir zunächst abwarten wollten. Die

Öffnung war durch einen kleinen Busch verdeckt und so schmal, dass wir auf dem Bauch hindurchkriechen mussten. Der dahinterliegende Raum allerdings war groß genug, dass wir beide ausreichend Platz fanden. Mara verschwand kurz und kehrte dann mit einer Schale Wasser und verschiedenen Blättern und Kräutern zurück. Ich fragte mich, woher sie all diese Dinge so schnell aufgetrieben hatte und, sah schweigend zu, wie sie den Eingang mit dem Strauch verschloss.

Erleichtert darüber, dass die Schinderei vorerst ein Ende hatte, setzte ich mich auf den Boden. »Au«, stöhnte ich leise auf und erntete dafür ein breites Grinsen meiner Begleiterin, die den Untergrund von den kleinen, spitzen Steinen säuberte, bevor sie sich ebenfalls darauf niederließ.

»Woher kennst du das Versteck?«

Mara antwortete nicht und rührte die stinkende Paste an, die schon am Abend zuvor meine Qualen gelindert hatte. Wieder hatte ich den Eindruck, dass sie mir einiges verschwieg und viel mehr wusste, als sie zugeben wollte.

Sie reichte mir die Schale und wies mich an, mir die Paste auf die Wunden zu schmieren. Der Schmerz ließ langsam nach. Ich lehnte mich zurück und versuchte, ein wenig zu entspannen. Die junge Griechin riss ein paar Stoffstreifen aus meiner Tunika und wickelte sie mir um die Füße, damit ich besser laufen konnte, falls wir das Versteck schnell verlassen mussten.

»In ein paar Stunden wird es dir besser gehen. Du solltest versuchen, etwas zu schlafen. Hier wird uns niemand finden.«

»Wollten wir nicht wieder zum Steinbruch?«

»Später. Es dauert noch, bis alle Arbeiter eingetroffen

sind. Ich werde zwischendurch immer wieder zur Klippe gehen und nachsehen, ob etwas passiert. Du solltest aber unbedingt hier liegen bleiben. Wenn du herumläufst, werden die Kräuter ihre volle Wirkung nicht entfalten können.«

»Du solltest nicht alleine dorthingehen«, entgegnete ich. »Das ist viel zu gefährlich.«

»Mach dir keine Sorgen. Mich kennen die Ägypter nicht. Selbst wenn sie mich sehen, werden die Wachen glauben, dass ich harmlos bin und keine Gefahr von mir ausgeht. Auch wenn sie mit Sicherheit vermuten, dass du einen Helfer hast, werden sie dabei nicht an eine Frau denken.«

Ich war froh, meine Füße noch etwas schonen zu können und verzichtete darauf, mit Mara zu diskutieren, ob wir nicht abwechselnd am Steinbruch nachsehen sollten. Ich machte es mir auf dem steinigen Boden so bequem wie möglich und wartete auf die Rückkehr meiner Gefährtin. Dabei nickte ich dann irgendwann ein. Plötzlich wurde ich von einem raschelnden Geräusch geweckt. Ich schlug die Augen auf und sah einen Skorpion direkt auf meiner Brust. Der Schwanz mit dem gefährlichen Stachel war nach oben gestellt. Angstschweiß trat mir auf die Stirn. Wenn mich dieses Biest jetzt stach, konnte ich tot sein, bevor Mara mich fand. Ich hielt die Luft an und sah, wie sich der Skorpion langsam auf meine Beine zubewegte. Alles in meinem Körper schrie danach aufzuspringen, aber genau das würde die Wahrscheinlichkeit gestochen zu werden erhöhen. Der Skorpion erreichte meine Knie und kroch endlich an der Seite von mir herunter. Ich musste meine ganze Willenskraft aufwenden, um ruhig liegen zu bleiben. Als er weit genug von mir entfernt war, sprang ich auf und griff nach dem ersten größeren Stein, den ich in die Finger bekam. Voller Ekel schleuderte ich den Stein auf den Skorpion. Schwer atmend setzte ich mich wieder auf den Boden. An Schlaf war jetzt nicht mehr zu denken. Während ich auf Mara wartete, hielt ich die Augen offen und beobachtete aufmerksam meine Umgebung. Noch einmal wollte ich es nicht erleben, mit einem Skorpion auf der Brust zu erwachen.

Kurz darauf kam meine Gefährtin zurück, um mir zu sagen, dass die Männer im Steinbruch ihrer Arbeit nachgingen, aber ansonsten alles ruhig war. Auch sie wechselte für einen Moment die Farbe, als sie den toten Skorpion sah. »Du hattest großes Glück«, sagte sie. »Der Stich dieses Tieres ist absolut tödlich, wenn nicht sehr schnell etwas gegen das Gift unternommen wird.«

Wir beschlossen, die große Mittagshitze abzuwarten, bevor wir uns das Gelände näher ansahen. Mir ging es jetzt wesentlich besser und ich wollte endlich etwas tun und nicht Mara dauernd die ganze Arbeit überlassen.

Lautes Getöse schreckte uns hoch. Mara sprang auf, schob den Busch zur Seite und kroch ins Freie. Ich folgte ihr, so schnell ich konnte. Die letzten Meter schlichen wir geduckt zur Kante des Steinbruches, von dem aus laute Schreie in unsere Richtung drangen.

Endlich konnte ich einen Blick den Abgrund hinunterwerfen und war entsetzt.

Eine ganze Lawine von Steinbrocken war den Hang herab, gestürzt und hatte einen Großteil der Arbeiter unter sich begraben. Der Anblick war grauenvoll. Mindestens Hundert Männer waren von den Felsen erschlagen worden. Ungefähr genauso viele lagen verletzt am Boden und schrien vor Schmerzen. Die wenigen Unversehrten waren mit der Situation hoffnungslos überfordert und wussten gar nicht, wo sie mit ihren Rettungsaktionen anfangen sollten. Unschlüssig standen sie zwischen ihren Kameraden und versuchten schließlich, denen zu helfen, die am lautesten schrien. Plötzlich stockte mir der Atem. Ich konnte Sevas erkennen, der mit den Beinen unter dem Geröll eingeklemmt war und verzweifelt versuchte, sich zu befreien.

Entschlossen stand ich auf.

»Was hast du vor?«, fragte Mara.

»Na, was wohl? Ich werde dort hinuntersteigen und den Männern helfen.«

»Bist du wahnsinnig?«, schrie Mara und hielt mich am Arm fest.

»Wir können sie doch nicht einfach so liegen lassen«, fuhr ich meine Begleiterin an. »Sollen wir etwa zusehen, wie ein Arbeiter nach dem anderen stirbt?«

»Wir können nichts für sie tun.« Mara sah mich mit funkelnden Augen an. »Es werden Helfer kommen. Am großen Steinbruch, ein Stück den Nil aufwärts, wird man den Lärm gehört haben. Sicher sind die Männer schon auf dem Weg. Wenn du dort hingehst, wird man dich sofort töten.«

»Vielleicht können wir ja vernünftig mit ihnen reden«, unternahm ich einen weiteren Versuch, meine Gefährtin zu überzeugen.

»Das glaube ich nicht. Was denkst du, wen sie für diese Katastrophe verantwortlich machen werden? Du wirst schon tot sein, bevor du überhaupt den Mund aufmachen kannst.«

»Wie kannst du so herzlos sein?«

»Ich habe mein Leben riskiert um dich zu retten, damit du freiwillig in die Arme der Ägypter rennst«, zischte Mara. »Wenn sie dich gefangen nehmen, kann dir selbst Antipatros nicht mehr helfen.«

Zähneknirschend gab ich Mara recht. Ich fühlte mich hundeelend. Es tat mir in der Seele weh, hier oben zu hocken, während andere meine Hilfe brauchten. Dennoch musste ich einsehen, dass es in diesem Fall einfach nötig war. Fassungslos sah ich dem Treiben im Steinbruch zu und schwor mir, alles zu tun, um den Verräter zu finden. Es sollten nicht noch mehr Arbeiter durch ihn den Tod finden.

Plötzlich sah ich eine Gestalt am Hang, die sich langsam davonschlich. Der Fremde blieb einen Moment in der Hocke sitzen und rieb sich die Hände. Steckte er vielleicht hinter dem Anschlag? Ich machte Mara darauf aufmerksam und war schon drauf und dran, mich auf den Fremden zu stürzen. Die Griechin hielt mich jedoch am Arm fest und schüttelte den Kopf.

»Was soll das?«, fuhr ich sie an. »Wir müssen den Kerl schnappen und zu den Wachen bringen.«

»Und was erzählst du ihnen dann? Wir haben keinerlei Beweise, dass er, und nicht du, hinter den Anschlägen steckt. Lass uns ihm folgen. Wir müssen herausfinden, wer er ist und was er vorhat. Außerdem können wir uns nicht sicher sein, dass er wirklich der Schuldige ist.«

»Das steht für mich fest«, erwiderte ich.

Wir nahmen die Verfolgung des Unbekannten auf und liefen dabei geduckt von einer Deckung zur nächsten. Herumliegende Felsbrocken und Bäume gaben uns die Möglichkeit, uns vor den Blicken des Fremden zu verstecken, sollte er sich plötzlich umdrehen. Aus dem Steinbruch drangen die Schreie der Verletzten und ihrer Helfer herüber und übertönten unsere Schritte.

Nach etwa einem Kilometer gab der Fremde seine Deckung auf und ging ganz ruhig weiter auf das Dorf zu, das wir in der vergangenen Nacht passiert hatten. Er schien sich völlig sicher zu fühlen und keinen Gedanken daran zu verschwenden, ob er verfolgt wird. Mara und ich achteten darauf, den Abstand nicht zu groß werden zu lassen, nutzten aber weiter jede Möglichkeit der Deckung aus. Wenn er uns entdeckte, wäre alles vergeblich gewesen. Er brauchte nur nach den Soldaten zu schreien und uns als Verräter auszuliefern. Auch wenn er die Flucht ergreifen würde, wäre es zumindest mir wegen meiner Fußverletzungen unmöglich gewesen, ihn zu verfolgen. Die Vorteile lagen im Moment voll auf seiner Seite. Mich überfiel eine wahnsinnige Wut auf den Kerl. Hätte er nicht vor zwei Tagen die Arbeiten im Steinbruch sabotiert, hätte ich von Sevas noch mehr über die Pyramiden erfahren können. Vielleicht wäre ich sogar schon von Antipatros auf die nächste Station meiner Reise geschickt worden. Auch wenn Mara noch zweifelte, war ich mir sicher, den wahren Attentäter gefunden zu haben.

Wir folgten ihm, bis er ein größeres Haus am Dorfrand erreichte. Es gehörte zu den wenigen, die aus Stein gebaut waren, und hatte ein festes Dach, das mit Ziegeln aus Ton bedeckt war. Die Fenster waren mit goldener Farbe umrandet und die Tür wurde von zwei riesigen, kunstvoll bemalten Katzenstatuen umrahmt. Das Haus stand in der Mitte eines Geländes, das von einer etwa hüfthohen Mauer umgeben war.

Wir warteten, bis der Verräter im Innern verschwunden war und suchten uns ein Versteck. In der hinteren Ecke des Grundstücks stand eine zerfallene Hütte etwa zehn Meter vom Hauptgebäude entfernt. Direkt neben dem Eingang der Hütte wuchs eine mächtige Pappel, deren

Stamm sich den nötigen Platz geschaffen hatte, indem er die Wand einfach nach innen drückte. Von diesem Versteck aus hatten wir einen guten Blick zur Tür, durch die der Fremde verschwunden war. In der Hoffnung, dass nicht ausgerechnet jetzt jemand die verlassene Baracke aufsuchen würde, versteckten wir uns dort, um weiterzubeobachten.

»Wir sollten versuchen, etwas Essbares aufzutreiben«, sagte ich nach einer Weile.

»Gute Idee«, stimmte Mara meinem Vorschlag zu. »Einer von uns sollte aber hierbleiben, damit er dem Mann folgen kann, falls er das Haus verlässt.«

»Dann lass mich gehen.«

»Dich kennen die Soldaten, mich nicht«, gab Mara zu bedenken. »Ich kann mich freier im Dorf bewegen. Vielleicht kommen die Wachen aus dem Steinbruch, um hier nach Verdächtigen zu suchen. Vergiss nicht, dass sie dich immer noch für den Täter halten.«

»Du hast ja recht«, sagte ich zähneknirschend. Mir gefiel es nicht, dass ich die ganze Zeit derjenige war, der warten musste und nichts unternehmen konnte. »Beeil dich aber. Wir wissen nicht, wie lange der Kerl im Haus bleibt, und sollten achtgeben, dass wir uns nicht verlieren.«

Mara ließ mir noch einen Rest der Paste da, die sie im Steinbruch angerührt hatte. Meine schmerzenden Füße behinderten mich noch immer stark, auch wenn das Brennen der Wunden im Vergleich zur Nacht deutlich nachgelassen hatte.

In den nächsten Stunden passierte gar nichts. Der Saboteur verließ sein Haus nicht und auch Mara kehrte nicht zurück. Ich saß in meinem Versteck und beobachtete das Gelände. Endlich, die Dämmerung setzte schon ein und das Knurren in meinem Magen musste im ganzen Dorf zu hören sein, kam Mara zurück.

»Wo warst du so lang?«, fragte ich neugierig.

»Das Dorf ist voller Soldaten. Ich habe sie belauscht und konnte erfahren, dass sie dir die Schuld an dem neuerlichen Unglück geben. Du wirst überall gesucht und der Pharao hat eine hohe Belohnung auf deinen Kopf ausgesetzt.«

»Das war zu befürchten«, sagte ich. »An der Situation ändert das aber nichts. Dass die Soldaten uns beide töten werden, wenn sie uns erwischen, war schon klar, bevor es heute zum zweiten Anschlag gekommen ist.«

Woher Mara die gebratene Schafskeule hatte, war mir egal, als ich voller Genuss in das saftige Fleisch biss. Dankbar schaute ich sie an. Eine weitere Mahlzeit aus Reisbrei hätte mir den Rest gegeben. Ich nagte das Fleisch bis auf den Knochen ab und auch vom Fladenbrot ließ ich nichts übrig.

Auch Mara aß mit großem Appetit und lächelte mich an, als wir unser Mahl beendet hatten. »So lässt es sich aushalten, oder nicht?«

»Ich weiß ja nicht, woher du die Sachen wieder hast, muss der Köchin aber ein großes Kompliment machen«, sagte ich grinsend.

»Wie meinst du das?«

Einen Moment lang sah ich Mara irritiert an. Erst dann fiel mir ein, dass sie nicht alle meine Worte verstehen konnte. »Danke«, sagte ich deshalb und lächelte sie an.

Die Bewegung an der Haustür ließ uns sofort wieder ernst werden. Angespannt beobachteten wir, wie der Fremde sein Haus verließ und in Richtung Dorfmitte ging.

»Das ist die Chance«, flüsterte ich und lief geduckt auf das Gebäude zu.

»Sollten wir ihm nicht lieber folgen?«

»Nein«, entgegnete ich. »Ich glaube nicht, dass er das Dorf verlassen wird. Lass uns lieber im Haus nach einem Hinweis suchen, ob er der Attentäter ist.«

Mara folgte mir und wir betraten einen großen Wohnraum, in dessen Mitte sich eine kalte Feuerstelle befand. Hier war nichts Ungewöhnliches zu sehen. Durch eine schmale Öffnung gelangten wir in einen Nebenraum.

Neugierig betrachtete ich die Werkzeuge aus Kupfer und Holz, mit denen ich zum Teil schon im Steinbruch gearbeitet hatte. An den Wänden waren zahlreiche Karten aufgehängt. Eine große Zeichnung zeigte Grundriss und Querschnitt einer Pyramide. Daneben hingen Landkarten, die das Gebiet darstellten, in dem sich auch die Steinbrüche befanden. Auf einer der Karten wurde eine Stelle mit einem roten Kreis markiert. Im unteren Feld waren zahlreiche Hieroglyphen notiert, mit denen ich aber nichts anfangen konnte.

»Wir haben genug gesehen. Lass uns schnell verschwinden«, sagte Mara. »Ich glaube jetzt auch, dass wir den Täter gefunden haben.«

Ein lautes Knacken an der Eingangstür ließ mir das Blut in den Adern gefrieren. »Er kommt zurück«, zischte ich Mara zu und zog sie von den Karten weg. Wir schafften es nicht mehr, unbemerkt aus dem Gebäude zu entkommen. Wir bekamen es gerade noch hin, uns hinter einem großen Kübel im Eingangsbereich zu verstecken. Von dort aus sahen wir, wie zwei Männer an uns vorbeigingen.

»Hast du alles bekommen?«, hörten wir die Stimme aus dem Nebenraum, in dem wir uns wenige Sekunden vorher noch aufgehalten hatten.

»Ja, mein Meister.«

»Sind die Sachen schon oben?«
»Ich habe alle Arbeiten so erledigt, wie du sie mir aufgetragen hast, großer Asklepios. In ein paar Tagen wird keiner mehr daran zweifeln, dass du der größte Architekt aller Zeiten bist.«
»Genau so muss es sein. Der Pharao hat einen großen Fehler gemacht, indem er Imhotep mit dem Bau der Pyramide beauftragt hat. Er wird erkennen, wer der wahre Meister der Baukunst ist, und mich mit Gold überhäufen, nachdem ich ihm das prächtigste Grabmal errichtet habe, das er sich vorstellen kann.«
»Hast du noch weitere Aufgaben für mich?«
»Nein, du kannst gehen. Ich rufe dich, wenn ich dich wieder brauche.«
Voller Spannung hatten wir das Gespräch der beiden Männer verfolgt. Wir hörten Asklepios im Nebenraum umhergehen, der dabei unverständliche Worte vor sich hin brummte.
Plötzlich spürte ich, wie es in meiner Nase zu kribbeln begann. Schweiß trat mir auf die Stirn und ich musste alle Kraft aufwenden, den Niesreiz zu unterdrücken. Mara sah mich entsetzt an. Zu allem Überfluss kam jetzt auch noch Asklepios in den Raum.
Wir machten uns so klein wie möglich und drückten uns noch tiefer auf den Boden. Doch dabei kam meine Nase dem Staub noch näher, der sich in einer feinen Schicht über den ganzen Raum verteilte. Ich presste mir die linke Hand auf die Nase und drückte deren Flügel so fest zusammen, wie ich nur konnte. Ich hatte das Gefühl, mein Kopf könnte jederzeit platzen.
In diesem Augenblick hörten wir, wie der Architekt irgendwelche Sachen auf den Tisch kippte und darin herumwühlte. »Dieser Tor!«, fluchte er. »Das Wichtigste hat er vergessen.« Asklepios ließ alles stehen und

liegen und stürmte aus dem Raum. Der Knall, den das Zuschlagen der Tür verursachte, wurde von meinem Niesen bei Weitem übertroffen. Entsetzt hielten Mara und ich den Atem an und pressten uns so dicht auf den Boden wie möglich. Erst als sich nach etwa zehn Sekunden noch immer nichts tat, waren wir sicher, dass Asklepios das Haus verlassen hatte.

»Das war knapp«, sagte ich und wischte mir erleichtert den Staub aus dem Gesicht.

»Ja. Das ist gerade noch mal gut gegangen.«

»Jetzt sind wir aber um einiges schlauer geworden.«

»Allerdings. Hast du die Karte mit dem roten Kreis gesehen?«, fragte Mara.

»Natürlich.«

»Dort ist eine Stelle eingezeichnet, die oberhalb des großen Steinbruches liegt. Dort sind etwa zehnmal so viel Arbeiter tätig wie da, wo wir heute Morgen waren.«

»Du meinst, dass Asklepios dort einen Anschlag plant?«

»Ich bin mir fast sicher.«

»Das müssen wir unbedingt verhindern«, sagte ich, das Bild der toten Ägypter unter der Steinlawine noch vor Augen.

»Du sagst es. Leider weiß ich nicht genau, was er vorhat. Sobald Asklepios zurück ist und somit keine Gefahr mehr für uns darstellt, sollten wir uns auf den Weg machen. Gleich bei Sonnenaufgang suchen wir nach der Stelle. Wir haben dann sicher etwas Zeit bevor der Schuft dort auftaucht.«

Wir gingen zurück in unser Versteck und mussten wieder einmal warten, was mir langsam auf die Nerven ging. Wenngleich ich natürlich zugeben musste, dass ich diese Zeit mit Mara sehr genoss. Mit jeder Stunde, die wir gemeinsam verbrachten, fühlte ich mich mehr zu der schönen Griechin hingezogen. Gerne hätte ich sie unter anderen Umständen kennengelernt und hoffte, dass wir noch etwas Zeit gemeinsam verbringen konnten, wenn alles vorbei war.

Endlich kam der Hausherr zurück. Mittlerweile war die Nacht weit fortgeschritten und die gespenstische Stille, die ich vom Vortag kannte, hatte wieder im Dorf Einzug gehalten. Wir warteten, bis Asklepios im Haus verschwunden war und machten uns dann auf den Weg. Um nicht den Wachen in die Hände zu laufen, bewegten wir uns auf den ersten Metern wieder von Deckung zu Deckung vor, die entweder aus einer Gruppe von Palmen oder massivem Fels bestand. Erst als wir das Dorf soweit hinter uns gelassen hatten, dass wir sicher nicht mehr gesehen wurden, gingen wir schneller.
Der Marsch zum Steinbruch verlief ohne Zwischenfälle. Ich sprach Mara auf Antipatros an, ohne allerdings Antworten auf meine Fragen zu bekommen. Bei diesem Thema schaltete meine Begleiterin auf stur. Es ärgerte mich, dass sie mir nach allem, was wir in den letzten Tagen gemeinsam erlebt hatten, noch immer nicht voll vertraute. Schließlich gab ich es auf und ging schweigend neben ihr her.
Tief in der Nacht erreichten wir unser Versteck und beschlossen, bis zum Morgengrauen dort zu bleiben. Ich verband mir erneut meine Füße, denen es trotz des neuerlichen Marsches schon viel besser ging. Auch die Schmerzen in meinen Gelenken hatten nachgelassen.

Lediglich die Nachwirkungen des Sonnenbrands machten mir weiterhin schwer zu schaffen. Ich musste mich beherrschen, nicht überall am Körper zu kratzen.

Mit dem ersten Sonnenstrahl verließen wir unsere kleine Höhle und machten uns auf den Weg. Wieder war Mara vor mir wach gewesen und hatte mich geweckt.

Wir beeilten uns und brauchten nicht einmal eine Stunde für den Weg. Dabei stießen wir weder auf Asklepios noch auf einen der Soldaten. Dieser Steinbruch wirkte überwältigend. Er erstreckte sich auf einer Länge von mindestens einem Kilometer und war gut und gerne fünfzehn Meter hoch. Hier waren bestimmt weit über tausend Arbeiter beschäftigt, die die mächtigen Blöcke aus dem Stein trennten. Im Moment war der Platz noch leer. Es konnte aber nicht mehr lang dauern, bis die ersten Männer eintrafen.

Mara und ich suchten den Platz oberhalb der Bruchstelle ab. Wir waren jetzt ungefähr an der Stelle, die Asklepios auf seiner Karte markiert hatte, konnten aber nichts Außergewöhnliches erkennen. Ich hätte schwören können, dass er hier einen größeren Anschlag plante. Hatten wir uns etwa getäuscht?

Plötzlich sank ich mit dem Fuß bis zum Knöchel im Sand ein. »Mara, komm schnell. Hier ist etwas.«

Gemeinsam schoben wir den Sand mit unseren Händen beiseite, bis wir eine ovale Steinplatte freigelegt hatten. Mit vereinten Kräften hoben wir sie hoch. Unter dem Stein begann ein Tunnel, der schräg in die Tiefe führte.

»Das muss ich mir näher anschauen«, sagte ich und kroch, gefolgt von Mara, in den Gang. Er war so eng, dass wir auf dem Bauch hindurchrobben und uns den Weg ertasten mussten. Wir konnten nicht erkennen, wohin er uns führen würde. Panik ergriff mich, als ich an den Skorpion dachte, der in der Höhle über meinen

Körper gelaufen war. Doch meine Sorge war unbegründet. Schnell weitete sich der Gang in eine Felsspalte die fast einen Meter breit und mindestens fünf hoch war. An einigen Stellen musste es an der Oberfläche Öffnungen geben, die ein gedämpftes Licht in den Raum ließen.

Erleichtert stellte ich mich aufrecht hin und half meiner Gefährtin aus dem engen Tunnel heraus. Der Spalt war mindestens einhundert Meter lang. Vielleicht zog er sich sogar durch die komplette Länge des Steinbruches. Von unserem Standort aus konnten wir das Ende nicht erkennen. Der Boden war mit getrocknetem Holz ausgelegt, das an der Seite etwa hüfthoch aufgestapelt war. Nur ein schmaler Weg blieb übrig, den wir gerade so passieren konnten. Es musste Tage gedauert haben, das alles hier hereinzuschaffen.

»Ich denke, dass wir die Stelle gefunden haben, wo der Anschlag erfolgen soll«, sagte ich.

»Was kann Asklepios vorhaben?«, rätselte Mara.

»Wie es aussieht, will er ein Feuer machen.«

»Aber wozu?«

»Der Berg ist hier mindestens noch einen Meter dick. Selbst wenn sich die Arbeiter bis zu dieser Felsspalte durcharbeiten, kann ich mir nicht vorstellen, was ein Feuer bewirken soll. Im Freien können die Männer problemlos fliehen, wenn es hier anfängt zu brennen.«

»Asklepios muss etwas anderes vorhaben«, sagte Mara.

Wir gingen tiefer in den Berg hinein, und da sah ich es. Der Schreck fuhr mir in alle Glieder, und ich dachte wieder an die vielen Toten, die wir gestern gesehen hatten.

»Jetzt weiß ich, was dieser Teufel tun will«, sagte ich und deutete nach vorne. Eine Holzplatte von der Größe

einer Zimmertür versperrte eine Öffnung im Fels. An den Griffen waren Taue befestigt, die nach oben führten und sicherlich von außen greifbar waren. »Wenn er diesen Plan durchführen kann, werden Tausende der Arbeiter ihren Tod finden.«
»Was meinst du?«, fragte Mara.
Ich erklärte ihr, wie Asklepios die Arbeiten sabotieren wollte. Der Plan war genauso teuflisch wie genial. Wir mussten ihn unbedingt vereiteln und dafür sorgen, dass der Architekt den Soldaten des Pharaos in die Hände fiel.
Hier konnten wir zunächst nichts mehr tun. Wir gingen zurück, damit wir die Felsspalte verlassen hatten, bevor Asklepios oder sein Helfer herkamen, um das grausame Werk zu vollenden.

Mara und ich saßen gut versteckt zwischen einer kleinen Ansammlung von Palmen und warteten auf Asklepios. Den Eingang zur Felsspalte hatten wir verschlossen und sorgfältig unsere Spuren verwischt. Der Lärm im Steinbruch verriet uns, dass die Bauern ihre Arbeit wieder aufgenommen hatten. Vorsichtig waren wir etwa fünfhundert Meter den Abhang heruntergelaufen und befanden uns jetzt auf einer Höhe mit den Arbeitern. Wegen des Hügels, der zwischen uns und dem Steinbruch lag, waren wir von dort aus nicht zu sehen. Die dumpfen Schläge der Hämmer verrieten uns aber, wie nahe wir den Männern waren. Wenn Asklepios den Hang hinaufkam, wollte ich ihm folgen und den Anschlag verhindern. Mara sollte die Männer im Steinbruch warnen und versuchen, den Hauptmann davon zu überzeugen, sich die Höhle über dem Steinbruch anzuschauen. Ich durfte mich bei den Ägyptern nicht sehen lassen, wollte ich nicht sofort wieder in den Kerker geworfen werden.

»Was tun wir, wenn er heute nicht kommt?«, fragte Mara.

»Dann versuchen wir es morgen wieder. Ich bin mir aber sicher, dass Asklepios bald hier auftaucht. Er wird seinen wahnsinnigen Plan heute in die Tat umsetzen. Wenn er noch lange wartet, werden die Arbeiter auf die Spalte stoßen und er hat sich die ganze Mühe umsonst gemacht.«

Wir hatten sehr leise gesprochen und Mara, die gerade noch etwas erwidern wollte, schluckte ihre Worte runter, als wir unter uns ein Geräusch hörten. Es musste jemand vom Dorf aus auf dem Weg zum Steinbruch sein. Wir machten uns so klein wie möglich und legten uns hinter den Bäumen flach auf den Boden.

Tatsächlich kam Asklepios den Hang herauf. Er schien sich keine großen Sorgen zu machen, entdeckt zu werden, und ging ganz ruhig auf sein Versteck zu.

Gespannt warteten wir, bis er uns passiert hatte. Erst als wir sicher waren, dass er uns nicht mehr sehen konnte, standen wir auf. Einen Moment lang blieb Mara vor mir stehen. Wir sahen uns tief in die Augen und ich hätte die mutige Griechin am liebsten in den Arm genommen und fest an mich gedrückt. Würden wir uns wiedersehen und eine Chance erhalten, uns außerhalb jeder Gefahr besser kennenzulernen? Oder war das jetzt ein Abschied für immer? Wenn irgendetwas schiefging, würden wir beide den Tag nicht überleben.

»Mögen die Götter mit dir sein«, flüsterte Mara und lief schnell in Richtung Steinbruch.

Auch ich konnte jetzt nicht länger warten und machte mich an die Verfolgung von Asklepios. Sicher hatte er den Einstieg längst erreicht und war im Fels verschwunden. Als ich zu der Stelle kam, sah ich, dass der Architekt den Stein nicht wieder richtig über das Loch geschoben hatte. Ich vergrößerte die Öffnung, bis ich gerade hindurchpasste, und kroch dann leise in den Tunnel. Auf keinen Fall sollte dieser Kerl gewarnt werden. Stück für Stück schob ich mich voran, bis es mir gelang einen Blick in die Felsspalte zu werfen.

Bis auf die aufgeschichteten Äste lag der Gang leer vor mir. Ich nahm mir einen der Stöcke und lief geduckt am Stapel entlang. Dann sah ich ihn.

Etwa in der Mitte des Weges hockte Asklepios auf dem Boden und hieb zwei Steine gegeneinander. In die Löcher zwischen dem Holz hatte er trockenes Gras gestopft. Ich war keine Sekunde zu früh gekommen. Dieser Verrückte hatte tatsächlich vor, seinen furchtbaren Anschlag jetzt durchzuführen, wo der Steinbruch voller Arbeiter war. Eine nie gekannte Wut überkam mich. Voller Hass stürmte ich auf Asklepios und holte dabei mit meinem Knüppel weit aus, um ihn gleich mit dem ersten Schlag so zu treffen, dass er sich nicht mehr wehren konnte.

Ich hatte aber nicht mit der Reaktionsschnelligkeit des Ägypters gerechnet. Irgendetwas musste ihn gewarnt haben. Im letzten Augenblick gelang es ihm nach hinten auszuweichen und ich traf nur die Feuersteine, die er auf dem Boden verloren hatte. Ich hatte meine ganze Kraft in den Schlag gelegt und konnte den Knüppel nicht mehr festhalten, als dieser auf dem Boden aufschlug. Der Schmerz durchfuhr meinen Arm und ich brauchte einen Moment, um mich neu zu orientieren.

Diese Chance nutzte Asklepios gnadenlos aus. Völlig

unvorbereitet traf mich der Hieb am Kinn. Ich wurde zurückgeschleudert und der Ägypter setzte sofort nach.
»Ich werde mich so kurz vor dem Ziel nicht von dir aufhalten lassen!«, schrie er mich an.
Der nächste Treffer erwischte mich am Kopf. Ich verlor das Gleichgewicht und fiel rücklings auf den Holzstapel, der unter meinem Gewicht auseinanderfiel. Mein Arm fühlte sich noch immer an wie gelähmt. Stöhnend versuchte ich, mich aufzurappeln, bekam aber gleich den nächsten Schlag ab, der mich erneut niederstreckte. Ich konnte spüren, wie mir dicht unter dem Auge die Haut aufplatzte. Blut lief mir langsam und zäh die Wangen herunter.
»Du wirst in dieser Höhle sterben«, sagte Asklepios. »Niemand wird dir hier helfen. Später wird man deine Leiche zwischen den Steinen finden. Jeder wird denken, dass du den Anschlag verübt hast und dabei zu Tode gekommen bist. Deine Flucht passt gut in meine Pläne. Es wird keiner auf die Idee kommen, dass ich etwas mit den Anschlägen zu tun habe. Chafre hat seinen Täter schon.« Asklepios konnte sich ein hämisches Grinsen nicht verkneifen. Er war sich anscheinend sicher, dass von mir keine Gefahr mehr ausging, und wandte sich wieder den Feuersteinen zu.
Wo blieb bloß Mara? War sie etwa doch von den Wächtern gefangen genommen worden? Waren wir mit unserem Versuch, den Verräter zu stellen, so kläglich gescheitert? Ich konnte und wollte nicht glauben, dass es diesem Kerl so einfach gelingen sollte, den Steinbruch in ein Massengrab zu verwandeln. Entschlossen sammelte ich alle Kräfte für einen letzten Angriff und ging langsam auf Asklepios zu. Noch einmal durfte ich mich nicht so leicht überwältigen lassen.
»Du bist zäher, als ich gedacht hätte«, sagte er und

schmiss die Steine verärgert zu Boden. »Ich hätte dich doch sofort töten sollen. Ein Fehler, den ich jetzt endgültig korrigieren werde.«

Er stürzte sich auf mich. Doch diesmal war ich derjenige, der reagieren konnte. Ich wich aus und zog dabei mein Knie ruckartig mit voller Kraft hoch. Asklepios konnte den Schwung nicht mehr bremsen und ich traf ihn voll zwischen die Beine. Röchelnd ging er zu Boden. Sofort stürzte ich mich auf den Gegner. Der griff zum wohl ältesten Trick der Welt. Mit der rechten Hand fuhr er hoch und warf mir eine Ladung Sand direkt ins Gesicht. Sofort brannten meine Augen wie Feuer. Ich konnte nichts mehr sehen und wich erschreckt zurück. Der folgende Tritt in die Kniekehlen traf mich ohne die Chance einer Gegenwehr. Wieder ging ich zu Boden. Asklepios hatte sich inzwischen erholt und stand auf. Ich hörte das schaurige Lachen über mir und musste die Hiebe in meinen Magen, die mir die Luft raubten, hilflos hinnehmen. Meine Gegenangriffe zeigten keinen Erfolg, weil ich noch immer fast nichts sehen konnte und meine Schläge daher ins Leere gingen. Schemenhaft erkannte ich, wie mein Gegner einen Ast ergriff und mit beiden Händen ausholte. Jetzt wusste ich, dass der Kampf zu Ende war. Den nächsten Schlag würde ich nicht mehr überstehen.

Asklepios taumelte zurück und starrte verblüfft auf den Speer, der in seiner linken Schulter steckte. Mit einer Gruppe von Fremden kam Mara auf uns zugelaufen und bückte sich erleichtert zu mir herunter. »Den Göttern sei Dank, du lebst«, sagte sie. »Ich hatte schon befürchtet, wir würden zu spät kommen. Die Soldaten wollten mir nicht glauben, und wäre Imhotep nicht zufällig im Steinbruch gewesen, hätten sie mich sicher in den Kerker gesperrt.«

»Was geht hier vor?«, hörte ich eine mir unbekannte Stimme, die das Schreien und Jammern des Verletzten übertönte.

»Du kommst gerade recht, Imhotep«, presste Asklepios keuchend hervor. Er kniete auf dem Boden und stützte den Speer in seiner Schulter mit beiden Händen ab. »Ich konnte diesen Gottlosen im letzten Moment davon abhalten, hier alles in Brand zu stecken.«

»Er lügt!«, schrie ich, als mir einer der Soldaten ein Schwert an die Kehle hielt. Das konnte doch alles nicht wahr sein. Wollten die Männer nicht erkennen, wer der echte Verräter war?

»Sprich, Fremder«, sagte Imhotep und sah mich auffordernd an.

»Es war genau umgekehrt. Asklepios hat geplant, den ganzen Berg abzusprengen und damit Tausende von Arbeitern in den Tod zu reißen.«

»Und wie wollte er das anstellen?«

»Er war es, der gerade dabei war ein Feuer zu machen. Etwa fünfzehn Meter weiter ist eine Röhre gegraben, die durch ein Brett abgesperrt ist. Es sickert Wasser durch, und daran habe ich erkannt, was Asklepios vorhat.

»Und das wäre?«, wollte Imhotep wissen.

»Asklepios hätte durch eine Zuleitung von außen dafür gesorgt, dass eine große Menge Wasser in die Felsspalte fließt. Durch die Hitze des Feuers wäre das Wasser verdampft und hätte sich so stark ausgedehnt, dass dadurch der Fels an der dünnsten Stelle weggesprengt worden wäre. Und das ist die Seite, die zum Steinbruch führt. Durch die Arbeiten heute ist die Wand sicher nirgendwo mehr dicker als einen halben Meter.«

Nachdenklich ging Imhotep zu der Stelle, die ich ihm beschrieben hatte, und runzelte die Stirn. So ganz schien er meine Erklärung noch nicht zu glauben und sah zwischen Asklepios und mir hin und her.

»Du wirst doch dem Fremden nicht mehr glauben als deinem langjährigen Freund?«, sagte Asklepios und schrie vor Schmerzen, als ihm einer der Soldaten den Speer herauszog und die jetzt stark blutende Wunde notdürftig verband.

»Schweig!«, fuhr ihn Imhotep an. »Ich könnte mir deine Gründe für diese Tat durchaus denken. Kannst du mir den Beweis für deine Behauptungen liefern?«, fragte er mich.

Wie durch einen Schleier sah ich die Gestalt des Architekten vor mir. Wie sollte ich ihn nur von meiner Unschuld überzeugen. Plötzlich fiel mir die Lösung wie Schuppen von den Augen. »Wir müssen nur in die Werkstatt von Asklepios gehen«, antwortete ich. »Dort hängt der Plan für diese Tat an der Wand.«

»Glaube ihm kein Wort«, jammerte Asklepios.

»Ralf hat recht«, mischte sich Mara ein, die bisher geschwiegen hatte und noch immer neben mir hockte. »Im Dorf werden wir den Beweis finden, wer der wirkliche Verräter ist.«

»Dann lasst uns dorthin gehen«, sagte Imhotep. Der Architekt des Pharaos hatte hier genug gesehen und wies seine Soldaten an, uns aus der Höhle zu schaffen. Draußen wurden Asklepios und mir mit Stricken die Hände gefesselt. Damit wir nicht fliehen konnten,

führten uns die Soldaten wie Hunde an der Leine. Der Weg zum Haus war eine einzige Qual. Ich bekam noch immer schlecht Luft und meine Rippen schmerzten entsetzlich.
Als wir endlich beim Haus von Asklepios ankamen, ließ ich mich einfach nur in den Sand fallen und war froh, nicht mehr weiterlaufen zu müssen. Ich sah, dass Mara zu mir kommen wollte, aber von einem Soldaten aufgehalten wurde.
Zusammen mit zwei seiner Gefolgsleute betrat Imhotep die Behausung seines Konkurrenten. Gleich würde sich entscheiden, wem von uns der Erbauer der Pyramide mehr glaubte. Asklepios, der sich verdächtig ruhig benahm, tat dabei so, als ginge ihn das alles nichts an. Die Minuten wurden für mich zu Stunden.
Endlich verließ Imhotep das Haus. »Werft ihn in den Kerker!«, sagte er nur und deutete dabei auf Asklepios. »Der Pharao soll entscheiden, was weiter mit ihm geschieht.«
Gleich drei der Soldaten schritten entschlossen auf Asklepios zu. Sie würden kein Erbarmen mit dem Verräter kennen, der versucht hatte, das Werk von Chafre und den Göttern zu stören. Der aber hatte damit gerechnet, dass Imhotep in ihm den wahren Täter erkennen würde, und war vorbereitet. Blitzschnell entwendete er einem der Soldaten das Schwert und streckte ihn mit der Waffe nieder. Bevor ihn einer der Männer aufhalten konnte, drehte er sich um und lief trotz seiner Verletzung in Richtung Steinbruch davon.
»Hinterher!«, schrie Imhotep seine Wächter an. »Lasst ihn nicht entkommen, oder ihr werdet diejenigen sein, die die Strafe des Pharaos zu spüren bekommen.«
Bis auf zwei der Soldaten, die Imhotep zurückhielt, machten sich alle an die Verfolgung von Asklepios.

»Dir wird der Dank der Götter, der weit über deinen Tod hinausreichen wird, gewiss sein«, sprach mich Imhotep an. »Chafre wird dich mit unermesslichem Reichtum überschütten, und du wirst als Gast im Palast des Pharaos verweilen dürfen, so lang es dir beliebt.«
»Ich danke dir und fühle mich geehrt, dem großen Pharao eine Hilfe gewesen zu sein«, antwortete ich. Der Architekt hätte mir jetzt alles versprechen können, mir wäre es egal gewesen. Ich war müde, mir tat mein ganzer Körper weh und ich sehnte mich nach einem richtigen Bett. Den schlimmsten Teil meiner Anwesenheit in Ägypten hatte ich wohl erst einmal hinter mir. Gegen ein paar Tage im Palast hatte ich nichts einzuwenden. Besonders dann nicht, wenn ich sie in Begleitung von Mara verbringen konnte.

Imhotep hatte mir angeboten, mich auf einer Sänfte zum Nilufer zu tragen, wo eine Fähre auf uns wartete, die uns auf die andere Seite des Flusses bringen sollte. Auch wenn mir jeder Schritt fast unerträgliche Schmerzen bereitete, lehnte ich das Angebot ab. Ich wollte vor Mara nicht wie ein Waschlappen erscheinen und würde den Weg zum Palast auch noch schaffen. Zwischen ihr und Imhotep schritt ich zur Anlegestelle. Der Architekt sprach dabei ununterbrochen von der großen Enttäuschung, die Asklepios für sein Volk darstellte. Die Strafe der Götter würde so furchtbar sein, wie sie sich kein Mensch vorstellen konnte.
Als wir das Ufer erreichten, wurde Asklepios gerade auf eines der Schiffe gebracht. Es war den Soldaten also

doch noch gelungen, den Verräter zu überwältigen. Seine Hände waren hinter dem Rücken gefesselt und er sah uns hasserfüllt an, als wir auf ihn zukamen.

Endlich konnten wir die Fähre betreten, die mich an meine erste Nilüberfahrt erinnerte. Diesmal musste ich jedoch nicht rudern und saß mit Mara und Imhotep am Heck. Während sich die beiden leise unterhielten, genoss ich den fantastischen Anblick der sich in der Sonne spiegelnden Außenseite der Cheopspyramide. Gerne hätte ich mir den prächtigen Bau von innen angesehen, wusste aber, dass man mich alleine für den Versuch, ihn zu betreten, umbringen würde.

Am anderen Ufer des Nils wurden wir von prächtig gekleideten Frauen in Empfang genommen. Sie trugen schneeweiße Tuniken, auf denen nicht das kleinste Sandkorn zu sehen war. Über der Hüfte waren rote Gürtel zusammengebunden, deren Enden in exakt gleicher Länge vor dem Körper herabhingen. Die schwarzen Haare der Dienerinnen wurden von goldenen Spangen gehalten. Die acht Frauen glichen sich wie ein Ei dem anderen. Als ich mit Mara und Imhotep die Fähre verließ, verbeugten sie sich vor uns und erhoben sich erst nach einem knappen Befehl des Architekten.

Umringt von den Dienerinnen des Pharaos schritten wir langsam auf den Palast zu. Wir gingen die Stufen einer breit angelegten Treppe hinauf und gelangten in einen großen Saal. In Abständen von zwei Metern standen goldene Statuen, die allesamt einen Löwenkopf trugen.

Ein älterer Mann in einer roten Tunika, der sich uns mit dem Namen Kebech vorstellte, nahm uns in Empfang. Imhotep verabschiedete sich von Mara und mir und erklärte uns, dass wir uns später im Thronsaal des Pharaos wiedersehen würden.

Wir folgten Kebech in eine weitere Halle. Der Boden war mit prächtigen Marmorplatten ausgelegt. In der Mitte des Raumes befand sich ein großes rechteckiges Wasserbecken, das randvoll gefüllt war. Dahinter waren Tische mit Früchten und weiteren Köstlichkeiten aufgebaut. Der Anblick des Essens ließ mir das Wasser im Mund zusammenlaufen. Ich konnte es kaum erwarten, mal wieder was Anständiges zu essen. Doch gerade, als ich auf das Buffet zugehen wollte, wurde mir plötzlich schwindelig. Ich griff nach Maras Schulter.
»Was ist mit dir?«
»Nichts«, beantwortete ich Maras Frage und lächelte ihr zu. Doch ihre Konturen verschwammen leicht vor meinen Augen. Ich schob dies auf meine Müdigkeit und versuchte, mich wieder auf meine Umgebung zu konzentrieren.
Kebech klatschte in die Hände und weitere Dienerinnen betraten den Raum. Sie trugen schwarze Röcke und hatten weiße Tücher vor die Brust gebunden, die mehr zeigten, als sie verdeckten. Vier der Frauen nahmen Mara in ihre Mitte und führten sie in einen Nebenraum. Die anderen schoben mich sanft zum Wasserbecken und zogen mir die Tunika über den Kopf, bevor ich reagieren konnte. Plötzlich stand ich splitternackt da. Ich spürte, wie mir die Röte ins Gesicht schoss, was von den Dienerinnen mit einem leisen Kichern registriert wurde. Über eine schmale Treppe stieg ich in das angenehm warme Wasser und stellte überrascht fest, dass auch die vier Frauen das Becken bestiegen.
Ich beschloss, mich nach dem ganzen Ärger mal so richtig verwöhnen zu lassen und wehrte mich nicht, als die Schönheiten damit begannen, meinen ganzen Körper einzuseifen. Schade war nur, dass ich das Bad nicht mit Mara teilen konnte. Ich freute mich schon

darauf, die bezaubernde Griechin wiederzusehen.
In diesem Moment erfasste mich der Schwindel erneut. Das Bild vor meinen Augen wurde immer undeutlicher. Der ganze Raum verschwand im Nebel und ich hatte das Gefühl, dass sich meine Umgebung langsam auflöste.
»Nicht jetzt, Antipatros!«, rief ich ins Leere. »Kannst du mir denn nicht die kleinste Freude gönnen?«
»Vergiss nicht, dass du nicht zum Vergnügen hier bist«, hörte ich die Stimme aus dem Nichts.
Dieser miese Hund. Es wäre sicher kein Problem gewesen, die Reise erst in ein oder zwei Tagen fortzusetzen. Nachdem er mich aus meinem normalen Leben herausgerissen hatte, wäre eine kleine Wiedergutmachung fällig gewesen. Der Alte hatte mir nicht einmal die Chance gelassen, mich von Mara zu verabschieden.
»Darüber reden wir noch!«, schrie ich, bevor der Nebel einer tiefen Schwärze wich und sämtliche Lichter ausgingen.

Stadt der Sünden

Als ich wieder zu mir kam, hatte sich die Umgebung grundlegend verändert. Rings um mich herum sah ich nichts als Sand. Die Hitze war noch unerträglicher, als bei den Pyramiden und die Luft flimmerte vor meinen Augen. Wo war ich hier? Etwa immer noch in Ägypten? Mir war klar, dass ich wieder eine Zeitreise hinter mir hatte. Die Frage war nur, wohin es mich diesmal verschlagen hatte.
Traurig erinnerte ich mich an das Waschhaus, aus dem mich Antipatros so abrupt herausgerissen hatte. Ich war sehr enttäuscht und ärgerte mich, dass der Kerl mir nicht noch ein paar Tage mit Mara gegönnt hatte. Wozu die Eile? Kaum war das erste Abenteuer überstanden, fand ich mich wieder an einem mir fremden Ort und wusste nicht, was ich tun sollte. Trotzdem fühlte ich mich wesentlich besser. Die zahlreichen verkrusteten Wunden und blauen Flecken waren verschwunden. Zu meiner Überraschung trug ich nun ein langes, schwarzes Gewand und hatte ein Tuch über den Kopf gebunden, das mich vor den Sonnenstrahlen schützte. Am meisten freute ich mich aber über die Sandalen. Jetzt musste ich wenigstens nicht mehr barfuß über den brennend heißen Wüstensand laufen.
Gerne hätte ich jetzt ein Gespräch mit Antipatros geführt, um etwas darüber zu erfahren, wo ich mich befand und was mein Ziel in dieser Wüste war. Ich wusste nicht einmal, in welche Richtung ich gehen sollte. Wenn ich jetzt loslief, könnte ich mich hoffnungslos verirren, was meinen sicheren Tod bedeutet hätte. So entschloss ich mich, hier sitzen zu bleiben und abzuwarten. Es würde sicher bald

irgendetwas geschehen. Grundlos war ich bestimmt nicht an diese Stelle geführt worden.

Nach einer endlos erscheinenden Zeit konnte ich auf den Hügeln vor mir eine Bewegung erkennen. Ich sah zwei Männer in hellblauen Gewändern. Sie ritten auf Kamelen und zogen sechs weitere Tiere hinter sich her, die bis auf eines alle mit Teppichen beladen waren.

»Wohin des Weges, Fremder?«, sprach mich einer der beiden an, als die kleine Karawane vor mir stehen blieb.

»Ich komme von weit her und habe den Anschluss an meine Begleiter verloren«, log ich.

»Dann willst du ebenfalls in die Stadt?«

»Wir wollten zum Markt«, sagte ich. Offensichtlich war ich auf zwei Händler getroffen. Ich hoffte, dass ich ihr Ziel richtig erraten hatte und sie mich den Rest des Weges mitnehmen würden.

»Die Götter sind dir wohlgesinnt. Dorthin führt auch unser Weg. Wir können noch Hilfe beim Entladen der Kamele gebrauchen. Wenn du möchtest, kannst du uns in die Stadt begleiten.«

»Ich danke euch und nehme das Angebot gerne an«, entgegnete ich.

Der zweite Mann, der bisher gar nichts gesagt hatte und wohl ein Helfer des Händlers war, gab dem unbeladenen Kamel einen knappen Befehl. Das Tier knickte die Vorderbeine ein und legte sich dann auf den Boden, damit ich auf seinen Rücken aufsteigen konnte. Es schaukelte mächtig, als sich das Kamel wieder erhob, und ich wäre beinahe nach vorne weggerutscht. Im letzten Moment konnte ich mich an dem Höcker vor mir festhalten, was dem Tier ein unwilliges Schnaufen entlockte.

»Mein Name ist Salim«, sagte der Fremde. »Drei Mal im Jahr reise ich mit meinem Gehilfen Tali nach Babylon, um dort meine Teppiche und Kamele zu verkaufen.«

»Für mich ist es das erste Mal, dass ich dorthin unterwegs bin«, antwortete ich.

»Es lauern zahlreiche Gefahren in der Stadt«, warnte Salim. »Sei auf der Hut und halte dich aus allen Streitigkeiten heraus, wenn dir dein Leben lieb ist.«

Ich kannte jetzt zumindest das Ziel meiner Reise und war gespannt, was ich dort erleben würde. Den Namen Babylon hatte ich schon gehört ich und glaubte mich zu erinnern, dass sogar in der Bibel von dieser Stadt die Rede war.

Tali reichte mir einen mit Wasser gefüllten Schlauch aus Kamelfell, den ich dankbar entgegennahm. Ich trank einen großen Schluck der warmen Brühe und gab den Rest zurück.

Nachdem wir eine Weile geritten waren, sah ich vor uns eine weitere Karawane, die, wie ich von Salim erfuhr, ebenfalls auf dem Weg zum Markt war. Am Horizont konnten wir schon die Mauern der Stadt erkennen. Nach und nach sahen wir immer mehr Menschen, die alle in die gleiche Richtung strömten.

Auf einer Länge von fast einem Kilometer stauten sich die Leute vor den Toren Babylons. Wir reihten uns in die Schlange ein.

Links vor dem Tor sah ich eine gewaltige Ruine. Es waren noch die Mauern zu erkennen, die zeigten, wie groß dieses Bauwerk einmal gewesen sein musste. Das Ausmaß übertraf selbst die große Pyramide, deren Anblick ich nie wieder vergessen würde. Der Schatten der Ruine füllte den kompletten Platz vor der Stadt aus und spendete den Menschen angenehme Kühle. Die rechte Seite war komplett eingestürzt und bildete einen Berg aus Steinen und Dreck.

»Eine Warnung von Gott an die Menschen«, sagte

Salim.

»Wie meinst du das?«

»Kennst du nicht die Legende vom Turmbau zu Babel?«

»Nein. Vom Turm habe ich schon gehört, weiß aber nicht viel darüber.« Ich erinnerte mich daran, in einem Geschichtsbuch einmal ein Bild des Turmes gesehen zu haben. Weil es mich damals nicht sonderlich interessierte, hatte ich den Text dazu nicht gelesen. Jetzt war ich neugierig darauf, etwas über die Hintergründe der Ruine zu erfahren.

»Vor Hunderten von Jahren maßten sich die Menschen an, gottgleich werden zu wollen. Sie bauten einen Turm, der hoch in den Himmel ragen sollte. Erzürnt darüber schickte Gott einen Sturm, der den Bau zerstörte. Um zu verhindern, dass die Menschen einen erneuten Versuch unternahmen, den Turm zu errichten, gab Gott den Menschen unterschiedliche Sprachen. Sie konnten sich nicht mehr verständigen und die Ruine blieb unverändert.«

Zweifelnd sah ich Salim an. Die Geschichte klang zu unglaublich und verrückt, um wahr zu sein. Der Blick des Händlers verriet mir aber, dass er jedes Wort glaubte, das er gerade gesagt hatte.

»Es gibt keinen Ort auf der Welt, wo mehr verschiedene Sprachen gesprochen werden als in der Stadt Babylon.« Salim hatte wohl gemerkt, dass ich an seiner Erzählung zweifelte.

Ich wollte ihn nicht verärgern und nickte. Das Letzte, was ich jetzt gebrauchen konnte, war ein Streit mit dem arabischen Händler, dessen Hilfe ich sicher noch brauchen würde. Nachdenklich ließ ich meinen Blick über die Ruine schweifen. War es der Turm, den mir Antipatros zeigen wollte? Wenn ja, warum schickte er

mich zu einer Zeit hierher, wo er schon lange zerfallen war? Nein. Es musste sich um ein anderes Bauwerk handeln. So leicht würde es mir der Alte nicht machen, dass ich sein Wunder gleich nach meiner Ankunft erkannte.
Lautes Geschrei riss mich aus meinen Gedanken. Wir waren mittlerweile ein ganzes Stück näher an die Stadtmauern herangekommen und ich konnte sehen, wie einer der Händler einen jungen Mann festhielt und heftig mit den Wachen diskutierte.
»Der Kerl hat versucht, mich zu berauben«, sagte er zu einem der Soldaten.
»Das ist nicht wahr!«, schrie der Beschuldigte. »Die Äpfel sind vom Wagen gefallen und ich wollte sie nur aufheben und zurückgeben.«
Ich wollte näher zu den Streitenden herangehen, aber Salim hielt mich zurück. »Mische dich nicht ein. Du kannst dem Jungen nicht helfen.«
»Du weißt, welche Strafe auf Diebstahl steht«, sagte einer der Soldaten. Er packte den Dieb am Arm und warf ihn zu Boden. Entsetzt musste ich mit ansehen, wie er ein Beil in die Hand nahm. Verzweifelt versuchte der Beschuldigte, sich zu wehren, hatte aber keine Chance, weil sich der zweite Wächter auf ihn stürzte und ihn mit seinem ganzen Körpergewicht auf die Erde presste. Der andere schlug den Arm des Jungen zu Boden und holte mit dem Beil aus. Ich wollte die Augen schließen, konnte aber meinen Blick nicht von der grausamen Bestrafung abwenden. Mit voller Wucht traf das Beil und trennte die Hand vom Arm des Opfers. Der markerschütternde Schrei ließ mir einen eiskalten Schauer über den Rücken laufen. Hilflos musste ich mit ansehen, wie die Soldaten den Jungen einfach liegen ließen und zurück zu den Stadttoren schritten. Keiner

der Anwesenden unternahm auch nur den kleinsten Versuch, ihm zu helfen. Er umwickelte den verletzten Arm mit seinem schmutzigen Gewand und ging auf einen der anderen Wagen zu, in dem er schweigend verschwand. Ich hoffte für ihn, dass dort jemand war, der sich um seine Verletzung kümmerte.
Als wäre nichts geschehen, schleusten die Soldaten nun weitere Gruppen durch das Tor, und auch wir kamen der Stadtmauer immer näher.

Beeindruckt sah ich mir den gewaltigen Festungswall an, der sich augenscheinlich um die ganze Stadt erstreckte. Der vordere Ring war bestimmt fünfzehn Meter hoch und so breit, dass drei bis vier Soldaten bequem nebeneinander darauf patrouillieren konnten. Etwas nach hinten versetzt lief eine zweite Mauer um Babylon, die noch mal um drei bis vier Meter höher war.
Besonders beeindruckt war ich aber von dem mächtigen Doppeltor, vor dem wir darauf warteten, endlich in die Stadt hineingelassen zu werden. Es überragte den Festungswall um etwa das Dreifache. Als wir näher an das Tor herankamen, konnte ich erkennen, dass es auf der ganzen Fläche mit glasierten Ziegelreliefs geschmückt war. Auf dem blauen Hintergrund waren die verschiedensten Motive zu sehen. Löwen waren genauso darunter wie Pferde und Schafe. Eines der Tiere sah aus wie ein Drache mit einem Schlangenkopf. Mehrere Bordüren aus goldener Farbe komplettierten das prächtige Bild.

»Dieses Tor ist Ischtar geweiht«, sagte Salim, der bemerkt hatte, wie beeindruckt ich von dem Anblick war. »Sie ist die babylonische Göttin des Kampfes und der Liebe«, erklärte er. »Warte ab, bis du erst die Paläste und Tempel in der Stadt siehst.«

Endlich waren wir bei den Wächtern angekommen. Es konnte nun nicht mehr lange dauern, bis wir unser Ziel erreicht hatten.

Salim und Tali schienen in Babylon keine Unbekannten zu sein. Die Soldaten nickten ihnen kurz zu und leiteten sie schnell weiter. Auch den beladenen Kamelen schenkten sie keine große Aufmerksamkeit. Meine Hoffnung, ebenfalls schnell an den Männern vorbeizukommen, wurde allerdings enttäuscht. Gleich zwei von ihnen kamen auf mich zu und musterten mich mit finsteren Blicken.

»Dreh dich um!«, sagte einer der beiden und zog drohend sein Schwert.

Ich warf Salim einen Hilfe suchenden Blick zu. Er musste irgendetwas unternehmen, um mich aus dieser Situation zu befreien. Schaudernd dachte ich an den ägyptischen Kerker zurück. Auf keinen Fall wollte ich wieder in ein derartiges Verlies gesperrt werden. Der zweite Wächter tastete mich am ganzen Körper ab. Ich erstarrte, als er mir mit seinen groben Händen zwischen die Beine griff und auch sonst keine Körperstelle ausließ. Nach dieser peinlichen Prozedur schien er zufrieden zu sein und raunte seinem Kameraden ein paar unverständliche Worte zu.

»Was willst du in der Stadt?«, fragte mich dieser misstrauisch.

»Er gehört zu mir«, sagte Salim. »Ich bin froh, in ihm einen Helfer gefunden zu haben, der Tali und mich beim Verkauf der Waren unterstützt.«

»Warum sagst du das nicht gleich?«, fluchte der Soldat. »Du siehst, dass wir hier eine ganze Menge zu tun haben. Ich mache dich persönlich für sein Verhalten verantwortlich. Gnade dir Gott, wenn er sich nicht an die Gesetze des Königs hält.«
»Wir werden Nebukadnezar nicht enttäuschen«, antwortete Salim.
Damit schienen die beiden Soldaten zufrieden zu sein und befahlen uns, weiterzugehen.
»Wenn wir erst einmal in der Stadt sind, fällt es der Garde des Königs schwer, uns zu kontrollieren«, flüsterte Salim mir zu. »Es ist ihnen nicht möglich, Babylon sauberzuhalten. Nebukadnezar hat daher die Wachen an den Toren verstärken lassen, damit erst gar kein Gesindel hineinkommt. Du darfst diesen Vorfall nicht überbewerten. In einer Stunde haben uns die Soldaten längst vergessen.«
So ganz konnte ich den Optimismus des Händlers nicht teilen, war aber froh, die königlichen Wachen endlich hinter mir lassen zu können. Ich gesellte mich zu Tali, der sich während des Zwischenfalls vornehm zurückgehalten hatte, und half ihm beim Führen der Kamele. Lange hatte ich nicht Zeit, mich über den Vorfall zu ärgern. Wir führten die Tiere durch das innere Tor und ich kam aus dem Staunen nicht mehr heraus.

Salim, Tali und ich standen am Beginn einer prächtig angelegten Straße. Sie war mit Steinen ausgelegt, die mich an Kopfsteinpflaster erinnerten. An den Seiten führten mit Granit ausgelegte Wege zu zahlreichen

Tempeln unterschiedlichster Größe. Ich konnte alleine von unserem Standpunkt aus bestimmt fünfzig dieser Bauwerke erkennen. Die größeren von ihnen waren mit handgemalten Glasurziegeln geschmückt, die die gleichen Tierbilder zeigten, die ich schon vom Ischtartor kannte.

Je weiter wir uns dem Zentrum näherten, umso belebter wurde es um uns herum. Zahlreiche Händler boten ihre Waren an und feilschten mit den potentiellen Käufern. Die meisten Gespräche konnte ich nicht verstehen, da sie entweder sehr schnell oder in einer mir fremden Sprache geführt wurden. Männer in reich verzierten Gewändern liefen umher und schauten sich die gewaltigen Tempelanlagen an. Erlebte ich hier die ersten Touristen der Menschheitsgeschichte? Antipatros hatte ja schließlich von einer Art Reiseführer gesprochen. Auch Wahrsager und Musikanten fanden ihren Platz in dem Getümmel. Die fremdartigsten Düfte kitzelten meine Nase und ich merkte erst jetzt, wie hungrig ich geworden war.

Unbeirrbar fand Salim seinen Weg in den engen Gassen. Tali und ich hatten große Mühe, mit dem Händler Schritt zu halten. Schließlich mussten wir auch aufpassen, dass sich keiner an den Waren zu schaffen machte, die auf unseren Kamelen verstaut waren.

Plötzlich wurde es lauter neben uns. Eine kleinere Gruppe von Männern taumelte aus einem der Häuser und verfluchte einen Musikanten, der verzweifelt versuchte, sich der Angriffe zu erwehren. Einer der Betrunkenen warf eine Tonflasche nach ihm, verfehlte ihn aber knapp. Offensichtlich waren sie nicht sonderlich begeistert von der Sangeskunst, die ihnen der arme Kerl geboten hatte. Keiner der Männer schaffte es mehr, sich gerade auf den Beinen zu halten.

An ihrer Kleidung erkannte ich, dass sie zur höheren Gesellschaft in Babylon gehörten. Immer wieder schlugen sie auf den Barden ein, der kaum eine Chance hatte, sich gegen die Angreifer zu wehren und bereits aus zahlreichen kleineren Wunden blutete. Endlich schaffte es der Musikant seinen Widersachern zu entkommen und suchte das Weite.
»Komm weiter. Salim wird böse sein, wenn wir unseren Stand heute nicht fertig aufbauen. Hier gibt es nichts mehr zu sehen.«
»Ist ja schon gut, Tali. Ich wollte mir ja nur kurz dieses Schauspiel anschauen. Ich frage mich, wie man am helllichten Tag schon so betrunken sein kann.«
»Deine Neugierde wird dir noch großen Ärger einbringen. Du solltest dich aus allen Problemen heraushalten. Nur so überlebt man hier.«
Insgeheim musste ich Tali recht geben. Ich durfte in der für mich fremden Welt auf keinen Fall auffallen. Wenn ich mir den Zorn der Soldaten erst einmal zugezogen hatte, würde es schwer für mich werden. Ich hatte in Babylon eine Aufgabe zu erfüllen, wenn ich auch noch nicht genau wusste, was Antipatros mir hier zeigen wollte. Der verfallene Turm, der Festungswall und auch die vielen Tempel in der Stadt waren sicher sehenswert. Was davon aber war das zweite Weltwunder, weshalb mich mein Weg ja hierher geführt hatte?

Endlich hatten wir unser Ziel erreicht. Salim wies uns an, mit dem Entladen der Kamele zu beginnen und verschwand in dem immer größer werdenden Trubel auf dem Marktplatz. In den unterschiedlichsten Sprachen diskutierten die Menschen über angebotene Waren und ich wunderte mich darüber, dass ich das meiste verstehen konnte.

»Träumst du schon wieder?«, trieb Tali mich an.

»Ich komme ja schon.«

Gemeinsam nahmen wir den ersten Teppich von einem Kamel herunter, drehten ihn um und legten das kostbare Stück vorsichtig auf dem Boden ab. Er war sehr viel schwerer, als ich angenommen hatte. Ich hatte große Mühe, ihn richtig festzuhalten. Wäre er mir aus der Hand gerutscht, hätte ich mir sicher von Tali wieder einiges anhören müssen. Nach dem zweiten Teppich war ich schon völlig außer Atem. Tali kannte aber keine Gnade und war der Meinung, dass es für eine Pause noch viel zu früh war. Jedes der Kamele musste mit mindestens dreißig Teppichen beladen sein und ich fragte mich, wie ich das bei dieser Hitze überstehen sollte. Zu meiner Überraschung kamen aber unter der fünften Lage Holzbalken zum Vorschein.

»Wir bauen jetzt erst einmal den Stand und das Zelt auf«, sagte Tali.

Diese Arbeit war schnell verrichtet. Auf vier Pfosten spannten wir eine Plane aus Kamelleder, die die wertvolle Ware vor der Sonne schützen sollte. Danach befestigten wir eine Zeltbahn um den Stand herum. Tali wies mich an, die Halteschnüre so eng wie möglich an das Holz zu binden, damit die Wände fest gespannt waren und keiner darunter hindurchkriechen konnte.

»Es gibt sehr viel Gesindel in der Stadt«, sagte der Araber.

Das erste Kamel war jetzt bis auf eine Stützstange und die Zeltplane entladen. Nun begann der schwierige Teil des Aufbaus. Ich musste unter die dunkle Außenhaut

unseres Zeltes kriechen und die Stützstange in der Mitte befestigen. Erst als ich dies erledigt hatte, kam mir Tali zu Hilfe. Gemeinsam richteten wir das Zelt mitsamt der Halterung auf. Während ich den Pfosten festhielt, machte sich Tali an das Spannen der Halteseile. Besonders eilig hatte er es dabei nicht. Ich war mir fast sicher, dass sich der Araber absichtlich Zeit ließ, um mich zu ärgern. Längst lief mir der Schweiß in Strömen am ganzen Körper herunter. Ich fragte mich wirklich, wie wir bei dieser Hitze im Zelt schlafen sollten. Als ich den Backofen endlich verlassen konnte, war Tali schon dabei, die Planen an den Eingängen zur Seite zu schlagen.
»Es wird heute Nacht noch deutlich abkühlen, und wir werden froh sein, dass wir etwas geschützt sind«, sagte er.
Auch wenn ich mir nicht vorstellen konnte, dass es so kalt werden würde, nickte ich nur.
Plötzlich flog ein Paket mit Decken durch den Eingang und hätte mich damit beinahe am Kopf getroffen.
»Kannst du nicht aufpassen?«
»Ich habe dir doch gesagt, du sollst aufhören zu träumen«, entgegnete der Araber bissig.
Ich hatte keine Lust auf einen Streit mit Salims Gehilfen und verzichtete daher auf eine weitere Bemerkung. Schließlich hatten wir noch viel zu tun und würden unsere Kräfte brauchen. Wo steckte der Händler nur die ganze Zeit? Zu dritt wäre es uns sicher viel schneller gelungen, mit unserer Arbeit fertig zu werden.
Nachdem wir Stunden später auch die anderen Kamele entladen und die Teppiche in den Stand geräumt hatten, war ich mit meinen Kräften am Ende. Zwischendurch hatte Salim einen großen Becher mit Wasser gebracht, den ich mir mit Tali teilen musste, war

dann aber sofort wieder verschwunden. Gegessen hatte ich den ganzen Tag über noch nichts. Mein Magen zog sich bei jedem Schritt schmerzhaft zusammen.

Froh, mich ausruhen zu können, ließ ich mich auf dem warmen Boden nieder.

»Willst du schon wieder ausruhen?« fragte Tali lachend. »Wir müssen noch die Tiere versorgen.«

»Können wir nicht ein paar Minuten verschnaufen? Danach helfe ich dir auch beim Füttern der Kamele.« Insgeheim musste ich den drahtigen Araber schon bewundern, der sich nicht die geringsten Ermüdungserscheinungen anmerken ließ.

»Gefressen haben sie heute Morgen genug. Wenn wir jeder noch zwei Eimer mit Wasser holen, sind wir für heute fertig.«

Ich wusste, dass dieser Sklaventreiber nicht eher Ruhe geben würde, bis auch diese Arbeit erledigt war, und raffte mich auf. Zum Glück war die Wasserstelle nicht sehr weit entfernt und wir konnten unser Lager von dort aus sehen. Ich hatte mich schon gewundert, dass Tali unserer kostbare Ware unbeaufsichtigt zurücklassen wollte. Mit jeweils zwei Holzeimern, randvoll gefüllt mit einer dunklen, schlammigen Brühe, machten wir uns auf den Rückweg zu den Kamelen.

»Ich sehe, ihr seid fertig«, sagte Salim, der grinsend angeschlendert kam. »Da habt ihr euch das Essen redlich verdient.«

Er reichte jedem von uns eine saftige Hühnerkeule, die ich dankbar entgegennahm. Dazu gab es noch einen kleinen Laib Brot, den Salim in der Mitte durchbrach. Das Fleisch war kaum gewürzt und noch halb roh. Trotzdem war ich in diesem Moment der Meinung, noch nie in meinem Leben besseres Hühnerfleisch gegessen zu haben. Auch das Brot schlang ich bis auf den letzten

Krümel herunter und streckte mich zufrieden auf dem Boden aus.

Nach einem langen und anstrengenden Tag hatte ich nun die Gelegenheit, mir das Treiben auf dem Marktplatz in Ruhe anzusehen. Obwohl die Abenddämmerung längst über uns hereingebrochen war, ließ der Betrieb in der Stadt kein bisschen nach.

Plötzlich hörte ich verzweifelte Hilfeschreie. Ich suchte den Marktplatz ab, konnte aber die Rufe nicht lokalisieren. Ich stand auf, um einen besseren Überblick zu bekommen. Die Frau, die direkt auf mich zugerannt kam, sah ich zu spät. Der Zusammenstoß war unvermeidlich. Die Flüchtende erwischte mich voll und ich konnte mein Gleichgewicht nicht mehr halten. Ich fiel um, wie ein gefällter Baum und hatte das Pech, das die Unbekannte direkt auf mir landete. Ihr kleiner Finger bohrte sich dabei fast in mein linkes Auge.

Ich schrie auf und presste meine Hand auf die schmerzende Stelle. Tränen liefen mir die Wange herunter. Für einen Moment war ich so mit mir selbst beschäftigt, dass ich nichts von den Vorgängen neben mir mitbekam. Doch wütende Schreie lenkten meine Aufmerksamkeit wieder auf die junge Frau, der ich die Schmerzen zu verdanken hatte.

Die Araberin wurde von ihren Häschern erneut zu Boden geworfen, als sie einen weiteren Fluchtversuch unternahm. Sie trug einen eng anliegenden, roten Umhang, der schon an einigen Stellen zerrissen war. Ihr schwarzes Haar war völlig zerzaust und stand nach allen Seiten ab. Einer der drei Verfolger trat ihr wütend in die Seite und zog sie an der Tunika auf die Beine. Der dünne Stoff konnte dieser Belastung nicht standhalten und riss. Verzweifelt versuchte das Opfer, seine Blöße zu verdecken, als es kräftiger Schlag gegen den Kopf erneut zu Boden warf. Ihre Kleidung zeigte jetzt mehr, als sie verdeckte. Neben mir standen einige Männer und ergötzten sich an dem blanken Busen der Frau, anstatt ihr gegen die Widersacher zu helfen. Es interessierte offensichtlich keinen der Anwesenden, was die Arme getan hatte und ob eine Strafe überhaupt berechtigt war. Im Gegenteil schienen sie sich noch an dem Schauspiel zu erfreuen, das ihnen zu der späten Stunde geboten wurde.

Wieder holte einer der Peiniger aus. Ich wollte ihn aufhalten, aber Tali hielt mich am Arm fest.

»Misch dich da nicht ein«, zischte er in mein Ohr.

Die junge Frau musste einen weiteren Stoß in die Seite hinnehmen. Sie stieß einen Stöhnlaut aus, der mir durch Mark und Bein ging. Wann würden diese Kerle endlich aufhören?

Lachend standen sie vor ihrem Opfer und deckten es abwechselnd mit Schlägen auf den Kopf und die Brust ein. Ich war mir sicher, dass es nicht mehr lange dauern würde, bis sie das Bewusstsein verlor, was aber in diesem Moment sicherlich eher eine Erlösung für sie wäre. Die Kleine konnte jedoch mehr einstecken, als ich erwartet hatte. Als sich einer der Angreifer über sie beugte, holte sie aus und trat ihm so fest sie konnte zwischen die Beine. Stöhnend ging der Araber zu Boden.

»An den Pfahl mit ihr!«, schrie einer der Zuschauer.

Zu meinem Entsetzen erntete er damit begeisterte Zustimmung von den anderen. Ich wusste nicht, was das zu bedeuten hatte, ging aber davon aus, dass es nichts Gutes sein konnte.

Zwei der Männer packten ihr Opfer an je einem Arm und zogen es hinter sich her. Die zuschauende Menge, die bis dahin einen engen Kreis um den Ort des Geschehens gezogen hatte, schuf eine schmale Gasse. Das Mädchen wehrte sich verzweifelt, wurde aber gnadenlos weiter über den Boden geschleift. Der dritte Peiniger folgte seinen Kumpanen mit schmerzverzerrtem Gesicht und noch immer sichtlich wackeligen Beinen.

Diesmal hielt mich Tali nicht zurück. Gemeinsam folgten wir dem Mob, der sich über den Markplatz von Babylon zog. Dabei stachelten sich die Männer gegenseitig an und die Beschimpfungen, die die junge Frau ertragen musste, wurden immer obszöner.

Die Gruppe erreichte einen Pfahl, der in der Mitte des Platzes in den Boden gerammt war. Ein paar Männer sammelten Steine und legten sie etwa fünf Meter vor dem Opfer ab. Die Menschen auf dem Platz schienen zu wissen, was jetzt kam und feuerten die Peiniger der jungen Frau begeistert an.

Es gab nicht einen in der schreienden Menge, der versucht hätte, etwas gegen diesen Mord zu unternehmen. Selbst die Wachen des Königs taten so, als ginge sie das Ganze nichts an.

»Wenn du dich jetzt einmischst, werden die Männer dich töten«, sagte Tali, der meine Gedanken wohl erraten hatte. So schwer es mir auch fiel, ich musste Salims Helfer leider recht geben und tatenlos mit ansehen, wie das Grauen seinen Lauf nahm.

»Diese Hure hat mich betrogen!«, schrie einer der Männer in die Menge. Ich erkannte in ihm den Peiniger, der zuvor einen Tritt in die Genitalien kassiert hatte.

»Ein glückliches und reiches Leben an meiner Seite war ihr nicht genug. Nein, sie musste sich gleich mit zweien aus meiner Dienerschaft vergnügen. Sie wird nun ihre gerechte Strafe erhalten«, setzte er seine Worte fort. Laute Jubelrufe zeigten die Zustimmung des Publikums. Entschlossen ging der angeblich betrogene Gatte auf den Pfahl zu. Er ergriff einen der Stofffetzen und riss der Gefangenen auch den letzten Rest Kleidung vom Leib. Diese versuchte nicht mal mehr, ihre Blöße zu verdecken. Der wohlgeformte Körper war mit vielen kleinen Wunden und blauen Flecken übersät und blutverschmiert.

»Seht sie euch an. Werft einen letzten Blick auf ihren sündigen Leib. Nie wieder soll sie einem Mann mit ihren Reizen den Kopf verdrehen.«

Die Tatsache, betrogen worden zu sein, schien bei dem Mann schwerer zu wiegen als die Gefühle zu seiner Frau, die er irgendwann einmal geliebt haben musste. In seiner verletzten Eitelkeit machte es ihm offensichtlich nichts aus, ihren nackten Körper der geifernden Menge zur Schau zu stellen.

Was dann folgte, war an Grausamkeit und Menschenverachtung nicht mehr zu überbieten.

Die Gefangene versuchte verzweifelt, sich von ihren Fesseln zu befreien, hatte aber nicht die geringste Chance. Sie waren einfach zu fest gebunden. Hoffnungslos musste sie dabei zusehen, wie sich sechs Männer vor ihr aufstellten. Jeder von ihnen nahm einen Stein in die Hand und zugleich warfen sie die

Geschosse auf ihr wehrloses Opfer. Die Frau wurde an den Oberschenkeln und den Schienbeinen getroffen. Ein Schmerzensschrei gellte über den Platz und brachte die Menge wieder zum Grölen.
Die Peiniger nahmen die nächsten Geschosse in die Hand und zielten diesmal höher. Drei Steine schlugen gegen die Brust, die anderen verfehlten das Ziel. Die Schreie der Frau gingen in leises Wimmern über. Wieder wurde geworfen und ein Stein traf das Opfer gegen die Stirn. Sie sank bewusstlos zusammen und ich hoffte, dass sie von den weiteren Treffern nichts mehr mitbekam. An mehreren Stellen floss jetzt das Blut aus ihrem Körper, aber die Männer hatten immer noch nicht genug. Erst als die letzten Steine aufgebraucht waren, endete die grausame Bestrafung. Die Frau hing zusammengesunken am Pfahl und ich brauchte nur in das blutverschmierte Gesicht zu schauen, um zu erkennen, dass sie nicht mehr lebte.
Angewidert wendete ich meinen Blick von dem grausamen Bild ab. »Lass uns gehen«, sagte ich zu Tali. »Salim wird sicher schon auf uns warten.«
Auch Tali hatte wohl genug gesehen und nickte nur. Gemeinsam gingen wir zu unserem Lager. Salim erwartete uns bereits. Er sah mir wohl an, dass mir im Moment nicht der Sinn nach einem Gespräch stand. »Ich wecke dich dann zur letzten Wache«, sagte er nur, als ich das Zelt betrat.
Niedergeschlagen machte ich es mir auf meinem Lager bequem und zog die Decke hoch bis zu meinem Hals. Die Erinnerung an die vergangenen Ereignisse jagte mir einen kalten Schauer über den Rücken. Was hatte sich Antipatros nur dabei gedacht, mich an diesen Ort zu schicken, an dem Gewalt und Totschlag zur Normalität gehörten? Was sollte ich hier? Das große Wunder, dass

ich hier erleben sollte, war mir bisher verborgen geblieben. Oder waren etwa doch die mächtigen Stadtmauern der Grund für meinen Besuch in Babylon? Irgendwie kam mir das zu einfach vor. Die Stadtmauern hatte ich gesehen und damit gab es keinen Grund für mich, an diesem furchtbaren Ort zu bleiben. Nein! Es musste noch etwas anderes geben, was großartig genug war, um in die Liste der Weltwunder aufgenommen zu werden.

Trotz der Anstrengungen des Tages und der großen Müdigkeit, die ich noch vor einer Stunde verspürt hatte, konnte ich keinen Schlaf finden. Immer wenn ich die Augen schloss, sah ich den toten Körper der jungen Araberin am Pfahl hängen. Nie in meinem Leben würde ich den entsetzlichen Schrei vergessen, den sie ausgestoßen hatte, bevor sie gnädigerweise bewusstlos geworden war.

Irgendwann bin ich dann doch eingeschlafen. Tali rüttelte mich grob an der Schulter.

»Wach auf«, sagte er. »Du bist dran.«

»Womit?« Verschlafen sah ich in sein verärgertes Gesicht.

»Du hast die letzte Wache. Salim hat die Erste übernommen und ich habe ihn abgelöst. Jetzt bist du dran.«

»Ist ja schon gut«, antwortete ich und stand müde auf. Gerne wäre ich einfach auf meinem Lager liegen geblieben. Auf eine Diskussion mit Tali, bei der ich in diesem Fall nur den Kürzeren ziehen konnte, hatte ich jedoch keine Lust. Es blieb mir nichts anderes übrig, als meine Schlafstätte zu verlassen. Ich suchte mir einen Platz, von dem aus ich sowohl die Kamele als auch den Stand und das Zelt beobachten konnte, und setzte mich

auf den Boden. Richtig ruhig war es in der Stadt auch jetzt nicht. Das rege Treiben vom Abend war aber vorüber. Nur noch vereinzelt schritten Menschen über den Platz und auch in den Häusern in der näheren Umgebung war es still geworden. Im Nachhinein gab ich Tali Recht. Es war tatsächlich bitterkalt geworden. Ich machte es mir auf dem steinigen Boden so bequem wie möglich und ließ meinen Blick über den Platz schweifen. Dabei dachte ich automatisch wieder über meine Situation nach. Im Moment wünschte ich mir nichts mehr, als dass sich Antipatros endlich meldete, oder mich zur nächsten Station meiner Reise schickte. Von Babylon mit all seinem Elend hatte ich mehr als genug.
Ich nahm mir vor, Salim und Tali am nächsten Tag zu verlassen. Natürlich war ich den beiden dankbar für ihre Hilfe, ohne die ich wahrscheinlich noch nicht einmal in die Stadt hineingekommen wäre. Trotzdem konnte ich nicht ewig bei den Händlern bleiben. Ich musste versuchen, den Grund für meinen Aufenthalt in der Sündenstadt zu erfahren. Danach würde ich sicher auf einen Hinweis stoßen, wohin mich mein weiterer Weg führen sollte.
Plötzlich sah ich eine Bewegung bei den Kamelen. Eine kleine Gestalt schlich geduckt zwischen den Tieren hindurch und kroch unter der Plane in unseren Stand. Ich beobachtete, wie sich der Eindringling an den Teppichen zu schaffen machte. Was sollte ich jetzt tun? Sollte ich versuchen, den Dieb allein zu überwältigen, oder lieber ins Zelt rennen, um Salim und Tali zu wecken? Sicher würde der Räuber längst verschwunden sein, wenn ich mit den beiden wiederkam, um ihn zu stellen. Die kleine Gestalt verriet mir, dass es kein ausgewachsener Mann sein konnte, der sich an unserer Ware zu schaffen machte. Ich

traute mir durchaus zu, alleine mit ihm fertig zu werden.
So leise ich konnte, stand ich auf und lief geduckt auf den Eindringling zu. Dabei nutzte ich jede Deckung aus, die sich auf dem Platz um unser Lager bot. Ich wollte so spät wie möglich von dem Dieb gesehen werden, und den Überraschungsmoment ausnutzen. Ich wunderte mich, mit welch einer Gelassenheit er zu Werke ging. In aller Seelenruhe, schaute er sich die einzelnen Teppiche an, um die kostbarsten Stücke herauszusuchen. Er schien gar nicht auf die Idee zu kommen, dass ihn jemand bei seinem Treiben beobachten könnte.
Bis auf wenige Meter hatte ich mich jetzt an den dreisten Räuber herangeschlichen. Ich musste nur noch zwei Schritte machen, bis ich ihn ergreifen konnte. Erst jetzt fiel mir ein, dass ich mir keine Waffe gesucht hatte, mit der ich mich verteidigen konnte. Dafür war es jedoch zu spät. Ich würde mich auf meine Fäuste verlassen müssen. Ich war jetzt so nahe an die kleine Gestalt herangekommen, dass ich ihren Schweiß riechen konnte. In den ätzenden Geruch mischten sich noch weitere unangenehme Düfte, die dem Dieb aus allen Poren strömten. Es konnte sich nur um einen Bettler oder Stadtstreicher handeln, die unbemerkt von allem Trubel die Straßen der nach außen hin so prächtigen Stadt bevölkerten.
Gerade wollte ich den Kerl an beiden Armen packen, als dieser sich blitzschnell herumdrehte. Die Hand mit dem Messer, das auf meinen Bauch zielte, konnte ich in letzter Sekunde abwehren. Der Schlag gegen die Nase traf mich jedoch voll. Sofort durchzog der stechende Schmerz mein ganzes Gesicht und ich konnte spüren, wie mir das warme Blut über das Kinn lief.
Wieder war ich für einen Moment abgelenkt. Zu meinem

Glück versuchte mein Gegner aber keinen weiteren Angriff, sondern trat die Flucht an.

Mein Tritt in die Kniekehlen saß. Der Eindringling konnte seine Vorwärtsbewegung nicht mehr stoppen und fiel zu Boden. Sofort stürzte ich mich auf ihn und drückte seine Arme zu Boden. Einen weiteren Überraschungstreffer wollte ich mir nicht einfangen.

Das kleine Aas war aber wendiger, als ich gedacht hätte. Auf dem Bauch liegend trat mein Gegner mit den Beinen nach hinten aus und traf dabei mehrmals meinen Rücken. Ich hatte jetzt endgültig genug und hieb ihm meine Faust seitlich gegen den Schädel. Der Schmerzensschrei erstickte, als ich das Gesicht des Diebs fest zu Boden drückte. Endlich erschlaffte sein Körper. Wütend drehte ich die Gestalt auf den Rücken und starrte verblüfft ich in das Gesicht eines jungen Mädchens, das nicht älter als zwölf Jahre alt sein konnte. Zornig erwiderte sie meinen Blick und kämpfte verzweifelt mit den Tränen.

Erschüttert ließ ich von der kleinen Araberin ab. Der Gedanke, dass ich mich gerade mit einem Kind bis aufs Blut geprügelt hatte, löste eine unbeschreibliche Traurigkeit in mir aus. Die Verbissenheit, mit der mich das Mädchen angegriffen hatte, bewies mir, dass derartige Auseinandersetzungen für sie der normale Alltag waren.

Plötzlich merkte sie, dass ich sie nicht mehr festhielt, und suchte verzweifelt nach ihrem Messer.

»Lass es sein«, sagte ich zischend. »Steh auf und mach, dass du hier verschwindest.«

»Du lässt mich gehen?«

»Diesmal ja. Aber lass dich nicht wieder hier blicken, sonst werde ich dich an die Soldaten ausliefern.«

»Warum tust du es jetzt nicht?«

»Weil ich weiß, was sie mit dir anstellen würden.« Schaudernd dachte ich an den Jungen zurück, der vor den Toren von Babylon seine Hand verloren hatte. Dieses oder ein vielleicht noch schlimmeres Schicksal wollte ich dem jungen Mädchen ersparen.
»Das mit deiner Nase tut mir leid«, sagte sie.
»Nun hau schon ab. Ich wundere mich sowieso, dass noch niemand wach geworden ist. Wenn man dich hier erwischt, kann ich dir auch nicht mehr helfen.«
»Danke!«, rief sie, stand auf und rannte davon. Es dauerte nur Sekunden und die Diebin war in den dunklen Straßen der Stadt verschwunden. Wie lange würde es wohl dauern, bis sie ihren nächsten Kampf zu überstehen hatte?
Traurig rappelte ich mich auf und nahm wieder meinen Beobachtungsposten ein. Ich nahm einen großen Schluck aus dem Wasserschlauch und wusch mir mit dem Rest das Blut aus dem Gesicht. Es würde jetzt sicher nicht mehr lange dauern, bis die anderen erwachten und das rege Treiben auf dem Markplatz begann. Hoffentlich blieben mir bis dahin weitere Zwischenfälle erspart. Für meinen ersten Tag in Babylon hatte ich wirklich mehr als genug erlebt. Die Schmerzen an der Nase und im Rücken waren zu ertragen. Die Tatsache, beinahe ein Kind getötet zu haben, schien aber wie ein Stachel in meinem Gehirn festzusitzen.

Mit dem Sonnenaufgang nahm der Betrieb auf dem Markt wieder zu. Die ersten Händler öffneten ihre

Stände. Der Duft von frischgebackenem Brot lag in der Luft und vermischte sich mit dem Gestank nach Kamelmist, Blut und Schweiß, der die Nacht über vorgeherrscht hatte.

»Was ist passiert?«, fragte Salim, der aus dem Zelt herausgetreten war und neugierig auf meine Nase deutete.

»Ein Herumtreiber hat versucht, deine Teppiche zu stehlen. Ich konnte ihn verjagen.« Ich erzählte Salim nicht, was genau vorgefallen war, weil er sicher wenig Verständnis für meine Entscheidung aufgebracht hätte, das Mädchen laufen zu lassen.

»Der Dieb scheint dir noch einen freundschaftlichen Gruß dagelassen zu haben«, grinste Salim.

»Ich konnte immerhin verhindern, dass du beraubt wurdest«, entgegnete ich sauer. Für den Humor des arabischen Händlers fehlte mir nach den vergangenen Stunden das Verständnis.

»Du hast deine Aufgabe gut gelöst«, sagte Salim und reichte mir ein Stück Fladenbrot, das ich dankbar entgegennahm.

Er setzte sich zu mir. »Ich werde heute ohne deine Hilfe auskommen. Tali wird mich beim Verkauf der Teppiche unterstützen.«

Verwundert schaute ich den Händler an. Waren das etwa Worte des Abschieds, die ich da zu hören bekam? Wollte er mich loswerden?

»Wie meinst du das?«, fragte ich unsicher.

»Auch wenn du dich bisher über deine Absichten hier in Babylon ausgeschwiegen hast, gehe ich davon aus, dass du nicht ohne Grund hier bist. Mein Zelt steht dir natürlich offen, solang ich hier auf dem Markt bin. Wenn du aber eigene Geschäfte zu erledigen hast, will ich dich nicht aufhalten.«

»Danke! Ich werde auf deine Gastfreundschaft zurückkommen.« Es war gut zu wissen, dass ich hier einen Zufluchtsort hatte, zu dem ich zurückkehren konnte. Salims Worte passten gut in meine Pläne. Ich konnte mich jetzt frei auf dem Markt bewegen und mir alles ansehen, ohne ihm eine Erklärung schuldig zu sein.

Ich beschloss, nicht zu warten, bis es sich der Händler vielleicht noch anders überlegte oder von Tali auf dumme Gedanken gebracht wurde, und stand langsam auf. Sofort meldeten sich die pochenden Schmerzen zurück. Mein Gesicht tat höllisch weh. Dankbar nahm ich das nasse Tuch, das mir Salim schweigend reichte, und drückte es vorsichtig auf meine Nase, die mir vorkam, als wäre sie auf das Dreifache angewachsen. Die angenehme Kühle des Wassers tat gut und ich fühlte mich bald schon etwas besser.
Ich war sehr gespannt, was der Tag an weiteren Überraschungen zu bieten hatte, und fest entschlossen, mich aus allem Ärger herauszuhalten.

Mein Weg führte an zahlreichen Ständen vorbei, an denen die unterschiedlichsten Waren angeboten wurden. Ich sah Stoffe in allen Farben, Gewürze und Elfenbein, aber auch Edelsteine, Silber und Goldgefäße und andere Kostbarkeiten. Viele der Händler waren damit beschäftigt, ihre Waren zu bearbeiten. Es gab Schmiede, Bildhauer und zahlreiche andere Handwerker. Dort, wo sich Kunden für die angebotenen Waren interessierten, entbrannten angeregte Preisdiskussionen, die nicht selten in handfesten Auseinandersetzungen endeten.

Überall liefen Kinder in zerlumpten Gewändern umher und versuchten, sich ihr Essen für den Tag zu ergaunern. Die Verstümmelungen der Streuner zeugten davon, dass dies nicht immer erfolgreich gewesen war.

Ich sah zwei Jungen dicht vor mir, die noch keine zehn Jahre alt sein konnten. Einem der beiden fehlte das linke Ohr, der Zweite hatte ein Tuch um ein Auge gebunden, das er vermutlich bei einer Bestrafung durch die Soldaten verloren hatte. Es fiel mir auf, dass es gerade unter den Bettlern und Herumtreibern kaum jemanden gab, der älter als zwanzig Jahre alt sein konnte, und ich fragte mich, woher all diese Kinder kamen. Waren es irgendwelche Bastarde, die von ihren Müttern ausgesetzt worden waren und nun ihren täglichen Kampf ums Überleben führten?

Mit jeder Stunde, die ich durch die Straßen von Babylon lief, wurde mein Wunsch, diese Stadt zu verlassen, größer. Das Zentrum des Marktes hatte ich längst verlassen. Ich war auch nicht über die Prachtstraße zum Ischtartor gelaufen, sondern durch verschiedene Seitenstraßen in immer ruhigere Teile der Stadt gelangt. Fernab von dem ganzen Trubel liefen nur vereinzelt Menschen über die Straßen oder saßen vor ihren Häusern.

Plötzlich glaubte ich, vor mir ein bekanntes Gesicht zu sehen. Irritiert blieb ich stehen. War sie es wirklich? Spielte mir meine Fantasie einen Streich oder hatte ich zum ersten Mal Glück, seit ich in dieser Stadt angekommen war? Konnte es sein, dass ich sie ausgerechnet in dieser Gegend wieder traf?

»Nein! Das ist unmöglich«, sagte ich zu mir selbst. Die

Person, die ich erkannt zu haben glaubte, konnte nicht in Babylon sein. So sehr ich mich auch über ein Wiedersehen gefreut hätte.
Trotzdem entschloss ich mich, der Gestalt zu folgen. Zum Glück hatte ich mir gemerkt, in welche Gasse sie eingebogen war. Schnell lief ich ihr nach und versuchte, sie einzuholen. Als ich um die Ecke kam, sah ich sie etwa fünfzig Meter vor mir. Jetzt war ich mir sicher. Den Gang würde ich unter Millionen andere wiedererkennen, auch wenn ich sie nur von hinten sah. Endlich blieb sie stehen und drehte sich um. Offensichtlich hatte sie bemerkt, dass sie verfolgt wurde. Jetzt trennten uns nur noch zwanzig Meter.
Ich konnte die zarten Gesichtszüge erkennen, die ich in den letzten Stunden so vermisst hatte. Das fast schwarze, lockige Haar war zu einem Zopf geflochten und nur vereinzelte Strähnen hingen ihr über die Stirn.
Es gab absolut keinen Zweifel. Vor mir stand Mara. Ich hatte keine Ahnung, woher die schöne Griechin auf einmal kam und warum Antipatros sie nicht mit mir zusammen nach Babylon geschickt hatte. Es spielte für mich auch keine große Rolle. Alles, was im Augenblick zählte, war die Tatsache, dass sie hier war.
Lächelnd überwand ich auch die letzten Meter und blieb vor ihr stehen. Ihre Worte trafen mich wie ein Faustschlag mitten ins Gesicht.

»Warum folgst du mir?«, fragte Mara unsicher.
»Erkennst Du mich denn nicht?«
»Ich habe dich nie zuvor gesehen.«

»Ich bin es! Ralf! Erinnerst du dich denn nicht an mich?«
»Nein.«
»Du bist doch Mara? Oder etwa nicht?« Ich wollte einfach nicht glauben, dass es sich um eine Verwechslung handelte. Ich war mir absolut sicher, dass es meine griechische Gefährtin war, die hier vor mir stand und so tat, als kenne sie mich nicht.
»Woher kennst du meinen Namen?«
»Wir haben gemeinsam die Pläne des Asklepios zunichtegemacht und Tausenden von Ägyptern das Leben gerettet. Du musst dich doch an mich erinnern.«
»Ich war noch nie in Ägypten«, sagte Mara. Geh jetzt. Wenn du mich weiter belästigst, werde ich die Soldaten des Königs zu Hilfe rufen.«
»Das kann unmöglich dein Ernst sein«, sagte ich.
»Doch ist es. Ich lebe seit meiner Geburt in dieser Stadt. Ich weiß nicht, woher du meinen Namen kennst, aber ich bin sicher, dass ich dich noch nie gesehen habe.«
Mara drehte sich herum und ließ mich einfach stehen. Alles in mir schrie danach, die schöne Griechin aufzuhalten, mit der ich so vieles erlebt hatte. Ich konnte es mir aber nicht leisten aufzufallen. An der Straßenecke standen zwei Soldaten, die die Szene aufmerksam beobachtet hatten. Für den Moment musste ich Mara ziehen lassen, beschloss aber, ihr in einigem Abstand zu folgen. Egal welches Spiel sie hier mit mir trieb, so leicht würde ich mich nicht abwimmeln lassen.
Ich blieb stehen und schaute dem Mädchen hinterher, bis es in die nächste Gasse einbog. Erst dann nahm ich die Verfolgung auf. Vorsichtig schielte ich um die Hausecke. Wenn sie mich jetzt entdeckte, würde sie mir

ganz sicher die Soldaten auf den Hals hetzen. Mara stand vor einem prächtigen Haus und diskutierte heftig mit einem Mann. Er musste zur oberen Gesellschaft von Babylon gehören. Sein rotes Gewand war mit kostbaren Stickereien geschmückt. Auf dem Kopf trug er einen weißen Turban. Die übergewichtige Statur lies vermuten, dass er wenige Arbeiten selbst verrichten musste. Der schwarze Gürtel hatte Mühe die Masse an Bauch zu halten, die der Mann vor sich herschob.

Mara schien nicht sonderlich begeistert zu sein, als er sie die breite Steintreppe hinauf zu dem mit glasierten Ziegeln geschmückten Eingang führte. Das Gebäude stach in diesem Teil der Stadt aus den anderen Bauten hervor, wenngleich es mit der Pracht, die zu beiden Seiten der Ischtar-Straße zu sehen war, nicht mithalten konnte. Die Fassaden waren mit Bildern von Karawanen und prächtigen Gärten geschmückt, die bis zum Dach aus roten Sandsteinziegeln reichten.

Mir blieb nichts anderes übrig, als zu warten. Es würde sicher nicht ewig dauern, bis Mara wieder aus dem Haus kam. Ich suchte mir einen schattigen Platz, von dem aus ich den Eingang im Auge behalten konnte, und setzte mich auf den sandigen Boden. Mein Versteck lag zwischen zwei barackenartigen Häusern, die einige Schäden aufwiesen. Sicher war hier die Dienerschaft untergebracht, die den Palast, in dem Mara verschwunden war, in Ordnung hielt. Keiner der Menschen nahm Notiz von mir. So musste ich mir keine Sorgen machen, dass ich unangenehme Fragen zu beantworten hatte.

Schneller als ich es erwartete, kam Mara wieder die Steintreppe herunter. Damit sie mich nicht sehen konnte, drückte ich mich so tief wie möglich zwischen die beiden Wände und wartete gespannt, welche

Richtung sie einschlug. Zu meinem Schrecken kam sie jedoch genau auf mein Versteck zu. Ich hielt die Luft an und duckte mich flach auf den Boden. Weniger als zwei Meter entfernt schritt sie an mir vorbei.

Ich wartete ab, bis sie ein ganzes Stück entfernt war, und folgte ihr. Dabei hielt ich den Abstand konstant und versuchte, immer eine geeignete Deckung zu finden. Wir näherten uns langsam dem Palast von König Nebukadnezar. Hier herrschte mehr Betrieb auf den Straßen und ich hatte es leichter, ihr unbemerkt zu folgen. Leider waren aber auch einige Soldaten unterwegs, die die Mauern des königlichen Anwesens schützten. Mara verschwand in einem schmalen Seiteneingang, vor dem zwei Wachen patrouillierten.

Innerlich fluchend schritt ich an der Maueröffnung vorbei. Wieder hatte ich keine Möglichkeit, an die Griechin heranzukommen. Ich ging noch ein Stück weiter und gesellte mich zu einer Gruppe von jungen Männern, die um einen Barden herumstanden und ihn begeistert bei seinem Spiel anfeuerten. Von meinem Platz aus hatte ich einen guten Überblick und würde bemerken, wenn Mara wieder auf die Straße kam. Hoffentlich verließ sie den Palast nicht an einer anderen Stelle.

Aus einem Tor am anderen Ende der Straße kamen zwei Soldaten und schritten gemütlich auf die Palastmauer zu. Die anderen beiden, die den Eingang bewachten, gingen ihnen entgegen und unterhielten sich lachend mit ihren Kameraden. Das war die Chance für mich. Mit etwas Glück konnte ich jetzt unbemerkt ins Innere des Palastes vordringen.

Langsam schritt ich die Mauer entlang in die Richtung zurück, aus der ich vorher gekommen war. Keiner der Soldaten interessierte sich für mich. Die vier Männer

standen mitten auf dem Platz und waren so in ihr Gespräch vertieft, dass sie keine Notiz von den Geschehnissen um sie herum nahmen. Der Eingang lag jetzt wenige Meter vor mir. Ich durfte jetzt nichts überstürzen und zwang mich zur Ruhe.
Endlich hatte ich mein Ziel erreicht. Die Soldaten waren noch immer mit sich selbst beschäftigt. Als ich sicher war, dass keiner in meine Richtung sah, huschte ich geduckt durch die Öffnung in der Mauer. Ein schmaler Tunnel führte mich in einen Innenhof, der von hohen Mauern umgeben war. Weit und breit war keine Menschenseele zu sehen, und auch von Mara fehlte jede Spur. Ich schritt auf die Mitte des Hofes zu. Die brennenden Sonnenstrahlen blendeten mich, sodass ich meine Umgebung zunächst nicht genau erkennen konnte. Dann drehte ich mich um und war überwältigt.

Sicher gehörte der Turmbau zu Babel vor seinem Einsturz zu den Sehenswürdigkeiten von Babylon. Die mächtigen Wälle um die Stadt waren zweifellos einmalig in der damaligen Zeit. Einem Vergleich zu dem traumhaft schönen Ort, der sich vor mir erstreckte, konnten diese Bauten aber nicht standhalten. Auf zwölf terrassenartig übereinander angelegten Plantagen erstreckten sich die schönsten und exotischsten Pflanzen, die ich je gesehen hatte. Blüten in allen nur erdenklichen Farben rundeten das Bild ab.
Jede der Terrassen bildete einen Garten für sich. An den Rändern wuchsen Kletter- und Hängepflanzen, die ineinander verflochten waren und die Anlage zu

einem Ganzen vereinten. Die Gärten waren auf stufenartig hintereinander erbauten Geschossen errichtet, die jeweils eine Höhe von etwa fünf Metern erreichten. So entstand ein prachtvoller Berg mit zahllosen Bäumen, Büschen und Blumen. Die Sonnenstrahlen, die durch die Lücken dieses Blättermeeres schienen, erschufen ein beeindruckendes Wechselspiel aus Licht und Schatten.

Die Anlage wurde in der Mitte durch eine breite Steintreppe geteilt, über die man die einzelnen Geschosse erreichen konnte. Sicher waren hier die zahlreichen Werkzeuge gelagert, die nötig waren, um dieses einmalige Werk zu erhalten. An einem Ort, wie er unfruchtbarer nicht sein konnte, war ein Paradies erschaffen worden, das seinesgleichen suchte. Allein die Bewässerung dieses Gartens würde sicherlich eine Menge von Menschen beschäftigen. Staunend ging ich auf die Steintreppe zu. Ich wollte es mir nicht nehmen lassen, mir die ganze Pracht dieser Anlage anzusehen. Dabei vergaß ich völlig, dass mich hier niemand entdecken durfte. Mit jeder Terrasse, die ich erreichte, änderte sich das Bild. Die Pflanzen mussten aus aller Herren Länder herbeigeschafft worden sein und waren farblich perfekt aufeinander abgestimmt.

Plötzlich spürte ich eine Hand auf meiner rechten Schulter. Erschreckt fuhr ich herum. Die Hand zur Faust geballt und bereit, mich eines Angreifers zu erwehren. Verblüfft schaute ich Mara an, die sich unbemerkt herangeschlichen hatte.

»Was tust du hier?«, fragte sie. »Warum bist du mir gefolgt?«

»Ich wollte noch einmal mit dir sprechen. Ich glaube einfach nicht, dass du mich nicht erkennst.«

»Warum?«

»Antipatros hat mich hierher geschickt, damit ich mir den Garten ansehe. Er muss gewollt haben, dass wir beide uns treffen.«

»Ich kenne keinen Antipatros«, sagte Mara.

»Du musst mit mir kommen«, entgegnete ich und ging nicht auf ihren Widerspruch ein.

»Warum? Ich gehöre hierher und kenne dich gar nicht. Meine Aufgabe ist es, bei der Pflege der Gärten zu helfen. Ich weiß nicht, wovon du redest. Du solltest diesen Ort so schnell wie möglich verlassen und nie mehr hierher zurückkehren.« Beinahe flehend sah sie mich an.

Ich konnte deutlich spüren, wie unangenehm ihr die Situation war. Hatte ich anfangs noch geglaubt, dass sie mir etwas vorspielte, musste ich nun erkennen, dass sie es absolut ernst meinte. Ganz offensichtlich wusste sie wirklich nicht, wer ich war. Wie war das nur möglich?

»Was hält dich in der Stadt?«, versuchte ich es erneut.

»Ich bin dem Kaufmann Basumor versprochen, den ich in einer Woche ehelichen werde«, antwortete Mara.

»Sprichst du von dem dicken Mann, den du getroffen hast, nachdem wir uns hier das erste Mal begegnet sind?«

»Ja.«

»Willst du wirklich den Rest deines Lebens mit ihm in dieser furchtbaren Stadt verbringen?«

»Als Tochter eines armen Goldschmieds kann ich mich glücklich schätzen, von Basumor erwählt worden zu sein.«

Kopfschüttelnd sah ich Mara an. Irgendwie ergab das alles keinen Sinn. Was hatte Antipatros vor? Wieso hatte er die Griechin überhaupt nach Babylon geschickt, wenn sie nicht an meiner Seite sein sollte? Befand ich mich jetzt etwa in ihrer Zeit? Waren die Erlebnisse in

Ägypten nur eine Episode in ihrem Leben, an die sie sich nicht erinnern konnte? Ich konnte das einfach nicht glauben.

»Du musst jetzt gehen!«, drängte Mara und deutete auf zwei Soldaten, die auf dem Hof vor den Gärten erschienen waren. »Wenn sie uns zusammen sehen, werden sie uns beide verhaften. Frauen haben nicht viele Rechte in dieser Stadt. Wenn Basumor erfährt, dass ich mit dir gesprochen habe, wird meine Strafe furchtbar sein.«

Ich wollte noch etwas erwidern, aber Mara zog mich einfach mit sich. Wir liefen in einen der Stützbauten und gelangten über eine Treppe in einen unterirdischen Gang. »Folge diesem Weg«, sagte sie. »Du wirst in einen unbewohnten Teil der Stadt kommen. Von dort aus ist es nicht weit bis zum Marktplatz. Verlass die Stadt so schnell wie möglich und komm nie wieder zurück.«

Ohne auf eine Antwort zu warten, lief Mara die Treppe hinauf und verschwand aus meinem Blickfeld. Mir blieb nichts anderes übrig, als ihrem Rat zu folgen. Tatsächlich führte mich der Weg bald in eine teilweise zerfallene Baracke, von der aus ich auf die Straße gelangte. In Gedanken versunken, trat ich ins Freie. Das Verhalten des Mädchens warf einige Rätsel auf. Warum hatte sie mich nicht einfach an die Soldaten verraten? Wenn sie mich wirklich nicht kannte, gab es keinen Grund, mir zu helfen. Gab es vielleicht einen kleinen Teil in ihr, der sie an mich und die Erlebnisse bei den Pyramiden erinnerte? War vielleicht doch nicht alle Hoffnung verloren, dass sie mich auf meinem weiteren Weg begleiten würde? Ratlos machte ich mich auf den Weg zu Salim und Tali. Ich wusste nicht, was ich als Nächstes unternehmen sollte. Das zweite Weltwunder kannte ich nun. Es konnte sich dabei nur um die Gärten handeln, die selbst in meiner Zeit einzigartig gewesen wären und sicher zahlreiche Besucher angelockt hätten.

Ich erreichte das Lager, in dem mich Salim strahlend begrüßte. Er erzählte, wie gut die Geschäfte gelaufen seien und dass er die Stadt vielleicht schon morgen wieder verlassen würde. Nach einem längeren Gespräch mit ihm stand mir im Moment nicht der Sinn. Ich betrat das Zelt und ließ mich auf meinem Lager nieder. Mit hinter dem Kopf verschränkten Armen starrte ich auf die Zeltplane und versuchte, ein wenig Schlaf zu finden.
Ein leises Rascheln schreckte mich hoch. Ich hatte plötzlich das Gefühl, nicht mehr alleine im Zelt zu sein. Salim und Tali hörte ich draußen. Es musste sich also eine andere Person hier bei mir befinden. Das Rascheln wiederholte sich nicht. Dafür sah ich jetzt verwundert in das Gesicht des Mädchens, das ich gestern verjagt hatte.
»Habe ich dir nicht gesagt, dass du verschwinden sollst«, fuhr ich die Diebin an. Das Mädchen war wirklich dreist, hier noch einmal aufzutauchen.
»Sei ruhig. Ich bin es, Antipatros.«
Verwirrt sah ich die Kleine an. »Kannst du dich etwa in jede Gestalt verwandeln?«, fragte ich erstaunt.
»Nicht in jede«, antwortete Antipatros. Es war ein komisches Gefühl, das Mädchen mit der Stimme des alten Mannes sprechen zu hören.

»Es wurde aber auch Zeit, dass du dich meldest«, fuhr ich den Alten an. »Was denkst du dir eigentlich dabei, mich wie eine Schachfigur herumzuschieben?«
»Sprich nicht so laut. Oder willst du, dass deine Freunde auf mich aufmerksam werden?«
»Das ist mir egal. Ich will jetzt ein paar Antworten von dir. Dass du mich aus Ägypten weggeholt hast, wo es gerade interessant geworden war und ich ein paar angenehme Dinge hätte erleben können, war schon schlimm genug. Was hast du jetzt aber mit Mara gemacht? Wieso erinnert sie sich nicht mehr an mich?«
»Mara hat ihre Aufgabe erfüllt«, sagte Antipatros. Wieder ging er nicht auf meine Fragen ein.
»Welche Aufgabe?«
»Sie sollte dich zu den hängenden Gärten der Semiramis führen. Ich wusste, du würdest ihr folgen, wenn du sie in der Stadt triffst.«
»Was ist nun mit ihr?«
»Du wirst Babylon morgen früh verlassen.«
»Ich gehe nicht ohne Mara.«
»Doch, das wirst du«, sagte Antipatros. »Mara spielt auf den weiteren Stationen deiner Reise keine Rolle mehr. Kurz nach Sonnenaufgang wird der griechische Händler Älais mit seiner Karawane die Stadt verlassen. Im Hafen von Byblos wartet sein Schiff, das ihn nach Griechenland bringt. Dies hier wird mehr als ausreichend sein, um deine Überfahrt zu bezahlen.« Antipatros warf mir eine Goldmünze zu, die vor meinen Füßen liegen blieb. »Wenn du in Griechenland angekommen bist, versuch, nach Athen zu gelangen.«
»Was soll ich in Athen?«
»Das wirst du dann schon sehen.«
»Kannst du mir nicht einmal eine Antwort geben, mit der ich auch etwas anfangen kann? Mit deinen

Andeutungen machst du mir meine Aufgabe nicht gerade einfacher. Hätte ich gewusst, dass es in Babylon nur um die Gärten geht, hätte ich mir einiges ersparen können. Warum hast du mich nicht gleich zu der Anlage gebracht? Wozu dieser Aufwand?« Mein Zorn auf den alten Greis steigerte sich mit jedem Wort. Er gab mir immer nur die notwendigsten Informationen. Der Weg nach Athen war sicher nicht einfach, und wenn ich erst einmal in der Stadt war, würde ich wieder nicht wissen, was ich als Nächstes tun sollte.

»Wenn ich dir nur die Gärten gezeigt hätte, hättest du die Pracht dieser Anlage nicht zu würdigen gewusst. Du musstest erst die Schattenseiten der Stadt Babylon kennenlernen, um die wahre Meisterleistung zu erkennen.«

»Was hat es mit den Gärten überhaupt auf sich?«

»König Nebukadnezar verbringt einen großen Teil seiner Zeit auf Feldzügen. Er bekriegt rebellierende Assyrer im Norden und Syrier im Westen. Vor allem steht er aber in einem ständigen Krieg mit den Juden in Palästina, die sich mit den Ägyptern verbündet haben. Die hängenden Gärten sind ein Geschenk Nebukadnezars an seine Frau, die persische Prinzessin Semiramis. Auf all seinen Reisen und Feldzügen sammelt er die prächtigsten und exotischsten Pflanzen, um die Farbenpracht der Gärten weiter zu erhöhen.«

»Dann sind die hängenden Gärten der Semiramis das zweite Weltwunder?«

»So ist es.«

»In Athen werde ich dann das nächste erleben. Ist es die Akropolis?«

»Unsinn! Ich sehe, du hast immer noch nicht verstanden, worum es mir bei den Weltwundern ging«, Antipatros sah mich mit funkelnden Augen an, was in der Gestalt des Mädchens irgendwie lustig aussah. »Ich habe die fantastischsten Bauwerke meiner Zeit in einem Reiseführer für die obere Gesellschaft in Athen zusammengestellt. Es war nicht nötig, diese auf die Akropolis hinzuweisen, die direkt über ihren Köpfen aufragte. «

»Aber das dritte Weltwunder ist doch in Athen, oder nicht?«

»Genug jetzt! Du wirst Babylon morgen verlassen und nach Athen reisen. Alles Weitere wirst du dort erfahren.«

»Ich möchte, dass mich Mara begleitet«, sagte ich.

»Nein!«

Bevor ich noch etwas sagen konnte, sprang die vermeintliche Diebin plötzlich auf und rannte aus dem Zelt. Ich wusste, dass eine Verfolgung sinnlos war. Ich würde sie in dem Getümmel nicht finden. Wieder einmal hatte mir Antipatros bewiesen, dass er am längeren Hebel saß. An Schlaf war jetzt nicht mehr zu denken. Ich hob die Goldmünze auf, die mir der Alte dagelassen hatte und drehte sie nachdenklich zwischen den Fingern. Plötzlich hatte ich es eilig. Wenn ich die Stadt bei Sonnenaufgang verlassen wollte, hatte ich noch einiges zu tun. Ich war fest entschlossen, mir von Antipatros nicht jeden meiner Schritte vorschreiben lassen.

»Du willst noch einmal weg?«, fragte Salim und sah mich erstaunt an.

»Ich werde die Stadt morgen verlassen und habe vorher noch etwas zu tun. Ich danke dir für alles, was du für mich getan hast.«

»Du musst wissen, was du tust«, sagte der Händler und reichte mir zum Abschied die Hand. »Pass auf dich auf. Es ist nachts gefährlich, als Fremder alleine durch die Straßen von Babylon zu gehen.«

Ich verabschiedete mich noch von Tali und verließ die beiden Araber. Die Stände mit den so unterschiedlichen Waren beachtete ich kaum. Genauso wenig interessierte ich mich für die Musikanten oder Gaukler, die die Schaulustigen mit ihrem Spiel unterhielten. Was ich brauchte, konnte ich hier nicht bekommen. Mein Ziel waren die weniger belebten Ecken der Stadt. Dort, wo sich die Wahrsager und Heilkünstler ihr Brot verdienten. Ich griff in meine Tasche und fühlte die Goldmünze von Antipatros. Sie würde sicher ausreichen, um zu erfahren, mit welchem Zauber er Mara belegt hatte. Ich würde schon einen Weg finden, sie mit nach Athen zu nehmen. Ohne die Griechin würde ich die Reise nicht antreten. Schließlich kam ich an ein Zelt, in dem eine Wahrsagerin ihre Dienste anbot. Entschlossen schob ich die Plane am Eingang beiseite und trat in einen dunklen Raum. In der Mitte stand ein Tisch auf dem eine breite Kerze brannte. Eine Greisin saß im Schneidersitz auf dem Boden. Sie hatte Räucherstäbchen in der Hand, die einen unangenehmen Schwefelgeruch erzeugten.

»Ich habe dich bereits erwartet«, begrüßte sie mich. Innerlich musste ich grinsen. Wahrscheinlich empfing die Alte alle ihre Kunden so. Sie konnte unmöglich wissen, dass ich heute den Weg zu ihr finden würde.

»Womit kann ich dienen?«, fragte sie.

»Ich suche nach einem Mittel, mit dem ich einen

magischen Zauber aufheben kann. Man sagte mir, dass ich bei dir an der richtigen Adresse sei«, log ich. Die Preisverhandlung würde sicher einfacher werden, wenn ich ihr vorher etwas Honig um den Mund schmierte.
»Um welch eine Art Zauber handelt es sich?«
»Ein Freund von mir kann sich nicht mehr an seine Vergangenheit erinnern. Er denkt, dass er sein ganzes Leben in dieser Stadt gelebt hat, was aber nicht stimmt. Er behauptet, dass er mich noch nie gesehen hätte«
»Das ist in der Tat ein schwieriger Fall«, sagte die Alte. »Es wird nicht einfach werden, ein passendes Gegenmittel zu bekommen. Du wirst deinen Freund zu mir bringen müssen, damit ich ihn von dem Zauber befreien kann. Hast du überhaupt genug Geld, um für meine Dienste zu bezahlen?«
»Geld habe ich genug. Mein Freund wird aber sicher nicht freiwillig mit zu dir kommen. Außerdem habe ich wenig Zeit und muss die Stadt morgen früh verlassen.«
»Ich kann dir nur helfen, wenn ich mir persönlich ein Bild von seinem Zustand machen kann.«
Ich wollte gerade antworten als plötzlich ein arabischer Händler wutentbrannt in das Zelt stürmte. Begleitet wurde er von zwei Soldaten, die sich hinter ihm aufbauten. »Du falsche Schlange, du hast mich betrogen!«, schrie er die Wahrsagerin an.
Einer der Männer zog sein Schwert und ging auf die Frau zu, die unbeeindruckt auf dem Boden sitzen blieb. Ich drückte mich in den hintersten Winkel des Zeltes und verhielt mich ruhig. Bisher hatte keiner der drei Fremden Notiz von mir genommen und ich betete, dass das auch so blieb.
»Was wirfst du dieser Frau vor?«, fragte einer der Soldaten den Händler.
»Sie hat mir einen Liebestrank verkauft, der meine Frau

wieder für mich empfänglich machen sollte. Nachdem ich ihr den Trank gegeben habe, treibt sie es nun mit dem Personal und lässt mich nicht mehr in ihr Bett.«

»Was sagst du zu den Vorwürfen?«, wandte sich der Soldat jetzt an die Wahrsagerin. Er war sichtlich bemüht, ernst zu bleiben, und auch ich musste mir krampfhaft das Lachen verbeißen. Die Vorstellung, wie der Kaufmann von seiner Frau abgewiesen wurde, war äußerst belustigend. Zumal die besten Jahre des Mannes ganz offensichtlich vorbei waren. Erstaunlich war nur, dass er die Wahrsagerin jetzt zur Verantwortung ziehen wollte. Nach allem, was ich bisher über die Gesetze in Babylon gelernt hatte, wäre eigentlich seine Frau diejenige gewesen, die es zu bestrafen galt.

»Das Mittel hat gewirkt«, sagte die Alte. »Ich konnte ja nicht ahnen, dass sich die Frau einen anderen suchen würde.«

»Du lügst!«, schrie der Kaufmann. »Du hast mir die Garantie gegeben, dass mir meine Frau jeden Wunsch erfüllt, wenn ich ihr den Trank gebe.«

»Stimmt das?«, fragte der Soldat.

»Schon. Aber ganz sicher kann man bei keinem Trank sein.«

»Ich verlange, dass die Alte bestraft wird«, jammerte der Händler.

»Dazu gibt es keinen Grund«, sagte der Soldat. »Ich muss dich auffordern, das Zelt zu verlassen. Die Schuld liegt allein bei dir und deinem Weib.«

»Das wird euch noch leidtun!«, schrie der Kaufmann und rannte beleidigt hinaus. Beide Soldaten brachen in schallendes Gelächter aus.

»Pass in Zukunft besser auf, mit wem du Geschäfte machst«, sagte einer der beiden, als sie das Zelt

verließen.
»Nun zu dir«, sprach mich die Wahrsagerin an, als es wieder ruhig geworden war.
»Lass gut sein«, antwortete ich und ging ebenfalls. Die Vorstellung eben hatte mir gereicht. Sicher war der alte Mann an seiner Situation selbst schuld. Verlassen konnte man sich auf die Wahrsagerin und ihre Mittel aber offensichtlich nicht.
Ich schritt weiter die Straße entlang und gelangte zu einem Tempel, aus dessen Räumen Musik und Geschrei schallten. Zwei leicht bekleidete Männer taumelten die Stufen herunter und stützten sich gegenseitig. Weitere standen am Eingang und schoben sich ein junges, fast nacktes Mädchen zu. Seine Brüste glänzten im Mondschein, als wären sie mit Öl eingerieben worden. Einen Moment lang schaute ich mir das Schauspiel an.
Plötzlich wurde es mir warm und kalt zugleich. Ich traute meinen Augen nicht und sah mir die Männer noch einmal genauer an. Mein erster Eindruck hatte mich nicht getäuscht. Einer der Feiernden war unverkennbar Basumor. Seine Tunika war verrutscht und legte den dicken Bauch des Händlers frei. Gierig grapschte er nach dem Mädchen und fuhr ihm dabei mit der Hand über die Brust.
Angewidert wendete ich meinen Blick ab. Für Männer schienen hier andere Gesetze zu gelten. Ich erinnerte mich mit Schrecken an die junge Frau, die am Abend zuvor von ihren Peinigern gesteinigt worden war, ohne dass ihre Schuld überhaupt bewiesen wurde. In Basumors Fall hätte ich diese Strafe als angemessen empfunden. Ich war kein Freund von Gewalt, aber wenn ich daran dachte, dass Mara den Rest ihres Lebens mit diesem Kerl verbringen sollte, lief es mir eiskalt den

Rücken herunter.

So schnell ich konnte, lief ich zu der Baracke, in der ich am Nachmittag nach meiner Flucht aus den Gärten gelandet war. Je näher ich dem zerfallenen Gebäude kam, umso mehr war ich darauf bedacht, nicht aufzufallen. Als ich sicher war, nicht beobachtet zu werden, schlüpfte ich durch die Tür und lief sofort in den Gang, der mich zu den hängenden Gärten der Semiramis führte. Ich hoffte, dass ich jetzt endlich einmal ein bisschen Glück hatte und Mara noch hier war.

Vorsichtig lugte ich durch die Tür der Bauten. Ich durfte mich auf keinen Fall von den Soldaten erwischen lassen. Ich musste unbedingt alleine mit Mara sein, wenn ich sie ein drittes Mal ansprechen wollte. Die Treppe und der Vorhof lagen verlassen vor mir. Auch bei den Pflanzen war kein Mensch zu sehen. Ich wartete noch etwa zehn Minuten ab, aber auch in dieser Zeit betrat niemand die Anlage. Wie es aussah, waren Mara und die anderen Helfer schon nach Hause gegangen.

Ich lief den Gang zurück und gelangte wieder in die Straßen von Babylon. Den normalen Ausgang zu benutzen, traute ich mich nicht. Sicher würde er auch um diese Zeit noch von den Soldaten bewacht werden. Leider hatte ich dadurch einen deutlich weiteren Weg zum Haus von Basumor zurückzulegen. Als ich dort ankam, war alles ruhig. Ich setzte mich in den Schatten der angrenzenden Häuser und wartete darauf, dass etwas geschah.

Es wurde jetzt deutlich stiller in der Stadt und ich hatte mit der Müdigkeit zu kämpfen. Langsam lief auch die Zeit davon. Wenn ich Älais rechtzeitig erreichen wollte, musste es mir bald gelingen, Mara zu finden. Basumors

Anwesen war der einzige Anhaltspunkt, den ich hatte.
Endlich machte ich am Beginn der Straße eine Bewegung aus. Erleichtert erkannte ich, dass es Mara war, die da auf mich zukam.
Weit und breit war kein anderer Mensch zu sehen. Ich wartete, bis sie an mir vorbei war, und schlich mich dann leise an meine griechische Freundin heran. Sie wurde völlig überrascht, als ich ihr den Arm auf den Rücken drehte. Bevor sie schreien konnte, drückte ich ihr von hinten die Hand auf den Mund. Mara trat nach hinten aus und verfehlte mich dabei nur knapp.
»Sei ganz ruhig. Ich werde dir nichts tun«, flüsterte ich in ihr Ohr.
Ich zog Mara zwischen zwei Häuser. Sie wehrte sich verzweifelt, konnte sich aber nicht aus meinem Griff lösen. Sie drehte ihr Gesicht in meine Richtung und ich konnte das Erstaunen in ihren Augen sehen, als sie mich erkannte.
»Hör auf dich zu wehren. Ich will dir nur etwas zeigen. Wenn du dann immer noch nicht mit mir kommen willst, werde ich dich in Ruhe lassen. Wenn du mir versprichst, nicht zu schreien, lasse ich dich los.«
Mara nickte. Ich nahm die Hand von ihrem Mund und lockerte den Griff.
»Was soll das?«, zischte sie mir zu.
»Folge mir!«, sagte ich nur.
Ich packte die Griechin am Arm und lief mit ihr zu dem Tempel, an dem ich Basumor mit seiner Gespielin erwischt hatte.
Ich zog sie hinter eine Palme und bat sie, still zu sein. Wir konnten hören, dass die Orgie noch in vollem Gange war. Auf der Treppe lagen zwei Männer, die so betrunken waren, dass sie nicht mehr bemerkten, wie sie sich zum Gespött der Leute machten. Wieder tönte

ein spitzer Schrei vom Tempel zu uns herüber. Zwei nackte Mädchen rannten aus dem Gebäude. Dicht dahinter folgte Basumor, der bis auf ein Tuch, das um seine Hüften geschlungen war, ebenfalls unbekleidet war.
Entsetzt sah Mara ihren zukünftigen Ehemann an.
»Ist es wirklich ein Leben an seiner Seite, was du dir für die Zukunft wünschst?«, flüsterte ich ihr zu.
»Ich habe doch keine Wahl«, antwortete sie. Aus ihrer Stimme konnte ich deutlich heraushören, wie sehr sie mit ihren Tränen rang.
»Komm mit mir!«, entgegnete ich. »Wir können diese schreckliche Stadt noch heute verlassen. Bei Sonnenaufgang schließen wir uns einer Karawane an, die uns zu einem Schiff bringt und fahren nach Griechenland.«
»Ich kann die Stadt nicht einfach verlassen. Basumor wird mich suchen und uns die königlichen Soldaten auf den Hals hetzen. Er hat einen großen Einfluss in Babylon. Wahrscheinlich lassen uns die Wachen noch nicht einmal aus der Stadt.«
»Dann müssen wir einen anderen Weg finden.«
»Den gibt es nicht«, entgegnete Mara.
Ich konnte mir nicht vorstellen, dass es unmöglich war, unbemerkt aus der Stadt zu verschwinden. Vielleicht konnte Älais uns ja helfen. Wenn er bei Sonnenaufgang die Stadt verlassen wollte, würde er sicher bald mit dem Beladen der Kamele beginnen.
Ich erzählte Mara von meinem Plan. Sie hatte zwar noch immer Zweifel, schien aber inzwischen etwas mehr Vertrauen zu mir gefasst zu haben.
Mittlerweile hatten wir die Hauptstraße, die zum Ischtartor führte, erreicht. Bis zum Sonnenaufgang waren es noch ein paar Stunden. Wir versteckten uns

hinter einer großen Statue, die einen Löwen zeigte, der eine Antilope riss. Sie bot Platz genug, um uns beide vor den Blicken der Wachen zu schützen. Nun konnten wir nur abwarten und hoffen, dass keiner der Soldaten des Königs auf uns aufmerksam wurde.

Pünktlich mit den ersten Sonnenstrahlen traf Älais mit seinen Helfern und den Tieren vor dem Ischtartor ein. Durch die Beschreibung von Antipatros fiel es mir nicht schwer, den Griechen ausfindig zu machen. Die Gestalt des Händlers war beeindruckend. Er überragte seine Gefährten um eineinhalb Köpfe und war damit mit Abstand der größte Mann, den ich während meiner bisherigen Reise in die Vergangenheit gesehen hatte. Das mit roten Stickereien verzierte schwarze Gewand zeugte vom Reichtum des Mannes.
Ich zog Mara hinter mir her und lief auf Älais zu.
»Du musst Ralf sein«, begrüßte er mich. »Ich habe gehört, dass du mich nach Athen begleiten willst. Es war aber nur von einer Person die Rede.«
»Entweder wir kommen beide mit oder keiner«, sagte ich und hielt dem Griechen die Goldmünze unter die Nase. »Reicht das, um die Überfahrt für uns zu bezahlen?«
»Sicher! Für das Gold verstecke ich euch sogar vor den Wachen«, sagte er.
»Woher weißt du, dass die Soldaten uns nicht sehen dürfen?«
»Ihr versteckt euch sicher nicht grundlos hinter dem Löwen. Lauft zum vorletzten Wagen meiner

Karawane und kriecht dort unter die Decken. Beeilt euch, sonst werden euch die Wachen ergreifen, bevor wir die Stadt verlassen können. Alles Weitere besprechen wir dann später.«

Ich nickte dem Händler kurz zu und eilte dann mit Mara zum angegebenen Wagen. Die Begleiter von Älais schauten uns verdutzt an, hielten sich aber zurück. Wir legten uns flach auf den Boden und zogen die Teppiche über unsere Köpfe.

»Meinst du, dass wir ihm vertrauen können?«, fragte Mara.

»Wir haben keine andere Wahl.«

Die Karawane setzte sich langsam in Bewegung. Ich hoffte nur, dass Älais geldgierig genug war, uns den Soldaten nicht auszuliefern. In weiser Voraussicht hatte ich die Münze zunächst noch behalten.

Plötzlich blieben wir stehen und hörten, wie der Händler mit den Soldaten sprach. Wir konnten aber nicht verstehen, was gesagt wurde. Kurz darauf ging es weiter. Die Wachen verzichteten darauf, die Kamele und Wagen näher zu untersuchen. Basumor schien noch nichts von Maras Verschwinden bemerkt zu haben.

Wir warteten ab, bis sich unsere Gruppe weit genug von den babylonischen Stadtmauern entfernt hatte und verließen unser Versteck. Älais erklärte uns, dass wir das Meer in sieben Tagen erreichen würden, wenn wir Nachts nur solange rasten würden, bis die ersten Sonnenstrahlen schienen. Im Dunkel sei die Gefahr vom richtigen Weg abzukommen zu groß.

Plötzlich merkte ich, dass Mara sichtlich Mühe hatte, das Gleichgewicht zu halten. Sie stolperte und fing an zu taumeln. Dann brach sie auf dem Boden zusammen. Ich stürmte zu ihr und kniete mich aufgeregt neben sie.

Nur langsam öffnete sie die Augen wieder und schaute mich verwirrt an. »Was ist passiert? Wo sind wir hier?«
»Was ist los mit dir?«, fragte ich besorgt. Ich konnte mir ihren Zustand nicht erklären und wusste nicht, was ich auf die Fragen antworten sollte. Hatte Mara etwa schon wieder das Gedächtnis verloren?
Sie setzte sich auf und schaute mir tief in die Augen. »Ich erinnere mich langsam wieder an alles«, sagte sie dann. »Die Pyramiden, Imhotep, Asklepios und der Anschlag auf den Steinbruch.«
Ich konnte kaum glauben, was meine Gefährtin da sagte. Mein Verdacht war also von Anfang an richtig gewesen. Glücklich nahm ich Mara in den Arm, die ihre Tränen nicht zurückhalten konnte. »Antipatros hat dich nach Babylon geschickt und dir deine Erinnerungen geraubt.«
»Warum tut er mir das an?«
»Ich weiß es nicht, Mara. Er hat mir gesagt, deine einzige Aufgabe bestünde darin, mich zu den hängenden Gärten der Semiramis zu führen. Ich sollte die Stadt alleine verlassen und mich nach Athen begeben.«
»Dann hast du gegen die Anweisung von Antipatros gehandelt?« Sie schaute mich ungläubig an.
»Ja! Ich wollte einfach nicht hinnehmen, dass unsere Wege sich wieder trennen.«
Mara drückte ihren Körper jetzt noch fester an mich. Ich konnte spüren, wie ihr Zittern langsam nachließ. Glücklich strich ich mit der Hand über ihr seidiges Haar. Ich wusste jetzt, dass meine Entscheidung absolut richtig gewesen war.
»Wir müssen weiter«, drängte Älais, der die ganze Zeit über schweigsam neben uns gestanden hatte. »Ich weiß nicht, vor wem ihr flieht, aber die Gefahr ist noch

lange nicht vorbei. Sicher werdet ihr erst sein, wenn wir mit dem Schiff in See gestochen sind.«

Mit jedem Tag der verging wurde die Gefahr, dass uns Basumor doch noch einholte, geringer. Sicher konnten wir dennoch nicht sein. Ich traute dem Kaufmann durchaus zu, dass er mit den Soldaten des Königs die Verfolgung aufnehmen würde. Nicht, weil er seine angehende Frau so sehr vermisste, sondern um sich dafür zu rächen, verlassen worden zu sein.
Wir wanderten Stunden um Stunden durch den heißen Wüstensand und ich hatte nicht das Gefühl, dass sich die Gegend um uns herum auch nur im Geringsten veränderte. Die Hitze setzte uns zu und ich wurde von Tag zu Tag müder. Auch Mara war anzumerken, dass sie immer schwächer wurde. Es wäre für uns beide angenehmer gewesen, in einem der Wagen am Ende der Karawane mitzufahren. Da wir aber immer noch damit rechnen mussten, von Basumor verfolgt zu werden, hatten wir es vorgezogen, weiter vorn zu laufen. Wir mussten in der Lage sein, schnell zu reagieren, wenn uns die königlichen Soldaten einholten. Die Wagen würden keinen Schutz bieten, falls die Wachen sie diesmal bis ins Kleinste untersuchten.

Am siebten Tag konnten wir vor uns endlich das Meer erkennen. Mara, die völlig am Ende ihrer Kräfte war und sich nicht mehr auf den Beinen halten konnte, saß auf einem der Kamele an der Spitze der Karawane. Da wir unterwegs einiges an Nahrungsmittel verbraucht hatten, und auch die Wasservorräte geschrumpft waren, benötigten wir nicht mehr so viele Tiere zum Transport der Waren.

Wir kamen dem Strand, von dem das mächtige Segelschiff etwa zweihundert Meter entfernt vor Anker lag, nun schnell näher. Kleinere Boote warteten im flacheren Wasser auf Älais und seine Leute.

Als wir den Strand erreichten, kam Hektik in die Mannschaft. Um uns herum ertönten Schreie, aber ich konnte nicht verstehen, was die Seeleute so in Panik versetzte. Wir wurden regelrecht an Bord der Boote gezogen und die Männer ruderten sofort los. Schnell hatten wir die Hälfte der Distanz zum Schiff überwunden. Die letzte Gruppe verließ gerade das Ufer, als die Meute auf der Düne auftauchte. Mit wütenden Schreien trieb Basumor die babylonischen Soldaten zur Eile an.

Mara wandte entsetzt ihren Blick ab und drückte sich fest an mich. Wir hatten das Schiff fast erreicht und auch die anderen sieben Boote waren schon weit vom Strand entfernt.

In letzter Sekunde waren wir unseren Häschern entkommen, die uns jetzt sicher nicht mehr weiter folgen würden.

Für mich war das Kapitel Babylon damit abgeschlossen. Die Abenteuer aber gingen weiter.

Das verborgene Wunder

In den ersten drei Tagen auf hoher See erholte Mara sich schnell. Wir verbrachten die meiste Zeit an Deck, saßen in der Sonne und unterhielten uns. Älais hatte mit seiner Mannschaft und dem Schiff zu tun. Daher bekamen wir ihn nur selten zu Gesicht.
Anfangs mussten sich die Männer schwer ins Zeug legen, um das Schiff mit ihren Rudern vorwärtszubewegen, die sich im offenen Bauch des Bootes vor und hinter dem überdachten Frachtraum befanden.
In den folgenden beiden Tagen wurden wir dank eines leichten Windes, der das mächtige Segel des Schiffes aufblähte, mit gleich bleibender Geschwindigkeit über das Mittelmeer getrieben, dass von den Seeleuten zu meiner Verwunderung Mittellandmeer genannt wurde.
Doch auch jetzt gab es für die Männer an Bord noch genug zu tun. Während ihr Kapitän am Ruder auf dem ersten Deck stand und das Handelsschiff auf Kurs hielt, richteten seine Leute das Segel immer wieder neu aus. Älais versicherte uns, dass wir die Küste Griechenlands in fünf Tagen erreichen würden.
»Ich wüsste zu gerne, warum Antipatros mich nach Athen schickt«, sagte ich zu Mara, die neben mir auf den alten Holzplanken lag, die sich über den oberen Teil des zweistöckigen Decks erstreckten. Dieser Bereich des Schiffes lag höher als die Bordwand und wir konnten das Meer nach allen Seiten überschauen.
»Ich kenne die Pläne nicht, die er für deine Reisen gemacht hat.«
»Hast du denn eine Idee, worum es sich bei diesem dritten Weltwunder handeln könnte?«
»Nein. Ich bin mir aber sicher, dass uns der Weg schon an das richtige Ziel führen wird.«

»Ich hasse dieses Versteckspiel«, sagte ich. »Ich bin es nicht gewohnt, dass andere für mich die nächsten Schritte bestimmen. In meiner Welt gebe ich die Richtung an, in die sich mein Leben bewegt.«

»Bitte erzähl mir mehr von deiner Zeit.«

»Für dich ist es sicher schwer vorstellbar, wie die Welt in zweitausendfünfhundert Jahren aussehen wird. Unsere Schiffe werden mit Motoren angetrieben. Es müssen keine Menschen rudern, sondern alles geht mit Maschinen. Die Überfahrt über das Mittelmeer ist dadurch deutlich kürzer. Wenn die Menschen nach Athen wollen, nehmen sie eine fliegende Maschine und sind in einer Stunde da.«

»Ihr könnt fliegen?. Mara sah mich ungläubig an. »Du bist ja verrückt!«

»Ganz und gar nicht. Und das ist nicht das Einzige, was in meiner Zeit anders ist. Wir haben riesige Häuser, deren Dächer hoch in den Himmel ragen, und breite Straßen, auf denen unsere Fahrzeuge schnell von einem Ort zum anderen gelangen können.«

»Es fällt mir wirklich schwer, das zu glauben«, sagte Mara. »Ihr könnt wirklich fliegen?«

»Du musst dir das vorstellen wie ein großes Schiff mit Flügeln«, antwortete ich lächelnd.

»Jetzt machst du dich über mich lustig.« Mara drehte ihren Kopf von mir weg und schaute aufs Meer. Das Wasser war herrlich ruhig. Außer ein paar kleineren Wolken war kilometerweit nichts zu sehen.

Ich musste mich beherrschen, nicht mit der Hand durch ihr schwarzes, lockiges Haar zu fahren. So wie Mara neben mir lag, hätte ich lieber andere Dinge mit ihr getan, als über Flugzeuge zu reden. Ihr Körper war auf den Wunsch von Älais komplett mit weißen Leinentüchern verdeckt. Er wollte nicht, dass die

Männer zu viel von ihrer sonnengebräunten Haut sahen und so von der Arbeit abgelenkt wurden. Dennoch fiel es mir schwer, nicht ständig ihren Körper anzustarren. Ein Blick in die geheimnisvollen, braunen Augen der Griechin reichte aus, um mich alles andere vergessen zu lassen. Längst hatte ich mich mehr als nur ein bisschen in die junge Schönheit verliebt. Sie war so anders als die Mädchen in meiner Zeit und versuchte nicht ständig, sich selbst ins rechte Licht zu rücken. Sie war einfach sie selbst. Auch wenn ich mir sicher war, dass sie mir über ihre Beziehung mit Antipatros nicht die ganze Wahrheit sagte, spielte sie mir ansonsten nichts vor.

Sanft legte ich meine Hand auf ihre Schulter und zog Mara zu mir. »Ich mache mich nicht über dich lustig. Denke daran, wie sich die Welt seit dem Bau der Pyramiden verändert hat. In den nächsten zweitausendfünfhundert Jahren wird sehr viel passieren. Du würdest nicht glauben, was in meiner Zeit noch alles möglich ist.«

»Ich will dir ja glauben, Ralf. Aber das hört sich alles so fremd an.« Mara rückte etwas näher an mich heran und ich sah ihr tief in die Augen. Unsere Gesichter waren jetzt nur noch wenige Zentimeter voneinander entfernt. Jede Faser in meinem Körper schrie danach, sie endlich in den Arm zu nehmen und zu küssen. Mara schien ähnliche Gefühle zu haben. Ganz langsam schob sie ihren Körper noch näher an Meinen heran.

»Vielleicht wäre es besser, wenn ihr euch in die Kabine zurückzieht«, verhinderte die Stimme von Älais unseren ersten Kuss. Ich hätte den Kapitän in diesem Moment am liebsten über Bord geworfen.

»Warum?« Mara sah den Händler verstört an.

»Ein Sturm zieht auf. Unten seid ihr sicherer als hier

oben an Deck.«
Ungläubig schaute ich den Griechen vor mir an, der eine sorgenvolle Miene aufgesetzt hatte. »Es herrscht doch fast Windstille.«
»Das sind nur die Vorboten für ein schlimmes Unwetter«, erklärte Älais. »Vertraut mir. Ich bereise das Mittelandmeer seit sehr vielen Jahren und weiß die Zeichen der Götter zu deuten.«
»Wenn das Wetter wirklich schlechter wird, können wir uns immer noch in die Kabine zurückziehen«, sagte ich. Ich war noch immer verärgert, weil Älais uns gestört hatte.
»Sagt aber später nicht, ich hätte euch nicht gewarnt.«
Der Kapitän ließ uns allein und begab sich zurück zu seiner Mannschaft. Wir konnten hören, wie er seinen Männern befahl, alle beweglichen Teile auf dem Schiff festzubinden und das riesige Segel einzuholen.
»Ich verstehe nicht, was ihn auf die Idee bringt, dass es ein Unwetter gibt«, sagte ich zu Mara, die ihren Blick über den Himmel schweifen ließ.
»Er wird schon wissen, was er tut. Immerhin ist er ein erfahrener Seefahrer.«
»Möchtest du denn lieber in unsere Kabine gehen?«
Plötzlich fand ich die Aussicht sehr verlockend, dort mit Mara weiterzumachen, wo uns Älais eben unterbrochen hatte. Das Funkeln in ihren Augen zeigte mir, dass sie ganz ähnliche Absichten hegte.
»Unten wären wir für uns alleine«, sagte sie vieldeutig.
»Keiner der Männer auf dem Schiff könnte sehen, was wir tun«, ergänzte ich und legte den Arm um meine Gefährtin. Ich spürte einen kalten Windhauch an meinem Rücken, ließ mich davon aber nicht stören. Sanft zog ich sie zu mir und küsste sie. »Lass uns gehen.«

Ein gewaltiger Donnerschlag zerfetzte die erotische Spannung zwischen uns. Innerhalb von Sekunden zog sich der Himmel zu und es wurde dunkel um uns herum. Staunend betrachteten wir das Schauspiel über uns. Die Wolken wurden immer dichter und färbten sich in Sekunden schwarz. Das Meer schleuderte zunehmend höher werdende Wellen gegen unser Schiff. Schlagartig öffnete der Himmel seine Schleusen und verwandelte die Schiffsplanken in einen nassen und rutschigen Boden, auf dem die Männer mit ihren nackten Füßen nur schwer Halt fanden. Die schwankenden Bewegungen des Schiffes auf den meterhohen Wellen machten es unmöglich, dass wir uns aufrecht bewegten. Innerhalb weniger Augenblicke hatte sich unsere Umgebung vollkommen verändert. Jetzt bereuten wir, dem Rat des Kapitäns nicht gefolgt zu sein.

»Achtung!«, schrie ich Mara zu. Sie war gerade aufgestanden, um über die Treppe in den Bauch des Schiffes zu gelangen. Doch die Welle erwischte die Griechin voll. Sie wurde von den Beinen geschleudert und rutschte auf den Rand des Schiffes zu. Mir stockte der Atem. Sie kam der in Tausende von Einzelteilen zerfetzten Reling immer näher. Nur noch wenige Meter trennten Mara vom Abgrund und dem tosenden Meer. Ich musste schlagartig handeln. Also sprang ich ohne Zögern auf sie zu und streckte die Arme nach ihr aus. Ich sah, wie sie bereits mit halbem Oberkörper über dem offenen Meer hing. Erst im letzten Moment bekam ich einen ihrer Füße zu fassen. Geistesgegenwärtig umklammerte ich gleichzeitig mit der freien Hand eines der Taue, das am Heck des Schiffes befestigt war.

»Versuch dich irgendwo festzuhalten!«, rief ich ihr zu. Mara versuchte, ihren Körper mit letzter Kraft wieder komplett auf die Schiffsplanke zu ziehen, fand aber keinen Halt.

»Da ist nichts!« Ihr verzweifelter Schrei wurde von dem Getöse des Sturms übertönt. Wieder krachte eine Welle gegen den Bug und eine wahre Sintflut ergoss sich über das Deck. Der starke Wind riss Mara ruckartig in die Höhe. Sie verlor den Halt. Ich wurde wahnsinnig vor Angst, setzte alles auf eine Karte und griff mit beiden Händen nach ihr. Als ich sie endlich am Arm zu fassen bekam, zog ich mit aller Kraft und schaffte es so, ihren Körper in letzter Sekunde zurück auf das Schiff zu wuchten. Gemeinsam stürzten wir die schmalen Stufen der Holztreppe zum unteren Deck herunter und fielen Älais dabei fast vor die Füße, der weiterhin verzweifelt versuchte, das Schiff auf Kurs zu halten.

Ein mörderischer Schlag traf mich am Hinterkopf. Ich kämpfte verzweifelt dagegen an, das Bewusstsein zu verlieren. Der Regen prasselte weiter unaufhörlich auf uns herunter. Längst waren wir nass bis auf die Haut und der Stoff der Kleidung klebte uns am Körper. Trotzdem waren Mara und ich jetzt relativ sicher. Die Bordwände waren hier mindestens zwei Meter hoch. Die Matrosen hatten die Ruder eingezogen, damit sie von den Wellen nicht zerschmettert wurden. Meine Freundin lag auf dem Boden und sah mich aus erschöpften Augen an.

In diesem Moment zog ein gellender Schrei unsere Aufmerksamkeit auf sich. Einer der Matrosen wurde von einer Sturmböe erwischt und über Bord geschleudert. Entsetzt sah ich dem Körper des Mannes hinterher. Sein Aufprall auf dem Wasser wurde vom Tosen der Wellen übertönt.

Ich kroch zu Mara und wir hielten uns beide an den Halterungen der Ruder fest. Ich hatte in diesem Moment das Gefühl, als würde jeden Moment die Welt untergehen. Ob mein Zittern von der Kälte kam, oder von meiner Angst verursacht wurde, konnte ich nicht sicher sagen.

Es kam mir vor, als seien Stunden vergangen, ehe der Sturm endlich nachgab. Ich ließ meinen Blick über das Deck wandern und sah ein Bild der Verwüstung. Der mächtige Mast war im oberen Drittel abgeknickt. Die Trümmer verteilten sich über das ganze Deck. Einige der Ruder waren durch herabfallende Teile zerbrochen.
Nachdem die Todesangst aus meinem Körper gewichen war, kamen die Magenkrämpfe. Alles in mir rebellierte. Ich konnte dem Druck in meinem Magen nicht mehr standhalten und erbrach mich auf die Schiffsplanken. Als ich sicher sein konnte, meinen Magen komplett entleert zu haben, legte ich mich stöhnend auf den Rücken. Die Wolken kreisten über meinem Kopf. Ich drehte ihn zur Seite und begann erneut zu würgen.
Die Berührung an meinem Arm spürte ich kaum. Willenlos ließ ich mich von Mara zur Kabine ziehen, wo ich regungslos auf dem Boden liegen blieb, bis ich von einer gnädigen Ohnmacht überwältigt wurde.

Als ich wieder zu mir kam, fühlte ich mich so schlecht wie selten in meinem Leben. Mara lag neben mir und schlief. Da es in unserer fensterlosen Kabine immer gleich dunkel blieb, wusste ich nicht einmal, ob es gerade Tag oder Nacht war.
Mein Gaumen war völlig ausgetrocknet. Ich hatte das Gefühl, meine Zunge liege wie ein trockener Lappen in meinem Mund. Das Kratzen im Hals tat sein

Übriges. Ich musste unbedingt so schnell wie möglich etwas trinken. Zudem verspürte ich einen enormen Druck auf der Blase, der mich endgültig davon überzeugte, die Kabine zu verlassen und an Deck zu gehen.

Ich setzte mich auf, aber sofort wurde mir schwindelig. Der Raum drehte sich vor mir im Kreis. Wäre da nicht nach wie vor das dringende Bedürfnis gewesen, mich zu erleichtern, hätte ich mich wahrscheinlich einfach wieder auf das Bett fallen lassen und meinem Schicksal ergeben. Aber der Gedanke, dass Mara mich in einer stinkenden Urinlache liegen sehen könnte, wenn sie erwachte, weckte neuen Ehrgeiz in mir. Diese Peinlichkeit wollte ich mir unbedingt ersparen, nachdem mich meine Begleiterin schon in die Kabine hatte schleifen müssen. Schwerfällig stützte ich mich auf dem Bett ab und stand langsam auf.

Sofort spürte ich eine erneute Schwindelattacke. Meine Beine sackten bei jedem Versuch, vorwärtszugehen, erneut unter mir zusammen. Ich zweifelte daran, dass sie mein Gewicht tragen konnten. Vorsichtig setzte ich einen Fuß vor den anderen und streckte dabei die Arme zur Seite, damit ich mich abstützen konnte, falls sie doch noch nachgaben. Suchend tastete ich mit den Händen nach der Wand und erreichte schließlich die Tür. Ich trat auf den kleinen Gang, der die Kabine mit dem unteren Deck des Schiffes verband. Hier war es etwas heller. Zumindest schemenhaft waren die Kisten und Taue zu erkennen, die überall auf dem Boden lagen. Nach dem Unwetter herrschte noch immer Chaos auf dem Schiff und es würde sicher noch einige Tage dauern, bis die Schäden behoben sein würden und alles wieder an seinem Platz wäre.

Mein Weg führte mich direkt ins Freie und zu den

Plätzen, die für die Ruderer vorgesehen waren. Mit der rechten Hand schirmte ich meine Augen vor den blendenden Sonnenstrahlen ab, während ich mich mit der linken an der Wand abstützte. Ich konnte es kaum erwarten, die letzten Schritte zum Heck des Schiffes zu gehen und mir endlich Erleichterung zu schaffen.

»Ich sehe, du bist endlich wieder von den Toten erwacht«, begrüßte mich Älais, der wie immer am Steuerruder stand. Der Sturm hatte sich komplett verzogen und Platz für einen wolkenlosen Himmel gemacht. Die Mannschaft war damit beschäftigt, die Schäden auf dem Schiff zu beseitigen. Zerbrochene Ruder wurden ausgetauscht und die Trümmer einfach über Bord geworfen. Das mächtige Segel war halbiert und von den Männern am Rest des Mastes befestigt worden. So konnte der schwache Wind genutzt werden, um das Boot langsam an die Küste Griechenlands zu tragen.

»Wie lange werden wir noch brauchen?«, fragte ich Älais.

»Wenn wir in keinen weiteren Sturm geraten, werden wir den Hafen von Piräus in zwei Tagen erreichen.«

Das Bedürfnis, mich zu entleeren, wurde nun unmenschlich. Ich schleppte mich weiter die Stufen des Podestes hinunter in den offenen Innenraum, wo die Ruderer saßen. Älais merkte wohl, wie schlecht es mir ging, und ließ mich in Ruhe. Gerade noch rechtzeitig erreichte ich die Luke am Heck des Schiffes, die eigens für diesen Zweck geschaffen worden war, und erleichterte mich ins Meer. Selten hatte ich mich hierbei so befreit gefühlt wie an diesem Tag.

Gerade war ich ein paar Schritte zurück in Richtung Kabine gegangen, als das leichte Schaukeln des Schiffes dafür sorgte, dass mein Magen wieder zu rebellieren begann. Ich kniete mich auf den Holzboden und würgte die letzten Tropfen Gallenflüssigkeit heraus, die sich noch in mir befanden. Erschöpft legte ich mich auf den Rücken und sah zum Himmel. Die Krämpfe in meinem Bauch verursachten höllische Schmerzen und ich war einer weiteren Ohnmacht nahe. Auf allen vieren kroch ich zurück zu Älais, der mir grinsend einen Becher mit Wasser reichte.

»Die Seefahrt ist wohl nichts für dich«, stellte der Kapitän fest. »Trink nicht zu schnell, sonst musst du dich gleich wieder übergeben.«

Mein Hals sog das Wasser auf wie ein trockener Schwamm. Dennoch trank ich nur einen kleinen Schluck und wartete die Reaktion meines Magens ab. Erst als ich sicher war, dass ich die Flüssigkeit bei mir behalten würde, trank ich vorsichtig weiter.

»Schläft deine Begleiterin noch?«, wollte Älais wissen.

Offensichtlich zeigte er sich nicht sehr beeindruckt von den Ereignissen der vergangenen Stunden. Sicher war es nicht der erste Sturm, den er auf seinen Reisen über das Mittellandmeer erlebt hatte.

»Tief und fest«, antwortete ich.

»Sie hat sich während des Sturmes gut gehalten. Ich hätte nicht gedacht, dass ihr beide das Unwetter lebend übersteht. Ihr hättet meinen Rat befolgen sollen.«

»Mara ist dem Tod nur knapp entgangen«, gab ich dem Kapitän recht.

»Sie ist eine bemerkenswerte Frau.«

»Ja, das ist sie.« Ich hatte keine Lust auf ein längeres Gespräch mit Älais und schleppte mich zurück in die Kabine. Mara schlief noch immer. Völlig erschöpft legte ich mich neben sie auf das Bett.

Die nächsten zwei Tage verbrachte ich fast ausschließlich in unserer Kabine und kämpfte mit meiner Übelkeit. Mara leistete mir die meiste Zeit Gesellschaft. Als uns dann Älais endlich sagte, dass wir den Hafen von Piräus nun bald erreichen würden, konnte ich es nicht mehr abwarten, endlich von dem Schiff herunterzukommen. Ich hoffte, dass ich bei meinen weiteren Abenteuern kein Boot mehr betreten musste. Gemeinsam mit Mara trat ich an Land und hatte mit einem Mal das Gefühl meine Kniescheiben bestünden aus Pudding. Ich kam mir vor wie ein Kleinkind, das seine ersten Gehversuche macht. Nach ein paar Schritten gewöhnte ich mich aber schnell daran, wieder festen Boden unter den Füßen zu haben.
Während seine Männer damit beschäftigt waren, das Schiff zu sichern, kam Älais zu uns, um sich zu verabschieden. Im Hafen von Piräus herrschte reger Betrieb. Frachter wurde be- oder entladen und die Kapitäne und Händler schrien wild durcheinander. Älais erklärte uns, dass Piräus die wichtigste Handelsstätte für alle Waren sei, die nach Athen gebracht werden sollen. Er empfahl uns, gemeinsam mit einer der zahlreichen Gruppen zu reisen, die auf dem Weg in die Stadt waren. Ich bedankte mich bei dem Händler und gab ihm wie vereinbart die Goldmünze, die ich von Antipatros erhalten hatte. Damit trennten sich unsere Wege.
»Was willst du machen, wenn wir in Athen sind?«, wollte Mara wissen, als wir den Hafen verließen.
»Ich weiß es nicht«, antwortete ich. »Antipatros wird uns

aber sicher ein Zeichen schicken, wohin wir müssen.«
»Es wird schwer werden, ohne Geld in die Stadt zu gelangen. Wir werden auch für Unterkunft und Verpflegung bezahlen müssen.«
»Wir sind hier in deiner Zeit«, sagte ich und wunderte mich darüber, dass Mara nicht optimistischer dachte. Sie war in der Gegend aufgewachsen und müsste ein paar der Leute kennen, die hier lebten. Oder waren wir gar nicht in ihrer Zeit? Selbst dann musste Mara zumindest die wichtigsten Gebäude in Athen kennen.
»Du müsstest doch eigentlich eine Idee haben, warum Antipatros wollte, dass wir nach Griechenland reisen. Die Akropolis ist nicht unser Ziel. Das hat er mir bei unserem letzten Treffen schon gesagt.«
Mara zuckte nur mit den Schultern. Ich schenkte ihr mittlerweile mein grenzenloses Vertrauen. Dennoch hatte ich noch immer das Gefühl, dass sie mir nicht die ganze Wahrheit sagte, auch wenn sie mir versicherte, die Pläne von Antipatros nicht zu kennen.
Unterwegs trafen wir auf Händler, die mit ihren Waren auf dem Weg nach Athen waren oder von dort kamen.
»Was hast du?«, fragte ich meine Begleiterin, deren Aufmerksamkeit von einem alten Mann auf sich gezogen wurde, der neben seinem Wagen stand.
»Dieser Händler scheint Hilfe zu brauchen«, sagte Mara und ging langsam auf ihn zu.
Als wir näher kamen, sahen wir das Dilemma. Das linke Wagenrad des völlig überladenen Gefährtes war zerbrochen. Die Ladung war zur Seite gerutscht und würde sicher herunterfallen, wenn der Alte sein Maultier wieder antrieb.
»Können wir dir behilflich sein?«, fragte ich höflich, als wir den Mann erreichten.
Einen Moment sah uns der Händler zweifelnd an. Er

schien zu überlegen, ob er uns trauen konnte oder wir es vielleicht auf seine Ware abgesehen hatten. Schließlich nickte er und deutete auf das kaputte Rad.
»Ich werde den kompletten Wagen leer räumen müssen, bevor ich es wechseln kann«, sagte er. »Die Kisten sind aber zu schwer für mich. Mein Gehilfe ist erkrankt und alleine werde ich es nicht schaffen, die Ladung nach Athen zu bringen.«
»Auch wir wollen in die Stadt. Wir könnten dir bei der Reparatur helfen und dich auf der Reise begleiten«, schlug ich vor.
»Ich werde euch nicht viel Lohn zahlen können«, sagte der Händler, der sich uns mit dem Namen Elatos vorstellte. »Wenn ihr mit jeweils einem Silberstück einverstanden seid, nehme ich euer Angebot gerne an.«
»Eure Großzügigkeit ehrt uns«, kam Mara mir mit einer Antwort zuvor. Elatos sah sie einen Moment irritiert an. In der damaligen Zeit war es wohl nicht üblich, dass Frauen das Wort ergriffen, wenn Männer ein Geschäft aushandelten. Wir einigten uns darauf, dass der Alte noch die Verpflegung während der Reise übernahm, und begannen, den Wagen zu entladen. Ein Reserverad hatte Elatos dabei und so war der Schaden schnell behoben. Nachdem wir die Ware wieder sicher verstaut hatten, machten wir uns auf den Weg.

Die Reise führte uns durch einige kleinere Dörfer, in denen wir uns vom Fußmarsch durch die sommerliche Hitze erholen konnten. Meine Magenkrämpfe waren verflogen und ich war schon wieder in der Lage, feste Nahrung zu mir zu nehmen. Sicherlich war die mit getrocknetem Fleisch und Brot nicht eben fürstlich. Seit meiner Ankunft bei der Cheopspyramide, die Ewigkeiten her zu sein schien, hatte ich aber meine Ansprüche an das Essen deutlich zurückgeschraubt. Für einen Hamburger mit Pommes hätte nun fast alles getan.

Wir übernachteten in einer zerfallenen Hütte, die einsam und verlassen am Wegrand stand und, wie die verfaulten Abfälle bewiesen, schon mehreren Reisenden Unterschlupf gewährt hatte. Am nächsten Tag erreichten wir Athen. Elatos lieferte seine Waren ab, zahlte uns aus und machte sich auf den Rückweg.

»Hier scheint irgendetwas los zu sein«, sagte ich und deutete auf die Menschen vor uns. »Die Leute laufen alle in eine Richtung. Lass uns ihnen folgen. Ich bin gespannt, wohin die alle wollen«.

Mara warf mir einen skeptischen Blick zu, widersprach aber nicht.

»Der Herold ist in der Stadt!«, schrie einer der Männer einem anderen, der aus dem Fenster seines Hauses schaute, zu. Auch weiter vorne erschallten Rufe, die von demselben Ereignis kündeten.

»Weißt du, was ein Herold ist?«

»Ja«, antwortete Mara. »Alle vier Jahre sendet die Stadt Elis ihre drei Herolde aus, um den Beginn der Olympischen Spiele bekannt zu geben. Die Menschen versammeln sich auf den Marktplätzen der größeren Städte, um den Termin für die Wettkämpfe zu erfahren und sich dafür zu bewerben.«

Ein Zittern durchlief meinen gesamten Körper. Ich sah Mara an, als wäre sie von einem anderen Stern. Hatte sie jetzt wirklich von den Olympischen Spielen gesprochen?

»Das ist ja großartig!«, rief ich begeistert.

»Wie meinst du das?« jetzt war es Mara, die mich völlig verblüfft ansah.

»Es war schon immer einer meiner größten Wünsche, einmal bei den Olympischen Spielen dabei zu sein.«

»Du kennst die Wettkämpfe?«

»Vergiss nicht, dass ich aus der Zukunft komme. Wir wissen einiges über euer Zeitalter. Die Spiele werden irgendwann aussterben, um dann zweitausend Jahre später wieder zum Leben erweckt zu werden. Ich bin selbst Sportler und habe schon an einigen Wettkämpfen teilgenommen, auch wenn diese im Vergleich zur Olympiade nicht erwähnenswert sind. Ich muss unbedingt hören, was dieser Herold zu sagen hat.«

»Antipatros hat sicher andere Pläne für dich.«

»Das ist mir egal. Es gibt kein Bauwerk auf der ganzen Welt, das mich auch nur annähernd so sehr interessiert wie die Olympischen Spiele. Antipatros wollte, dass wir nach Athen reisen, was wir auch getan haben. Solang er uns keine anderen Anweisungen gibt, gehe ich davon aus, dass er nichts dagegen hat, wenn ich mir dieses Ereignis anschaue.«

Überzeugt hatte ich Mara mit meinen Argumenten nicht. Trotzdem blieb ihr nichts anderes übrig, als mir zu folgen. Voller Spannung erreichten wir den Marktplatz, auf dem sich schon eine beachtliche Menschenmenge versammelt hatte. Für die zahlreichen Tempel und Skulpturen, die überall zu sehen waren, hatte ich keinen Blick. Wir waren gerade rechtzeitig gekommen, um die Ansprache des Herolds zu hören, der auf einem Podest mitten zwischen den Menschen stand und seine Worte an die Bürger der Stadt richtete.

»An den Spielen darf jeder Grieche teilnehmen, sofern er frei geboren, von keiner Bluttat befleckt und nicht mit

dem Fluch der Götter beladen ist.«
»Ich will da mitmachen«, sagte ich zu meiner Begleiterin.
»Das geht nicht«, widersprach sie mir und sah mich aus funkelnden Augen an.
»Wieso nicht?«
»Du bist kein Grieche.«
»Aber das weiß ja niemand. Ich spreche die Sprache, auch wenn ich noch immer nicht verstehe, warum, und habe sicher gute Chancen, mich in einem fairen Wettbewerb mit deinen Landsleuten zu messen.«
»Das ist unmöglich.«
»Während der nächsten drei Monate soll keine kriegerische Handlung die Spiele stören«, dröhnte die Stimme des Herolds über den Platz. »Die Athleten haben sich in sieben Tagen in Elis einzufinden, wo die Vorbereitung, die sich über dreißig Tage erstrecken soll, beginnt. Bis zum Sonnenuntergang besteht nun die Möglichkeit, sich für die heiligen Spiele anzumelden.«
»Siehst du, Ralf, die Spiele beginnen erst in sechs Wochen. So viel Zeit haben wir nicht.«
»Wer sagt das?«, fragte ich mit schärferer Stimme, als ich es wollte. Die Möglichkeit, an den antiken Olympischen Spielen teilzunehmen, ließ mich alles andere vergessen.
»Eine Voraussetzung für die Teilnahme ist eine zehnmonatige Trainingszeit.«
»Na und? Ich trainiere seit Jahren regelmäßig.« Trotzig sah ich meine Begleiterin an und konnte nicht verstehen, warum sie mir die Sache unbedingt ausreden wollte.
»Du kannst die Zeit aber nicht nachweisen. Somit wird es dir niemals gewährt werden, an der Vorbereitung teilzunehmen. Und selbst wenn du es bis nach Elis

schaffst, heißt das nicht, dass du auch zu den Spielen zugelassen wirst. Du verrennst dich da in etwas. Es ist absolut unmöglich, dass du als Grieche akzeptiert wirst, und in die Stadien von Olympia gelangst.«
»Nichts ist unmöglich.«
»Dann sag mir, wie du das machen willst. Dein Akzent wird dich immer verraten.«
»Mir wird schon etwas einfallen«, antwortete ich und musste innerlich zugeben, dass Mara in diesem Punkt recht hatte. Widerwillig folgte ich ihr, als sie den Marktplatz verlassen wollte, um ein Quartier für die Nacht zu suchen.

Die rettende Idee traf mich wie ein Blitz. Mit einem Ruck setzte ich mich auf und sah Mara grinsend an.
Wir hatten eine Unterkunft gefunden, wo wir für zwei Übernachtungen ein Silberstück loswurden. Jetzt lagen wir beide auf dem Bett und erholten uns von der langen Reise. Ich war glücklich, endlich mal wieder ein bequemes Lager gefunden zu haben, das nicht auf den Wellen des Meeres schaukelte. Die ganze Zeit über waren mir aber die Worte des Herolds nicht aus dem Kopf gegangen.
»Was ist?«
»Du bist meine Schwester.«
»Warst du zu lang in der Sonne?« Mara sah mich an, als hielte sie mich für verrückt.
»Unsinn. Du bist eindeutig Griechin und kennst die Gepflogenheiten des Landes viel besser als ich.«
»Das stimmt. Aber deine Schwester bin ich nicht.«

Mara verstand offensichtlich nicht, worauf ich hinauswollte. Dabei war die Lösung des Problems so einfach. Wenn sie meine Schwester wäre, würde keiner meine Herkunft infrage stellen. Sie musste nur für uns beide sprechen. So konnte mich mein Akzent nicht verraten. Außerdem hätten wir so einen Grund, warum sie mich begleiten musste. Ich konnte mir nicht vorstellen, dass Frauen in den Vorbereitungslagern gerne gesehen wurden.
»Ich bin stumm.«
»Du bist was?« Mara sah mich immer verständnisloser an und mein Grinsen wurde breiter.
»Ich kann nicht sprechen«, erklärte ich ihr. »Du bist die Einzige, mit der ich mich per Zeichen verständigen kann. So musst du in meiner Nähe bleiben und keiner merkt, dass meine Aussprache anders ist.«
Jetzt verstand Mara, worauf ich hinauswollte. »Du willst also immer noch an den Olympischen Spielen teilnehmen«, stellte sie kopfschüttelnd fest. »Wie erklären wir aber, wo du bisher dein Vorbereitungstraining gemacht hast?«
»Wir kommen aus einem kleinen Dorf nahe der Küste. Unser Vater Antipatros hat mich seit meiner Kindheit trainiert. Er hätte uns gerne nach Athen begleitet, musste aber weiter Fische fangen, um Mutter und unsere kleinen Geschwister zu ernähren.« Mein Grinsen wurde noch breiter. Ich war gespannt, was Mara jetzt noch vorbringen wollte, um mir meinen Plan auszureden.
»Du bist verrückt«, sagte sie, musste aber zugeben, dass das Ganze mit etwas Glück funktionieren konnte. »Und du bist wirklich der Meinung, dass du es mit den besten Athleten Griechenlands aufnehmen kannst, die seit Monaten nichts anderes machen, als sich auf die

Wettkämpfe vorzubereiten?«

»Ich will es unbedingt versuchen«, sagte ich voller Überzeugung. »In meiner Zeit habe ich täglich trainiert. Beim Laufen könnte es ein Vorteil sein, dass ich die meisten Athleten hier um mindestens einen Kopf überrage. Die anderen Disziplinen übe ich ebenfalls regelmäßig und muss mich nur an die Techniken dieser Zeit gewöhnen.«

»Es könnte jederzeit passieren, dass Antipatros auftaucht und dir andere Aufgaben gibt«, warnte Mara.

»Der soll ruhig kommen. Ich soll in meiner Zeit über die sieben Weltwunder berichten. Ich denke nicht, dass er etwas dagegen hat, wenn ich dort auch das Interesse für die Olympischen Spiele der Vergangenheit neu wecke.«

»Da du ja offenbar nicht von dieser Idee abzubringen bist, werde ich dir helfen«, gab Mara schließlich nach. »Beschwere dich aber nicht bei mir, wenn der Schwindel auffliegt und du wieder in einem Kerker landest.«

»Dann lass uns endlich losgehen, damit wir mich anmelden können«, sagte ich und stand auf. Ich wollte so schnell wie möglich zurück zum Marktplatz und hoffte inständig, dass der Herold noch da war.

»Ich habe noch nie etwas von einem Antipatros gehört«, sagte der Herold und sah Mara und mich skeptisch an.

Meine Gefährtin warf mir einen unsicheren Blick zu. Wir hatten dem Herold unsere Geschichte vorgetragen und waren nun auf seine Antwort gespannt. Mit meiner

Herkunft schien er kein Problem zu haben und auch meine Stummheit nahm er uns kommentarlos ab. Er erklärte aber, wie anspruchsvoll das Training in den dreißig Tagen vor den Wettbewerben werden würde und dass die Vorbereitungen im Vorfeld daher ein unverzichtbares Muss seien. »Ich benötige einen Beweis, dass du in der Lage bist, die körperlichen Strapazen zu überstehen.«

Ich gab Mara ein Zeichen, doch die schöne Griechin sah mich nur verständnislos an. Jetzt hätte ich mir selbst dafür in den Hintern beißen können, dass ich nicht persönlich mit dem offiziellen Vertreter der Spiele sprechen konnte.

»Wie wäre es mit einem Test«, sprach der Mann aus Elis genau das aus, was auch ich hatte vorschlagen wollen. Mara schaute skeptisch, aber mein Nicken reichte dem Herold als Antwort.

Umgehend brachten zwei Helfer auf sein Zeichen einen Felsbrocken herbei. »Wenn es dir gelingt, den Stein so lange festzuhalten, bis diese Sanduhr abgelaufen ist, darfst du dich für die Teilnahme an den heiligen Spielen bewerben.« Der Herold zog den Zeitmesser aus seiner Tasche und sah mich auffordernd an.

Der Stein war nicht völlig glatt, sodass er mir nicht aus der Hand rutschen würde. Ich bückte mich, packte den Brocken mit beiden Händen und zog in mit aller Kraft hoch. Mit leicht zur Seite gestreckten Beinen hielt ich ihn vor der Brust. Das Gewicht schätzte ich auf etwa fünfzig Kilogramm. Mit jeder Sekunde kam mir der Steinbrocken schwerer vor. Viel zu langsam lief der Sand durch die Uhr, die der Herold jetzt vor sich auf einem Podest stehen hatte. Nachdem etwa die Hälfte der Füllung durch die schmale Öffnung in das untere Gefäß gelaufen war, merkte ich wie meine Arme langsam verkrampften. Ich biss die Zähne zusammen und versuchte, an nichts anderes zu denken als an das Gewicht in meinen Händen. Mir kam es vor, als wäre eine Ewigkeit vergangen, ehe der Sand endlich durch die Uhr gelaufen war. Erleichtert ließ ich den Stein vor mir auf den Boden fallen und rieb mir die schmerzenden Arme.

»Bisher haben acht Athener ihre Teilnahme am olympischen Pentathlon beantragt. Bei Sonnenaufgang werden wir einen Ausscheidungslauf austragen. Die sechs schnellsten Athleten werden den Weg nach Elis antreten.« Damit war für den Herold das Gespräch beendet und er wendete sich von uns ab.

Mara und ich gingen zurück zu unserer Unterkunft. Ich wollte ausgeruht sein, damit ich mich am nächsten Tag erfolgreich mit den Athenern messen konnte. Zufrieden schritt ich neben meiner Freundin her, die noch immer nicht besonders begeistert von meinem Vorhaben war.

»Warum muss es ausgerechnet das Pentathlon sein?«, schimpfte sie. »Hätte es nicht gereicht, wenn du am Laufwettbewerb teilnimmst?«

»In meiner Zeit trainiere ich für den Zehnkampf«, antwortete ich. »Du kannst dir nicht vorstellen, welch eine Herausforderung die Olympiade für mich bedeutet. Niemand wird mir glauben, wenn ich davon erzähle. Für diese Chance verzeihe ich Antipatros sogar, dass er mich dem Elend von Babylon ausgesetzt hat.« Ich war nicht so verwegen, dass ich mir echte Siegchancen ausrechnete. Für mich war einfach nur wichtig, bei diesem antiken Spektakel dabei zu sein.

Ich war gerade richtig eingeschlafen, als Antipatros vor meinen Augen erschien. Zum ersten Mal sah ich den alten Griechen in seiner richtigen Gestalt. Er trug einen schwarzen Umhang und lederne Sandalen. Sein Bart war grau und umwucherte sein ganzes Gesicht. Dafür hatte er aber kaum noch Haare auf dem Kopf.

»Was willst du denn jetzt?«, sprach ich den Alten verärgert an. Dass mir der Grieche erschien, konnte nichts Gutes bedeuten. Sicher würde er mir nun sagen, wohin mich der Weg als Nächstes führen sollte. »Was auch immer das Ziel ist, wohin du mich schicken willst, es muss warten. Wenn du mich jetzt nicht an dem Wettbewerb teilnehmen lässt, kannst du dir einen anderen suchen, der über deine Wunder berichtet. Ich werde nach Olympia gehen.«

»Da sollst du ja auch hin«, antwortet Antipatros grinsend.

Verblüfft sah ich den Alten an. »Ich soll an den Spielen teilnehmen?«, fragte ich mit schon wesentlich freundlicherer Stimme.

»Was dachtest du, warum ich dich nach Athen geschickt habe?«

»Woher soll ich das wissen?«

»Das dritte Weltwunder befindet sich im Zeus-Tempel auf Olympia.«

»Du meinst, der Tempel ist das dritte Wunder?«, wollte ich wissen.

»Nein«, entgegnete Antipatros. »Es befindet sich darin.«

»Fängst du jetzt schon wieder mit deinen Spielchen an?«

Antipatros ging nicht auf meine Frage ein. »Du musst das Pentathlon gewinnen«, sagte er. »Nur den Siegern der Spiele wird es gestattet, den Tempel des mächtigen

Zeus zu betreten.«

»Das kann nicht dein Ernst sein«, sagte ich und sah den Griechen entsetzt an. »Ich werde den Wettkampf nicht gewinnen können. Ich bin ja schon froh, wenn ich es überhaupt schaffe, mich dafür zu qualifizieren.«

»Du musst gewinnen«, entgegnete Antipatros bestimmt. »Ich weiß, dass du in deiner Zeit an ähnlichen Wettkämpfen teilgenommen hast. Das war einer der Gründe, warum ich dich ausgewählt habe. Ignoranten, was die großen Meisterleistungen der Weltgeschichte angeht, gibt es unter deinesgleichen ja leider genug. Dein Pech nur, dass du dir ausgerechnet den Fünfkampf ausgesucht hast.«

Damit überraschte mich Antipatros jetzt völlig. Offensichtlich hatte der Alte mich ausgiebig beobachtet und es war kein unglücklicher Zufall, dass er ausgerechnet mich in die Vergangenheit entführt hatte.

»Was, wenn ich es nicht schaffe?«

»Daran solltest du nicht einmal denken.« Der drohende Unterton in der Stimme des Griechen ließ mir einen eiskalten Schauer über den Rücken laufen. »Und lass deine Finger von Mara«, lenkte Antipatros das Gespräch auf ein Thema, über das ich lieber nicht mit ihm diskutieren wollte. »Es ist schlimm genug, dass sie überhaupt noch bei dir ist. Spar dir deine Kräfte für den Wettkampf.«

Ich verstand nicht so recht, was Antipatros jetzt wieder von mir wollte. Bisher hatte ich nichts getan, was Mara hätte schaden können. Ich hatte mich in das Mädchen verliebt und gar nicht vor, mit ihr ein schnelles Abenteuer zu erleben. Wieder fragte ich mich vergebens, welche Rolle die Schöne im Leben des Antipatros spielte. Eine Antwort würde er mir darauf sicher nicht geben.

»Ich wünsche dir viel Glück«, sagte der Alte zum Abschied. »Du wirst es brauchen.«
Nach diesen Worten verschwand Antipatros und ich setzte mich mit einem Ruck auf. Ich war jetzt hellwach und dachte über seine Worte nach. Er hatte nicht direkt ausgesprochen, was passierte, wenn ich bei den Spielen versagte. Ich konnte mir aber sehr gut vorstellen, dass es für mich alles andere als erfreulich sein würde, wenn es mir nicht gelang, den Zeus-Tempel zu betreten.
»Was ist mit dir, Ralf?«, hörte ich die verschlafene Stimme von Mara, die ihr Lager auf der gegenüberliegenden Seite des Zimmers gefunden hatte.
»Antipatros war bei mir«, antwortete ich.
Meine Gefährtin schaute mich überrascht an und war jetzt ebenfalls hellwach. »Wie ist das möglich?«
»Er hat zu mir gesprochen, als ich schlief. Langsam wird es mir echt unheimlich, welche Macht der Alte hat.«
»Was wollte er?«
»Er hat mir gesagt, dass ich das olympische Pentathlon gewinnen soll.« Mara schien sich nicht so sehr darüber zu wundern, dass der Alte mir im Traum erschienen war.
»Das kann nicht sein.«
»Doch.« Ich erzählte ihr von meinem Gespräch mit Antipatros und ließ dabei nur den Teil aus, der sie selbst betraf. »Hast du eine Ahnung, was sich im Zeus-Tempel befindet?«, fragte ich, nachdem ich meinen Bericht beendet hatte.
»Nein. Ich befürchte, dass wir das auch nie erfahren werden. Wenn ich jemanden danach frage, fliegt unsere Tarnung auf. Es wird uns verdächtig machen, wenn wir uns nach dem Tempel erkundigen. Was Antipatros von

dir verlangt, ist unmöglich. Niemals wird es dir gelingen, als Sieger aus dem olympischen Wettkampf hervorzugehen.«

Ich ärgerte mich darüber, dass Mara offensichtlich kein großes Vertrauen in meine sportlichen Fähigkeiten hatte. Sicher, ich war selbst alles andere als überzeugt davon, d olympische Pentathlon gewinnen zu können. Als unmöglich bezeichnet hätte ich es aber nicht. »Ich werde alles daran setzen, meine Gegner zu besiegen«, sagte ich trotzig.

»Natürlich wirst du das«, antwortete Mara mit sanfter Stimme. »Ich wollte dich nicht beleidigen, befürchte aber, dass die griechischen Athleten dir überlegen sein werden. Schließlich bereiten sie sich schon eine Ewigkeit auf das große Ereignis vor.«

Ich verzichtete darauf, Mara zum wiederholten Mal darauf hinzuweisen, dass ich selbst Leichtathlet war, und blickte schweigend ins Leere.

»Du solltest versuchen, noch etwas zu schlafen«, sagte sie schließlich. »Ansonsten könnte dein olympischer Traum schon morgen früh beendet sein.«

»Das kann nicht deren Ernst sein«, zischte ich Mara leise zu, sodass es außer ihr niemand hören konnte. Entsetzt sah ich die nackten Athleten an, die sich auf dem Marktplatz versammelt hatten.

»Hattest du nicht gesagt, dass du am Ausscheidungslauf teilnehmen willst?« Mara grinste mich frech an und deutete auf meinen Umhang. »Oder ist es dir etwa unangenehm, dich vor mir auszuziehen?«

Ich verzichtete auf eine Antwort und sah Mara böse an. Natürlich schämte ich mich nicht vor ihr. Wenn ich mit ihr allein gewesen wäre, hätte ich mir sogar gern von ihr beim ausziehen helfen lassen. Aber der Marktplatz war voller Menschen, die aus allen Teilen der Stadt herbeigeströmt waren, um den Ausscheidungslauf zu sehen.

Mara und ich waren kurz vor Sonnenaufgang losgezogen und hatten uns gewundert, wie viele Athener bereits versammelt waren und auf den Wettlauf warteten. Die anderen acht Teilnehmer waren erst erschienen, als auch der Herold die Bahn betreten hatte.

»Wenn du dich nicht beeilst, verpasst du den Start«, sagte Mara immer noch grinsend.

Ich wusste, dass meine Begleiterin recht hatte. Es würde mir nichts anderes übrig bleiben, als meine Bekleidung abzulegen und an den Start zu gehen. Dass ich den Lauf barfuß absolvieren musste, war mir von Anfang an klar gewesen. Daran würde ich mich gewöhnen, wenn ich auch mit Schrecken an die Schmerzen dachte, die mir meine Füße in Ägypten bereitet hatten. Jetzt aber nackt zwischen all den Männern und Frauen umherlaufen zu müssen, gefiel mir ganz und gar nicht. Ich versuchte, den Gedanken daran zu verdrängen, wie viele Leute mir zusahen, und ließ meinen Umhang zu Boden gleiten. Es kam mir vor, als könnte ich dabei die Blicke der Fremden auf meinem Körper spüren. Schnell lief ich zu den anderen Athleten, die bereits am Start der um den Marktplatz herumführenden Strecke standen.

»Die sechs Läufer, die als Erste drei Runden absolviert haben, erwerben sich das Recht nach Elis zu reisen und am Vorbereitungstraining zu den heiligen Spielen

teilzunehmen«, erklärte der Herold. »Es möge der Bessere gewinnen«, rief er und klatschte in die Hände.
Neben mir spurteten die Läufer los. Verdutzt blieb ich auf meinem Platz stehen. Erst jetzt wurde mir klar, dass der letzte Satz des Herolds das Startsignal gewesen war.
»Lauf, Ralfos!«, schrie Mara und erweckte mich damit aus meiner Starre. Wir hatten vorher vereinbart, meinem Namen eine griechische Endung zu geben, um Fragen dazu zu vermeiden.
Ich rannte den Athenern hinterher, die bereits einen Vorsprung von etwa fünfzig Metern herausgelaufen hatten. Dabei machte ich nicht den Fehler, sofort zu versuchen, die anderen Läufer einzuholen, und lief ihnen mit gleichmäßiger Geschwindigkeit hinterher. Ich wusste, dass es einige Zeit dauern würde, bis ich den langsamsten unter ihnen erreichen würde. Auf keinen Fall durfte ich aber meine Kraft schon auf der ersten Runde verbrauchen. Der weiche Untergrund war mehr als ungewohnt und ich war froh darüber, dass wenigstens keine spitzen Steine aus dem Sand herausragten, die sich in meine nackten Füße bohren konnten. Nach etwa einhundert Metern wuchs mein Vertrauen in die Bahn. Die Athener hatten sich offensichtlich große Mühe gegeben, sie gleichmäßig zu präparieren.
Unter dem tosenden Beifall des Publikums verschwanden vor mir die anderen Athleten in der ersten Kurve und ich konnte sie wegen der Menschenmassen, die sich dicht an die Bahn drängten, nicht mehr sehen. Ich konzentrierte mich jetzt voll auf meinen Lauf und schaffte es auch, den Gedanken an die Zuschauer zu ignorieren. In gleichmäßigem Tempo durchlief ich die halbkreisförmige Kurve und konnte meinen ersten

Gegner in der Mitte der Gegengrade erkennen. Ich hatte etwas aufgeholt, würde mein Tempo aber noch deutlich steigern müssen, wenn ich noch eine Chance auf den sechsten Platz in diesem Lauf haben wollte.
Eine Runde war etwa fünfhundert Meter lang. Die Gesamtdistanz war also deutlich länger, als der Achthundertmeterlauf, den ich vom Zehnkampf gewohnt war. Nachdem ich die erste Runde absolviert hatte, merkte ich, wie meine Beine langsam müder wurden. Ich hatte lange nicht mehr trainiert und die Folgen der Seekrankheit noch nicht völlig überwunden. Hinzu kam der ungewohnte Untergrund. Auch wenn ich den Rückstand auf das Ende des Feldes mittlerweile halbiert hatte, kamen mir jetzt erste Zweifel, ob ich diesen Ausscheidungslauf erfolgreich überstehen konnte. Ich würde bei Mara einen schönen Eindruck hinterlassen, wenn ich als Letzter über die Ziellinie schlich.
Der Gedanke an meine Begleiterin mobilisierte meine Kräfte. So einfach wollte ich mir die Chance nicht nehmen lassen, an den antiken Olympischen Spielen teilzunehmen. In noch immer unverändertem Tempo lief ich in die erste Kurve und konnte diesmal bereits zwei meiner Gegner vor mir sehen. Den langsameren von ihnen würde ich auf der Gegengerade einholen können. Ich schaffte es zwar nicht, mein Tempo in dieser zweiten Runde zu steigern, was mir zu Hause bei meinen Wettkämpfen immer gelang, wurde aber auch nicht langsamer.
Der Athener vor mir brach nun völlig ein, als wir aus der Kurve herauskamen. Mühelos lief ich an ihm vorbei und hatte nur noch einen Rückstand von zehn Metern auf den nächsten Athleten. Der schnellste Läufer bog bereits am Ende der Gegengerade in die Kurve ein. Ihn würde ich unmöglich noch einholen können. Die

anderen Griechen hatten aber ebenfalls abreißen lassen, wodurch der Sieger dieses Laufes bereits nach der Hälfte der Distanz festzustehen schien. Ich verdrängte die in mir aufsteigende Panik und erinnerte mich daran, dass der sechste Platz ausreichend war, um mein Ticket nach Olympia zu lösen.

Am Ende der Gegengerade war ich bereits so nahe an meinem Gegner, dass ich ihn fast berühren konnte. Trotzdem dauerte es bis zum Beginn der dritten Runde, bis ich ihn passierte.

Vor mir sah ich jetzt den an sechster Stelle laufenden, den ich unbedingt einholen musste. Auch die Zuschauer merkten jetzt, wie spannend das Rennen auf den hinteren Plätzen geworden war. Da der Sieger bereits feststand und seinen Vorsprung weiter ausbaute, galten die Anfeuerungsrufe jetzt mir und meinem direkten Kontrahenten. Ich fing einen Blick von Mara ein, als ich an ihr vorbeilief. Sie streckte mir die Fäuste mit nach oben gestreckten Daumen entgegen und schrie mir begeistert zu.

Meine Oberschenkel begannen nun, stärker zu schmerzen, und ich merkte, wie meine Kondition drohte, mich im Stich zu lassen. Der Läufer vor mir hatte ebenfalls sichtliche Probleme und wurde langsamer. Ich glaubte, ihn keuchen zu hören, als wir das letzte Mal aus der Kurve heraus auf die Gegengerade kamen.

Ich holte jetzt die letzten Kraftreserven aus meinem Körper heraus und kam Schritt für Schritt näher an meinen Gegner heran. Seite an Seite liefen wir in die letzte Kurve, wobei der Grieche den Vorteil hatte, auf der inneren Bahn zu laufen. Im Scheitel der Kurve schaffte ich es, mich leicht vor meinen Gegner zu setzen. Ich lief jetzt, als hinge mein Leben davon ab, was, wenn ich an die letzten Worte des Antipatros

dachte, auch stimmte. Meine Lunge stand kurz vorm Platzen. Längst nahm ich meine Umgebung nur noch verschwommen wahr, spürte aber, dass sich mein Gegner nach wie vor dicht hinter mir befand.
Die Strecke wurde wieder gerade. Ich wusste, dass das Ziel jetzt nur noch wenige Meter entfernt war und rannte, als säße mir der Teufel persönlich im Nacken. Auf den letzten Schritten gab ich noch einmal alles. Ich hörte das Keuchen meines Gegners, das mich noch weiter antrieb. Plötzlich sah ich die Ziellinie direkt vor mir. Der Beifallssturm der Zuschauer brandete auf und zeigte mir, dass der Lauf zu Ende war. Ich taumelte noch ein paar Schritte weiter und fiel dann völlig erschöpft zu Boden.

Für einen Moment hatte ich tatsächlich das Bewusstsein verloren. Das eiskalte Wasser, das sich in einem Schwall über meinen Kopf ergoss, schaffte es, meine Lebensgeister schlagartig wieder zu wecken. Ich sah auf Mara, die lächelnd mit einem leeren Holzeimer vor mir stand.
»Du hast es geschafft, Ralfos«, sagte sie. »Der Herold will mit dir sprechen.«
Ich stand auf und nahm den Umhang, den Mara mir reichte, dankbar entgegen. Sie begleitete mich zu dem Vertreter der Stadt Elis, der an seinem Podest stand und uns erwartete. »Dein Lauf hat mich sehr beeindruckt«, begrüßte er mich. »Ohne deine Verzögerung zu Beginn hättest du sicher einen Platz unter den drei besten Athleten erreichen können. Antipatros hat dich gut trainiert.«

Es fiel mir schwer, das Grinsen zu verkneifen. Der Gedanke, dass ausgerechnet der alte Grieche mich trainiert haben sollte, war so abwegig, als würde die Bundeskanzlerin die deutsche Fußballnationalmannschaft trainieren. Dennoch musste ich das Spiel mitmachen. Schließlich war es meine Idee gewesen, Antipatros als meinen Ausbilder anzugeben.

»Ist Ralfos damit zum Vorbereitungstraining für die Spiele zugelassen?«, fragte Mara.

»Sicher ist er das«, antwortete der Herold. »Morgen zieht die Gruppe der Athleten aus Athen in Richtung Elis. Ihr solltet euch den anderen Sportlern anschließen. In Elis zeigt ihr dann dieses Schriftstück vor, das Ralfos als Anwärter für die Teilnahme an den heiligen Spielen ausweist.«

Mara nahm das Pergament entgegen und wir gingen zurück in unsere Unterkunft, in der es leider nicht viel kühler war als im Freien. Wir wollten die Zeit nutzen und uns vor der langen Reise nach Elis noch etwas ausruhen.

»Das war mehr als knapp«, sagte Mara, als wir endlich allein waren.

»Ich kannte das Signal für den Start nicht«, entgegnete ich achselzuckend. »Hätte ich nicht diesem unnötigen Rückstand hinterherlaufen müssen, wäre es sicher leichter gewesen, mich zu qualifizieren. Wichtig ist, dass ich es geschafft habe.«

»Von einem Sieg warst du aber weit entfernt.«

»Mir fehlt das Training. Du wirst sehen, bis zu den Wettkämpfen bin ich fit.« Ich versuchte, Mara gegenüber zuversichtlich zu wirken. In meinem Inneren wurden die Zweifel allerdings immer größer. Konnte ich wirklich bei den antiken Olympischen Spielen gegen die griechischen Athleten bestehen, die das ganze Jahr nichts anderes taten, als sich auf diese Wettkämpfe vorzubereiten?

Die Reise nach Elis kostete uns das zweite Silberstück, das wir von Elatos bekommen hatten. Wir waren uns aber einig, dass es besser war, mit den anderen Athleten unterwegs zu sein als zu versuchen, auf eigene Faust ans Ziel zu gelangen. Dort hofften wir dann für Mara eine Anstellung zu finden, damit sie sich ihren Aufenthalt in Olympia finanzieren konnte.

Unsere Gruppe zählte insgesamt achtzehn Athleten für die unterschiedlichen Disziplinen und noch einmal die dreifache Anzahl an Begleitern. Wir mussten die Strecke nicht laufen, sondern ritten auf Maultieren, die auch die einachsigen Wagen mit dem Proviant und den Zelten, die abends von den Helfern aufgebaut wurden, zogen.

Der Weg führte uns über Eleusis und Magara nach Phleius, wo wir auf einige Athleten trafen, die sich unserem Zug anschlossen. Auf unserer Reise über die griechische Halbinsel Peloponnes trafen wir auf weitere Sportler und unsere Gruppe wuchs nach und nach auf über zweihundert Menschen an, bis wir nach fünf Tagen endlich in Elis ankamen. Ich wunderte mich darüber, dass ich bei keinem der Griechen Waffen sah. Von Älais hatte ich erfahren, dass Athen und Sparta miteinander im Krieg standen. Offensichtlich schaffte es der Geist der Olympischen Spiele tatsächlich, für die Dauer der Wettkämpfe einen Waffenstillstand zu erzielen, an den sich auch beide Lager wirklich hielten.

In Elis wurden wir in Gruppen zu acht Athleten aufgeteilt, die jeweils gemeinsam untergebracht waren. Zu meinem Entsetzen musste ich mich jedoch von Mara trennen. Keinem der Begleiter der Sportler war es gestattet, während des Vorbereitungstrainings und der

Wettkämpfe bei den Athleten zu bleiben. Daran änderte auch nichts, dass ich mich praktisch nicht verständigen konnte, wenn meine Freundin nicht bei mir war.

Meine Mitbewohner verhielten sich sehr ruhig und sprachen kaum miteinander. Ich wurde gemieden, weil alle dachten, dass eine Verständigung mit mir nicht möglich und ich den Anstrengungen des Trainings sowieso nicht gewachsen wäre.

Mit Einbruch der Dunkelheit wurde es ruhig in unserer kleinen Baracke, die außer den acht Schlafstätten fast leer war. Wir lagen auf Fellen, die man einfach auf den kahlen Boden ausgelegt hatte. Jedem Athlet stand eine Holzkiste für seine persönlichen Besitztümer zur Verfügung. Das Rascheln um mich herum verriet mir, dass meine Kameraden genauso wenig Ruhe finden konnten, wie ich selbst. Die Spannung auf die nächsten Tage lag fast greifbar in der Luft.

Ein schriller Laut riss mich aus meinen Träumen und ich setzte mich erschrocken auf. Müde rieb ich mir den Schlaf aus den Augen. Im ersten Moment wusste ich nicht, wo ich mich befand, und hatte nur den Wunsch, dass der schreckliche Lärm endlich aufhörte.

»Macht, dass ihr nach draußen kommt, wenn ihr das Training nicht ohne Frühstück beginnen wollt«, dröhnte eine raue Stimme durch den Raum.

Ich hatte das Gefühl, als würde eine Gruppe kleiner Männchen in meinem Kopf mit Hämmern gegen meinen Schädel schlagen. Nur sehr langsam setzte bei mir die Erinnerung ein. Ich dachte an die lange Reise, die mich von Babylon nach Elis geführt hatte, und konnte es

noch immer kaum fassen, dass ich tatsächlich an den Olympischen Spielen teilnehmen durfte. Und das nicht etwa in meiner normalen Welt, sondern zweitausendfünfhundert Jahre früher in Olympia, der Geburtsstätte der Spiele in der Antike.
»Beeilt euch mit dem Essen. Danach will ich euch auf dem Trainingsgelände sehen.« Der Grieche blies noch einmal in sein Horn, das diese grauenhaften Laute erzeugte, und trat wieder ins Freie.
Gerade noch rechtzeitig fiel mir ein, dass die anderen Männer glaubten, ich sei stumm. Ich schluckte den Fluch, den ich auf den Lippen hatte, herunter und folgte meinen Kameraden, aus denen nach der dreißigtägigen Vorbereitungszeit Gegner werden sollten, nach draußen. Im Gegensatz zu mir bereitete es ihnen offensichtlich keine Probleme, in aller Herrgottsfrühe aus dem Bett geworfen zu werden. Es war noch nicht einmal richtig hell.
Auf dem Platz trafen wir auf weitere Athleten, die in ähnlichen Gebäuden untergebracht waren wie wir. Mir blieb nichts anderes übrig, als mich am Ende der Schlange einzureihen, die mich zur Essensausgabe führte.
Fassungslos starrte ich auf die schwarz gelockte Haarpracht, die ich unter Millionen anderer wiedererkannt hätte. Mara stand vor einem Topf, der mich wegen seiner Größe an einen Mörtelkübel erinnerte, und sah mich lächelnd an. Plötzlich war meine Müdigkeit wie weggeblasen.
Dieses Teufelsweib, dachte ich, froh darüber, dass es meiner Begleiterin gelungen war, eine Arbeit zu finden, die es ihr erlaubte, auf dem Gelände in Elis zu bleiben. Gerne hätte ich jetzt ein paar Worte mit ihr gewechselt, musste aber einsehen, dass dies unmöglich war.

Das Lächeln gefror mir im Gesicht, als ich sah, was Mara da aus dem Topf holte und den Athleten in kleine Tonschalen füllte. Die gelbliche Pampe sah aus wie schon einmal gegessen, und ich konnte mir nicht vorstellen, dass sie besonders gut schmeckte. Dieser Verdacht bestätigte sich leider schnell. Ich nahm Mara die Schale ab, die sie mir grinsend entgegenstreckte, und setzte mich zu den anderen Athleten auf den sandigen Boden. Widerwillig nahm ich den Löffel und steckte mir die unappetitliche Masse in den Mund. Am liebsten hätte ich den Weizenbrei sofort wieder ausgespuckt, riss mich aber zusammen. Ich durfte mich im Vergleich zu den anderen Athleten nicht auffällig benehmen, wenn ich meine Chance aufrechterhalten wollte, zu den Spielen zugelassen zu werden. In der Hoffnung, dass die nächste Mahlzeit nur besser werden konnte, leerte ich die Schale.

Gemeinsam gingen wir zum Trainingsplatz, wo wir bereits erwartet wurden. Ich war alles andere als begeistert, als ich sah, wer da vor der Sandkuhle stand. Es war der Grieche, der uns so früh aus dem Bett geworfen hatte.

»Ich bin Raul«, sagte er, nachdem sich alle um ihn herum versammelt hatten. »Als einer der zwölf Hellanodiken, die für eure Ausbildung zuständig sind, habe ich die Aufgabe, eure Fähigkeiten im Weitsprung zu prüfen.«

Neben der Sandkuhle waren fein säuberlich etliche Ringe aus Blei übereinandergestapelt, die meine Neugierde weckten. Einer der Athleten streifte sich jeweils zwei der Gewichte über seine Handgelenke und trat an ein schmales Brett, das den Absprungpunkt markierte. Mit großem Interesse sah ich ihm dabei zu, wie er die Arme hob und sie langsam von vorne nach

hinten schwingen ließ. Gleich würde ich hautnah erleben, wie der Weitsprung in der Antike durchgeführt worden war.
Der Grieche ging in die Knie und konzentrierte sich. Plötzlich warf er die Hände mit voller Kraft nach vorn und stieß sich gleichzeitig mit den Füßen aus der Hocke ab. Während des Sprungs zog er die Arme wieder langsam zurück und schaffte es so, das Gleichgewicht zu halten. Auf diese Weise gelang es dem Mann, drei Meter weit zu springen. Das wäre in meiner Zeit ein undiskutables Ergebnis gewesen, wirkte aber unter den gegebenen Umständen sehr beeindruckend auf mich. Barfuß und aus dem Stand heraus würde ich es schwer haben, diese Weite zu überbieten. Jetzt wünschte ich mir meine Turnschuhe mit den Spikes. Damit hätte ich es den Griechen sicher zeigen können. So blieb mir aber nichts anderes übrig, als die Techniken meiner Konkurrenten so schnell wie möglich zu erlernen, um mich mit ihnen messen zu können.
Nacheinander lieferten nun alle Athleten ihren Sprung ab. Ich war als Letzter an der Reihe und ging mit einem mulmigen Gefühl zu den Bleiringen. Die Ergebnisse der Springer lagen nahe beisammen. Ich wollte versuchen, wenigstens annähernd mit ihnen mitzuhalten. Die Gewichte waren deutlich schwerer, als ich erwartet hatte. Jeder Ring wog mindestens ein Kilo. Nachdem ich jetzt ausreichend Gelegenheit hatte, mir die Technik einzuprägen, stellte ich mich auf die Markierung und ging in die Hocke. Nun ließ ich die Arme zweimal vor- und zurückschwingen und sprang. Ich war überrascht, wie stark mich die Gewichte nach vorne zogen, und schaffte es nur mit Mühe, bei der Landung stehen zu bleiben. Die anderen Sportler sahen mich eher belustigt an, während der Hellanodike mit finsterer Miene auf

mich zukam.

»Bist du dir sicher, dass du hier wirklich richtig bist?«, fragte er böse und deutete auf die Markierung im Sand, die ein Helfer nach meinem Sprung gezogen hatte. Ich war über einen halben Meter kürzer gesprungen, als der schlechteste meiner Vorgänger. »Du wirst deine Leistung deutlich steigern müssen, wenn du auch nur einen Fuß auf die heiligen Wettkampfstätten setzen willst.«

Wieder fiel es mir schwer, auf eine Erwiderung zu verzichten. Das Schlimmste war, dass der Hellanodike völlig recht hatte. Jetzt hätte ich mir selbst dafür in den Hintern treten können, dass ich mich zum Pentathlon gemeldet hatte, anstatt mich auf den Lauf zu beschränken. Ich hatte im Moment weniger Angst davor, was Antipatros sagen oder tun würde, wenn es mir nicht gelang in den Zeus-Tempel zu gelangen. Wenn er nicht daran glauben würde, dass es zu schaffen war, hätte er mir diesen Auftrag sicher nicht gegeben. Vielmehr ärgerte ich mich über mich selbst. Mein Wettkampfgeist war längst erwacht und ich wollte die Spiele erfolgreich zu Ende bringen. Es musste mir gelingen, einen Weg zu finden, den Größenvorteil, den ich gegenüber den griechischen Athleten hatte, auszunutzen. Auch Mara gegenüber wollte ich natürlich nicht als Versager dastehen. Jetzt war meine Chance, zu beweisen, dass mehr in mir steckte, als sie nach unseren bisherigen Abenteuern erwarten konnte.

Obwohl ich mir allergrößte Mühe gab, wurden auch die nächsten Sprünge nicht entscheidend besser. Als ich zum letzten Mal für diesen Vormittag an die Reihe kam, entschloss ich mich, die Übung nach meinen Regeln zu absolvieren. Ich legte mir die Ringe um die Handgelenke und stellte mich etwa zehn Schritte vor dem Absprung auf.

»Was soll denn dieser Unsinn?«, schrie mich Raul an, aber ich war bereits unterwegs.

Ich machte ein paar größere Schritte und stieß mich dann mit dem rechten Fuß ab. Wie ich es von zu Hause kannte, bewegte ich die Beine in der Luft nach vorn und zog die Arme dann schwungvoll nach, was sicher nicht ganz meiner gewohnten Technik entsprach. Natürlich schaffte ich es nicht, bei der Landung das Gleichgewicht zu halten, und setzte mich auf den Hintern. Als ich mich aber umdrehte, sah ich, dass mein Sprung mindestens zwei Meter weiter war, als der beste vor mir. Ungläubig starrten mich die anderen Athleten an und auch Raul schien im ersten Moment nicht zu wissen, was er sagen sollte.

»Beim Zeus!«, entfuhr es dem Hellanodiken schließlich. »Ich habe noch niemals gesehen, dass ein Mann so weit springt. Dennoch werde ich prüfen müssen, ob dieser Stil den Vorschriften entspricht. Solang das aber nicht geklärt ist, werde ich dich beim nächsten Verstoß gegen die heiligen Regeln auspeitschen lassen.«

Erschrocken sah ich Raul und die anderen Männer an. Hatte er da wirklich gerade von einer Bestrafung gesprochen? Dabei hatte ich nur beweisen wollen, dass ich mich völlig zu Recht hier in Elis aufhielt und in der Lage war, die geforderte Leistung zu erbringen. Ich war mehr als erleichtert, als der Hellanodike in sein Horn blies und damit das Signal zur Mittagspause gab. Auf eine Aussage, ob mein Sprungstil den Regeln entsprach, wartete ich in den nächsten Tagen vergebens.

Diesmal war ich einer der Ersten in der Schlange vor der Essensausgabe, an der mir Mara wieder ihr unvergleichliches Lächeln schenkte. Die Mahlzeit, die sie mir servierte, war jedoch alles andere als erfreulich. Mit einem kleinen Gerstenbrot in der einen und einem Stück Käse in der anderen Hand setzte ich mich zwischen meine Kameraden. Die sengende Mittagshitze und die unzähligen Stechmücken trugen nicht gerade dazu bei, meine Laune zu verbessern.
Nach dem Essen fiel es mir noch schwerer, aufzustehen, als am Morgen. Sämtliche Muskeln taten mir weh und ich fühlte mich fast so erschöpft wie nach dem Lauf in Athen. Dabei war ich davon überzeugt, dass der Nachmittag nicht einfacher werden würde als die Weitsprungübungen am Morgen. Die Temperaturen schienen immer noch zu steigen und das lauwarme Wasser schaffte es nicht annähernd, meinen Durst zu stillen.
Plötzlich hörte ich laute Schreie hinter mir. Sofort fuhr ich herum und sah, wie sich zwei der Athleten auf dem sandigen Boden wälzten und aufeinander einschlugen. Sofort eilten bewaffnete Männer herbei, die versuchten, die Streithähne auseinanderzubringen. Aber erst als Raul den Platz betrat und ihnen mit zorniger Stimme befahl, sofort mit dem Kampf aufzuhören, ließen die beiden voneinander ab. Aupheios, einer der Griechen, die mit mir in derselben Baracke untergebracht waren, blutete aus der Nase. Mit funkelnden Augen sah er seinen Widersacher an.

»Da euch die Zeit ganz offensichtlich ausgereicht hat, um auszuruhen, können wir auch sofort mit dem Training fortfahren.« Raul stand jetzt zwischen den Männern und deutete mit dem rechten Zeigefinger in Richtung Übungsgelände.
Nur widerwillig kamen die anderen Sportler, denen die Erschöpfung teilweise noch deutlich ins Gesicht geschrieben stand, dem Befehl des Hellanodiken nach. Auch mir blieb nichts anderes übrig, als aufzustehen und mich auf den Weg zu machen.
Als nächste Disziplin stand der Diskuswurf auf dem Plan. Als Abwurfplatz diente ein etwas erhöht liegendes Quadrat, das in Wurfrichtung von einer Steinschwelle begrenzt wurde und nach hinten und an den Seiten offen war. Die Disken bestanden aus Stein und hatten einen Durchmesser von rund fünfundzwanzig Zentimetern. Die in der Mitte etwa daumendicken Scheiben hatten eine raue Oberfläche, die verhindern sollte, dass den Athleten das Sportgerät aus der Hand rutschte.
Mit spielerischer Leichtigkeit nahm der erste der Sportler einen Diskus auf und begab sich zum Abwurfpunkt. Mit großer Erleichterung stellte ich fest, dass die Technik im Wesentlichen die gleiche war, wie ich sie aus meiner Zeit kannte. Ein ähnliches Debakel wie beim Weitsprung würde ich hier hoffentlich nicht erleben.
Mit gebeugtem Oberkörper holte der Werfer mehrfach zum Schwung aus, drehte sich um seine Längsachse und schleuderte die Scheibe mit voller Kraft von sich. Gespannt verfolgte ich den Flug des Steines, der nach etwa fünfundzwanzig Metern landete. Einer nach dem anderen trat jetzt an den Abwurfplatz und ich konnte es kaum erwarten, bis ich an der Reihe war. Jetzt wollte ich mein Können unter Beweis stellen. Neben dem Laufen

gehörten die Wurfdisziplinen zu meinen Stärken. Wenn ich hier nicht mit den Griechen mithalten konnte, musste ich eine andere Möglichkeit finden, in den Zeus-Tempel zu gelangen.

Endlich konnte ich einen der Steine aufnehmen. Ich wog ihn prüfend in der Hand. Die Scheibe wog ungefähr drei Kilogramm und war damit schwerer als die Disken in meiner Zeit. Ich legte meine volle Konzentration in den Wurf und schleuderte die Scheibe mit voller Kraft auf das Feld, das sich vor der Plattform erstreckte.

Raul beobachtete meinen Versuch ganz genau und runzelte die Stirn, als der Stein die Markierung des besten Werfers knapp überflog. Ich versuchte, mir meinen Triumph nicht anmerken zu lassen, und stellte mich zufrieden ans Ende der wartenden Athleten, die mir bewundernde Blicke zuwarfen. Wie beim Training zu Hause üblich hatte ich die Scheibe in einem flacheren Winkel geworfen als die anderen, was ihr eine andere Flugkurve gab. Ich freute mich darüber, dass diese moderne Technik auch mit den alten Disken funktionierte.

Der Moment des Triumphs dauerte nur kurz. Direkt vor mir stürzte Aupheios zu Boden und beschuldigte den Spartaner, mit dem er schon in der Pause aneinandergeraten war, er hätte ihm ein Bein gestellt. Doch bevor die Situation wieder eskalieren konnte, wurde er von Raul angewiesen, sich an den Abwurfplatz zu begeben.

Aupheios nahm den Stein und holte aus. Ich atmete erleichtert auf, weil die Männer sich wieder ihrer Aufgabe zuwendeten. Da passierte es. Aupheios knickte mit dem rechten Fuß ein und schleuderte die Scheibe direkt auf die wartenden Sportler zu. Der Spartaner hatte keine Chance auszuweichen. Der

Diskus prallte ihm mit voller Wucht gegen die Stirn. Wie ein gefällter Baum ging der kräftige Athlet zu Boden und blieb regungslos liegen. Sofort wurde er von seinen Kameraden umringt, die entsetzt auf die Platzwunde starrten, die sich über die Stirn des Getroffenen hinwegzog.
Raul blies kurz in sein Horn, um den Wachen ein Zeichen zu geben, und stürmte dann auf Aupheios zu. »Mit dieser schändlichen Tat hast du dir die Reise nach Olympia selbst verwehrt!«, schrie er den unglücklichen Werfer an. Offensichtlich glaubte er nicht daran, dass es sich nur um einen schrecklichen Unfall handelte.
Die Helfer, die sofort herbeigerannt kamen, konnten nur noch den Tod des Spartaners feststellen und trugen den Leichnam vom Feld. Zwei weitere Männer führten Aupheios ab, der immer wieder beteuerte, wie leid ihm der Vorfall täte. Den Gesprächen der anderen Athleten entnahm ich, dass sie ihm genauso wenig glaubten wie ich.
Wegen dieses Zwischenfalls war das Training für diesen Tag beendet. Nach einem opulenten Abendessen, bestehend aus getrockneten Feigen und Nüssen, war ich froh, mich endlich hinlegen zu können. Trotz des unbequemen Lagers und der Schmerzen, die mir durch alle Glieder flossen, fiel ich schnell in einen tiefen und festen Schlaf.

Am nächsten Morgen wachte ich auf, bevor Raul mich mit seinem Horn aus dem Schlaf reißen konnte. Meine Zunge war völlig ausgetrocknet und es war wohl der Durst, der mich geweckt hatte. Ich setzte mich auf und spürte sofort, wie mich der Schwindel befiel. Trotzdem kämpfte ich gegen die Ameisen in meinem Kopf an und zwang mich, aufzustehen. Jede Sehne meines Körpers tat weh, als ich mich langsam in Richtung Ausgang schleppte. Neben unserer Baracke war ein Wasserfass aufgestellt worden, an dem eine hölzerne Schöpfkelle hing. Die Flüssigkeit war angenehm kühl. Ich trank in kleinen Schlucken und merkte, wie sich die Lebensgeister in mir langsam zu rühren begannen. Mit noch immer weichen Knien trat ich auf den Platz und sah mich um. Der Stand, an dem wir immer unser Essen bekamen, war noch leer. Die ersten Sonnenstrahlen zeigten aber, dass es nicht mehr lange dauern konnte, bis die Helfer kommen würden.

Plötzlich hörte ich leise Stimmen, die sich auf mich zubewegten.

»Ralfos, warum bist du hier draußen?«, rief Mara, die gerade mit zwei Männern um die Ecke gekommen war, und lief freudig auf mich zu. Ihre Kollegen trugen den schweren Kessel und würden noch einen Moment brauchen, ehe sie uns erreichten.

»Ich konnte nicht mehr schlafen«, flüsterte ich so leise, dass es die anderen nicht hören konnten. »Wie geht es dir?«

»Gut«, antwortete Mara. »Ich habe ein kleines Zelt für mich allein und werde anständig behandelt. Du siehst sehr müde aus. Wie war das Training?«

»Frag lieber nicht. Der Tag gestern war die Hölle. Es gab einen tödlichen Unfall und einer der Athleten wurde abgeführt.«

»Das habe ich schon gehört.«

In diesem Moment ertönte Rauls Horn und beendete damit unser kurzes Gespräch. Die anderen Männer würden jeden Moment bei der Essensausgabe erscheinen und Mara musste ihren Job tun. Wieder fiel es mir schwer, auf einen Kommentar über den Weizenbrei zu verzichten, und ich setzte mich resignierend auf meinen Platz. Während des Frühstücks wurde kaum gesprochen. Der gestrige Vorfall hatte bei den Sportlern bleibende Spuren hinterlassen. Die Spartaner trauerten um ihren Kameraden und erhoben schwere Vorwürfe gegen Aupheios. Allen Athleten war das Misstrauen anzusehen, das sie seit dem Unfall gegeneinander hegten. Jeder schien zu fürchten, dass er das nächste Opfer eines tragischen Unfalls werden könnte.

Kurz darauf führte uns Raul zu dem Platz, wo wir auch schon den Diskuswurf geübt hatten. Diesmal lagen jedoch keine Steine parat, sondern Speere aus Fichtenholz, an denen Metallspitzen angebracht waren. In der Mitte befand sich ein Riemen in Form einer Schlaufe, durch die man zur besseren Führung des Speers Zeige- und Mittelfinger schob. Das Wurfgerät war deutlich kürzer, als ich es kannte, und reichte mir nur bis zur Schulter.

Diesmal war ich sehr früh an der Reihe und hatte nur zweimal die Gelegenheit, mir die Technik der Griechen anzusehen.

Ich ging zum Abwurfplatz und griff entschlossen nach einem der Speere. Dann stellte ich mich in Positur, holte aus und schleuderte den Stab mit voller Wucht nach vorn. Wieder war die Flugbahn deutlich niedriger als bei meinen Vorgängern. Ich verfehlte ihre Weiten zwar knapp, war aber trotzdem zufrieden. Wie schon beim Diskuswurf kam ich gut zurecht und war in der Lage, mich mit den besten griechischen Athleten zu messen.

Am Nachmittag war der Lauf an der Reihe. Diesmal verpasste ich den Start nicht und kam kurz hinter den schnellsten Athleten ins Ziel. Abends war ich froh, als das Training vorüber war, fühlte mich aber im Vergleich zum Vortag schon wesentlich besser. Mein Vertrauen in die eigene Leistungsfähigkeit war im Laufe des Tages deutlich gestiegen und ich blickte wieder etwas optimistischer in die Zukunft.

In den folgenden zwei Wochen ereignete sich wenig Aufregendes. Wir trainierten die bisherigen vier Disziplinen im Wechsel und es ging mir von Tag zu Tag besser. Noch nie in meinem Leben hatte ich mich körperlich so fit gefühlt. Ich schaffte es fast jeden Morgen, vor den anderen Athleten bei der Essensausgabe zu sein und konnte ein paar Worte mit Mara wechseln.

Der Speiseplan gestaltete sich weiterhin sehr eintönig. Lediglich einmal in der Woche gab es mittags anstelle des Käses ein Stück Fleisch. Was mir am meisten zu schaffen machte, waren die enorme Hitze und die Stechmücken, die sich wie eine Plage über das Gelände verteilten und scheinbar überall waren. Meine sportlichen Leistungen wurden spürbar besser und ich war schon sehr gespannt auf den Ringkampf, die fünfte und letzte Disziplin des olympischen Pentathlons.

Nach der Hälfte der Zeit in Elis war es dann so weit. Raul führte uns nicht zum Trainingsgelände, auf dem der Wurfplatz und die Sprunggrube von der Laufbahn umgeben waren, sondern zur anderen Seite des Komplexes. Dort übergab er uns an Achäus. Der zweite Hellanodike, den ich in Elis kennenlernte, sollte uns im Ringkampf unterweisen. Auf diese Disziplin war ich besonders neugierig, hatte aber auch höllischen

Respekt vor ihr. Es war die einzige Sportart im Pentathlon, mit der ich in meinem bisherigen Leben noch nichts zu tun gehabt hatte. Hier würden die etwas kräftigeren Athleten, die beim Laufen zu den Schwächeren gehörten, einen Vorteil haben.
Achäus führte uns zum Kampfplatz und teilte uns in Zweiergruppen ein. Meinen Gegner überragte ich zwar um einen Kopf, aber ich würde sicher Probleme haben, gegen den stämmigen Griechen zu bestehen. Zu meinem Pech waren wir die Ersten, die den mit Sand ausgestreuten Bereich betreten mussten.
Im Gegensatz zu den Leichtathletikdisziplinen, bei denen wir eine kurze Tunika tragen durften, war der Ringkampf nackt zu bestreiten. So wurde vermieden, dass einer der Kämpfer den anderen am Stoff der Kleidung herumziehen konnte. Auch wenn nur Männer anwesend waren, kostete es mich doch einiges an Überwindung, mich auszuziehen. Erst als ich die ungeduldigen Blicke des Hellanodiken auf mir spürte, beeilte ich mich, meinen Kampfplatz einzunehmen.
»Wer seinen Gegner als Erster drei Mal zu Boden geworfen hat, ist der Sieger«, gab Achäus lautstark bekannt.
Bevor ich mich meinem Übungspartner zuwenden konnte, lag ich auch schon. Blitzschnell hatte er meinen Arm ergriffen und mich herumgeworfen. Dann sah er grinsend zu mir herunter und wartete darauf, dass ich mich wieder erhob.
Der nun folgende Tritt, mit dem er mir die Füße wegfegte, war mehr zu ahnen als zu sehen. Dafür spürte ich die Folgen umso deutlicher. Wieder ging ich zu Boden und ärgerte mich darüber, dass ich mich zu sehr auf den Oberkörper meines Gegners konzentriert hatte. Auch mein dritter Versuch endete nach wenigen

Sekunden auf dem Boden. Wie ein geprügelter Hund schlich ich daraufhin vom Kampfplatz. Ich war froh, dass ich jetzt erst einmal die Chance hatte, den anderen beim Kampf zuzusehen, während mein schmerzender Körper sich erholen konnte.

Schnell wurde mir klar, dass man im Ringkampf nicht nur mit Kraft und Ausdauer, sondern auch mit Geschick und Klugheit agieren musste, wenn man siegreich sein wollte. Geistesgegenwart und ein schnelles Auffassungsvermögen waren ebenso gefordert wie körperliche Fähigkeiten.

Aus dem Stand heraus musste der Gegner zu Boden geworfen werden. Dabei war das Wegschlagen der Beine erlaubt. Schmerzverursachende Griffe wie Schlagen, Glieder verrenken oder an der Gurgel packen waren verboten und wurden vom Hellanodiken mit Verwarnungen bestraft. Drei dieser Verweise während des Wettkampfs würden den Ausschluss von den Olympischen Spielen bedeuten.

Das Training an den folgenden Tagen wurde vom Ringkampf bestimmt. Ich konnte durch das Beobachten der anderen Sportler einiges lernen, schaffte es aber nur ein einziges Mal, meinen Gegner zu Boden zu werfen. Wenn ich tatsächlich als Sieger aus dem olympischen Pentathlon hervorgehen wollte, musste ich den Wettbewerb vor dem Ringkampf für mich entscheiden. Wenn es ein Athlet schaffte, bei drei Disziplinen siegreich zu sein, war das Pentathlon beendet, weil kein anderer ihn mehr übertreffen konnte. Es war also durchaus möglich, dass der Sieger schon vor dem Ringkampf feststand, der dann ausfiel.

Ich war sehr erleichtert, als uns Raul wieder abholte und erneut zur Laufbahn führte. Der Hellanodike teilte uns mit, dass ab jetzt die Endausscheidung beginnen würde. Gemeinsam mit Achäus wollte er feststellen, welche Athleten an den heiligen Spielen teilnehmen durften.

Schon auf dem Weg zu den Sportstätten spürte ich ein unangenehmes Ziehen im Bauch, maß dem aber keine große Bedeutung bei. Erst nachdem wir schon zum Lauf gestartet waren, wurden die Schmerzen so stark, dass ich nicht mehr weitermachen konnte. Ich fiel auf die Knie und konnte dem Druck aus meinem Magen nichts mehr entgegensetzen. Gerade noch rechtzeitig schaffte ich es, die Bahn zu verlassen und übergab mich stöhnend in die Büsche. Völlig entkräftet legte ich mich auf den Rücken und schloss die Augen. Die Welt drehte sich um mich herum wie ein Kreisel.

Den keuchenden Lauten um mich herum entnahm ich, dass ich nicht der Einzige war, der mit seinem Magen zu kämpfen hatte. Später erfuhr ich, dass außer Melon und Saius alle Athleten wegen Krämpfen zusammengebrochen waren. Wir wurden in unsere Unterkünfte gebracht und mussten einen bitter schmeckenden Trank zu uns nehmen. Danach schliefen wir den Rest des Tages und die folgende Nacht durch.

Raul und Achäus fanden schnell heraus, dass der Weizenbrei vergiftet worden war. Melon und Saius waren die Einzigen, die an diesem Morgen nichts davon gegessen hatten. Bei Saius, der unter den Athleten als Topfavorit auf den Sieg galt, war dies nichts Besonderes, da er morgens nie etwas aß. Melon dagegen galt als Hauptverdächtiger. Dennoch hätte man ihm wohl nie etwas nachweisen können, wenn nicht einer der Helfer zugegeben hätte, den Brei in seinem Auftrag vergiftet zu haben. Damit war für ihn der Traum vom olympischen Ruhm beendet. Sein Leben verdankte er nur der Tatsache, dass während der heiligen Spiele jede Form von Gewalt verboten war. Gemeinsam mit seinem Komplizen musste er Elis verlassen und darauf hoffen, zukünftig nie von einem der anderen Sportler erwischt zu werden.

Es dauerte fast eine ganze Woche, bis wir uns restlos von den Auswirkungen des Giftes erholt hatten. Dennoch begannen die meisten von uns sehr früh wieder mit dem Training. Keiner der Männer wollte sich die Chance, nach Olympia zu reisen, so kurz vor dem Ziel noch nehmen lassen. Je mehr wir uns dem Tag der Entscheidung näherten, umso verbissener kämpften alle Athleten darum, ihre Bestleistung zu zeigen. Wer von uns würde wohl zu den sechzehn Auserwählten gehören, die darum streiten durften, im Tempel des Zeus den Siegerkranz zu empfangen?

»Folgende Athleten werden bei Sonnenuntergang den Marsch nach Olympia antreten«, sagte der Hellanodike feierlich. »Saius, tritt vor und stell dich hinter mir auf.« Dass die Wahl auf den Spartaner fiel, war keine große Überraschung, da er bei fast allen Disziplinen zu den herausragenden Athleten gehörte.

Nach und nach wurden nun weitere Sportler aufgerufen. Ich spürte die Anspannung, die sich durch meinen ganzen Körper zog, und bekam weiche Knie. Mit jedem Griechen, der aufgerufen wurde, sanken meine Chancen. Sollte jetzt etwa alles vorbei sein? Vierzehn Männer standen bereits hinter Raul und ich musste mich langsam mit dem Gedanken abfinden, dass mein großer Traum platzte wie eine Seifenblase.

»Ralfos«, rief der Hellanodike den vorletzten Namen auf. Es dauerte einen Moment, bis ich realisierte, dass ich damit gemeint war. Langsam ging ich auf die anderen Auserwählten zu und genoss die neidischen Blicke der restlichen Männer bei jedem Schritt.
Nachdem die Gruppe der Pentathleten, die den olympischen Wettkampf bestreiten durften, komplett war, verabschiedete sich Raul von denen, die es nicht geschafft hatten. Sie mussten das Trainingsgelände in Elis jetzt verlassen.
Der Hellanodike blies in sein Horn und rief damit vier Helfer herbei, die uns Tuniken aus weißem Stoff brachten. Den restlichen Tag hatten wir Ruhe und konnten uns auf die bevorstehende Reise vorbereiten. Mittags hatte ich kurz die Gelegenheit, mich mit Mara zu unterhalten, die sich riesig darüber freute, dass ich es soweit geschafft hatte. Sie versprach mir, während des Wettkampfes auf der Tribüne zu sitzen. Durch die Arbeit in Elis hatte sie genügend Geld verdient, um sich den Aufenthalt in Olympia leisten zu können. Zunächst aber mussten wir uns voneinander verabschieden. Sie hauchte mir einen Kuss auf die Wangen und lief dann den anderen Helfern hinterher, die uns zum letzten Mal ein Mittagessen serviert hatten. Ich konnte nur hoffen, dass die Verpflegung in Olympia besser werden würde.

Gemeinsam mit den anderen Sportlern, die an den verschiedenen Disziplinen der Olympischen Spiele teilnahmen und zwölf Hellanodiken verließen wir Elis gegen Abend. Wir marschierten an der Küste des Meeres entlang und erreichten nach etwa zwei

Stunden die heilige Quelle Pieria, wo wir Rast machten. Die Hellanodiken brachten ein Schwein herbei und legten es auf einen Altar, der dem Gott Zeus geweiht war. Raul, der in der Gruppe der Ausbilder eine besondere Rolle spielte, nahm ein Messer mit einer unterarmlangen Klinge und stieß es dem Tier in den Bauch. Das Quieken des Opfers ging mir durch Mark und Bein und ich sah zu Boden. Die Athleten um mich herum verfolgten mit andächtigem Blick die heiligen Rituale, die zu Ehren der Götter abgehalten wurden. Erst als das Tier reglos auf dem Altar lag und kein Blut mehr aus der Wunde floss, gingen die Hellanodiken zur Quelle, um mit dem reinen Wasser die feierliche Reinigung zu vollziehen. Diese Zeremonie sollte die Männer auf die Ausübung ihres Amtes in Olympia vorbereiten.

Es dauerte mehrere Stunden, bis unser Aufenthalt in Pieria beendet war. Ich war froh, als wir unseren Weg endlich fortsetzten. Nachdem wir den ganzen Tag in der Hitze Richtung Olympia gelaufen waren, gelangten wir am Abend nach Letrinoi und verbrachten dort die Nacht unter freiem Himmel.

Am nächsten Morgen marschierten wir über Pyrgos nach Pisa, dem letzten Ort vor der Sportstätte in Olympia. Wir waren jetzt in zwei Tagen über fünfzig Kilometer gelaufen und hatten unser Ziel fast erreicht. Auf dem letzten Teilstück warteten die Menschen und jubelten uns zu. Stolz, aber auch erschöpft erreichten wir die nördliche Seite des Geländes zwischen dem Kronoshügel und dem Fluss Kladeos. Ich konnte es kaum glauben, dass ich in wenigen Minuten die Geburtsstätte der Olympischen Spiele sehen sollte, über die in meiner Zeit so viel spekuliert wurde.

Kurz vor den Toren der heiligen Stätte blieb Raul stehen

und blickte uns bedeutungsvoll an. »Auf nach Olympia!«, rief er uns zu. »Betretet das Stadion und zeigt euch als sieghafte Männer. Wer aber nicht vorbereitet ist, der gehe, wohin er will.«

Auf dem Gelände der heiligen Spiele herrschte bereits ein reges Treiben. Über die sieben Hauptwege, die zur Sportstätte führten, waren Tausende von Menschen aus ganz Griechenland mit ihren Wagen zum Kronoshügel geströmt. Sie fanden ihre Unterkunft in einer der wenigen Herbergen oder in Zelten und Lagern. Die einzelnen Stämme, die sonst häufig miteinander im Streit lebten, wohnten hier friedlich nebeneinander und fieberten dem großen Ereignis entgegen.
Die Festtage in Olympia wurden mit einer großen Prozession eröffnet, die am Prytaneion, dem Amtsgebäude der heiligen Stätte, begann. An der Spitze marschierten die Hellanodiken, gefolgt von Priestern und Helfern, die auch die Opfertiere führten. In der Mitte des Zuges liefen die Behördenvertreter und die offiziellen Gesandten, die Geschenke aus Gold und Silber mitbrachten. Hinter den Athleten bildeten Pferde und Wagen den Schluss.
Wir zogen an etwa zwanzig Denkmälern, welche die Helden der Vergangenheit zeigten, vorbei und kamen schließlich zum großen Altar des Zeus. Die Helfer schlachteten nun die Opfertiere und zerlegten sie. Die besten Stücke wurden verbrannt und der Rest für den abendlichen Festschmaus aufgehoben. Gebete, Gesänge und Flötenspiel begleiteten die feierlichen Handlungen.

Anschließend wurden wir von den Helfern in unsere Unterkünfte geführt. Es dauerte noch lange, bis auf dem Gelände Ruhe einkehrte. Zu groß waren die Aufregung und die Vorfreude auf den Beginn der Spiele.
Das Pentathlon sollte als letzter Wettbewerb der Olympiade stattfinden. Vorher waren der Faustkampf, der Lauf, der Ringkampf und die Wagenrennen an der Reihe. Die ersten Sieger wurden ermittelt und im Zeus-Tempel feierlich geehrt. Wir absolvierten jeden Tag ein lockeres Training und hatten Gelegenheit, uns die anderen Wettkämpfe anzusehen.
Mara sah ich in diesen Tagen nur einmal kurz, hatte aber nicht die Möglichkeit, zu ihr zu gelangen. Ich war erleichtert, dass sie gut in Olympia angekommen war.
Das Pankration, eine Mischung aus Faustkampf und Ringen, war der letzte Wettbewerb, bevor es auch für uns ernst wurde. Wie auch die anderen Athleten verzichtete ich darauf, mir diese Disziplin anzusehen. Jeder für sich bereitete sich auf den eigenen Einsatz vor, indem er meditierte oder ein leichtes Lauftraining absolvierte. Ich hielt mich abseits von den Konkurrenten auf und hing meinen Gedanken nach.
Sollte ich jemals wieder in meine eigene Zeit zurückkehren, würde mir kein Mensch glauben, was ich in den letzten fünf Wochen erlebt hatte. Die ganzen Strapazen waren jedoch fast vergessen, wenn ich an den folgenden Tag dachte. Ich durfte zweitausendfünfhundert Jahre vor meiner Geburt an den Olympischen Spielen der Antike teilnehmen.

Am nächsten Morgen verzichtete ich auf das Frühstück, das leider die gleichen Bestandteile hatte wie in Elis. Auch wenn es vielleicht ein Fehler war, die Wettkämpfe mit leerem Magen zu bestreiten, war die Anspannung in mir zu groß, als dass ich auch nur einen Bissen heruntergebracht hätte. Das Pentathlon würde an diesem Tag seinen Sieger finden. Das bedeutete, dass wir, wenn nicht vorher ein Athlet drei Disziplinen als Bester beendete, alle fünf Sportarten heute absolvieren mussten. Endlich wurden wir von Raul abgeholt und in das Stadion geführt. Dort empfingen uns die jubelnden Menschen mit tosendem Beifall. Der Anblick war atemberaubend. Mit meinem Vater war ich bei einem Heimspiel des 1. FC Köln im ausverkauften Müngersdorfer Stadion gewesen. Fünfzigtausend Fans hatten ihre Mannschaft begeistert gefeiert. Fast so viele mussten es auch sein, die sich hier in Olympia versammelt hatten. Die Zuschauerränge waren bis auf den letzten Platz besetzt. Ich spürte ein flaues Gefühl in meinem Magen. Noch nie in meinem Leben hatte ich ein solches Interesse auf mich gezogen.
In einer Reihe schritten wir hinter dem Hellanodiken zum Abwurfplatz, wo wir den Speerwurf absolvieren sollten.
»Ralfos«, rief Raul in die Menge und stellte mich damit dem Publikum als ersten Werfer vor.
Warum muss ausgerechnet ich den Wettbewerb eröffnen?, dachte ich und trat aus der Reihe der wartenden Athleten hervor. Jetzt musste ich als Erstes meine Tunika ausziehen, da alle Disziplinen außer dem Wagenrennen nackt absolviert wurden. Die Griechen dachten wohl, dies brächte die Reinheit der Sportler besser zum Ausdruck. In Athen hatte ich mich schon sehr unwohl gefühlt, als ich die Laufausscheidung

unbekleidet absolvieren musste. Hier, wo mindestens zehnmal so viele Leute zuschauten, war es allerdings noch um einiges schlimmer. Ich schämte mich wie noch nie in meinen Leben. Doch dem ungeduldigen Blick von Raul entnahm ich, dass jetzt Eile geboten war. Ich ergriff meinen Speer und stellte mich in Position. Die lauten Jubelrufe des Publikums sollten mich sicher anfeuern, bewirkten in diesem Moment aber genau das Gegenteil. Meine Unsicherheit wuchs, und obwohl ich wusste, dass der Speerwurf zu meinen besten Disziplinen gehörte, hätte ich den Platz am liebsten sofort verlassen. Ich holte zum Wurf aus und sah dem Geschoss gespannt hinterher.

Schon in der ersten Hälfte des Fluges erkannte ich, dass dieser Versuch misslungen war. Die Kurve war viel zu steil und die Spitze des Speeres bohrte sich deutlich früher in den Boden, als ich es mir gewünscht hatte.

So schnell ich es riskieren konnte, ohne mir die missbilligenden Blicke des Hellanodiken einzufangen, ging ich zurück zu den anderen und streifte meine Tunika über. Einer der Pentathleten nach dem anderen absolvierte nun seine Übung und ich lag nach dem ersten Durchgang deutlich abgeschlagen auf dem letzten Platz. Noch war für mich aber nichts verloren. Jeder Athlet hatte fünf Versuche, von denen nur der beste gewertet wurde. Es musste mir gelingen, den Gedanken an die Zuschauer auszuschalten und mich auf meine Aufgabe zu konzentrieren. Ich wollte den Speerwurf unbedingt für mich entscheiden. Bei den anderen Disziplinen würde ich es deutlich schwerer haben, als Sieger vom Platz zu gehen.

Meine nächsten Würfe waren zwar schon etwas besser, reichten aber nicht aus, um den letzten Platz abzugeben. Als ich gerade zum vierten Mal zum

Abwurfplatz gehen wollte, erkannte ich plötzlich Mara unter den Zuschauern. Sie hatte die Hände zu Fäusten geballt und streckte die Daumen nach oben. Ich atmete tief durch und ließ die Tunika zu Boden gleiten. Ich wollte jetzt mir, Mara und den anderen Zuschauern beweisen, dass ich mehr drauf hatte, als nach der ersten Disziplin der Schlechteste zu sein.

Endlich gelang es mir nun, mich auf meine Übung zu konzentrieren. Das Holz des Schaftes war etwas schwerer, als ich es aus Elis gewohnt war. Bei meinen ersten Versuchen war mir dies nicht aufgefallen. Ich musste den Winkel also einen Tick steiler wählen, wenn ich die erwünschte Flugkurve erreichen wollte. Ich ging zweimal kurz hintereinander in die Hocke, um meine Beine aufzulockern. Dann holte ich mit dem rechten Arm aus und schleuderte den Speer so fest ich konnte auf das Feld. Diesmal traf ich den richtigen Winkel. Unter den begeisterten Rufen des Publikums verfolgte ich die Flugbahn und stieß einen erleichterten Seufzer aus. Die Bestmarke verfehlte ich zwar knapp, lag aber jetzt wenigstens schon einmal auf dem zweiten Platz.

Als ich das Wurfmal zum letzten Versuch betrat, war der größte Druck von mir abgefallen. Selbst wenn ich den Wettbewerb nicht gewinnen würde, musste ich wenigstens nicht als Versager vom Feld gehen. Ich schaffte es jetzt auch, die beeindruckende Kulisse zu akzeptieren, und sprach mir selber Mut zu. Sicher interessierte sich keiner der Zuschauer für meine Nacktheit, die hier unter den Athleten völlig normal war. Alles, was zählte, waren die sportlichen Leistungen der Männer.

Als der Speer meine Hand verließ, konnte ich den Aufschrei kaum unterdrücken. Ich biss die Zähne zusammen und starrte gebannt auf das Feld vor mir.

Langsam senkte sich der Speer. Die Zuschauer schienen zu merken, dass es bei diesem Versuch knapp werden würde. Man hätte eine Stecknadel fallen hören können, so leise war es im Stadion.
Ein begeisterter Beifallssturm ging durch das Publikum, als der Hellanodike das Zeichen gab, dass mir der beste Versuch gelungen war. Jetzt konnte ich nur noch beten, dass es keiner meiner Konkurrenten noch schaffte, die Weite zu überbieten.
Mit jedem Athleten, der vom Abwurfpunkt zurückkam, stieg meine Zuversicht ein kleines bisschen an. Keinem der Griechen gelang es, mir mit seinem letzten Versuch noch einmal gefährlich zu werden. Es stand jetzt nur noch der Wurf von Saius aus und die erste Disziplin des Pentathlons war beendet. Der Athlet war etwa einen Kopf kleiner als ich und hatte im Gegensatz zu einigen der anderen Pentathleten eine eher schmächtige Figur.
Saius ging an mir vorbei und grinste mir siegessicher ins Gesicht. Seiner verkrampften Körperhaltung entnahm ich aber, dass er längst nicht so optimistisch war, wie er es mir hier vorspielte. Dem Spartaner, der sich in Elis als einer der besten Werfer präsentiert hatte, war es bisher nicht annähernd gelungen, an seine Bestleistung heranzukommen. Ich konnte mir nicht vorstellen, dass er nur mit seinen Konkurrenten und dem Publikum spielte. Augenscheinlich war er nicht in der Lage, dem enormen Druck in Olympia standzuhalten.
Gedanklich beschäftigte ich mich schon mit der nächsten Disziplin, als das Brüllen der Zuschauer meine Aufmerksamkeit wieder auf die aktuellen Ereignisse lenkte. Entsetzt starrte auf den noch zitternden Schaft des Speeres. Die Jubelschreie des Publikums drangen wie ein fernes Rauschen in meine Ohren. Ich sah, wie Raul die Hand von Saius ergriff und dessen Arm in die

Luft hob. Es konnten nicht mehr als zehn Zentimeter gewesen sein, um die mich der Spartaner überboten hatte, aber er hatte mich damit auf den zweiten Platz im Speerwurf verdrängt. Ich wusste, dass ich den nun folgenden Weitsprung wahrscheinlich nicht gewinnen konnte. Damit hatte ich fast keine Chance mehr, das Pentathlon vor dem Ringkampf zu beenden, bei dem ich überhaupt keine Hoffnung für mich sah. Jetzt durfte Saius keine weiteren zwei Sportarten für sich entscheiden, sonst würde er als Sieger des Pentathlons in den Zeus-Tempel geführt werden. Die Wahrscheinlichkeit, dass ich diesen Weg gehen würde, war gerade auf ein Minimum gesunken.

Der Weitsprung folgte dem Speerwurf, ohne dass uns eine Pause gegönnt wurde. Angeführt von Raul gingen wir zur Sprunggrube. Wir starteten in umgekehrter Reihenfolge der ersten Disziplin und ich war somit als Vorletzter an der Reihe. Insgesamt durfte jeder von uns fünf Sprünge machen, deren Weiten dann zu einem Ergebnis addiert wurden.
Als ich an die Reihe kam, lag die Bestweite mit etwa drei Metern schon deutlich über dem, was ich zu leisten imstande war. Ich versuchte, mich auf die Technik zu konzentrieren, streifte mir die Ringe über, ging in die Hocke und stieß mich kraftvoll ab. Bei der Landung verlor ich fast das Gleichgewicht und kippte nach hinten. Wenn ich jetzt auf den Hintern fiel, hätte mich das schon nach dem ersten Versuch chancenlos auf den letzten Platz gebracht. Also ruderte ich wie verrückt mit den Armen und konnte im letzten Moment den

Oberkörper nach vorn werfen. Obwohl der Versuch mit Sicherheit zu meinen besten überhaupt zählte, blieb ich etwa eine Unterarmlänge hinter dem Führenden zurück. Jetzt war ich gespannt, was Saius zeigte. Auch die Zuschauer spürten, dass es jetzt spannend wurde. Einige standen auf und feuerten meinen Kontrahenten an. Der schien sich von dem Lärm um ihn herum nicht beeindrucken zu lassen. Ohne eine Miene zu verziehen, ging er zum Absprungplatz. Wie ich es befürchtet hatte, gelang es dem Spartaner, die Bestweite zu überbieten. Die Zuschauer klatschten begeistert in die Hände und Saius genoss den Applaus sichtlich, bevor er sich wieder zu den anderen Athleten in die Reihe stellte. Auch wenn sein Vorsprung sicherlich noch nicht unerreichbar war, musste ich damit rechnen, dass es ihm gelang, auch diese Disziplin für sich zu entscheiden.

In den folgenden Versuchen wuchs mein Rückstand auf die Besten kontinuierlich an. Saius dagegen konnte sich auch weiter gegen seine Gegner behaupten und war vor dem letzten Durchgang fast schon nicht mehr einzuholen. Resigniert schaute ich zu, wie einer nach dem anderen seinen Sprung absolvierte. Das Publikum schien zu merken, dass dieser Teil des Wettbewerbes entschieden war, und verhielten sich eher ruhig.

Penos, einer der Athener, mit denen ich nach Elis gereist war, nahm seine Ringe und stellte sich etwa zehn Meter vor dem Absprung auf. Verwundert schaute ich zu, wie er Anlauf nahm und sich kraftvoll mit einem Fuß abstieß. Dabei gelang es dem Griechen, die Technik, die ich beim Vorbereitungstraining gezeigt hatte, annähernd perfekt zu kopieren. Er musste diesen Sprungstil heimlich geübt haben und schaffte es so auf eine Weite von fast fünf Metern. Die Zuschauer brachen in laute Jubelrufe aus und klatschten begeistert Beifall. Raul stand mit finsterer Miene neben der Sprunggrube und schien zu überlegen, was er jetzt machen sollte. Ich war nun sehr gespannt, welche Entscheidung der Hellanodike treffen würde. Auch wenn Penos gegen die Regeln des Weitsprungs verstoßen hatte, würde das Publikum eine Disqualifikation sicher nicht akzeptieren. Raul blieb nichts anderes übrig, als die Weite des Atheners bekannt zu geben, der sich damit an die Spitze des Teilnehmerfeldes schob. Jetzt waren nur noch Saius und ich an der Reihe.

Ich setzte alles auf eine Karte und entschloss mich, meinen Sprung ebenfalls mit Anlauf zu absolvieren. Der Hellanodike warf mir einen finsteren Blick zu, als ich mir am Absprungmal die Ringe holte und mich wieder von der Markierung entfernte. Das Publikum schien zu ahnen, was ich beabsichtigte. Ein paar der Leute feuerten mich an. Ich hörte, wie mein Name gerufen wurde, und warf einen letzten Blick auf Raul, der nur resignierend den Kopf schüttelte. Dann nahm ich Anlauf, sprintete auf das Mal zu und stieß mich kraftvoll ab. Sofort spürte ich, dass mir dieser Versuch gut gelingen würde. Ich trat mit den Beinen in der Luft, und als mein rechter Fuß wieder den Boden berührte, stieß ich mich nach vorne weg. Die Miene von Raul wurde noch düsterer, als er mit einer Schnur meine Weite maß. Ich hatte Penos um fast einen Meter überboten und lag jetzt in Führung.

»Ralfos! Ralfos!«, schrie die Menge und gab dem Hellanodiken keine andere Chance als auch meinen Sprung zu akzeptieren. Jetzt warteten alle gespannt darauf, was Saius tun würde. Der hatte die deutlich abweichende Technik nie geübt und somit keine Chance, sie erfolgreich zu kopieren. Wie zuvor machte

er den Sprung aus dem Stand und zeigte dabei seine größte Weite an diesem Tag.
Ich knirschte nervös mit den Zähnen, während Raul die Ergebnisse von Saius addierte. Ich warf einen Blick zu Mara, die in der ersten Reihe saß und die Hände zu Fäusten geballt hatte. Kam es mir nur so vor oder zögerte Raul absichtlich damit, den Gewinner des Weitsprungs bekannt zu geben.
»Der Sieger ist Ralfos!«, sagte der Hellanodike und das Publikum klatschte begeistert Beifall.
Mir fiel ein Stein vom Herzen, dass es im letzten Moment gelungen war, den Weitsprung für mich zu entscheiden. Saius hatte sich zwar noch vor Penos geschoben, mich aber insgesamt nicht überbieten können. Jetzt lagen wieder alle Chancen bei mir, das Pentathlon frühzeitig zu beenden. Doch bevor die nächste Disziplin anstand, gab es endlich eine kleine Pause, in der wir etwas trinken konnten.

Beim Diskuswurf war ich der letzte der Athleten, der auf das Abwurfmahl trat. Beflügelt von meinem Erfolg beim Weitsprung, nahm ich die Scheibe und schleuderte sie mit aller Kraft auf das Feld vor mir. Den Wurf hatte ich voll getroffen und beobachtete zufrieden, wie die Scheibe Meter um Meter durch das Stadion flog. Das Publikum grölte. Der Beifall schallte bis in den letzten Winkel von Olympia, als der Diskus die Bestweite überflog, bevor er erstmals den Boden berührte. Der Stein sprang noch dreimal auf, bevor er schließlich liegen blieb. Keinem meiner Konkurrenten gelang es, in den darauffolgenden Versuchen meine Weite zu überbieten. Wie ich es nach den Trainingsleistungen in Elis erhofft hatte, schaffte ich es, diese Disziplin als Sieger zu bestreiten. Jetzt musste ich nur noch den Lauf gewinnen, dann würde ich im Zeus-Tempel den Lorbeerkranz empfangen. Ich hatte jetzt als Einziger noch die Chance, das Pentathlon vor dem Ringkampf zu entscheiden. Saius, der bis zu diesem Zeitpunkt in allen Disziplinen mein härtester Konkurrent um den Sieg war, hatte sich in Elis nie als guter Läufer hervorgetan. Ich war mir sicher, dass ich ihn schlagen würde.

Vor dem Lauf schieden die schlechtesten Athleten aus dem Wettbewerb aus, weil sie nicht mehr für den Gesamtsieg infrage kamen. Somit waren es nur noch zehn Läufer, die sich am Start der zweihundert Meter langen Bahn einfanden. Leider waren die schnellsten Athleten aber noch immer im Wettbewerb. Beim Ausscheidungslauf in Athen, bei dem ich mich vor endlos lang erscheinender Zeit für das Training in Elis qualifiziert hatte, war vor allem die Ausdauer der Sportler gefragt gewesen. Die Herolde wollten dort sehen, ob die Athleten auch zäh genug waren, die Anstrengungen zu überstehen. Auf der kürzeren Distanz, die beim Pentathlon gelaufen wurde, zählte jetzt nur noch die Schnelligkeit der Männer. Dennoch schätzte ich Servais, der damals in Athen mit großem Vorsprung gewonnen hatte, auch hier als meinen schärfsten Konkurrenten ein. In Elis hatte er bewiesen, dass er auch auf kürzeren Strecken nicht unterschätzt werden durfte.

Wir stellten uns in einer Reihe auf der Startlinie auf. Ich suchte meinen Platz direkt neben Servais, um mich an dem schnellen Läufer orientieren zu können. Auf der anderen Seite neben mir sah ich Saius, der stur nach vorn blickte und so tat, als würde er sich nicht für die anderen Athleten interessieren.

»Es möge der Bessere gewinnen!«, rief Raul und klatschte in die Hände. Diesmal verpasste ich den Start nicht und lief gleichzeitig mit den anderen los. Trotzdem gelang es Servais bereits nach einem Viertel der Strecke, sich in Führung zu setzen. Auf der Bahn rechts außen lag noch ein weiterer Läufer zwischen dem Athener und mir. Die anderen Athleten befanden sich hinter mir und waren somit für mich nicht zu sehen. Ich biss die Zähne zusammen und setzte alles daran, den Abstand nicht größer werden zu lassen. Auf der zweiten Hälfte der Strecke holte ich langsam auf, überholte den Zweitplatzierten und schaffte es, mich neben Servais zu schieben. Obwohl der Lauf insgesamt nicht viel länger als zwanzig Sekunden dauerte, hatte ich schon auf halber Distanz das Gefühl keine Luft mehr zu bekommen. Doch das Ziel vor Augen, ignorierte ich den stechenden Schmerz in den Lungen und rannte wie noch nie in meinem Leben. Plötzlich – ich wusste gar nicht, wie mir geschah - sah ich neben mir Bewegung. Bevor ich überhaupt realisieren konnte, wer es war, zog ein Schatten an mir vorbei. Ich konnte es nicht fassen. Auf den letzten Metern war es Saius gelungen, Servais und mir den Sieg streitig zu machen.

Im letzten Moment schluckte ich das harte Wort für die weiche Masse herunter und blieb nach Luft ringend zwischen den anderen Männern stehen. Meine Enttäuschung war immens und es ärgerte mich, dass ich zu sehr auf Servais geachtet hatte. Selbst wenn der das Rennen gewonnen hätte, wäre das für die Gesamtwertung nicht von entscheidender Bedeutung gewesen. Meinen wahren Gegner Saius hatte ich in dieser Disziplin unterschätzt.

Der Lauf hatte uns alle an die Grenzen unserer

Leistungsfähigkeit gebracht und wir waren froh, jetzt eine längere Pause einlegen zu dürfen und uns ein paar Minuten auszuruhen.
Saius und ich hatten jetzt jeweils zwei Disziplinen gewonnen. Weil kein anderer Athlet mehr für den Sieg in Frage kam, entschieden die Hellanodiken nun, dass der Ringkampf nur noch zwischen uns beiden ausgetragen werden sollte.
Unter dem Beifall des Publikums verließen die anderen Athleten das Stadion und gingen zu den Unterkünften.

Mein Gegner und ich saßen auf dem Boden des Stadions und tranken Wasser aus Krügen, die uns ein Helfer gebracht hatte. Die Zuschauer blieben auch während der Pause auf ihren Plätzen. Es schien so, als hätte jeder Einzelne von ihnen Angst, etwas Entscheidendes zu verpassen.
Ich beobachtete meinen Kontrahenten, der stur auf den Boden blickte und keine Regung zeigte. War er wirklich so cool oder tobte es in seinem Inneren genauso wie in mir? Für mich war die Anspannung fast nicht mehr zu ertragen. Einerseits war ich stolz darauf, es so weit geschafft zu haben, andererseits hatte ich aber große Angst vor dem Ringkampf. Ich dachte an die Olympiade der Neuzeit, bei der es für die drei besten Athleten Medaillen gab. Hier war das anders. Auch der Zweitplatzierte gehörte zu den Verlierern. Nur dem Sieger wurde die Ehre zuteil, den heiligen Tempel betreten zu dürfen.
Schließlich gab uns Raul ein Zeichen, dass der Wettkampf weitergehen sollte. Tosender Beifall

ertönte, als wir aufstanden, um uns unserer letzten Prüfung zu stellen. Wir betraten den mit Sand ausgestreuten Kampfplatz und verbeugten uns zum Zeichen des gegenseitigen Respekts voreinander. Wieder versuchte ich, im Blick meines Gegners eine Gefühlsregung zu erkennen, doch der blieb starr. Achäus stellte sich seitlich zwischen uns und streckte die rechte Hand nach oben.

»Möge der Bessere gewinnen!«, sagte der Hellanodike und ließ den Arm nach unten fallen.

Genau wie bei mir gehörten auch bei Saius eher die leichtathletischen Disziplinen zu den Stärken. Da ich mich vor dem Training in Elis aber noch nie mit dem Ringkampf auseinandergesetzt hatte, lagen die Vorteile hier ganz klar auf der Seite des Griechen.

Saius zögerte keine Sekunde und versuchte, mir blitzschnell die Beine wegzutreten. Ich musste den Treffer am Oberschenkel hinnehmen, konnte mich aber schnell genug darauf einstellen und spannte rechtzeitig die Muskeln an. Im letzten Moment gelang es mir, den Unterschenkel meines Gegners mit der rechten Hand zu erwischen. Kraftvoll zog ich sein Bein mit aller Kraft nach oben und brachte den Spartaner dadurch aus dem Gleichgewicht. Ihm stand die Überraschung regelrecht ins Gesicht geschrieben, als er mit den Armen rudernd zu Boden ging. Damit konnte ich den ersten Punkt für mich verbuchen. Ich war mindestens so erstaunt wie Saius. Während er aufstand, warf mir mein Gegner einen bösen Blick zu, der mich aber nicht sonderlich beeindruckte. Ich versuchte, mich ihm gegenüber siegessicher zu zeigen, was ich aber in meinem Innern absolut nicht war. Als ich ihn anlächelte, drehte er den Kopf weg und ging dann in die Ausgangsposition. Den ersten Punkt hatte ich mit viel Glück errungen. Noch einmal würde ich Saius nicht so leicht überraschen können.

Wieder war es der Grieche, der die erste Aktion versuchte. Er griff mit beiden Händen nach meinen Schultern und versuchte, mich herumzuwerfen. Ich hielt mich an seinen Oberarmen fest und kämpfte gegen den Druck an. Da ließ mich Saius für einen Augenblick los, wodurch ich ins Straucheln geriet und meinen Griff lockern musste. In diesem kurzen Moment packte er mich an der Hüfte und zog mich nach vorn. Ich stolperte einen Schritt auf meinen Gegner zu. Darauf hatte der nur gewartet. Er stellte mir ein Bein und gab mir gleichzeitig einen Stoß, um mich zu Boden zu werfen. Ich hatte der Aktion nichts entgegenzusetzen und landete im Sand. Unter dem tosenden Beifall des Publikums hatte es Saius geschafft, auszugleichen.

Ich ließ mir Zeit mit dem Aufstehen und dachte verzweifelt darüber nach, wie ich dem Spartaner zuvorkommen konnte. Im Publikum saß jetzt niemand mehr auf seinem Platz. Mara konnte ich nicht entdecken, war mir aber sicher, dass sie den Kampf angespannt verfolgte. Auch ihr wollte ich beweisen, dass ich in der Lage war, diesen Wettbewerb zu gewinnen.

Ich schüttelte mir den Sand aus den Haaren und stellte mich wieder vor meinem Gegner auf.

Mein ganzer Körper stand unter Strom. Ich erwartete den Angriff, der auch prompt erfolgte. Saius wollte wieder mit beiden Händen nach mir greifen. Schnell ergriff ich sein linkes Handgelenk und zog ihn mit voller Kraft rechts an mir vorbei, während ich gleichzeitig mit meinem Körper nach links auswich. Saius konnte den Schwung nicht ausgleichen und fiel mit dem Gesicht in den Sand. Jetzt lag ich wieder in Führung und musste es nur noch ein einziges Mal schaffen, meinen Gegner zu Boden zu werfen. Meine Kehle war staubtrocken und ich spürte ein flaues Gefühl im Magen. Auch wenn ich es nicht für möglich gehalten hätte, stieg die Spannung in mir weiter an. Ich vergaß das Publikum und sah nur noch meinen Gegner vor mir. Alles andere war unwichtig, verschwand wie im Nebel.

Saius schien von meinen Gegenangriffen gewarnt zu sein und erwartete nun meine erste Aktion. Da aber auch ich nicht ungestüm in einen Konter laufen wollte, blieben wir beide bewegungslos stehen und belauerten uns. Die Knie leicht angewinkelt und die Füße fest auf den sandigen Boden gepresst, standen wir reglos voreinander. Saius und ich deuteten im Wechsel einen Griff an, zogen ihn aber immer wieder zurück, wenn wir merkten, dass der andere darauf reagierte. Ich versuchte, in den Augen meines Gegners zu lesen, ob er eine Aktion plante, aber die blieben starr und regungslos.

Schließlich fasste ich mir ein Herz. Saius hielt seine Arme wie ein Boxer vor seinem Körper. Ich stieß meine Fäuste von unten zwischen ihnen hindurch und zog sie schräg nach oben. Damit sprengte ich die Verteidigung des Spartaners. Ich ging einen Schritt nach vorne, um seinen Oberkörper mit beiden Händen zu umfassen. Dabei hatte ich jedoch die Reaktionsgeschwindigkeit von Saius unterschätzt.

Der Athlet ging noch tiefer in die Knie. Dann schoss er aus der Hocke nach oben und riss mich dabei an der Leiste gepackt mit sich hoch. Ich verlor den Boden unter den Füßen und fand mich eine Sekunde später mit dem Bauch auf der Schulter von Saius liegend wieder. Meine Arme baumelten nach unten und ich spürte, wie der Spartaner nach meinen Beinen griff, um mich über sich

hinweg auf den Boden zu schleudern.
In dem Moment hatte ich den rettenden Einfall. Ich drückte meinem Gegner die Daumen in die Kniekehlen. Überrascht von der Gegenwehr begann der Athlet, leicht zu taumeln. Ich verstärkte meinen Druck weiter. Mit einem ächzenden Stöhnlaut knickte Saius ein. Dabei kam ich dem Boden näher und konnte mich nun mit den Händen abstützen. Ich stieß mich kraftvoll ab und brachte Saius damit völlig aus der Balance. Er konnte unser beider Gewicht nicht halten und krachte unter mir auf den sandigen Untergrund.

Die nächsten Sekunden erlebte ich wie im Traum. Ohrenbetäubender Lärm dröhnte an meine Ohren. Die Begeisterung der Zuschauer kannte jetzt keine Grenzen mehr. Als der Hellanodike zu mir kam und meinen Arm in die Höhe streckte, schwoll der Applaus zu einem Orkan an, der weit über die Grenzen des Stadions zu hören sein musste. Weil Saius und ich beide zu Boden gegangen waren, wurde der letzte Punkt geteilt und ich hatte das Finale so mit drei zu zwei gewonnen. Ich konnte nicht fassen, was hier passierte. Mein Gegner stand auf und verbeugte sich vor mir. Aus seinem Blick war die Feindseligkeit gewichen. Er nickt mir anerkennend zu. Dann verließ er den Kampfplatz und verschwand in der Krypta.
Ich hatte mich jetzt ebenfalls erhoben und genoss die begeisterten Rufe des Publikums. Achäus persönlich kam zu mir und reichte mir meine Tunika. Erst als ich sie übergestreift hatte, trat auch Raul vor. Die beiden Hellanodiken nahmen mich in die Mitte und rissen je einen meiner Arme in die Höhe. So führten sie mich unter dem noch immer anhaltenden Beifall der Zuschauer einmal im Kreis im Stadion herum. Aus

mehreren Richtungen hörte ich meinen Namen und sah mich glücklich in der Menge um. Es war ein unbeschreiblich schönes Gefühl, als Sieger des Pentathlon von den Massen gefeiert zu werden. Ich konnte es noch immer nicht glauben, jetzt Sieger bei den olympischen Spielen zu sein.
Mara stand auf der Tribüne und winkte mir freudig zu. Ich wollte zu ihr gehen, aber die Hellanodiken führten mich aus dem Stadion heraus, durch die Krypta auf den Zeus-Tempel zu. Jetzt war ich mehr als gespannt, was mich im Innern des berühmten Gebäudes erwartete, und brannte darauf, endlich das dritte Weltwunder zu sehen, weshalb ich überhaupt erst nach Olympia gekommen war.

Zwei Wächter erwarteten uns, als ich mit den beiden Hellanodiken am Tor des Zeus-Tempels ankam. Sie verbeugten sich vor uns und gaben den Weg frei, damit wir in die heilige Stätte eintreten konnten. Das Kribbeln in meinem Köper wurde immer größer und die Spannung war kaum noch zu ertragen. Ehrfürchtig trat ich mit dem linken Fuß über die Schwelle des Eingangs. Raul und Achäus schritten jetzt hinter mir und ich konnte als Erster einen Blick in das Herz der heiligen Sportstätte von Olympia werfen. Was ich sah, verschlug mir den Atem. Überwältigt blieb ich stehen und konnte nicht glauben, dass in dieser Zeit Menschen dazu in der Lage waren, etwas derartig Wundervolles zu erschaffen wie das herrliche Gebilde, das riesenhaft vor mir emporragte und fast die Decke des Tempels berührte. Erst als ich einen leichten Druck im Rücken verspürte, ging ich noch ein paar Schritte weiter in die Halle und gelangte in einen mit einer Balustrade abgesperrten Bereich.

Jetzt ließ man mir die Zeit, das dritte Weltwunder, das sich zum Greifen nahe vor mir befand, anzuschauen. Ich hatte nicht den geringsten Zweifel, dass es die etwa zwölf Meter hohe Statue war, wegen der mich Antipatros nach Olympia geschickt hatte. Auch wenn unzählige weitere Denkmäler im Tempel verteilt waren, die wohl die großen Olympiasieger der Vergangenheit darstellen sollten, reichte keine auch nur annähernd an das Abbild des mächtigen Zeus heran.

Ich glaubte, mich daran zu erinnern, dass ich in der Schule einmal ein Bild des riesigen Götterdenkmals gesehen hatte, wäre aber damals nie auf die Idee gekommen, es den sieben Weltwundern zuzuordnen. Was ich hier aber sah, übertraf die mir bekannte Zeichnung bei Weitem. Es musste Jahre gedauert haben, dieses alles überragende Kunstwerk zustellen.

Der Körper des Zeus bestand aus glatt poliertem Elfenbein. Die Haare, der gelockte Bart und der Umhang, der den Oberkörper der auf einem Thron sitzenden Gestalt frei ließ, bestanden genauso aus purem Gold wie die Sandalen. Auf dem Haupt des Gottes ruhte ein Kranz von Ölzweigen. In der rechten Hand hielt Zeus eine ebenfalls aus Elfenbein gefertigte, etwa mannshohe Statue der Siegesgöttin. Auf dem Zepter in seiner Linken ruhte ein schwarzer Adler, der seine mächtigen Flügel ausgebreitet hatte. Darunter stand der mit den Abbildern von Personen und Ereignissen der griechischen Mythologie kunstvoll verzierte hölzerne Altar auf einem nicht minder prächtigen Sockel. Auf diesem war eine Oase nachgebildet, die von zwei dem mächtigen Zeus zu

Füßen liegenden Löwen umrahmt wurde.

Begleitet von drei Priestern, betrat der Herold, den ich bereits vom Ausscheidungslauf aus Athen kannte, den Raum, trat auf mich zu und kniete vor mir nieder. Auch die beiden Hellanodiken, die sich weiterhin rechts und links von mir aufhielten, zollten mir auf diese Weise ihre Anerkennung.

Nun begann die feierliche Ehrung mit einem Gesang, aus dem ich meinen und den Namen von Antipatros heraushörte. Der Herold setzte mir schließlich einen aus einem Ast gebogenen Lorbeerkranz auf, der mich als Sieger des olympischen Wettkampfes auszeichnete. Dieser Augenblick wog in mir alle Entbehrungen der letzten Wochen auf. Nie in meinem Leben würde ich auch nur eine Sekunde meiner Erlebnisse im Zeus-Tempel vergessen. Viel zu früh ergriff Raul meinen Arm und zog mich mit sanften Druck zurück. Es fiel mir schwer, diesen wunderbaren Ort so schnell wieder zu verlassen, aber ich musste den Weisungen der Hellanodiken folgen. Die Siegesfeier war sicher noch nicht zu Ende und ich fürchtete, dass es noch recht lange dauern würde, bis ich Mara endlich wieder in meine Arme schließen konnte.

Nach der Siegerehrung wurde ich in den heiligen Hain geführt, wo sich auch die Gewinner der anderen Disziplinen versammelt hatten. Von den Vertretern der Städte, aus denen die siegreichen Athleten stammten, wurden Dankesopfer an die Götter dargebracht. Die offiziellen Gesandten aus Athen erkannten mich als einen ihrer Athleten an und beanspruchten damit die Ehre für sich, den Olympiasieger im Pentathlon zu stellen.

Am Abend wurde das Fleisch der geopferten Tiere verzehrt und bis in den Morgen hinein gezecht. Ich genoss es, einer der Hauptpersonen dieser Feierlichkeiten zu sein, und war vor allem froh, endlich einmal wieder etwas Schmackhaftes essen zu dürfen.

Am nächsten Morgen luden mich die Gesandten von Athen ein, den Rückweg mit ihnen gemeinsam anzutreten. Unsere Reise wurde zu einem Triumphzug. Überall standen Menschen an den Wegen, die mir und den anderen Olympiasiegern begeistert zujubelten. Zu meiner Erleichterung gehörte auch Mara zu meinen Begleitern auf der fünftägigen Reise nach Athen. Aber leider bekam ich keine Gelegenheit, mit der hübschen Griechin zu sprechen, weil sich die reichen Händler der Stadt ständig in meiner Nähe aufhielten. So blieb mir nichts anderes übrig, als weiterhin den Stummen zu spielen.

Müde und mit staubigen Kleidern gelangten wir schließlich auf den großen Marktplatz von Athen. Dort wurden wir von einer jubelnden Menschenmasse empfangen, in der sich alle Bürger der Stadt befanden, die Rang und Namen hatten. Erlesene Speisen und Getränke zeigten, wie sehr sich die Stadt der Ehre und des Ruhmes bewusst war, einen Olympiasieger in ihren Reihen zu wissen.

Ich wurde zum Vorsteher des Rates der Stadt geführt und musste einen nicht enden wollenden Schwall von Lobesworten über mich ergehen lassen. Als Dank für meine großen Verdienste bekam ich dann zu meiner Überraschung ein Säckchen mit Goldmünzen überreicht. Damit würde ich in der Lage sein, die weitere

Reise, die mir und Mara sicherlich bevorstand, ohne Probleme zu finanzieren.

Als ich den Palast endlich verlassen durfte, wurde ich von meiner Freundin am Fuße einer breiten Steintreppe, die zur Empfangshalle des Gebäudes führte, begrüßt. Überglücklich nahm ich die schöne Griechin in die Arme und drückte sie fest an mich. In diesem Moment schwor ich mir, mich nicht mehr länger als unbedingt nötig von meiner Begleiterin trennen zu lassen. Ganz so einfach wurde das aber nicht. Eristoteles, der Vorsteher des Rates von Athen, wollte es sich nicht nehmen lassen, mich für ein paar Tage als Gast in seinem Palast zu bewirten. Erst als er mir versprach, dass Mara währenddessen in den Unterkünften der Bediensteten wohnen durfte, nahm ich seine Einladung an. Dass ich während der ganzen Zeit nicht sprechen durfte, wenn ich mich nicht jetzt noch als Lügner präsentieren wollte, erschwerte mir die Sache allerdings enorm. Solang ich mich aber in Griechenland befand, würde mir nichts anderes übrig bleiben, als diese Maskerade aufrechtzuerhalten.

Der Tempel der Artemis

»Du hast es also tatsächlich geschafft!«, hörte ich eine wohlbekannte Stimme in der Dunkelheit.
»Ich grüße dich, Antipatros!«, antwortete ich und öffnete die Augen. Diesmal freute ich mich wirklich darüber, dass sich der Alte wieder bei mir meldete.
Mit Maras Hilfe hatte ich Eristoteles um Verständnis dafür gebeten, dass ich mich von der langen Reise erholen musste und mich gleich nach einem ausgiebigen Bad zu Bett begeben. Der Händler hatte mir ein Zimmer mit einem großen Fenster zugewiesen, durch das ein leichter Windhauch wehte. Direkt davor stand nun plötzlich der alte Grieche. Diesmal hatte er sich nicht die Mühe gemacht, seine Gestalt zu ändern. Er stand so vor mir, wie ich ihn schon in meinem Traum gesehen hatte. Wie er es geschafft hatte, ungesehen durch das Fenster zu gelangen, war mir ein Rätsel. Es lag immerhin fünf Meter über dem Boden und zeigte in den Innenhof des Gebäudes.
»Sicherlich bist du nicht zu mir gekommen, um mir zu meinem Olympiasieg zu gratulieren«, vermutete ich grinsend.
»Nein.«
»Also, wohin geht die Reise?« Ich rechnete nicht damit, dass mir Antipatros mehr als einen vagen Hinweis geben würde, wo mein nächstes Ziel liegen sollte, wollte aber nicht lange um den heißen Brei herumreden.
»Das vierte Weltwunder ist der Tempel der Artemis und liegt in der Stadt Ephesos.«
»Wer ist Artemis?«, fragte ich, überrascht darüber, überhaupt eine so genaue Angabe über die nächste Station meiner Reise durch die Vergangenheit zu bekommen.

»Ich hätte mir denken können, dass du das nicht weißt«, sagte der Alte mit leicht vorwurfsvollem Unterton. »Artemis ist die jungfräuliche Göttin des Mondes und eine gewaltige Jägerin. Außerdem wird sie als Hüterin der Städte, der Frauen und der jungen Tiere bezeichnet.«

»Wenn du mir jetzt noch sagst, wie der Tempel aussieht, brauche ich gar nicht mehr dorthin zu gehen«, lachte ich.

Antipatros sah mich böse an und ignorierte meine letzte Bemerkung. Wie immer ließ er auch nur den kleinsten Anfall von Humor vermissen. »Es ist wichtig, dass du in spätestens zehn Tagen in Ephesos bist«, sagte er.

»Warum denn das?«

»Das wirst du sehen, wenn du dein Ziel erreicht hast.«

»Das war so klar!«, fluchte ich und stand auf. »Gerade habe ich noch gedacht, dass du endlich ein kleines bisschen Vertrauen zu mir gefasst hättest, nachdem ich mich hier seit Monaten für dich zum Affen mache. Aber nein! Anstatt mir mehr über meine neue Aufgabe zu erzählen, umhüllst du dich wieder mit Geheimnissen!«

»Es ist nur wichtig, dass du den Tempel rechtzeitig erreichst. Wenn ich dir jetzt mehr erzähle, könnte dich dieses Wissen in Gefahr bringen.«

»Muss ich das jetzt verstehen?«, fragte ich, noch immer leicht verärgert.

»Nein. Bleib bis morgen bei Eristoteles und ruhe dich aus. Du hast dir eine kleine Pause verdient.«

»Das ist zu großzügig«, spottete ich.

»Danach schließt du dich gemeinsam mit Mara einer Handelskarawane an, die euch ans Ziel bringt.«

»War das alles?«

»Nein!« Jetzt war es Antipatros, der einen Schritt auf mich zukam. »Pass auf Mara auf. Wenn ihr etwas

zustößt, werde ich dich persönlich dafür verantwortlich machen.«
»Mach dir darüber mal keine Gedanken. Mara ist bei mir sehr gut aufgehoben«, antwortete ich selbstsicher. Zum wiederholten Male fragte ich mich, in welcher Beziehung Mara zu Antipatros stand. Beide hatten mir diese Frage bisher nur mit eisernem Schweigen beantwortet. Es musste noch ein Geheimnis geben, dass die schöne Griechin mit dem Alten verband.
»Ich wünsche dir viel Glück«, sagte Antipatros, während seine Gestalt dabei war, sich langsam aufzulösen. Verblüfft sah ich auf die Stelle, wo der Alte gerade noch gesessen hatte. Es verblüffte mich immer wieder, zu was dieser Kerl alles fähig war. Seine Worte hatten mich sehr neugierig gemacht und ich war gespannt, was die Reise nach Ephesos alles mit sich bringen würde. So richtig klar war mir nicht, was der Alte dort von mir wollte. Wenigstens hatte ich diesmal aber ein Ziel vor Augen.

Am nächsten Morgen versuchte ich verzweifelt, Mara zu finden, konnte meine Begleiterin aber nirgendwo entdecken. Ich wollte ihr so schnell wie möglich von unseren neuen Plänen berichten und musste auch dringend mit Eristoteles sprechen. Doch erst musste ich meine Gefährtin finden. Ohne sie hatte ich keine Möglichkeit, dem Kaufmann mein Anliegen vorzutragen, der ja immer noch dachte, ich sei stumm. Wenn wir Athen noch heute verlassen wollten, musste ich also schnell handeln.
In der Eingangshalle lief ich einem der Diener in die

Arme, der mich sofort in den prächtigen, mit kostbaren Wandteppichen behängten Speisesaal führte. Hier erwartete mich Eristoteles leider bereits mit rund einem Dutzend weiterer Männer, die allesamt zur gehobenen Schicht in Athen gehören mussten. Mir blieb nichts anderes übrig, als das Mahl über mich ergehen zu lassen. Dabei gewann ich immer mehr das Gefühl, dass keiner der Anwesenden ein besonders großes Interesse daran hatte, sich mit mir zu verständigen. Was, wie ich zugeben musste, auch nicht sehr einfach war. Meist konnte ich die Fragen der Männer nur mit einem Nicken oder Kopfschütteln beantworten. Aber im Grunde schien es Eristoteles eh nur darum zu gehen, seinen Gästen den Olympiasieger zu präsentieren, den er in seinem Palast beherbergen durfte.

Mir brannte die Zeit unter den Nägeln. Aber ich durfte mich nicht mit den Honoratioren der Stadt anlegen. Von Mara entdeckte ich nichts, konnte aber auch nicht nach ihr fragen. Wieder ärgerte ich mich darüber, dass ich weiterhin den Stummen spielen musste, konnte die Maskerade aber natürlich nicht einfach beenden. Die Athener würden mich sicher nicht am Leben lassen, wenn sie mich als Betrüger entlarvten. Da half es mir auch nicht mehr, den olympischen Pentathlon gewonnen zu haben. Den ganzen Tag lang hielt das rege Kommen und Gehen der Honoratioren an und mir blieb nichts anderes übrig, als mich den Gästen von Eristoteles weiter zur Schau zu stellen. Es dauerte ewig, bis endlich Ruhe einkehrte und der Händler mich verließ, um wichtige Geschäfte vorzubereiten. Als ich endlich allein war, machte ich mich sofort auf die Suche nach dem Hauswirtschaftsteil des Gebäudes, in dem ich Mara vermutete. Dabei musste ich aufpassen, nicht einem der Diener in die Hände zu laufen, der mich sicher zu meinem Zimmer oder Eristoteles führen würde. Dann würde das ganze Spiel wahrscheinlich von vorne beginnen.

Ich lief durch einen breiten Gang, der leicht bergab führte, und hoffte dort etwas über den Verbleib meiner Gefährtin zu erfahren. Ich zweifelte nicht daran, dass Antipatros einen triftigen Grund dafür hatte, uns nur zehn Tage Zeit zu geben, um den Tempel zu erreichen. Jeder weitere Tag hier würde uns später sicher fehlen. Plötzlich hörte ich hinter mir die Stimmen zweier Frauen, die sich langsam auf mich zubewegten. Im letzten Moment fand ich einen schmalen Nebengang und huschte blitzschnell hinein, um mich zu verstecken. Die beiden Mädchen, die jeweils eine große Tonkaraffe mit Wasser trugen, bemerkten mich nicht und schritten munter vor sich hin plaudernd an mir vorbei. In der Hoffnung, dass sie mich zu Mara führen würden, folgte ich den beiden. Tatsächlich gelangten wir in einen großen Raum, in dem die Küche untergebracht war. Zu meinem Entsetzen sah ich Mara, die dabei war, die Teller der letzten Mahlzeit abzuwaschen. Ihrem Gesichtsausdruck war deutlich anzusehen, wie viel Freude sie bei dieser Arbeit empfand. Nachdem die beiden Mädchen endlich außer Hörweite waren, lief ich zu ihr und berührte sie leicht an der Schulter.

»Was willst du?«, fuhr sie mich an, ohne sich dabei umzudrehen.

»Ich bin es«, flüsterte ich in ihr Ohr.

»Ralf?« Mara dreht sich um und schlang ihre Arme um meinen Hals. »Ich bin so froh, dass du hier bist«, sagte sie erleichtert. »Man behandelt mich hier wie eine Sklavin und ich musste mich schon mehrmals der unverschämten Handgriffe des Kochs erwehren. Wo warst du die ganze Zeit?«

»Ich wusste nicht, wo du bist. Außerdem hatte ich keine Gelegenheit, früher zu dir zu kommen. Den ganzen Tag über kamen alle möglichen Leute zu Eristoteles. Er wollte es sich nicht nehmen lassen, ihnen den Olympia sieger vorzuführen. Antipatros war bei mir.«
»Wann?«
»Schon gestern Abend. Ich hatte keine Möglichkeit, es dir früher zu sagen. Er will, dass wir nach Ephesos zum Tempel der Artemis reisen. Es war ihm wichtig, dass wir in spätestens zehn Tagen dort ankommen. Eigentlich hätten wir heute schon aufbrechen sollen, aber dafür ist es jetzt wahrscheinlich schon zu spät. Es wird bald dunkel. Wir müssen versuchen, so schnell wie möglich hier wegzukommen.«
»Ist der Tempel das vierte Weltwunder?«
»Ja. Du musst mit zu Eristoteles kommen und für mich sprechen. Vielleicht kann er uns helfen, eine Karawane zu finden, der wir uns anschließen können.«
»Ich kann hier nicht sofort weg«, entgegnete Mara. »Der Koch wird außer sich sein, wenn er gleich zurückkommt und ich nicht hier bin. Ich muss ihm erst sagen, dass ich dringend mit dir sprechen muss.«
»Unsinn!«, sagte ich. »Der lässt dich doch nicht einfach weg. Komm. Wir gehen jetzt sofort zu Eristoteles.«
Ich war sauer darüber, dass Mara hier wie eine Dienerin behandelt wurde. Ich würde Eristoteles damit drohen, dass wir ihn noch in der Nacht verlassen und überall in Athen erzählen würden, wie er mit meiner Begleiterin umgegangen war. Sicher bekäme Mara dann sofort eine andere Unterkunft für unsere letzte Nacht in Athen zugewiesen. »Komm mit. Das regeln wir jetzt.«

Wie erwartet, war Eristoteles nicht sehr erfreut darüber, dass wir ihn so schnell wieder verlassen wollten. Dass wir auf die Frage, was wir denn in Ephesos wollten, nicht antworteten, verärgerte den Mann sichtlich. Er zog die Augenbrauen nach oben, sagte aber nichts mehr zu diesem Thema. Schließlich versprach er uns doch, dass wir eine seiner Karawanen begleiten durften, die durch einen glücklichen Zufall am nächsten Tag über das Mittelandmeer reisen sollte. Man würde uns am Hafen unseres Zielortes absetzen. Mara bekam ein Zimmer direkt neben meinem zugewiesen, als sie empört von den Vorfällen in der Küche berichtete. Der Kaufmann versicherte uns vehement, dass der Koch gegen seinen ausdrücklichen Befehl gehandelt habe und er ihn noch heute aus seinem Dienst entlassen würde. Weder Mara noch ich glaubten seinen Worten. Da die Sache aber nun erledigt war und wir Athen sowieso bald verlassen würden, ließen wir es gut sein.

Am nächsten Morgen wartete eine Karawane auf uns, mit der wir Athen verließen und nach Piräus gelangten. Dort bestiegen wir ein Schiff, das uns in zweieinhalb Tagen nach Ephesos bringen würde. Obwohl wir auf der Überfahrt herrlichsten Sonnenschein hatten, verbrachten wir die meiste Zeit unter Deck, wo ich leise flüsternd mit Mara sprechen konnte, ohne gehört zu werden. Ich war froh darüber, wieder mit meiner Gefährtin allein zu sein. Ich erzählte ihr von meinen Erlebnissen in Elis und sie berichtete mir, wie es ihr in der Zwischenzeit ergangen war.

»Du hast eine schlimme Zeit hinter dir«, sagte Mara, nachdem ich ihr vom Training und dem Marsch nach Olympia erzählt hatte.

»Trotzdem würde ich das sofort wieder machen. Auch

wenn Antipatros mir nicht aufgetragen hätte, an den Spielen teilzunehmen. Es war schon seit meiner Kindheit einer meiner größten Träume. Ich habe dir ja erzählt, dass es die Spiele auch noch in meiner Zeit noch gibt.«

»Es fällt mir schwer, mir vorzustellen, wie das Leben in 2500 Jahren ist.«

»Ich wünschte, ich könnte es dir zeigen«, sagte ich und lächelte Mara an. Aber ich hatte auch Angst, dass sie es nicht verstehen würde, wenn ich ihr vom Fortschritt meiner Zeit erzählte. Wie sollte ich ihr begreiflich machen, was ein Fernseher ist oder wie wir von einem Kontinent zum anderen telefonierten?

»Warum können wir nicht zusammenleben?«, seufzte Mara.

»Ich werde alles daran setzen, dass wir es können!«, antwortete ich. Ich wusste noch nicht, wie ich Antipatros davon überzeugen konnte, aber ich würde einen Weg finden.

In den nächsten Tagen verbrachten wir noch viel Zeit damit, uns gegenseitig von unseren Erlebnissen der letzten Wochen zu erzählen. Ansonsten verlief die Überfahrt ereignislos. Als wir unser Ziel erreichten, verabschiedeten wir uns von den Athenern und warteten, bis das Schiff abgelegt hatte.

»Du kannst dir gar nicht vorstellen, wie froh ich bin, dass ich jetzt endlich wieder normal sprechen darf«, sagte ich.

»Doch, Ralf.« Mara lächelte mich glücklich an und fiel mir dann um den Hals.

Wir erreichten Ephesos genau acht Tage, nachdem ich mit Antipatros über das nächste Ziel meiner Odyssee durch die Vergangenheit gesprochen hatte. Den Zeitgewinn verdankten wir dem günstigen Wind, der uns schnell über das Mittelandmeer getragen hatte. Die Bilder, die wir sahen, ähnelten denen im Hafen von Piräus. Schiffe wurden be- und entladen und die Händler fuhren mit von Maultieren gezogenen Wagen durch die Straßen in Richtung Stadtkern. Ich war mir sicher, dass es dort auch einen Marktplatz geben musste, auf dem die unterschiedlichsten Waren angeboten wurden. Dies war bisher in allen größeren Städten so gewesen, die ich während meiner Reise durch die Vergangenheit besucht hatte.

Unser Weg führte uns aber zunächst nicht in die dicht besiedelten Gebiete der Stadt, sondern hinauf auf einen Hügel, hinter dem wir den Artemistempel vermuteten.

»Es ist schön, mit dir hier allein zu sein«, sagte ich zu Mara und ergriff ihre Hand.

»Leider nur für kurze Zeit«, entgegnete meine Gefährtin sichtlich enttäuscht. »In Ephesos wimmelt es bestimmt von Menschen.«

»Schon, aber wir kennen sie nicht. Wir müssen uns nicht um die anderen Leute hier kümmern und können unsere eigenen Wege gehen. Das habe ich in Athen vermisst.«

»Ich auch. Ich hätte mir die Stadt gern näher angesehen.«

»Ja. Wir haben nicht einmal die Akropolis angeschaut«, antwortete ich.

»Ich kenne diese Anlage«, sagte Mara.

»Woher?«, wollte ich wissen.

»Du darfst nicht vergessen, dass ich in Athen lebe. Wenn auch in einer anderen Zeit. Diese liegt aber bei

Weitem nicht so weit in der Zukunft, wie die Zeit, aus der du stammst.«

»Entschuldige bitte«, sagte ich, blieb stehen und nahm meine Begleiterin in den Arm. »Ich vergesse manchmal, dass auch du aus deiner gewohnten Umgebung herausgerissen wurdest und den Plänen des Antipatros hilflos ausgeliefert bist.«

Ohne es zu merken, hatten wir uns der Hügelkuppe deutlich genähert und würden das vierte Weltwunder in wenigen Augenblicken sehen können.

Der Anblick, der sich uns bot, als wir die höchste Stelle des Hügels erreichten, war mehr als beeindruckend. Ich hatte mich schon darüber gewundert, warum ein Tempel, von denen es ja in Griechenland mehr als genügend gab, zu den sieben Weltwundern gehören sollte, bekam jetzt aber jetzt den Grund dafür geliefert.

Auf einem Fundament mit zwei marmornen Treppenstufen trugen mächtige Säulen, deren Höhe ich auf etwa zwanzig Meter schätzte, ein hölzernes Dach. Dieses war an der Stirnseite mit Gold und farbigen Bildern verziert. Das größte von ihnen zeigte ein Abbild der Artemis – zumindest vermutete ich, dass es sich bei der Gestalt um die Göttin handelte –, die an zwei Seiten von berittenen Soldaten angegriffen wurde. Die Pferde schreckten jedoch vor Artemis zurück und warfen ihre Reiter ab, sodass diese wie Dominosteine nach hinten kippten. Auch die Säulen zeigten kostbar verzierte Malereien, auf denen Kampfszenen zu sehen waren.

Mara und ich betraten den Tempel und hatten das Gefühl, in einem riesigem Säulenwald zu stehen. An der Vorderseite zählte ich acht der mächtigen Träger, die so dick waren, dass ich sie mit beiden Armen nicht umfassen konnte. Links und rechts zogen sich jeweils zwei Reihen bis zum Ende des Tempels. Nachdem wir

die ersten drei Säulen passiert hatten, gelangten wir in eine Art Vorhof, der nach vorn offen und an den Seiten von Mauern umschlossen war, die bis an die Decke reichten. In der uns gegenüberliegenden Wand entdeckten wir eine schmale Holztür.
»Was wird sich wohl im Innern des Tempels befinden?«, fragte Mara.
»Es gibt nur eine Möglichkeit, das herauszufinden«, antwortete ich.
»Willst du hineingehen?«
»Warum nicht? Es ist kein Mensch hier, der etwas dagegen haben könnte.«
Mara schien nicht so ganz davon überzeugt zu sein, das Zentrum des Tempels zu betreten. Weil ich aber zielstrebig weiterging, blieb ihr nichts anderes übrig, als mir zu folgen. Durch die schmale Öffnung gelangten wir in die eigentliche Tempelhalle. Im Inneren waren die Mauern von langen Vorhängen aus weichen und bunten Stoffen bedeckt. Am anderen Ende des Raumes sahen wir eine zweite Tür. Sie stand offen und ließ den Blick in eine weitere Vorhalle zu, die ebenfalls von einem steinernen Wald umschlossen wurde. Durch drei Luken, die in die Decke eingelassen waren, fielen die Sonnenstrahlen und schufen so ein dämmriges Licht.
Für die aus Stein gehauenen Kämpfer und Amazonen, die an den Wänden des Tempels aufgereiht waren, hatte ich keinen Blick. Meine ganze Aufmerksamkeit galt jetzt einer etwa zwei Meter hohenn mit Gold verzierten Statue in der Mitte des Raumes. Das musste das Abbild der in Ephesos angebeteten Göttin Artemis sein.
»Sie ist wunderschön!«, sagte Mara, die neben mir stand, und genau wie ich den Blick nicht von dem Meisterwerk vor uns abwenden konnte.

Ich konnte mir ein Grinsen nicht verkneifen und erntete dafür einen bösen Blick von meiner Begleiterin.
»Warum lachst du?«, wollte sie wissen.
»Antipatros hat Artemis als jungfräuliche Göttin bezeichnet. Wenn ich mir aber den Oberkörper der Guten anschaue, finde ich diese Bezeichnung nicht sonderlich zutreffend.«
»Wie kannst du nur so etwas sagen«, wies mich Mara aufgebracht zurecht. »Wenn jemand hört, wie abfällig du dich über Artemis äußerst, wird uns das großen Ärger einbringen.«
»Ist ja schon gut«, lenkte ich ein. »Ich finde die Statue genauso wunderschön wie du. Göttin der Fruchtbarkeit würde aber besser zu ihr passen.«
Der Grund für meine Bemerkung waren die rund zwei Dutzend Brüste, die in vier Reihen übereinander aus dem Oberkörper der Artemis wuchsen. Die Beine der Figur waren hingegen nicht zu erkennen und lagen unter einem bis zu den Füßen reichendem Kleid. Darauf waren in sieben übereinanderliegenden Ringen jeweils drei Figuren aus dem Stein gehauen, die eine Mischung aus Hirsche, Stiere, Löwen, Greife, Sphingen und Sirenen zeigten. Die Statue trug einen Turban, der an beiden Seiten in eine Art Kragen mündete, der bis zu den Schultern reichte. Auch hier waren Figuren von Tieren angebracht, die man fast als kleine Drachen bezeichnen könnte. Löwen auf den Oberarmen und eine etwa handbreite Kette aus unzählbar vielen Perlen, die um ihren Hals lag, vollendeten das Kunstwerk.
»Zumindest kann man erkennen, warum sie gleichzeitig auch als Jagdgöttin verehrt wird«, sagte ich.
»Man könnte sie auch als die große Muttergottheit bezeichnen«, hörten wir eine unbekannte Stimme hinter uns.

Wir drehten uns um und sahen einen grauhaarigen alten Mann. Er war mit einer weißen Tunika bekleidet und schaute uns freundlich an. »Mein Name ist Salvatore. Ich bin einer der Tempelwächter«, stellte er sich uns vor. »Ich wollte euch nicht erschrecken.«

»Es war niemand da und die Tür stand offen«, sagte ich entschuldigend.

»In der Cella des Tempels ist jeder Fremde willkommen, sofern er denn ohne kriegerische Absichten ist«, erklärte Salvatore.

»Die haben wir ganz gewiss nicht«, sagte Mara. »Wir sind gekommen, weil wir dieses prächtige Denkmal für die Göttin Artemis besichtigen wollten.«

»Was bedeutet Cella?«, fragte ich neugierig.

»Damit ist der Raum, in dem wir uns gerade aufhalten gemeint. Er wird auch das Haus der Göttin genannt. Die Statue wurde vom Bildhauer Phidias erschaffen.«

»Etwa der Phidias, der auch das Denkmal des Zeus in Olympia gefertigt hat?«, wollte ich wissen.

»Ja«, antwortete Salvatore überrascht. Nach meiner Frage bezüglich der Cella musste er in mir einen ahnungslosen, jungen Mann sehen. Meine Kenntnis über den Tempel des Zeus passte wohl nicht zu dem Bild, das er sicherlich von uns beiden gewonnen hatte. Salvatore erzählte uns in einer weit ausholenden Rede nun, wie das Abbild der Artemis hierhergelangt war. Er schien sehr erfreut darüber zu sein, in uns so interessierte Zuhörer gefunden zu haben, was sicher nicht alltäglich war.

»Woher kommt ihr?«, fragte Salvatore plötzlich.

»Aus Athen«, antwortete ich.

»Was verschlägt euch denn nach Ephesos?«

»Wir sind mit einem Handelsschiff hier, welches in zwei Tagen wieder zurückfährt. Bis dahin wollten wir die Zeit

nutzen, den Tempel zu sehen.« Mara und ich hatten uns diese Ausrede vorher zurechtgelegt und auch beschlossen dabei zu bleiben, dass wir Geschwister waren. Hier würde es keinen interessieren, ob wir echte Griechen waren oder nicht, solang wir uns friedlich verhielten. In Ephesos kamen die unterschiedlichsten Völker zusammen. Zwar war die Handelsstadt nicht mit Babylon zu vergleichen, doch ruhig war es auch hier nur selten.
Salvatore gab sich mit der Antwort zufrieden und führte uns aus der Cella hinaus in den Vorhof.
»Insgesamt sind es einhundertsiebenundzwanzig Marmorsäulen, auf denen das Dach des Tempels ruht«, erklärte er stolz.
»Es muss eine Ewigkeit gedauert haben, dieses riesige Bauwerk fertigzustellen«, sagte Mara ehrfürchtig.
»Einhundertzwanzig Jahre.«
Ungläubig starrte ich den Tempelwächter an. Die alten Ägypter hatten ihre Pyramiden in einem Bruchteil der Zeit errichtet und diese Bauwerke waren noch gewaltiger. Wahrscheinlich war aber die Anzahl der Arbeiter hier in Ephesos deutlich geringer gewesen.
Mit der Ausrede, dass wir zurück zum Schiff mussten, verabschiedeten wir uns von Salvatore. Auf der Suche nach einer Unterkunft sahen wir die zwei Gesichter der Stadt. Die vielen goldenen Säulen und kunstvollen Gemälde, die überall zu sehen waren, standen im krassen Gegensatz zu den Bettlern und Dirnen, die sich auf den Straßen aufhielten und lautstark über die unterschiedlichsten Dinge stritten. Wir mieteten ein Zimmer für die Nacht und bekamen auch noch etwas zu essen. Der kleine Raum war bis auf ein Bett und eine hölzerne Kiste, auf der wir unsere wenigen Sachen ablegten, leer. Es roch leicht muffig und der Lehm an

den Wänden zeigte erste Spuren von Schimmel. Das Bett war mit Stroh ausgelegt, über das eine Decke gespannt war. Es war breit genug, dass Mara und ich bequem darin liegen konnten.
»Was wollen wir jetzt tun?«, fragte Mara, als wir alleine waren.
»Ich denke, dass übermorgen irgendetwas passiert«, antwortete ich. »Antipatros war es wichtig, dass wir Ephesos nach zehn Tagen erreichen.«
»Mehr hat er nicht gesagt?«
»Nein. Er meinte, es könnte gefährlich für mich werden, wenn ich wüsste, was an diesem Tag passiert.«
»Dann willst du in der Stadt bleiben?«
»Ja. Zumindest noch für die nächsten drei Nächte. Wenn bis dahin alles ruhig bleibt, wird sich Antipatros sicher wieder melden und uns einen neuen Auftrag geben.«
Beide machten wir es uns auf unserem Lager bequem und ich hörte an den gleichmäßigen Atemzügen meiner Begleiterin, dass sie sofort eingeschlafen war. Ich hätte gerne noch mit der schönen Griechin gesprochen, wollte sie aber nicht mehr wecken. Die letzten Tage waren für uns beide sehr anstrengend gewesen.

Ich wurde durch ein klapperndes Geräusch neben mir wach, öffnete die Augen und schloss sie dann sofort wieder, weil die durch das schmale Fenster fallenden Sonnenstrahlen mich blendeten. Es war sehr ruhig und ich vermutete deshalb, dass es noch sehr früh am Morgen war. Bis spät in die Nacht hatte ich von draußen Stimmen gehört und auch das Gasthaus war noch lange belebt gewesen. Ich wollte noch nicht aufstehen und blieb ruhig auf dem Bett liegen. Nur die Augen öffnete ich einen Spalt weit, um zu sehen, was das Geräusch verursacht hatte, das mich geweckt hatte.

Mein Blick fiel auf Mara. Sie stand vor der Truhe, auf die sie eine Schale mit Wasser gestellt hatte, und hielt ein feuchtes Tuch in der Hand, mit dem sie sich das Gesicht wusch.

Sicher hätte ich meine Gefährtin jetzt ansprechen und damit zeigen können, dass ich wach war. Eine innere Stimme riet mir davon ab. Mara war jetzt fertig mit ihrem Gesicht und drehte sich zu mir um. Blitzschnell schloss ich die Augen und stellte mich weiter schlafend. Wenn die schöne Griechin gemerkt hatte, dass ich mittlerweile wach war, ließ sie sich das nicht anmerken. Das Rascheln von Stoff ließ mich vermuten, dass sie den Blick wieder von mir abgewandt hatte. Ich konnte es kaum erwarten, wieder etwas zu sehen. Die Sekunden kamen mir wie Stunden vor. Als ich die Augen langsam öffnete, sah ich ihre Tunika langsam zu Boden gleiten. Nackt, wie Gott sie geschaffen hatte, stand Mara da und drehte mir den Rücken zu. Gerne wäre ich jetzt einfach zu ihr gegangen und hätte sie auf die Schulter geküsst. Die zarte Haut ihres schlanken Körpers, zog mich magisch an.

Mara wusch nun ihren Oberkörper und ging dann zu den Beinen über. Leider stand sie noch immer so ungünstig vor mir, dass ich sie nur von hinten sehen konnte.

»Willst du mir nicht den Rücken waschen?« Mara drehte ihren Kopf und schaute mich grinsend an.

Einen Moment lang fühlte ich mich ertappt, stand dann aber auf. In den letzten Tagen und Wochen hatte ich mir so oft gewünscht, Mara endlich näherzukommen.

Sie zitterte leicht, als ich damit begann, ihr zärtlich mit den Händen über die Haut zu fahren. Das Tuch ließ ich in die Schüssel gleiten und umschloss ihren Körper mit beiden Armen. Mein zärtlicher Kuss auf ihren Hals entlockte ihr einen Seufzer. Endlich drehte sie sich zu mir um. Unsere Lippen trafen sich und wir küssten uns leidenschaftlich. Dass sich meine Hände dabei zu ihren Brüsten bewegten, störte sie nicht. Sie hatten genau die richtige Größe und ich konnte sie mit jeweils einer Hand umfassen. Ich strich mit den Fingern zu ihrem Rücken. Dann ließ ich mich rückwärts auf das Bett fallen und zog Mara mit mir. Während wir weiter küssten, glitten meine Hände sanft über Maras Körper.

»Nein!«

Sofort blickte ich auf. Mara und ich schauten uns verwirrt an.

»Hilfe!«

»Woher kommt dieser Schrei?«

Noch bevor ich Mara antworten konnte, brach ein ohrenbetäubender Lärm los. Wir erhoben uns und spürten, wie das ganze Gebäude plötzlich leicht zu wackeln begann. Es gelang uns nicht, auf dem bebenden Untergrund das Gleichgewicht zu halten. Wir fielen rücklings auf das Bett, sprangen aber sofort wieder auf und versuchten, an den Wänden Halt zu finden.

»Das ist ein Erdbeben!«, schrie Mara entsetzt.

»Ja.« Ich hatte das Gefühl, als würde das Gebäude jeden Moment einstürzen. Gerade wollte ich meine Freundin zur Tür schieben, da endete das Beben genauso abrupt, wie es begonnen hatte.

»Wir müssen hier raus!«, sagte ich. »Ich bin nicht sicher, dass es wirklich vorbei ist.«

Mara streifte schnell ihre Tunika über. Wir rafften das

Nötigste zusammen und stürmten durch die Zimmertür auf den Flur. Überall im Haus waren jetzt die Schreie der erschrockenen Menschen zu hören, die so unsanft aus dem Schlaf gerissen worden waren. Keiner wusste so recht, was los war. Alle hatten nur das Ziel, das Gebäude so schnell wie möglich zu verlassen. Staub rieselte in kleinen Wolken von der Decke und trübte unsere Sicht. Dass wir in dem ganzen Durcheinander nicht die Orientierung verloren, verdankten wir den lauten Stimmen, die uns in Richtung Ausgang führten.

Vor dem Gasthaus stand eine Gruppe von mehr oder weniger unbekleideten Männern, die wild gestikulierend auf den Wirt einredeten, der versuchte, die Menschen zu beruhigen. Als dieser Mara und mich sah, löste er sich von den anderen und deutete mit dem rechten Zeigefinger auf uns.

»Das sind die Schuldigen«, schrie er und kam zornig auf uns zu.

»Wovon spricht der Mann?«, wollte Mara wissen.

»Keine Ahnung!«, antwortete ich.

»Ihr habt den Zorn der Götter auf uns gezogen!«, warf uns der Wirt vor.

»Wieso denn das?« Ich ging ebenfalls einen Schritt vor und sah den Mann herausfordernd an.

»Das Beben war nur unter meinem Gasthaus«, erklärte der Wirt. Ihm war deutlich anzumerken, dass er mit seiner zur Schau gestellten Wut nur versuchte, seine Angst zu überspielen. Wie bei allen anderen Menschen, die ich auf meiner bisherigen Reise in die Vergangenheit getroffen hatte, wurde auch das Leben der Bewohner von Ephesos vom Glauben an die Götter bestimmt. Mittlerweile wusste ich, dass dies gar nicht so falsch war. Ich brauchte dabei nur an Antipatros zu denken, der über übermenschliche Fähigkeiten zu verfügen schien, die ich mir niemals hätte träumen lassen.

»Was haben wir damit zu tun?«, fragte ich.

»Beim Zeus«, entfuhr es dem Wirt. »Ihr seid die einzigen Gäste, die erst seit einer Nacht bei mir wohnen. Wer sonst sollte diese Strafe herausgefordert haben?«

»Guter Mann«, versuchte ich den Wirt zu beschwichtigen. »Es kann nur ein Zufall sein, dass das Beben dein Haus gerade heute heimgesucht hat. Wir sind harmlose Händler, die nur für ein paar Tage in der Stadt sind, um dann wieder zurück nach Athen zu reisen.«

»Es ist schlimm genug, dass ihr auf einem Zimmer wohnt. Das alleine reicht aus, um den Zorn der Götter heraufzubeschwören.« Der Mann zeigte sich störrisch. Was er uns hier vorwarf, war einfach lächerlich. Im Schankraum hatte ich gesehen, dass hier den verschiedensten Lastern gefrönt wurde. Uns eines unsittlichen Verhaltens zu bezichtigen, war ungeheuerlich.

»Mara ist meine Schwester«, sagte ich und hoffte, den Wirt damit von unserer Unschuld zu überzeugen. Insgeheim musste ich natürlich zugeben, dass das, was Mara und ich beinahe getan hätten, nicht zu den Dingen gehörte, die Geschwister im Allgemeinen zusammen unternahmen.

»Ich verlange, dass ihr mein Haus sofort verlasst.«

»Das werden wir nicht tun«, sagte ich bestimmt. »Wir haben für drei Nächte im Voraus bezahlt und werden das Zimmer auch so lang bewohnen.«

»Das übrige Geld nehme ich als Ausgleich für die Schäden an meinem Haus.«

Das sah dem Kerl ähnlich. Bis auf ein bisschen Staub,

der zu Boden gerieselt war, gab es keine sichtbaren Zerstörungen am Gasthaus. Dafür einen Ersatz zu verlangen, war eine Frechheit. Ich verspürte große Lust, dem Dicken mal gehörig in den Hintern zu treten, wusste aber, dass ich damit nur den Zorn der anderen Gäste auf mich ziehen würde, die sich bis jetzt ruhig verhalten hatten.

»Und jetzt macht, dass ihr verschwindet, und lasst euch hier nie wieder blicken.« Der Wirt baute sich drohend vor mir auf, um seiner Forderung Nachdruck zu verleihen.

»Es gibt keinen Beweis dafür, dass wir an den Vorfällen schuld sind«, sagte ich aufgebracht. Es fiel mir von Sekunde zu Sekunde schwerer, mich zu beherrschen.

»Glaub dem Kerl kein Wort! Sicher hat er die Götter beschworen und will dich berauben«, sprach einer der Gäste seine völlig unsinnige Vermutung aus. Das zustimmende Nicken der anderen bestätigte den Wirt aber darin, uns so schnell wie möglich loswerden zu wollen.

»Wir sollten die beiden den Göttern opfern, dann haben wir wieder unsere Ruhe!«, schlug derselbe Gast vor. Wieder wurden zustimmende Worte geäußert.

Für Mara und mich wurde die Lage langsam brenzlig. Wenn der Wirt von seinen Gästen unterstützt wurde, hatten wir keine Chance, unbeschadet aus der Sache herauszukommen, wenn die Situation erst einmal eskalierte. Wir würden wohl in den sauren Apfel beißen müssen, uns eine andere Unterkunft zu suchen.

»Die Vorwürfe, die ihr uns gegenüber erhebt, sind lächerlich«, sagte ich zu der immer größer werdenden Gruppe von Menschen, die sich vor dem Gasthaus versammelte. »Trotzdem werden wir eurem Wunsch nachgeben und uns eine andere Unterkunft suchen. Wir

gehen nur noch kurz nach oben und holen unsere Sachen, dann sind wir weg.«
»Ihr betretet mein Haus nicht mehr.«
»Ich hole mir nur mein Eigentum«, sagte ich bestimmt.
»Wage es nicht, mich daran zu hindern.« Sicher. Außer ein paar Kleidungsstücken von Mara und mir befand sich nichts mehr in dem Zimmer. Der kleine Lederbeutel mit meinem Geld hing an einer Schnur um meinen Hals und mein Bündel mit dem Proviant hatte ich auch dabei. Ich sah aber nicht ein, dass ich mich hier wegen eines so lächerlichen Verdachtes berauben lassen sollte.
»Willst du mir etwa drohen?« Der Blick des Wirtes wurde noch finsterer. Durch die Meute hinter sich fühlte er sich sicher und markierte den Starken.
»Lass dir nichts gefallen!«, stachelte einer der Männer den Wirt an, der jetzt darauf achtgeben musste, sein Gesicht zu wahren.
Ich merkte nun, dass ich einen Fehler gemacht hatte, als ich den Mann so direkt angegangen war. Mara, die die ganze Zeit über hinter mir gestanden hatte, zog nun an meinem Ärmel. Auch sie hielt es wohl für besser, jetzt schnell zu verschwinden. Schnell drehten wir uns um, ließen die Meute ohne ein weiteres Wort stehen und verließen den Platz.
Mara und ich waren noch keine zehn Schritte weit gekommen, als der Wirt sich von seiner Überraschung erholte. Sicher hatte er nicht damit gerechnet, dass wir einfach weggehen würden.
»Ergreift sie!«, schrie er den Männern hinter sich zu und setzte sich ebenfalls in Bewegung.
Ich rannte los und zog meine Gefährtin dabei am Arm hinter mir her. Wütende Flüche begleiteten den Mob, der uns durch die Straßen von Ephesos hetzte.
»Sie werden uns erwischen«, sagte Mara gehetzt. Die

Verzweiflung war deutlich aus ihrer Stimme herauszuhören.

»Nein«, entgegnete ich entschlossen. »Das werden sie nicht. «

Durch mein Training in Elis war ich noch immer gut in Form und hatte daher kein Problem, das Tempo zu halten. Ich war mir sicher, dass meine Kondition besser war als die unserer Verfolger. Anders sah es dagegen bei Mara aus. Wie lang würde sie mit mir Schritt halten können? Zurücklassen würde ich sie auf keinen Fall. Wenn uns die Flucht nicht gelang, mussten wir uns zum Kampf stellen, den wir gegen diese Übermacht kaum gewinnen konnten.

»Wohin?«, schrie Mara, als die Straße vor uns auf eine andere traf.

»Nach links!«, antwortete ich und warf einen Blick über die Schulter zurück. Die Männer waren ein Stück hinter uns zurückgefallen, aber noch deutlich zu sehen.

Nur sehr langsam gelang es uns, den Vorsprung auf die Verfolger auszubauen. Dabei wechselten wir bei jeder Kreuzung, zu der wir kamen, die Richtung und achteten darauf, dass wir nicht im Kreis liefen. Schließlich erreichten wir den Teil der Stadt, in dem die reicheren Bewohner lebten. Die Häuser wurden größer und es lag kaum noch Dreck und Unrat auf den Straßen herum.

Mittlerweile waren auch Mara und ich deutlich langsamer geworden und schleppten uns keuchend weiter. Von den Verfolgern hörten wir nichts mehr, was aber nicht bedeuten musste, dass wir sie auch tatsächlich losgeworden waren. Erst nachdem wir nach einer halben Stunde den Stadtrand erreicht hatten, konnten wir sicher sein, dass wir nicht mehr gejagt wurden. Hinter einem steinigen Hügel fanden wir eine Felsnische, in der wir uns ausruhen konnten.

»Was ist heute Morgen passiert?«, fragte Mara, nachdem wir abwechselnd noch einige Stunden geschlafen hatten.
»Ich weiß es nicht«, antwortete ich. »Es ist schon seltsam, dass sich das Erdbeben nur auf das Gasthaus beschränkt hat.
»Glaubst du, dass die Götter uns ein Zeichen gegeben haben?«
»Nein. Eine Erklärung habe ich aber auch nicht.« Mit dieser Frage beschäftigte ich mich nun bereits den ganzen Vormittag. Auch wenn ich in meinem bisherigen Leben nie an Götter geglaubt hatte, war ich mittlerweile so weit, dass ich ein Eingreifen von höheren Mächten nicht mehr ausschloss. Nur, was war der Grund? Was war wirklich in dem Gasthaus passiert? Ich war mir keiner Schuld bewusst. Aber wer hatte dann den Zorn der Götter auf sich gezogen, wenn Mara und ich es nicht waren?
»Ich denke nicht, dass wir auf diese Frage eine Antwort finden werden«, sagte ich schließlich.
»Aber was wollen wir jetzt tun? In die Stadt zurück können wir nicht.«
»Warum nicht? Der Wirt wird froh sein, dass er uns los ist. Sicher wird er die Verfolgung längst aufgegeben haben. Der hat doch selbst Dreck am Stecken und wird sich sicher nicht an die Wachen wenden, damit sie zwei Unbekannte jagen, die angeblich den Zorn der Götter auf sich gezogen haben. Niemand wird ihm glauben. An seinem Haus kannst du kaum Schäden erkennen. Wenn wir andere Sachen anziehen, wird uns keiner

erkennen. Wir dürfen nur nicht zurück ins Stadtzentrum, wo er sicherlich seine Aufpasser hat.«
»Bist du sicher?«
»Ja, klar.«
Mara gab sich mit meiner Antwort zunächst zufrieden. Wir beschlossen, uns am Hafen, der nicht weit von unserem Versteck entfernt lag, neue Kleidung zu besorgen und dann erneut zum Tempel der Artemis zu gehen, weshalb wir schließlich in Ephesos waren. Vielleicht konnten wir dort auch erfahren, was es mit dem Erdbeben auf sich hatte. Sicher würden die Menschen in der Stadt darüber sprechen.

Im Hafen herrschte reges Treiben und wir konnten in der Menge untertauchen. Von einem Händler erwarben wir zwei schwarze Umhänge mit Kapuzen, die wir bis über die Stirn ziehen konnten. In dieser Verkleidung fühlten wir uns sicher genug, um in die Stadt zurückzukehren.
Auf dem Weg zum Tempel durchquerten wir den gesamten Hafen und kamen an vielen Ständen vorbei, von denen die unterschiedlichsten Düfte zu uns herüberwehten. »Ich habe Hunger«, sagte Mara. Gegessen hatten wir an diesem Tag beide noch nichts und entschieden uns für ein Stück gebratenes Hammelfleisch und einen Laib Brot. Wir brauchten uns um unsere Barschaft keine Sorgen zu machen. Das Geld, welches ich in Athen bekommen hatte, würde uns noch für Monate reichen. Aus Sicherheitsgründen hatte ich die Münzen getrennt. Der Großteil fand seinen Platz in einem Beutel, den ich mir um den Bauch gebunden

hatte. Das kleinere Säckchen hing an einer Lederschnur um meinen Hals.

Nachdem wir unser Mahl beendet hatten, fühlten wir uns wesentlich besser. Was uns jetzt noch zu schaffen machte, war die unerträgliche Hitze. Die Sonne brannte auf die Stadt herab und verwandelte sie in einen Glutofen, der keinerlei Abkühlung bot.

»Willst du direkt zum Tempel?«

»Ja. Wir sollten uns einen schattigen Platz suchen, von dem aus wir ihn im Auge behalten können«, antwortete ich. »Ich bin mir sicher, dass noch irgendetwas passieren wird. Wir haben ohnehin nichts anderes zu tun und in die Stadt möchte ich nicht unbedingt zurück.«

»Und wo verbringen wir die Nacht?«

»Das weiß ich auch noch nicht. Ich denke aber, dass wir noch eine Unterkunft finden werden. Zur Not suchen wir uns etwas am Hafen.«

Mara sah mich skeptisch an. »Ich glaube nicht, dass wir dort eine ruhige Nacht verbringen werden.«

»Das konnten wir in der Stadt auch nicht«, entgegnete ich.

Auch wenn die Menschen, die im Hafen lebten, sicher nicht ungefährlich waren, wollte ich auf keinen Fall zurück ins Zentrum von Ephesos. Es konnte übel für uns ausgehen, wenn wir von dem Wirt oder einem seiner Gäste erkannt wurden.

Bald verließen wir die Hauptstraße, die direkt in die Stadt hineinführte, und setzten unseren Weg zur Sicherheit auf einen schmalen Seitenpfad fort. Über einen felsigen Hügel gelangten wir zum Tempel der Artemis, der in der Nachmittagshitze menschenleer vor uns lag.

Eine schattenhafte Bewegung an der linken Seite des mächtigen Bauwerks irritierte mich. Ich blieb stehen und hielt Mara am Arm fest.

»Was ist los?«, fragte mich meine Begleiterin überrascht.

»Da ist jemand.«

»Es ist doch nicht ungewöhnlich, dass der Tempel um diese Tageszeit besucht wird. Vielleicht ist es sogar Salvatore.«

»Nein«, entgegnete ich bestimmt. »Die Person verhält sich auffällig. Da stimmt etwas nicht.«

»Ich sehe niemanden.«

»Da war eine dunkle Gestalt. Jetzt sehe ich sie auch nicht mehr, bin mir aber sicher, dass ich mich nicht getäuscht habe.«

Wir gingen näher auf den Tempel zu und versteckten uns hinter einer der riesenhaften Marmorsäulen.

»Warum tust du das?«

Ich legte meinen Zeigefinger auf die Lippen und gab Mara so ein Zeichen, ruhig zu sein. Auch wenn sie offensichtlich wenig Verständnis für mein Verhalten zeigte, tat sie mir den Gefallen und verhielt sich still. Ich ignorierte ihren spöttischen Blick und bewegte mich langsam von Säule zu Säule. Dabei nutzte ich die riesigen Steinbäume als Deckung. Meine Begleiterin war einfach hinter der Säule stehen geblieben und machte keine Anstalten, mir zu folgen. Mit der rechten Hand gab ich ihr ein Zeichen, dass sie zu mir kommen sollte, was sie nach einem kurzen Zögern auch tat. Sie schüttelte resignierend den Kopf, da ich sofort weiterschlich, als sie mich erreichte.

Auf diese Weise durchquerten wir zwei Drittel des Tempels. Wir waren gerade an den Wänden des Vorhofes der Cella vorbeigekommen, als wir vor uns ein Geräusch hörten. Ich warf Mara einen triumphierenden Blick zu. Die rollte nur mit den Augen und tippte mit ihrem Zeigefinger an die Stirn.

Plötzlich sahen wir vor uns eine dunkel bekleidete Gestalt, die in gebückter Haltung zwischen den Marmorsäulen umherschlich. Als die Person den Kopf in unsere Richtung drehte, gelang es mir im letzten Moment, mich hinter einem Stein zu verstecken. Dabei hatte ich einen kurzen Blick auf sein Gesicht werfen können. Wir warteten einen Moment ab und schauten dann wieder hinter der Säule hervor. Der Fremde hatte mittlerweile den Tempel verlassen und ging im Schatten einer Hauswand in Richtung Stadt.

»Was war daran jetzt so besonders?«, wollte Mara wissen.

»Fandest du sein Verhalten etwa normal?«, entgegnete ich. »Niemand schleicht hier am helllichten Tag so herum.«

»Vielleicht hat er Rückenschmerzen«, meinte Mara spöttisch, um mich doch noch davon zu überzeugen, wie harmlos der Fremde war. »Schließlich sind wir auch gerade durch den Tempel geschlichen.«

»Das ist Unsinn. Hast du sein Gesicht gesehen?«

»Nein.«

»Ich aber. Und ich habe den Mann erkannt. Er gehörte zu den Leuten, die uns heute Morgen verfolgt haben.«

»Bist du sicher?«

»Absolut.«

»Das ist wirklich seltsam. Was hat der hier zu suchen?« Mara war jetzt doch überrascht und schien genau wie ich nicht mehr daran zu glauben, dass der Mann sich nur den Tempel hatte ansehen wollen.

»Ich wüsste auch zu gern, was er vorhat. Harmlos ist der Kerl aber auf keinen Fall.«

»Der Tempel muss euch doch sehr stark beeindruckt haben«, hörten wir eine Stimme hinter uns und drehten uns blitzschnell um. Vor uns stand Salvatore und lächelte uns freundlich an.

»Das hat er in der Tat«, antwortete ich. Der Schreck war mir tief in die Glieder gefahren und ich beruhigte mich nur langsam. Salvatore hatte sich so leise im Tempel bewegt, dass nicht der geringste Laut zu hören gewesen war.

»Verzeiht mir, wenn ich euch erschreckt habe«, sagte der Tempelwärter.

»Wir haben einen Mann beobachtet, der zwischen den Säulen umherschlich«, erklärte Mara. Offensichtlich hatte sie beschlossen, Salvatore zu vertrauen und ihn über den merkwürdigen Fremden aufzuklären.

»Es kommt oft vor, dass sich die Menschen seltsam in den heiligen Hallen der Artemis bewegen. Da braucht ihr euch keine Sorgen zu machen. Es gibt hier nichts, was ein einzelner Mann stehlen könnte.«

Ich war davon zwar noch immer nicht überzeugt, entschloss mich aber, nicht mehr über den Vorfall zu sprechen. Salvatore erzählte uns, dass am nächsten Tag eine heilige Messe zu Ehren der Göttin Artemis abgehalten werden sollte, und lud uns ein, diesem Ereignis beizuwohnen.

»Sehr gerne«, antwortete ich sofort begeistert. »Wir müssen uns nur noch vorher im Hafen nach einer Unterkunft für die Nacht umsehen.« Morgen war der Tag, an dem ich mit Mara unbedingt beim Tempel sein sollte. Ich wusste nicht, warum, war mir aber plötzlich sicher, dass die Messe bei dem Ereignis, dessentwegen Antipatros mir die 10-Tage-Frist gesetzt hatte, eine entscheidende Rolle spielen würde.

»Ihr könnt bei mir übernachten«, schlug Salvatore plötzlich vor.

»Wirklich?« fragten Mara und ich wie aus einem Mund.

»Ja. Ich lebe schon lang allein und würde mich freuen, wenn ihr beide heute Nacht meine Gäste sein würdet.«
Wir wussten im ersten Moment nicht so recht, was wir sagen sollten, nahmen dann aber das großzügige Angebot des Mannes an. Die nächsten Stunden verbrachten wir in der Cella des Tempels, in der es angenehm kühl war. Salvatore ließ es sich nicht nehmen, uns weiter von der Göttin und dem mächtigen Bau vorzuschwärmen.
Wie sich herausstellte, wohnte unser Gastgeber nicht weit vom Tempel entfernt. Wir konnten die Spitze des Gebäudes noch sehen, wenn wir aus den Fenstern des Zimmers schauten, das er uns zugewiesen hatte.

Am nächsten Morgen weckte uns Salvatore sehr früh. Ihm war die Aufregung wegen der bevorstehenden Messe deutlich anzumerken. Unruhig lief er in seiner kleinen Küche umher und erzählte uns immer wieder, wie wundervoll die Priester das Fest zu Ehren der Göttin Artemis gestalteten. Das Frühstück bestand aus einem undefinierbaren Brei, der in mir unangenehme Erinnerungen an das Essen in Elis wachrief.
Auf dem Weg zum Tempel hatten wir Mühe, mit Salvatore Schritt zu halten. Aus der Stadt strömten zahlreiche Menschen herbei und versammelten sich vor den Marmorsäulen.
»Wir warten jetzt auf den Priester, der uns in die Cella rufen wird«, erklärte Salvatore.
Auch ich wurde von einer inneren Unruhe erfasst, die ich mir nicht erklären konnte. Auch wenn ich neugierig auf die Messe war, konnte sie nicht der Grund für meine

Nervosität sein. Das Gefühl, dass irgendetwas Schreckliches passieren konnte, wurde immer bedrückender. Mara dagegen war die Ruhe selbst. Sie sah sich das Treiben um uns herum an, schien aber nicht sonderlich beeindruckt davon zu sein.

Plötzlich spürte ich, wie mir ein beißender Geruch in die Nase stieg. Ich sah mich irritiert um, konnte die Ursache dafür aber nicht erkennen. »Riechst du das auch?«, fragte ich meine Begleiterin.

»Das ist Rauch«, sagte Mara und sah mich entsetzt an. Jetzt konnte ich auch die dünnen Schwaden sehen, die aus dem Inneren des Tempels herauszogen. Auch die anderen Besucher wurden auf den Qualm aufmerksam.

»Es brennt!«, schrie einer der Männer und versetzte die Menge damit in Aufruhr. Um uns herum gerieten die Leute in Panik. Jeder wollte ein paar Schritte vom Tempel wegkommen. Einige schafften es dabei nicht, auf den Beinen zu bleiben und wurden von den Massen zu Boden gedrückt. Der Qualm wurde jetzt dichter und schwärzer. Ein Schrei, dem ein schauriges Lachen folgte, zog unsere Aufmerksamkeit auf uns.

Aus der Vorhalle des Tempels kam eine halbnackte Person, die nur ein Tuch um die Lenden gebunden hatte. In der Hand hielt der Mann eine brennende Fackel, die er über seinem Kopf schwang.

»Das ist der Mann von gestern«, sagte ich zu Mara, die mir stumm vor Entsetzen zunickte.

»Hört mich an, Volk von Ephesos!«, schrie der offenbar Geistesgestörte in die Menge. »Mein Name ist Herostratos! Erzählt allen Menschen, die ihr trefft, wer das große Denkmal der Göttin Artemis dem Untergang geweiht hat! Jeder Mann soll in Zukunft voller Angst vom mächtigen Herostratos sprechen! Merkt euch meinen Namen!« Er schickte seinen Worten ein irres

Lachen hinterher und lief dann wieder mit seiner Fackel in das Innere des Tempels.

»Der Kerl ist völlig verrückt!«, fluchte ich und zog Mara aus den Qualmwolken heraus, die immer dichter wurden.

»Wo ist Salvatore?«, fragte sie hustend.

»Er muss in den Tempel gerannt sein«, antwortete ich.

»Dann müssen wir ihn dort herausholen.«

Mara ließ mir keine Zeit mehr, ihr zu widersprechen, und lief die beiden Stufen hinauf in den Säulenwald. Die Panik in der Menge wuchs weiter an. Jeder versuchte jetzt, von dem Brand weg zu kommen. Dabei nahmen die Menschen keinerlei Rücksicht. Immer wieder waren schmerzhafte Schreie der Schwächeren zu hören, die von den Massen gnadenlos zu Boden getreten wurden. Ich sah, wie die Flammen aus dem Dach des Tempels schlugen. Über mir knackte es bedrohlich. Das Gebäude konnte jeden Moment einstürzen.

»Mara, bleib stehen!«, rief ich meiner Begleiterin hinterher und folgte ihr in die Vorhalle. Der beißende Gestank wurde unerträglich und machte das Atmen fast unmöglich.

»Da vorn liegt er!«, schrie Mara und lief auf den Eingang zur Cella zu.

Salvatore lag regungslos auf dem Boden. Hinter dem Durchgang hörten wir, wie Herostratos immer wieder seinen eigenen Namen schrie.

»Wir müssen hier raus!«, keuchte ich und packte Salvatore unter den Schultern. Mara half mir, den Bewusstlosen aus der Vorhalle zu ziehen. Erste kleine Marmorbrocken fielen von der Decke und schlugen neben uns ein.

»Was machen wir mit Herostrato?s«, wollte Mara wissen. »Er wird sterben, wenn wir ihn nicht mitnehmen.«

»Er wird nicht mit uns gehen wollen und wir haben keine Zeit mehr zu diskutieren. Der Tempel wird jeden Moment einstürzen. Wenn der Kerl überlebt, hat er ohnehin mit der Todesstrafe zu rechnen. Wir müssen machen, dass wir hier herauskommen.«

Mit einem ohrenbetäubenden Donnern stürzte hinter uns das Dach der Cella zu Boden. Direkt neben uns krachte eine Marmorsäule herunter. Die Staubwolke nahm uns den letzten Rest der Sicht, die wir in dem dicken Qualm noch hatten. Ich hörte Mara neben mir husten und merkte, dass ich selbst kaum noch Luft bekam.

»Vorsicht!«, schrie ich meiner Gefährtin zu und zog sie zur Seite. Ein brennender Dachbalken schlug direkt neben ihr auf. Nach dem Holz kam eine ganze Ladung kleinerer Steinbrocken, die auf unsere Körper herunterprasselte. Dabei hatten wir großes Glück, nicht am Kopf getroffen zu werden. Ich spürte einen Schlag an der Schulter, als hätte mir jemand mit dem Hammer daraufgehauen, und stieß einen Schrei aus. Für einen Moment vergaß ich meine Umgebung und ging wie betäubt zu Boden.

»Wir müssen weiter!«, schrie mich Mara an.

Die heiße Luft war jetzt nicht mehr zu atmen. Wenn wir es nicht in den nächsten Sekunden schafften, den Tempel zu verlassen, mussten wir Salvatore zurücklassen.

Gerade als ich dachte, es sei zu spät, spürte ich endlich die Stufe des Sockels, der den ganzen Bau umgab, unter meinen Füßen. Ich wollte Mara zurufen, dass wir es fast geschafft hatten, aber mir fehlte die Luft. Hinter uns fielen weitere Marmorsäulen um und wurden auf dem Boden zerschmettert. Der Krach machte es unmöglich, etwas anderes zu hören. Ich versuchte, die Schmerzen in meiner Schulter zu ignorieren, und zerrte weiter am Körper des Tempelwärters. Wir mussten es schaffen, ihn noch ein paar Meter vom Brand wegzuziehen. Von den vielen Menschen, die zur heiligen Messe gekommen waren, war niemand mehr da, der Mara oder mir helfen konnte. Vereinzelte Schreie wurden vom Prasseln des Feuers übertönt.

Als wir endlich aus dem Tempel heraus waren, zogen Mara und ich die auch hier noch verqualmte Luft gierig in unsere Lungen. Auch hier war sie noch voller Ruß. Beide mussten wir husten und hatten keinen Blick für unsere Umgebung. Jetzt kamen uns endlich doch noch ein paar Männer zu Hilfe, die uns den Tempelwärter abnahmen. Mara und ich schleppten uns noch etwa fünfzig Meter weiter und ließen uns dann völlig erschöpft auf den Boden sinken. Das Brennen in meiner Schulter wurde unerträglich und ich war nicht mehr in der Lage, den linken Arm anzuheben.

»Bist du verletzt?«, wollte ich von meiner Begleiterin wissen. Mara schüttelte nur den Kopf und sah mich mit Tränen in den Augen an. Die Anspannung der letzten Minuten wich jetzt einem Zittern, das durch ihren Körper lief.

»Aber dich hat es schlimm erwischt«, sagte sie nach einem Augenblick und sah mich besorgt an.

»Das ist nur eine Prellung«, entgegnete ich, um sie zu beruhigen, und betete innerlich, dass ich mit dieser Vermutung recht behielt.

»Was meinst du?«

»Es ist nicht so schlimm«, fügte ich erklärend hinzu. Auch wenn Mara durch mich schon viele neue Worte gelernt hatte, verstand sie noch immer längst nicht alles, was ich sagte.

Vor uns krachte jetzt das Dach des Tempels zu Boden und riss weitere Marmorsäulen mit sich. Herostratos hatte wirklich ganze Arbeit geleistet. Vom mächtigen Tempel der Artemis würde nur noch ein Berg aus Schutt und Asche übrig bleiben.

Etwa eine Stunde später saßen wir immer noch auf dem Boden und starrten auf das, was vom vierten Weltwunder übrig geblieben war. Nach und nach hatte sich der Platz wieder gefüllt. Man hatte uns mit Wasser versorgt und so konnten wir uns wenigsten den Staub aus den trockenen Kehlen spülen. Den Brandgeruch würde ich aber sicher noch ein paar Tage in der Nase haben. Unsere Tuniken waren voller Ruß und wiesen einige Löcher auf. Den Schmutz, der mir überall am Körper klebte, war regelrecht zu spüren und ich sehnte mich nach einer erfrischenden Dusche. Leider wusste ich nur zu gut, dass daraus hier in Ephesos nichts werden würde.

Nachdem sich die Staubschicht gelegt hatte, konnten wir einen Blick auf die Trümmer des Tempels werfen. Einige Holzbalken glühten noch leicht.

Von Herostratos sahen wir nichts mehr und vermuteten, dass er beim Brand ums Leben gekommen war.

»Was machen wir jetzt?«, fragte Mara. Ihrer Stimme war deutlich anzuhören, wie sehr sie der Anschlag geschockt hatte und auch mir drückte ein dicker Kloß von innen den Hals zu.

»Wir sollten so schnell wie möglich von hier verschwinden«, antwortete ich. »Es kommen immer mehr Schaulustige und auch unser spezieller Freund wird sicher früher oder später erscheinen. Ich habe keine Lust, den Wachen erklären zu müssen, dass wir nichts mit dem Feuer zu tun haben.«

»Da hast du wahrscheinlich recht. Aber wo sollen wir hin?«

»Wir verschwinden erst mal aus Ephesos und suchen uns einen Platz, wo wir uns waschen können und frische Kleidung bekommen. Früher oder später wird sich auch Antipatros wieder melden. Sicher war der Brand der Grund, warum wir unbedingt heute hier beim Tempel sein sollten.«

»Das glaube ich auch.«

»Es passt zu dem Alten. Es reicht nicht, dass ich den Tempel nur sehe, sondern es muss auch irgendetwas passieren, das uns in Lebensgefahr bringt.«

»Was ist mit Salvatore?«

»Was soll mit ihm sein? Er wird gut versorgt. Sicher wird er sich schnell wieder erholen.«

»Ich hoffe es«, sagte Mara und schaute mich skeptisch an.

Ich stand auf und reichte meiner Begleiterin die Hand, um ihr aufzuhelfen. »Gehen wir?«

»Jetzt?«

»Ja. Was sollen wir noch hier? Der Tempel ist zerstört. Verschwinden wir, bevor sich jemand mit uns beschäftigen will.«

Wir warfen noch einen letzten Blick auf die Trümmer und gingen los. Als wir schon die Hügelkuppe erreicht hatten, die die Stadt vom Hafen trennte, hörten wir hinter uns plötzlich lautes Geschrei. Ich drehte mich um und sah etwas von uns entfernt einige Männer, die auf eine Gruppe von Wachen einredete und wild gestikulierend in unsere Richtung deuteten. »Jetzt aber nichts wie weg!«, sagte ich und zog Mara an der Hand weiter.

So schnell wir konnten, rannten wir zum Hafen und versteckten uns in der Menge. Während wir den großen Marktplatz überquerten, warf man uns misstrauische Blicke zu, ließ uns aber in Ruhe. Mit unseren verbrannten Tuniken und rußverschmierten Gesichtern gaben wir sicherlich kein sehr vertrauenerweckendes Bild ab.

Wir erstanden neue Kleidung, die wir gemeinsam mit Vorräten für drei Tage zu einem Bündel schnürten. Umziehen wollten wir uns erst, wenn wir eine Gelegenheit gefunden hatten, uns vom Dreck zu befreien. Wir verließen den Hafen so schnell es ging und marschierten zügig abseits der bevölkerten Wege an der Küste entlang. Wir hatten uns die hügeligere Seite südlich von Ephesos ausgesucht, weil das Gelände weniger übersichtlich war. Auf der anderen Seite des Hafens hätte man uns kilometerweit sehen können. Ein festes Ziel hatten wir nicht und somit war eine Richtung so gut wie die andere.

Von den Wachen sahen und hörten wir nichts. Sicher würde es einen Moment dauern, bis sie den Hafen nach uns abgesucht hatten. Bis dahin mussten wir einen guten Vorsprung erreicht haben. Wenn sie nicht wussten, in welche Richtung wir verschwunden waren, würden sie die Verfolgung sicher bald aufgeben. Mit Herostratos war der eigentliche Attentäter ja bereits tot und es gab keine Hinweise darauf, dass er noch Komplizen hatte. Zum dritten Mal seit meiner Ankunft bei den Pyramiden befand ich mich jetzt mit meiner Gefährtin auf der Flucht.

»Glaubst du, dass ihm das Erdbeben gegolten hat?«, fragte mich Mara, nachdem wir endlich außer Sichtweite von Ephesos waren und unser Tempo verringern konnten.
»Was meinst du?«
»Das Beben vorgestern in dem Gasthaus. Meinst du, dass die Götter uns damit vor Herostratos warnen wollten?«
»Ich glaube ehrlich gesagt nicht, dass die Götter etwas damit zu tun hatten«, antwortete ich.
»Was soll das Erdbeben sonst verursacht haben. Ich bin sicher, dass Herostratos die Schuld daran trägt. Oder hast du vielleicht eine bessere Erklärung?«
»Die habe ich nicht«, sagte ich. Eine Diskussion über die Macht der Götter würde uns im Moment nicht weiterbringen. Da war es besser, einfach anzunehmen, dass Herostratos den Zorn der Götter auf sich gezogen hatte, die uns vor ihm warnen wollten. Im Grunde war es mir zu diesem Zeitpunkt egal, wie es zu dem Beben gekommen war. Schließlich hatte es keine großen Auswirkungen und die Zerstörung des Tempels wog weitaus schwerer.
»Mich würde vielmehr interessieren, was diesen Wahnsinnigen zu der Tat bewogen hat«, sagte ich, nachdem wir einige Minuten schweigend nebeneinander hergegangen waren. Ich wollte die Unterhaltung mit Mara unbedingt aufrechterhalten. Es brachte uns beiden nichts, wenn wir jeder für sich unseren trüben Gedanken nachhingen.
»Es schien ihm wichtig gewesen zu sein, dass jeder seinen Namen erfährt«, sagte Mara. »Vielleicht will er einfach nur, dass er durch die Zerstörung des Tempels in den Gedanken der Menschen unsterblich wird. So

ungewöhnlich sich das auch anhören mag.«
»Möglich. Wenigstens sind dabei außer ihm selbst keine Menschen ums Leben gekommen.«
»Außer vielleicht Salvatore.«
»Ich denke, dass er noch lebt. Schwer verletzt war er nicht. Ihm hat einfach nur der Qualm zu schaffen gemacht.«
Mittlerweile waren wir ein gutes Stück vorangekommen und erreichten einen Wald. Wir beschlossen, ihn zu umgehen und dann wieder einen Weg zum Meer zu suchen. Ohne Waffen hatte ich keine Lust darauf, den sicherlich kürzeren, aber auch gefährlicheren Weg durch das dichte Gestrüpp zu nehmen. Spätestens hier wären wir zwar eventuelle Verfolger sicher losgeworden, genauso gut konnten wir aber auch vom Regen in die Traufe geraten.
Das Gute an den Bäumen war der Schatten, den sie uns in der sengenden Mittagssonne spendeten. Ich hatte das Gefühl, als würde es gleich ein paar Grad kühler, als wir aus den brennenden Strahlen herauskamen. Wir machten eine kurze Rast und aßen etwas Brot. Danach gingen wir weiter am Waldrand entlang.

Nach etwa drei Stunden sahen wir vor uns wieder die dunkelblauen Wellen des Meeres. Mara und ich brannten darauf, endlich den Schmutz von unserer Haut zu bekommen. Die sandige Küste lud regelrecht zu einem Bad in den kühlen Fluten ein. Wir suchten uns einen schattigen Platz zwischen zwei Felsen und legten unsere Bündel ab. Ich konnte mir ein Grinsen nicht verkneifen, als Mara ihre Tunika auszog und den Stoff verärgert zur Seite warf. Trotz des Schmutzes übte ihr nackter Körper eine magische Anziehungskraft auf mich aus. Als sie mein Grinsen bemerkte, drehte sie sich blitzschnell um und lief lachend in Richtung Wasser. Ich beeilte mich jetzt ebenfalls, meine Kleidung loszuwerden und folgte der Schönheit, die bereits in die erfrischenden Fluten gesprungen war.

Im ersten Moment schockte mich die niedrige Temperatur. Dann war ich aber froh, mich endlich erfrischen zu können und den Dreck von meinem Körper zu bekommen. Mara war schon ein paar Meter aufs offene Meer hinausgeschwommen und ließ sich in den Wellen treiben. Ich tauchte mit dem Kopf unter und schüttelte danach die Wassertropfen aus den Haaren. Mit kräftigen Zügen eilte ich dann meiner Begleiterin hinterher. Nichts sollte mich jetzt noch davon abhalten, mit ihr gemeinsam die Ruhe zu genießen, die wir uns mehr als verdient hatten.

»Das hat aber lang gedauert«, prustete Mara mir zu und lächelte mich an. Sie saß auf einer Sandbank und ließ die heranrollenden Wellen gegen ihren Rücken schlagen. Der Ruß hatte sich mit dem Wasser vermischt und lief ihr in schwarzen Streifen über das Gesicht.

»Jetzt wird es Zeit, dass wir dich sauber bekommen«, sagte ich lachend.

»Meinst du etwa, dass du besser aussiehst?« Nun mussten wir beide lachen. Es tat uns gut, dass die Anspannung der letzten Stunden von uns abgefallen war. Zunächst wuschen wir uns beide die Gesichter und tauchten mehrmals unter, um auch die Haare von dem ekligen Gestank zu befreien. Danach waren die Arme, der Oberkörper und die Beine dran. Ich konnte es nicht lassen, immer wieder einen Blick auf die festen Brüste meiner Begleiterin zu werfen, die verlockend auf den Wellen schaukelten.

Ich stand auf und setzte mich hinter Mara wieder auf den sandigen Boden.

»Was hast du vor?«, fragte Mara lachend.

»Jetzt ist dein Rücken dran«, erwiderte ich grinsend. Zärtlich legte ich meine Hände auf ihre Schultern und wusch den restlichen Ruß von ihrem Körper ab. Mara legte sich zurück und mir blieb gar nichts anderes übrig, als die Hände vorzuschieben und ihren Bauch zu umarmen. Mit der nächsten Welle rutschten auch meine Finger höher und berührten den Ansatz ihrer Brüste. Mara drehte den Kopf zur Seite und lächelte mich an. Das Funkeln in ihren Augen verriet mir, was sie sich wünschte. Während ich über den makellosen Körper meiner Begleiterin strich, kamen sich unsere Lippen näher und fanden zu einem leidenschaftlichen Kuss zusammen. Von den Wellen, die uns nach wie vor umspülten, merkten wir jetzt beide nichts mehr. Viel zu lange hatten wir auf diesen Moment gewartet.

Plötzlich unterbrach ein gewaltiges Donnern unser Liebesspiel und wir fuhren erschreckt auf. Der Himmel hatte sich von einer Sekunde zur anderen tiefschwarz gefärbt. Auch die ersten Regentropfen fielen jetzt auf uns herunter und wir sahen fast die Hand vor Augen nicht.

»Wir müssen sofort zurück zum Strand!«, schrie Mara gegen das Tosen der Wellen an. Diese wuchsen jetzt auf das Dreifache an.

Ich verbiss mir einen Fluch und ergriff sie bei der Hand, damit wir uns nicht verlieren konnten. Es war unfassbar, was wir für ein Pech hatten. Unsere Liebe stand bisher unter keinem besonders guten Stern. Konnte das alles noch Zufall sein oder hatten vielleicht doch die Götter ihre Hände im Spiel?

Das rettende Ufer konnten wir mehr erahnen als sehen. Der Regen ließ kein bisschen nach. Es blieb mir nichts anderes übrig, als Mara loszulassen, weil wir zurück zum Strand schwimmen mussten. Dabei kämpften wir verzweifelt gegen die heranrollenden Wellen an. Ich hatte längst die Orientierung verloren und nicht das Gefühl, als kämen wir näher ans Ufer heran.

»Ich kann nicht mehr!«, hörte ich Maras panische Stimme neben mir.

»Du musst durchhalten!«, schrie ich zurück, war mir aber nicht sicher, ob sie mich überhaupt hörte.

Gerade in dem Moment, als ich Mara völlig aus den Augen verloren hatte und mir sicher war, sie nie mehr wiederzusehen, geschah das Unfassbare. Das Unwetter endete genauso überraschend, wie es begonnen hatte. Mit einem Schlag war die See ruhig und wir konnten in dem schon flacheren Wasser stehen. Bis zum Strand waren es maximal noch dreißig Meter. Wir sahen zu, wie die tiefe Schwärze einem strahlend blauen Himmel wich. Völlig verdutzt sahen wir uns an. Derartige schnelle Wetterumschwünge hatte ich noch nie erlebt. Auch wenn die Gefahr jetzt vorbei war, wollten Mara und ich nur noch aus dem Wasser. Wir atmeten erleichtert auf, als wir endlich wieder trockenen Sand unter unseren Füßen spürten. Erschöpft und frustriert banden wir uns jeweils ein Tuch um und setzten uns schweigend auf einen von der Sonne erwärmten Stein. Die erotische Stimmung zwischen uns war gänzlich verflogen.

»So etwas habe ich noch nie erlebt«, sagte ich nach einer Weile.

»Ich auch nicht.«

»Es ist nicht normal, dass ein Unwetter so schnell

aufzieht und wenige Minuten später sieht alles aus, als wäre nichts gewesen.«

»Fast könnte man meinen, eine höhere Macht hatte die Hände im Spiel«, sagte Mara nachdenklich.

»Fang jetzt bitte nicht wieder damit an, dass wir uns den Zorn der Götter zugezogen haben«, erwiderte ich leicht ungehalten.

»Und was, wenn doch?«

»Das ist Unsinn, Mara. Zugegeben, es war ein sehr merkwürdiger Zufall, dass der Regen gerade zu der Zeit kam, als wir im Meer waren. Mehr aber sicher nicht.« Ganz überzeugt war ich selbst nicht von meinen Worten. Langsam wuchs in mir ein Verdacht, wer wirklich hinter den Vorfällen steckte. Ich konnte mir nur nicht erklären, was der Grund dafür war. Ich stand auf und zog mir die neue Tunika über. Meine Sandalen waren auch nicht mehr im besten Zustand, mussten aber noch eine Weile durchhalten.

»Wir sollten uns auf den Weg machen und einen Schlafplatz für die Nacht suchen«, sagte ich.

Mara verzichtete auf eine Antwort, zog sich aber ebenfalls an. Die verschmutzte Kleidung vergruben wir im Sand, damit nicht doch noch jemand auf unsere Fährte aufmerksam wurde. Dann gingen wir weiter an der Küste entlang und hofften, so auf ein Fischerdorf zu stoßen. Die meiste Zeit des Weges schwiegen wir.

Es war bereits dunkel, als wir vor uns ein flackerndes Licht sahen. Ein alter Mann saß vor seinem Feuer und briet einen Fisch. Er schien tief in seinen Gedanken versunken zu sein und sprang erschreckt auf, als er uns bemerkte.

»Keine Angst, guter Mann!«, sagte ich schnell. »Wir sind nur zwei harmlose Reisende, die einen Platz für die Nacht suchen. Meine Name ist Ralfos und das ist meine

Schwester Mara.«

»Ich bin Grigorios«, antwortete der Fremde, nachdem er uns eine Weile streng gemustert hatte. »Wenn ihr versprecht, keinen Ärger zu machen, dürft ihr in meiner Lagerhütte schlafen. Zu essen kann ich euch nichts mehr anbieten. Die Fischerei läuft schlecht im Augenblick.«

»Ein trockener Platz für die Nacht reicht aus«, antwortete ich erleichtert, wenigstens einen Platz für die Nacht gefunden zu haben.

»Wir werden bei Sonnenaufgang wieder aufbrechen und du wirst gar nicht merken, dass wir da waren«, fügte Mara hinzu.

Wir hatten beide keine große Lust auf eine längere Unterhaltung und auch der Fischer schien lieber seine Ruhe zu haben. Er fragte nicht einmal, woher wir kamen oder wohin wir wollten.

In der kleinen Hütte stank es furchtbar. Überall hingen Netze herum, die so große Löcher aufwiesen, dass es auch ein größerer Fisch mühelos schaffen würde, sich zu befreien. Gegenüber der Tür stand eine Art Werkbank auf der allerlei Unrat verstreut lag. Richtig gearbeitet schien hier seit einer Ewigkeit niemand mehr zu haben. Grigorios wurde mir immer suspekter. In einer Ecke lagen ein paar staubige Decken, die wir notdürftig reinigten. Es ärgerte mich, dass wir in diesem Dreck schlafen mussten, wo wir doch gerade erst den Ruß von unseren Körpern gewaschen hatten. Ich war aber einfach zu müde, um einen anderen Platz zu suchen. Mara ging es genauso und so versuchten wir, das Beste aus unserer Situation zu machen. Wir breiteten die größte Decke auf dem Boden aus und nahmen uns jeweils eine weitere gegen die aufkommende Kälte. Es dauerte nicht lange, bis ich in einen tiefen, traumlosen

Schlaf fiel.

Ein mir bekanntes Räuspern schreckte mich auf.
»Hallo, Antipatros«, sagte ich, ohne die Augen zu öffnen.
»Dein nächstes Ziel liegt in Halikarnassos«, sagte der Grieche ohne ein Wort des Grußes.
»Was soll ich dort?«
»Die Stadt liegt noch etwa fünf Tagesmärsche südlich von hier. Ihr seid bereits auf dem richtigen Weg.«
Antipatros ging wie gewohnt nicht auf meine Frage ein. Was mich wunderte, war der verärgerte Unterton, den ich aus seiner Stimme heraushörte. Ich öffnete die Augen und schaute ihn an. Wie schon bei unserem letzten Treffen war er in seiner eigenen Gestalt erschienen. Sicher war es kein Problem für ihn gewesen, ungesehen an Grigorios vorbeizukommen.
»Warum bist du so schlecht gelaunt? Es läuft doch alles bestens.«
»Nein«, brummte mir der Grieche entgegen.
»Wieso nicht? Die ersten vier Stationen meiner Reise habe ich doch bereits hinter mich gebracht. Du könntest schon etwas zufriedener mit mir sein. Oder haben wir in Ephesos irgendetwas falsch gemacht?«
»Ich habe dir gesagt, du sollst die Finger von Mara lassen«, sagte Antipatros mit drohendem Unterton.
Ich musste mir ein Grinsen verkneifen. Also darum ging es dem Alten. Er hatte es offensichtlich noch immer nicht überwunden, dass ich die hübsche Griechin aus Babylon mitgenommen hatte. »Ich habe nicht vor, Mara irgendetwas anzutun«, erwiderte ich scharf.

»Ich werde nicht zulassen, dass du ihr das Herz brichst.«

»Das will ich auch gar nicht«, entgegnete ich und ärgerte mich über die herablassende Art des Griechen.

»Wenn du zurück in deine Zeit gehst, wird sie wieder allein sein. Sie wird dir eine Ewigkeit nachtrauern, wenn sie sich erst einmal richtig in dich verliebt hat. Ich werde alles in meiner Macht Stehende tun, um das zu verhindern.«

In mir erhärtete sich ein Verdacht, der bereits nach dem Unwetter am Strand in mir erwacht war. »Dann warst du es also, dem wir das Erdbeben und den Sturm zu verdanken haben«, sprach ich meine Vermutung offen aus.

»Ja. Und ich hoffe, dass dir das als Warnung reichen wird.«

»Warum?« Ich war so überrascht, dass der Alte so ohne Weiteres zugab, uns in Gefahr gebracht zu haben, dass ich im ersten Moment noch nicht einmal Zorn auf ihn verspürte.

»Mara sollte überhaupt nicht hier sein. In Ägypten musste sie dich aus dem Kerker befreien. Nach Babylon habe ich sie nur geschickt, damit sie dich zu den Gärten führt. Ihr Aufenthalt an deiner Seite hätte längst beendet sein müssen. Wenn alles vorbei ist, wird sie wieder in ihre Heimat zurückkehren.«

»Sie könnte mich in meine Zeit begleiten«, sprach ich aus, was ich mir seit einigen Tagen wünschte.

»Unsinn!«

Ich spürte, wie der Zorn langsam aus mir hervorkroch. Die Art, wie Antipatros hier mit mir sprach, zeigte mir, dass er, nach allem was passiert war, noch immer keine besonders gute Meinung von mir hatte.«

»Meine Tochter ist nicht dafür gemacht, dass sie in der

Zukunft verschwindet. Sie hat ihren Platz in Athen. Dort wird sie den Rest ihres Lebens glücklich verbringen.«

Plötzlich hatte ich das Gefühl, dass mir jemand den Boden unter den Füßen wegzog. Was hatte der Alte da gerade gesagt? Hatte er wirklich von seiner Tochter gesprochen? Es fiel mir schwer, jetzt einen klaren Gedanken zu fassen. »Sie ist deine Tochter?«, ächzte ich.

»Ja, das ist sie. Deshalb werde ich sie mit allen mir zur Verfügung stehenden Mitteln beschützen. Selbst wenn es bedeuten würde, dass du nicht über die sieben Weltwunder berichten kannst. Eher stirbst du, als dass ich zulasse, dass du dich an meiner Tochter vergreifst.«

Fassungslos starrte ich den Alten an. Er wagte es tatsächlich, mir zu drohen, nachdem er mir den ganzen Schlamassel erst eingebrockt hatte. Ohne ihn wäre ich jetzt zu Hause und bräuchte nicht in der Vergangenheit von einem Bauwerk zum nächsten zu rennen. Bevor ich Antipatros jedoch etwas erwidern konnte, stand er einfach auf und verließ die Hütte. Ich verzichtete darauf, ihm zu folgen, weil ich weder Mara noch Grigorios wecken wollte. Letzterer hätte sicher nach einer Erklärung verlangt. Mit Mara wollte ich jetzt nicht sprechen. Ich musste zunächst meine eigenen Gedanken ordnen.

Ein Denkmal für die Ewigkeit

Fassungslos starrte ich zur Tür, durch die Antipatros verschwunden war. Ich wollte nicht glauben, was er mir da gerade offenbart hatte. Die wunderschöne Mara, deren Lächeln so rein war wie das Wasser einer Quelle, war die Tochter dieses alten Griesgrams. Ich warf einen Blick auf meine Begleiterin, die von meiner Unterhaltung mit ihrem Vater nichts mitbekommen hatte und friedlich schlafend am Boden lag.
»Warum hast Du mir nichts davon gesagt?«, flüsterte ich traurig. Ich wusste nicht, was mich in diesem Moment schwerer traf. Die Drohung des Alten, mich umzubringen, wenn ich mich bei seiner Tochter nicht zurückhalten würde, oder die Tatsache, dass mir Mara immer noch nicht genug zu vertrauen schien, um mir selbst die Wahrheit über ihr Verhältnis zu Antipatros zu sagen. Nachdem wir aus Babylon geflohen waren, hätte sie mir alles sagen müssen.
Warum hatte sie geschwiegen? Ich konnte mir nicht vorstellen, dass ihre Gefühle zu mir nur gespielt waren. Schließlich hatte sie mich den langen Weg hierher begleitet und gerade in Olympia vieles auf sich genommen, um in meiner Nähe zu sein. Warum aber schenkte sie mir noch immer nicht ihr volles Vertrauen? Hatte sie vielleicht selbst Angst vor einer Strafe, die Antipatros ihr auferlegen könnte?
Das leise Knarren der Tür zog meine Aufmerksamkeit auf sich und verdrängte meine Gedanken an Mara und ihren Vater. Ich erstarrte innerlich zu Eis und sah gespannt auf den sich langsam öffnenden Eingang. Waren uns die Wachen aus Ephesos etwa doch bis hierher gefolgt? Oder kamen nicht die Soldaten, sondern jemand anderes? Es gab nur eine Person,

die wusste, wo Mara und ich uns aufhielten. Nur er konnte uns verraten haben. Aber an wen? Wenn eine größere Anzahl von Männern hier angekommen wäre, hätte ich das hören müssen. Ich war ja die ganze Zeit über wach gewesen. Mehr und mehr gelangte ich zu der Überzeugung, dass es nur ein Mensch war, der sich in der Nacht an uns heranschlich. Und ich konnte mir auch sehr gut vorstellen, wie die Person hieß und was sie von uns wollte.

Eine dunkel gekleidete Gestalt schlich in gebückter Haltung in die Hütte. Im Mondschein, der von hinten auf den Mann traf, konnte ich die Silhouette unseres Gastgebers erkennen. Sicher kam er nicht, um sich nach unserem Befinden zu erkundigen.

Das Messer, das ich in der rechten Hand des Mannes aufblitzen sah, lieferte mir den letzten Beweis. Der Kerl wollte uns ausrauben. Wahrscheinlich sollten wir beide den Überfall nicht überleben. Ich traute ihm durchaus zu, dass er uns im Schlaf die Kehlen durchschneiden und unsere Körper später im Meer versenken würde.

Ich blieb ganz ruhig liegen, als er sich zu mir herunterbeugte. Dann explodierte ich und donnerte dem Dreckskerl meine Ferse gegen die Stirn. Der Tritt erwischte ihn völlig überraschend. Er hatte dem Treffer nichts entgegenzusetzen und fiel um wie ein frisch gefällter Baum. Reglos blieb er am Boden liegen.

»Mara, wir müssen sofort von hier verschwinden!«, schrie ich meine Begleiterin an und riss sie damit unsanft aus dem Schlaf.

»Was ist denn los?«, drang ihre verwirrte Stimme zu mir.

»Grigorius wollte uns überfallen«, antwortete ich. »Pack deine Sachen und komm. Wir müssen möglichst weit weg sein, bevor er wieder zu sich kommt.«

Verschlafen setzte sich meine Begleiterin auf, wurde aber sofort hellwach, als sie den Mann auf dem Boden liegen sah. »Du hast ihn niedergeschlagen?«
»Er wollte uns die Kehle durchschneiden«, erklärte ich rasch, während ich mein Bündel packte und das Messer des Fischers darin verschwinden ließ. »Er dachte, wir würden schlafen und hat nicht mit Gegenwehr gerechnet. Wir hatten großes Glück, dass ich wach war und ihn überraschen konnte. Und jetzt lass uns von hier verschwinden.«
Die Schärfe, mit der ich meine Begleiterin ansprach, überzeugte sie. Nachdem die große Gefahr vorüber war, drängten sich wieder die Worte des Antipatros in meine Gedanken und ließen mich gereizter reagieren, als es Mara normalerweise von mir gewohnt war. Die schien dies aber dem Überfall zuzuschreiben und folgte mir jetzt endlich aus der Hütte heraus. Im Mondschein rannten wir, so schnell wir konnten zum Waldrand und tauchten im Schatten der mächtigen Bäume unter. Eine Pause konnten wir uns nicht leisten und so beschlossen wir, die Nacht durchzuwandern, um möglichst weit von diesem Ort wegzukommen. In der Morgendämmerung würden wir uns dann einen Platz zum Ausruhen suchen.

»Was ist los mit dir, Ralf?«
»Was soll sein?«
»Seit wir Grigorios verlassen haben, hast du kaum ein Wort gesprochen.«
Mara und ich waren den Rest der Nacht und den Vormittag ohne längere Pause gelaufen und hatten

unterwegs nur ein paar getrocknete Feigen gegessen. Als die Mittagshitze zugenommen hatte, fanden wir zwischen den Klippen am Strand einen schattigen Platz. Weder Mara noch ich hatten große Lust uns in den schäumenden Wellen des Meeres abzukühlen. Beide waren wir froh, unsere müden Glieder einen Moment lang ausstrecken zu können, bevor wir uns wieder auf den Weg machten. Wir mussten jetzt mindestens zwanzig Kilometer von der Hütte entfernt sein, in der Grigorios uns überfallen hatte, und fühlten uns daher recht sicher.

»Jetzt sag endlich, was los ist.«
»Ich denke nach«, antwortete ich und wich dem Blick meiner Begleiterin aus.
»Worüber?«
»Über Antipatros.«
»Hat er sich gemeldet?« Mara sah mich neugierig an.
»Ja.«
»Warum erzählst du mir das denn nicht?« Ihre Stimme bekam einen leicht verärgerten Tonfall. Sie griff nach meiner Schulter und zwang mich, sie anzusehen. »Was hat er gesagt?«
»Wo das nächste Ziel unserer Reise ist.«
»Und wo?«
»Das weißt du doch.« Ich spürte, wie der Ärger wieder in mir hochkam. Es war unglaublich, wie scheinheilig Mara immer wieder so tat, als wüsste sie nicht, welches Ziel ihr Vater als Nächstes für uns vorgesehen hatte. Ich war mir sicher, dass sie ganz genau wusste, welche Stationen unsere Reise noch beinhalten würde.
»Ich verstehe nicht. Woher soll ich wissen, was Antipatros gesagt hat?«
»Weil du seine Tochter bist!«, schrie ich und sprang auf. Wütend entfernte ich mich einige Schritte von

meiner Begleiterin, bevor ich mich wieder zu ihr umdrehte. »Antipatros hat mir gesagt, dass er dein Vater ist und er mich umbringen wird, wenn ich die Finger nicht von dir lasse. Kannst du dir vorstellen, was das für eine Überraschung für mich war?« Jetzt war es heraus und ich war sehr gespannt darauf, ob mir Mara jetzt endlich die ganze Wahrheit sagen würde. Zunächst sah mich meine Begleiterin aber nur schweigend an und senkte den Blick.

»Hat es dir jetzt die Sprache verschlagen? Kannst du denn nicht wenigstens jetzt zugeben, dass ihr beiden alles genau geplant habt?« Meine Wut verrauchte langsam und wandelte sich in eine tiefe Enttäuschung. Wie konnte mich Mara nur derartig hintergehen?

»Ralf, es tut mir leid«, sagte sie schließlich. Ihre Stimme war mehr ein Krächzen und ich sah die Tränen in ihren Augen schimmern.

»Was tut dir leid? Dass du mich seit Wochen nur angelogen hast?«

»Es ist nicht so, wie du denkst.«

»Wie dann? Erzähl mir bloß nicht, dass dich dein Vater nicht ganz genau in seine Pläne eingeweiht hat.«

»Das hat er auch nicht.«

Die Antwort meiner Begleiterin versetzte mir einen Stich. Wie konnte sie nur so verlogen sein? Sah sie denn nicht ein, dass es langsam Zeit wurde, das Versteckspiel aufzugeben. Meine Enttäuschung wuchs und ich wand mich von Mara ab. Ich musste jetzt einfach einen Moment mit meinen Gedanken allein sein. Wenn ich das Gespräch mit ihr jetzt fortsetzte, würde ich wahrscheinlich etwas sagen, was mir später leidtun würde. Ich verließ den Platz zwischen den Felsen und ging auf den Strand zu, wo ich mich kurz vor den heranrollenden Wellen in den Sand setzte. Sie merkte wohl, dass es besser war, wenn sie mich jetzt in Ruhe ließ, und folgte mir nicht.

»Mein Vater ist gestorben, als ich sieben Jahre alt war«, sagte Mara, als ich etwa eine Stunde später zu ihr zurückkehrte. Ihren rot unterlaufenen Augen sah ich an, dass sie geweint hatte. »Er hat meiner Mutter und mir genug Geld hinterlassen, dass wir gut leben konnten. Ich weiß, dass er ein anerkannter und berühmter Dichter war. Von seinem Reiseführer habe ich gehört, weiß aber nicht, welches die sieben Wunder sind, die er dir zeigen will. Er hatte mir versprochen, mich bei seiner nächsten Reise mitzunehmen, bevor er krank wurde und starb. Ich gebe zu, dass ich dir verschwiegen habe, dass er mein Vater ist. Ansonsten habe ich dich aber während unserer Reise nicht ein einziges Mal angelogen. Das musst du mir glauben.«
Ich hatte mich schwer zusammenreißen müssen, Mara bei ihrer Erklärung nicht zu unterbrechen, obwohl sich in mir einige Fragen aufbauten. Ich nahm mir vor, jetzt nicht eher Ruhe zu geben, bis sie mich restlos von ihren Worten überzeugen konnte. »Wenn du deinen Vater so früh verloren hast, warum bist du dann hier?«
»Ich habe dir gesagt, dass sein Geist mich nach Ägypten geschickt hat, um dich aus dem Kerker zu befreien und dir dabei zu helfen, Asklepios zu überführen. Das war auch nicht gelogen. Wie ich nach Babylon gekommen bin, weiß ich selbst nicht. Antipatros hat mich, nachdem wir die Pyramiden verlassen hatten, gegen meinen Willen für seine Zwecke eingespannt. Ich denke aber, dass ich nach

Hause zurückgekehrt wäre, nachdem du die Gärten gesehen und Babylon verlassen hättest.«

»Das glaube ich dir sogar«, sagte ich. »Ich verstehe allerdings nicht, warum du die Weltwunder nicht kennst. Antipatros ist so stolz auf die Gebäude, dass sein Reiseführer sicher zu den wichtigsten Werken zählt, die er geschaffen hat. Du kannst mir nicht erzählen, dass du seine Gedichte nicht gelesen hast.«

»Mein Vater war in der oberen Gesellschaftsschicht von Athen hoch angesehen. Seine Werke wurden allesamt in einen Bereich der Akropolis gebracht, zu dem Frauen keinen Zutritt haben. Ich habe in meiner Jugend viel über die alten und neuen Mythologien gelesen. Die großen Werke meines Vaters habe ich aber niemals zu Gesicht bekommen. Ich bin jetzt genauso gespannt wie du, die Orte zu sehen, die ihm so wichtig waren.«

»Wenn du mich aber in Babylon verlassen hättest, wie es Antipatros wollte, wäre es auch dir nicht möglich gewesen, mehr über sein Werk zu erfahren. Ich verstehe nicht, warum er dir diese Möglichkeit verwehren wollte. Das ergibt für mich keinen Sinn.«

»Vielleicht wollte er nicht, dass ich mich weiter in Gefahr begebe«, vermutete Mara.

»Dann hätte er dich nicht nach Ägypten schicken dürfen.«

»Ich kenne und verstehe die Beweggründe meines Vaters auch nicht«, sagte Mara betrübt. »Du musst mir aber glauben, dass ich wirklich nicht mehr weiß, als ich dir jetzt gesagt habe. Meine Mutter erzählte mir einmal, dass mein Vater ein gottesfürchtiger und liebenswerter Mann gewesen sei, der sich aber sehr oft in seine Gedankenwelt zurückzog. Viele seiner Taten konnte Mutter nicht verstehen. Niemals hat er aber etwas getan, was sie oder mich in Gefahr hätte bringen können. Vielleicht hat er sich unsere Abenteuer in Ägypten weniger gefährlich vorgestellt und deshalb beschlossen, mich aus seinen weiteren Plänen herauszuhalten. Ist es wirklich wichtig, genau zu erfahren, warum er nicht wollte, dass ich dich bis zum Ende deiner Reise begleite?«

»Für mich ja«, sagte ich. »Immerhin hat er mich Jahrtausende in die Vergangenheit gezerrt und jetzt auch noch gedroht, mich zu töten.«

»Ich glaube nicht, dass er das tun würde.«

»Ich werde es nicht darauf ankommen lassen.«

»Unser nächstes Ziel liegt in Halikarnassos«, sagte ich nach einer Weile. Der Sonnenuntergang stand dicht bevor und wir beschlossen unsere Reise fortzusetzen.

»Können wir den Ort zu Fuß erreichen?«, wollte Mara wissen.

»Antipatros sprach von fünf Tagesmärschen. Ich denke, dass wir ein Drittel des Weges von Ephesos nach Halikarnassos bereits geschafft haben.«

Ich konnte nach diesem Gespräch nicht genau sagen, ob Mara mich mit ihren Worten überzeugt hatte oder ob ich einfach nur wollte, dass sie mir jetzt die Wahrheit sagte. Der Gedanke, sie könnte mich noch immer belügen, war für mich unerträglich. Auf jeden Fall nahm ich ihre Erklärungen hin und beschloss, ihr weiter zu vertrauen. Das feurige Knistern, das in den letzten Tagen zwischen uns bestanden hatte, war allerdings verloschen. Ein kleiner Rest Misstrauen blieb und bohrte sich wie ein Stachel in mein Herz.

Ich spürte kalten Stahl an meiner Haut und wollte vor Schreck in die Höhe fahren. Doch der Druck auf meiner Brust verhinderte, dass ich mich auch nur einen Millimeter vom Boden erhob. Als ich die Augen öffnete, blickte ich in das Gesicht einer unbekannten Frau. Sie hatte lange schwarze Haare, die wild und ungebändigt auf ihre Schultern fielen. Das Schwert in ihrer rechten Hand machte mir unmissverständlich klar, wer von uns beiden das Sagen hatte. Aus meiner Lage heraus konnte ich die Umgebung nicht erkennen, aber ihr schriller Aufschrei zeigte mir, dass auch Mara überwältigt worden war.

In den vergangenen drei Tagen waren wir der Stadt Halikarnassos ein gutes Stück näher gekommen. In einem kleinen Dorf hatten wir unsere Vorräte aufgefüllt und waren ohne längeren Aufenthalt weitergezogen. Dabei waren wir immer frühmorgens und am Abend gelaufen, um die große Mittagshitze zu vermeiden. Ich erinnerte mich, dass wir unser Lager am Fuße eines bewaldeten Hügels unter einem Felsvorsprung aufgeschlagen hatten. Hier waren wir jetzt offensichtlich in die Fänge einer Räuberbande geraten.

»Wer seid ihr und was wollt ihr hier?«, fuhr mich die Unbekannte an.

»Wir sind Reisende auf dem Weg nach Halikarnassos«, antwortete ich nach Luft ringend. Noch immer lag die Klinge des Schwertes an meinem Hals und warnte mich vor einer überhasteten Bewegung.

»Haben euch die Rhoder als Kundschafter geschickt?«, zischte die Schwertkämpferin.

»Wieso die Rhoder? Wir kommen aus Ephesos«, antwortete ich. »Was wollt ihr von uns?«

Die Fremde schien mir nicht so recht zu glauben und runzelte die Stirn. Endlich nahm sie das Schwert von meinem Hals und befahl mir, aufzustehen. Ich rieb mir die Stelle und sah, wie sich ein feiner Blutfilm auf meinen Handflächen zeigte. Auch Mara wurde in die Höhe gezogen und in meine Richtung gestoßen. Im letzten Moment konnte ich sie festhalten und so verhindern, dass sie auf den steinigen Boden fiel.

»Seid ihr auf eurem Weg einer Gruppe mit Kriegern begegnet«, wollte die Fremde wissen.

»Nein«, antwortete ich. Wir wurden von rund einem Dutzend Frauen umringt, die alle gleichermaßen furchterregend aussahen. Über einem ledernen Oberteil hatten sie einen Bogen um die Schultern gehängt. Aus den Köchern, die sie am Rücken trugen, ragten Pfeilenden heraus. An ihren Röcken, die ebenfalls aus einer Art Leder zu bestehen schienen, waren die Halterungen für die Schwerter befestigt, die die Frauen jetzt in ihren Händen hielten.

»Ihr werdet uns nach Halikarnassos begleiten. Artemisia wird entscheiden, was mit euch geschieht.«

Der Name machte mich stutzig. Sollten wir es hier etwa mit einer Nachfahrin der Artemis zu tun haben? Oder war die Namensgleichheit Zufall? Was hatte das alles zu bedeuten? »Was wollt ihr denn von uns?«, fragte ich. »Wir sind friedliche Reisende und haben uns nichts zuschulden kommen lassen.«

»Das wird die Regentin entscheiden. Und jetzt schweigt und folgt uns. Wenn ihr euch meinen Anweisungen widersetzt, werden wir euch fesseln und knebeln. Es liegt an euch, ob dies nötig sein wird.«

Mara und ich hatten keine andere Wahl, als der Aufforderung Folge zu leisten. Ich war überzeugt, dass es sich hier nur um ein Missverständnis handeln konnte, das sich in Halikarnassos sicher aufklären würde. Wir gingen hinter der Anführerin, die von zwei weiteren

Kriegerinnen begleitet wurde, her. Der Rest der Gruppe folgte uns in etwa drei Meter Abstand. Sicherlich, um einen eventuellen Fluchtversuch sofort vereiteln zu können. Gerne hätte ich den Frauen noch weitere Fragen gestellt, sah aber ein, dass ich jetzt keine Antwort darauf bekommen würde. Ich traute mich auch nicht, mit Mara, die ebenfalls schweigend neben mir herlief, über die Kriegerinnen zu sprechen.

Je länger wir mit den Frauen unterwegs waren, umso schwerer fiel es mir, das Tempo mitzuhalten. Wir waren jetzt seit einigen Stunden unterwegs und die Sonne brannte unbarmherzig auf uns herab. Meine Zunge war völlig ausgetrocknet und lag wie ein Fremdkörper in meinem Mund. Mara und ich hatten unsere Wasserschläuche längst leergetrunken und die Kriegerinnen machten keine Anstalten, uns mit Flüssigkeit zu versorgen. Dabei konnte ich über die Ausdauer, die unsere Bewacherinnen an den Tag legten, nur staunen. Ich hatte den Eindruck, dass die Anführerin Halikarnassos so schnell wie möglich erreichen wollte, und ich spürte, wie ihre Unruhe wuchs, je näher wir der Stadt kamen. Auch die Frage, was es mit den Rhodern auf sich hatte, konnte ich mir nicht erklären. Hoffentlich gerieten wir nicht in einen Krieg zwischen den beiden Völkern, bei dem Mara und ich leicht unter die Räder geraten konnten.
Als wir einen kleinen Wald erreichten, befahl die Anführerin, deren Namen ich noch immer nicht wusste, endlich eine Pause. Mara und ich wurden angewiesen, uns unter einen Baum in den Schatten zu setzen

und ruhig zu sein. Vier der Kriegerinnen sicherten das Gelände nach allen Seiten ab, während sich ihre Kameradinnen ausruhen konnten.

»In einer halben Stunde ziehen wir weiter und werden die Stadt noch vor Einbruch der Dunkelheit erreichen«, sagte die Anführerin, nahm einen großen Schluck aus ihrem Wasserschlauch und warf ihn dann zu uns herüber.

»Hast du eine Erklärung für das alles?«, fragte ich Mara leise. Die Frauen schienen alle mit sich selbst beschäftigt zu sein und ich bekam so zum ersten Mal seit unserer Gefangennahme die Möglichkeit, mit meiner Gefährtin zu sprechen.

»Das müssen persische Amazonen sein«, antwortete Mara. »Ich habe schon viel über diese Kriegerinnen gehört, aber noch nie welche gesehen. Sie scheinen es sehr eilig zu haben, die Regentin von Halikarnassos zu erreichen.«

»Du meinst diese Artemisia?«

»Ja.«

»Denkst du, sie hat etwas mit der Göttin Artemis zu tun?«

»Eher nicht. Auf jeden Fall werden wir zu ihr geführt und können nur hoffen, dass sie uns glaubt. Wenn wir ihr nicht beweisen können, dass wir keine Spione aus Rhodos sind, wird sie uns töten lassen.«

»Wahrscheinlich hast du recht«, sagte ich. »Wenn Rhodos mit Halikarnassos im Krieg steht, wird es schwer für uns. Was weißt du über diese Amazonen?«

»Nur, dass sie gefürchtete Kriegerinnen sind«, antwortete Mara.

»Schau dir die Frauen mal genau an. Mir ist aufgefallen, dass sie nur eine Brust haben.« Schon den ganzen Tag über hatte ich den Verdacht, dass die Frauen auf diese

Art missgebildet waren. Als sie jetzt den Bogen von der Schulter nahmen und ich die Körper so besser sehen konnte, bekam ich den Beweis.

»Einige der Amazonen schneiden sich in ihrer Jugend die rechte Brust ab, um besser mit dem Bogen umgehen zu können«, erklärte meine Gefährtin.

»Das ist ja grauenhaft.« Ein eiskalter Schauer lief mir den Rücken hinunter.

»Ja das ist es. Aber es zeigt auch, wie rücksichtslos sie ihre Interessen verfolgen. Wir dürfen uns auf keinen Fall mit den Frauen anlegen.«

Da konnte ich Mara nur zustimmen und hatte auch nichts anderes vor. Ich war sicher, dass in Halikarnassos irgendetwas vorging. Grundlos waren die Amazonen sicher nicht in einer derartig kriegerischen Stimmung. Auch wenn wir im Moment als Gefangene angesehen wurden, war die Reise mit den Frauen vielleicht sogar sicherer, als wenn wir alleine versucht hätten, die Stadt zu erreichen. Bisher waren wir nicht auf andere Menschen getroffen. Es war aber sehr gut möglich, dass sich das änderte und wir in eine Auseinandersetzung gerieten, bevor wir an unserem Zielort ankamen. Doch bevor wir uns weitere Gedanken über unsere Zukunft machen konnten, bekamen wir die Aufforderung, uns zu erheben, und der Marsch ging weiter.

Nach zwei weiteren Stunden erreichten wir die Kuppe eines bewaldeten Hügels. Vor uns sahen wir nun weit entfernt das Meer und die Hafenstadt Halikarnassos, die in einen Hang hinein gebaut worden war, der einmal fast bis ans Wasser gereicht haben musste. Ein Turm, auf dessen Spitze eine Statue zu sehen war, deren Details aber aufgrund der Entfernung noch verschwammen, überragte die anderen Gebäude um ein Vielfaches.

Während des Abstiegs geriet die Stadt wieder aus dem Blick, als wir durch einen dichten Wald liefen. Die Amazonen erhöhten das Tempo jetzt weiter und wir mussten aufpassen, dass wir nicht ausrutschten und den Hang hinunter fielen. Ein Blick auf Mara zeigte mir, dass sie diese Tortur nicht mehr lange durchhalten würde. Ihre Augen waren zum Boden gerichtet und die Arme hingen schlaff an ihr herunter. Mehr als einmal musste ich sie festhalten, damit sie nicht fiel. Auch ich fühlte mich alles andere als fit. Da aber die hohen Baumkronen verhinderten, dass sich die Sonnenstrahlen weiter in unsere Haut einbrannten, fiel mir das Laufen wesentlich leichter. Mein Körper war durch das Training in Ellis strapazierfähiger geworden. Lediglich an die enorme Hitze, die mich auf allen bisherigen Stationen meiner Reise begleitet hatte, konnte ich mich einfach nicht gewöhnen.

Endlich erreichten wir das Ende des Waldes und das Gelände wurde flacher. Die Stadtmauern von Halikarnassos lagen jetzt höchstens noch einen halben Kilometer vor uns. Hinter dem starken Befestigungsring konnten wir die Häuser erkennen, die wie die Ränge eines Theaters an den Berghängen lagen. Auf einer Anhöhe war ein Tempel zu sehen, der aber von dem Turm, den wir schon von Weitem ausgemacht hatten, deutlich überragt wurde. Je näher wir an die Mauern herankamen, umso besser waren jetzt auch die Statuen auf der Spitze des Bauwerkes zu erkennen. Vier Pferde zogen einen Wagen, auf dem zwei Krieger standen, die zum Kampf gerüstet waren. Der Turm selbst war pyramidenförmig, dabei aber wesentlich steiler, als ich es von den mächtigen Pharaonengräbern kannte. Er befand sich auf einer Plattform, die wiederum auf

Säulen stand. Um das Fundament des Gebäudes herum waren weitere Statuen zu sehen, die kämpfende Amazonen zeigten. Ich war mehr als gespannt darauf, den mächtigen Bau in seiner ganzen Pracht zu bewundern und fragte mich, zu welchem Zweck er wohl errichtet worden war.

»Es spricht für euch, dass ihr unterwegs keinen Fluchtversuch unternommen und euch gut geführt habt«, sagte die Anführerin der Amazonen. »Wir führen euch nun zu Artemisia, der Regentin der Stadt. Sie müsst ihr davon überzeugen, dass ihr wirklich nur harmlose Reisende seid und nichts mit den Rhodern zu schaffen habt.«

»Ich schwöre bei den Göttern, dass ich noch nie in Rhodos war«, sagte ich und hielt dem Blick der Amazone stand.

»Nicht ich entscheide über euer Schicksal, sondern die Regentin.«

Wir erreichten ein hölzernes Tor, das Besuchern den Weg durch den Befestigungsring ermöglichte. Die Amazone sprach kurz mit einer der vier Wachen, die sich zu beiden Seiten des Eingangs aufgestellt hatten, dann durften wir den Weg nach Halikarnassos antreten. Wieder wurden wir dabei von den Frauen in die Mitte genommen und mit strengen Blicken bewacht.

Leider kamen wir nicht an dem Bauwerk vorbei, in dem ich das fünfte Weltwunder vermutete, sondern wurden direkt zum Palast gebracht. Vor der Eingangstreppe des Amtssitzes der Regentin befand sich ein Marktplatz, auf dem sich jedoch zu meinem Erstaunen schwer bewaffnete Krieger eingefunden hatten, deren Zahl ich auf über zweitausend schätzte. Aber in diesem Augenblick hatte ich keine Zeit, mir darüber Gedanken zu machen.

Wir gelangten in einen Eingangssaal, in dem es angenehm kühl war. Er war in etwa so groß wie die Turnhalle, in der ich im Winter trainierte. Die Amazonen führten uns zu einem Thron mit kostbaren, goldfarbenen Verzierungen, vor dem wir uns niederknien mussten. Ich hoffte, dass sich jetzt alles schnell aufklären würde und Mara und ich uns endlich wieder frei bewegen konnten.

»Wo sind die Spione?«, hörte ich eine scharfe Frauenstimme, die sich uns näherte. Begleitet wurde Artemisia von zwei männlichen Kriegern, die sich zu beiden Seiten neben dem Thron aufstellten, auf dem die Regentin Platz nahm. »Ihr könnt gehen«, sagte sie zu den Amazonen und wies uns an, aufzustehen.

Ich sah eine schöne Frau, mit schwarzen, gelockten Haaren, die ihr bis über die Schultern reichten. Sie trug einen goldenen Reif am Oberarm und war mit einer ärmellosen, weißen Tunika bekleidet, die ebenfalls mit goldenen Verzierungen geschmückt war.

»Was führt Rhodos gegen mich im Schilde?«

»Wir kommen nicht aus Rhodos«, antwortete ich.

»Das glaube ich euch nicht. Ihr seht aus, als wärt ihr griechischer Abstammung. Ihr könnt mir nichts vormachen. Sagt die Wahrheit oder ich werde euch dem Henker überlassen.«

»Wir sagen die Wahrheit«, versuchte ich es erneut. »Wir sind von Olympia aus nach Ephesos gereist und haben dort den Tempel der Artemis besichtigt. Man sagte uns, dass es hier in Halikarnassos ein Bauwerk gibt, dass die Pracht des Artemistempels noch übertrifft.« Ich hatte mit dieser Antwort alles auf eine Karte gesetzt und hoffte, dass der Stolz der Regentin auf die eigene Baukunst größer war als die Verehrung für die Göttin der Fruchtbarkeit.

In der Tat zeigte sich Artemisia von meinen Worten beeindruckt. Ganz überzeugt hatte ich sie aber offensichtlich noch nicht. »Könnt ihr beweisen, dass ihr nicht aus Rhodos stammt und den Weg über Ephesos nur zur Tarnung genommen habt?«

Jetzt hatten wir wirklich ein Problem. Wir waren mit dem Schiff nach Ephesos gelangt, was uns auch von Rhodos aus möglich gewesen wäre. Ich wusste, dass wir nicht mehr viel Zeit haben würden, die Regentin zu überzeugen. Wenn wir ihr nicht die gewünschten Antworten geben konnten, würde sie vermutlich auf Nummer Sicher gehen und uns töten lassen. Dem verächtlichen Blick, den uns Artemisia zuwarf, entnahm ich, dass ihre Geduld jetzt bald aufgebraucht war.

»Darf ich dir etwas zeigen? «

»Ja. Aber ich rate dir, nichts Unüberlegtes zu tun«, antwortete die Regentin und deutete auf die beiden Wachen, die noch immer neben ihr standen. Diese Geste sagte mehr als tausend Worte. Die Männer würden keine Sekunde zögern, mir mit ihren scharfen Schwertern den Kopf vom Hals zu schlagen.

Ich spürte das Zittern, das durch meinen Körper lief, während ich langsam meinen Sachen durchsuchte. Irgendwo musste das verfluchte Ding doch sein.

»Ich warte nicht ewig«, sagte Artemisia gereizt.

»Ich habe es gleich«, antwortete ich nervös. Endlich spürte ich die vertrockneten Lorbeeren zwischen meinen Fingern. Triumphierend zog ich den Kranz hervor und hielt ihn der Regentin von Halikarnassos vor das Gesicht.

»Was soll das sein?«, herrschte mich Artemisia an. Doch der harte und gereizt wirkende Gesichtsausdruck der schönen Herrscherin war gewichen und zeigte nun eher Neugierde.

»Dies ist das Zeichen der Hellanodiken, das mich als einen der Sieger bei den Olympischen Spielen ausweist. Glaubt ihr uns nun, dass wir nur harmlose Reisende sind?« Auch wenn der Lorbeerkranz seit unserem Aufbruch aus Athen sehr gelitten hatte, war er dennoch zu erkennen. Jetzt konnte es sich bezahlt machen, dass ich ihn die ganze Zeit über behalten hatte. Ich hoffte, dass Artemisia so klug war, nicht als Mörderin eines Olympiasiegers in die Geschichte eingehen zu wollen. Sie konnte ja nicht wissen, dass mein Verschwinden von keinem Menschen bemerkt werden würde.

»Ihr seid also nach Halikarnassos gekommen, um das Grabmal meines Gemahls zu bewundern?«, fragte die Regentin jetzt wesentlich freundlicher.

»Wenn es das Bauwerk ist, dessen Ruhm bis nach Ephesos gedrungen ist, ja«, antwortete ich. Ich warf Mara ein Lächeln zu. Auch ihr war die Erleichterung darüber, dass wir uns jetzt nicht mehr in Lebensgefahr befanden, deutlich anzumerken. Ihre Haltung wirkte längst nicht mehr so verkrampft, wie noch vor wenigen Sekunden.

»Es überrascht mich, dass sich die Kunde über die letzte Ruhestätte des Königs Mausolos schon bis nach Ephesos herumgesprochen hat, zumal es noch nicht ganz fertiggestellt ist. Aber wenn ihr von einem Bauwerk sprecht, das die Größe des Artemistempels erreicht, kann nur das Grabmal gemeint sein. Mein Bruder wollte mit dem Bau erreichen, dass man sich auch noch in ferner Zukunft an seinen Namen erinnert.«

»Sagtet ihr nicht eben noch, Mausolos sei euer Gemahl gewesen?«, wunderte ich mich.

»Er war beides«, sagte die Regentin. Mein überraschter Blick musste Artemisia wohl zu einer Erklärung animiert haben und sie erläuterte, dass es völlig normal sei, dass die Erstgeborenen ihre älteste Schwester heirateten, da die Erbfolge in ihrem Volk über die Töchter weitergegeben wurde.

»Gewährt ihr uns die Gunst, dieses Wunder besichtigen zu dürfen?«

»Sehr gerne würde ich euch selbst zur letzten Ruhestätte des Mausolos führen«, antwortete Artemisia nun erstaunlich freundlich. »Leider ist es so, dass die Rhoder einen Angriff auf unsere Stadt planen und in wenigen Stunden hier eintreffen werden. Meine Späher berichteten, dass eine ganze Flotte auf dem Weg in den Hafen von Halikarnassos ist. In friedlicheren Zeiten wäre es mir ein Vergnügen gewesen, euch das Grabmal zu zeigen und die Statuen zu erklären, die es schmücken. Aber die Abwehr dieses Angriffes erfordert meine volle Aufmerksamkeit.«

»Mit eurer Erlaubnis werden wir den Weg zum Grabmal sicher finden«, sagte ich in der Hoffnung, dass Artemisia uns gehen lassen würde.

»Es ist euch gelungen, mich von eurer Unschuld zu überzeugen«, sagte die Regentin. »Dennoch steht für mich die Verteidigung der Stadt an oberster Stelle. Ihr werdet von einem Hauptmann in die Waffenkammer geführt werden und dort ausgerüstet. Nur wenn ihr euch bereit erklärt, in der Schlacht für Halikarnassos zu kämpfen, kann und werde ich euch die Freiheit schenken. Vorausgesetzt natürlich, dass ihr den Kampf überlebt.«

»Wir sind keine Krieger«, versuchte ich die Regentin

der Stadt zu überzeugen, aber sie erhob sich von ihrem Thron und zeigte uns damit, dass sie das Gespräch als beendet ansah. Wie aus dem Nichts erschien ein bewaffneter Mann hinter uns.
»Folgt mir«, sagte er knapp.
Wir mussten einsehen, dass unsere Zeit in Halikarnassos ganz anders ablaufen würde, als wir uns das vorgestellt hatten. Uns blieb nichts anderes übrig, als in den Dienst der schönen Artemisia zu treten und für sie in die Schlacht zu ziehen. Wenn Antipatros nicht wollte, dass seine Tochter im Kampf umkam, würde er sich jetzt etwas einfallen lassen müssen.

Der Hauptmann war nicht sonderlich begeistert davon, sich kurz vor der Schlacht mit Mara und mir abgeben zu müssen. Mit mürrischem Gesichtsausdruck stapfte er vor uns her und drehte sich dabei nicht ein einziges Mal um. Ich gewann den Eindruck, dass es ihm völlig egal war, ob wir ihm folgten oder nicht. Es wäre ein Leichtes gewesen, jetzt einfach in einer Seitenstraße zu verschwinden. Eine innere Stimme riet mir aber, das nicht zu tun.
Mara war seit unserer Ankunft in Halikarnassos sehr schweigsam. Die tiefen Ringe unter den Augen und die schlaffe Körperhaltung zeigten, wie stark sie unter den Strapazen der letzten Tage litt. Es tat mir in der Seele weh, zu sehen, wie kraftlos sie war, und ich hoffte für sie, dass wir bald aus dem Trubel herauskamen. Um uns herum wimmelte es geradezu von Kriegern, die alle hektisch hin- und herrannten. Der von Artemisia befürchtete Angriff der Rhoder musste unmittelbar

bevorstehen. Als wir um eine Hausecke bogen und auf einen großen freien Platz gelangten, sah ich plötzlich das mächtige Gebäude vor mir, dessentwegen wir in der Stadt waren.

Das Grabmal des Mausolos zog mich augenblicklich in seinen Bann. Da unser Weg daran vorbeiführte, blieb mir die Zeiten mächtigen Bau, den der König von Halikarnassos für die Ewigkeit errichtet hatte, zu bewundern.

Auf einem etwa vierzig Meter langen und dreißig Meter breiten stufigen Unterbau erhob sich ein gewaltiger Steinwürfel. Darauf war eine Säulenhalle zu sehen, die der des Artemistempels ähnlich, allerdings wesentlich kleiner war. Hierauf wiederum stand der pyramidenförmige Turm, den wir schon aus der Ferne gesehen hatten. Insgesamt musste die Höhe des Baues fast mit der eines fünfzehnstöckigen Hochhauses vergleichbar sein.

Zahlreiche Skulpturen und Wandgemälde schmückten das Mausoleum. Wir kamen an einem Relief vorbei, das einen Bogenschützen zeigte und stilistisch den Malereien sehr ähnlich war, die ich auch am Ischtar-Tor in Babylon gesehen hatte. Insgesamt beherrschten kriegerische Handlungen das Bild und immer wieder waren dabei Amazonen zu sehen, die im Kampf mit unterlegenen Männern dargestellt wurden. Ich hätte mir das Grabmal gerne näher angeschaut und auch Mara hatte den Kopf erhoben und bestaunte dem mächtigen Turm. Der Hauptmann zeigte dafür aber kein Verständnis und schritt unaufhaltsam weiter. Viel zu schnell passierten wir so das Gebäude und wurden anschließend in ein Gewölbe geführt, in dem es nach feuchtem Leder und Schweiß roch.

»Was sind denn das für Gestalten?«, fragte der Zeug-

wart erstaunt, als er Mara und mich sah. »Die fallen ja schon um, wenn die Rhoder sie nur böse anschauen.«
»Artemisia wünscht, dass die beiden für die Schlacht ausgerüstet werden«, brummte der Hauptmann und ging nicht weiter auf die Frotzeleien des anderen ein. Dass wir beide jedes Wort mitbekamen, schien die Männer dabei nicht im Geringsten zu stören.
Zunächst drückte uns der Zeugwart je einen Gürtel in die Hand. »Damit euch die Kleidung besser am Körper hängt und ihr nicht nach drei Schritten hinfallt«, erklärte er grinsend. Die Zahnlücke, die er dabei freilegte, war so breit, dass er mühelos die Zunge hindurchschieben konnte. »Außerdem könnt ihr euer Schwert am Gürtel befestigen. Auch wenn ich es für Verschwendung halte, euch überhaupt eines zu geben.«
Ich spürte, wie der Zorn in mir hochkochte. Wütend ballte ich die Hände zu Fäusten, schluckte die scharfe Antwort, die mir auf der Zunge lag, aber herunter.
Neben dem Schwert bekamen wir noch einen Köcher mit Pfeilen und einen Bogen. Der Hauptmann wies den Zeugwart an, sich zu beeilen. Der drückte uns noch schnell einen Proviantbeutel und einen Wasserschlauch in die Hand, wobei er uns nach wie vor keines Blickes würdigte. Durch einen Irrweg aus schmalen Gassen, den ich später nicht mehr zurückgefunden hätte, führte der Hauptmann uns zu einer Steintreppe, über die wir auf den Befestigungswall gelangten. Von hier aus hatten wir einen wundervollen Blick auf das offene Meer, das ruhig vor den Toren von Halikarnassos lag. Der Hauptmann wies uns eine Maueröffnung zu, an der wir den Angriff der Rhoder erwarten sollten.
Mara fiel erschöpft zu Boden und legte sich mit dem Rücken gegen die Mauer. Sie nahm einen großen Schluck aus dem Trinkschlauch und sah mich mit

müden Augen an. »Sag mir, wenn sich etwas tut, ja?«
»Schon in Ordnung«, antwortete ich. »Versuch, ein wenig zu schlafen. Ich wecke dich, sobald das erste Schiff der Rhoder in Sicht ist.«
Im Gegensatz zu meiner Gefährtin, die einfach nur noch müde war, wurde ich von einer tiefen Neugierde gepackt. Ich war gespannt darauf, zu sehen, was passierte und ob Halikarnassos tatsächlich von den Griechen angegriffen wurde. Unter uns versammelten sich die Krieger der Artemisia hinter dem Befestigungsring. Ich gewann den Eindruck, dass es im Vergleich zum Mittag deutlich weniger geworden waren. Die Regentin musste einen Teil ihrer Soldaten abgezogen haben. Die Männer, die neben uns auf der Mauer standen, warfen mir zweifelnde Blicke zu. Sicher waren sie genau wie der Zeugwart nicht der Meinung, dass Mara und ich den Kampf lange überstehen würden.
Ich nahm nun ebenfalls einen Schluck aus dem Trinkschlauch und biss in ein Stück trockenes Brot aus meinem Proviantbeutel. Kauend betrachtete ich das offene Meer und wartete darauf, dass etwas geschah.

Es passierte, als die Abenddämmerung einsetzte. In der Ferne tauchten auf dem offenen Meer die ersten Segel auf. Ich zählte sie in Gedanken durch und kam auf stolze fünfundzwanzig Schiffe, die sich uns näherten. Mit den wenigen Männern hinter dem Befestigungsring, würden wir der Übermacht wohl nicht lange standhalten können. Ich konnte nur hoffen, dass Artemisia noch einen Trumpf in der Hinterhand hatte. Wenn nicht, sah

es nicht gut für die Zukunft der Stadt Halikarnassos aus.
»Es geht los!«, sagte ich zu Mara und strich ihr sanft über die Wangen. Am liebsten hätte ich sie nun in den Arm genommen und geküsst. Ein wohliger Schauer durchlief meinen Körper und ich spürte die berühmten Schmetterlinge in meinem Bauch. Jetzt war allerdings nicht der richtige Augenblick für verliebte Gefühle. Ich dachte an ihren Vater und sofort wuchs in mir die Wut auf den alten Mann. Was seine Tochter anging, war das letzte Wort noch nicht gesprochen. Noch lange nicht.
»Was ist los?«, fragte Mara und schlug langsam die Augen auf.
»Rhodos greift an. Die Schiffe sind schon am Horizont zu sehen und es kann nicht mehr lange dauern, bis sie den Hafen erreichen.«
Mara stand langsam auf und ich stellte mich neben sie. Gemeinsam starrten wir auf das Meer und sahen unsere Feinde immer näher kommen. Bei dem Gedanken, dass ich gleich mit Pfeilen auf die Griechen schießen musste, wurde mir übel. Langsam glaubte ich auch nicht mehr daran, dass uns Antipatros aus dieser Lage herausholte. Darauf hatte ich insgeheim gehofft, da wir das Grabmal des Mausolos jetzt kannten und das Ziel unserer Reise nach Halikarnassos damit erreicht war.
Im Moment hatte ich allerdings ganz andere Sorgen als die sieben Weltwunder. Unaufhaltsam kam die Flotte aus Rhodos auf den Hafen zu und hatte dabei das Glück, dass der Wind die Segel voll aufblähte und die Schiffe schnell vorantrieb. Wir konnten jetzt bereits die Krieger erkennen, die dicht gedrängt an Deck standen und auf ihren Einsatz warteten.
»Alle Männer auf ihre Position!«, dröhnte die Stimme des Hauptmanns über den Befestigungsring der Stadt.

Die Soldaten auf der Mauer legten Pfeile auf ihre Bögen und starrten gebannt auf den Hafen, in dem jetzt die ersten Schiffe ankamen. Unsere Gegner hatten von dort aus noch eine Strecke von etwa fünfhundert Metern zu überbrücken, bis sie gegen die Tore von Halikarnassos anrennen konnten.
Die ersten Griechen betraten das Land und gingen sofort in Angriffsformation über. Sie bildeten Kreise, die sie mit ihren Schilden nach allen Seiten und auch nach oben hin abschirmten.
»Hoffentlich geht das gut«, sagte Mara neben mir.
Ich drehte mich zu ihr um, und hauchte ihr einen flüchtigen Kuss auf die Wange. »Ich bin davon überzeugt, dass wir die Schlacht überstehen«, versuchte ich, ihr Mut zu machen. Noch immer wunderte ich mich über die geringe Zahl an Kriegern, die sich hinter dem Befestigungsring versammelt hatte, um auf den Angriff zu warten. »Ich glaube nicht, dass es so einfach sein wird, die Stadt einzunehmen. Artemisia muss noch ein Ass im Ärmel haben. Die anderen Soldaten erwecken nicht den Eindruck, als würden sie die Situation als ausweglos ansehen.«
»Ich hoffe wirklich, dass du recht hast«, entgegnete Mara.
Mittlerweile lagen alle Schiffe der Rhoder im Hafen und die Armee, die ich auf mindestens fünftausend Krieger schätzte, setzte sich in Bewegung.
»Noch nicht schießen!«, schrie der Hauptmann seinen Kriegern zu, die wie eine Perlenkette auf der Mauer des Befestigungsringes aufgereiht waren.
Die feindlichen Soldaten hatten jetzt die Hälfte der Strecke zurückgelegt und beschleunigten ihr Tempo. Aus den Augenwinkeln bekam ich mit, dass über dem Tor der Stadt drei Bottiche mit kochendem Pech

aufgebaut worden waren.

»Jetzt!«, ertönte der Schrei des Hauptmanns und die erste Wolke aus Pfeilen flog auf die Angreifer zu, die jetzt nur noch etwa fünfzig Meter vom Befestigungsring entfernt waren.

Auch Mara und ich hatten unsere Pfeile auf die Reise geschickt und verfolgten ihren Flug. Zu unserem Entsetzen prallten die Geschosse jedoch an den Schilden ab oder blieben darin stecken. Wirklich aufhalten ließen sich die Rhoder davon nicht. Die zweite Woge aus Pfeilen prasselte auf die Griechen herunter und auch ich war längst wieder schussbereit. Erneut blieben die Krieger von unserer Gegenwehr unbeeindruckt. Wie aus dem Nichts zogen sie plötzlich Leitern, die wir vorher nicht sehen konnten, aus ihrer Formation hervor. Es dauerte nur wenige Sekunden, bis die ersten an der Mauer angelehnt waren und die Männer ihren Aufstieg begannen.

»Was jetzt?«, schrie Mara mich an. Die Rhoder schossen nun ebenfalls mit Pfeilen, um ihre Kameraden auf den Leitern zu schützen.

»Nimm das Schwert!«, antwortete ich und zog mein eigenes. Mit voller Wucht hämmerte ich die Klinge auf den ersten Helm, der direkt vor mir auftauchte. Meine Aktion zeigte Erfolg. Der Angreifer stürzte die Leiter herunter und nahm auf dem Weg einen seiner Kameraden mit, der ebenfalls schon die Hälfte der Stufen hinaufgeklettert war. Bevor der nächste Mann den Weg nach oben versuchen konnte, zog ich die Leiter ein Stück hoch und schleuderte sie dann mit aller Kraft von mir. Der feindliche Bogenschütze, der mich daran hindern wollte, wurde von dem Pfeil getroffen, den Mara neben mir abschoss.

»Danke!«

»Es war mir eine Ehre«, antwortete sie grinsend. Ihre Müdigkeit war dem nackten Willen zu überleben gewichen und ich sah die Kämpferin vor mir, die mich schon in Ägypten so sehr beeindruckt hatte.
Ich steckte das Schwert weg und griff wieder zu meinem Bogen. Mara und ich schickten einen Pfeil nach dem anderen nach unten, um unsere Gegner daran zu hindern, die Leiter erneut aufzurichten. Denen gelang es aber, immer wieder ihre Schilde rechtzeitig zum Schutz zu erheben, und einem Treffer zu entgehen.
Plötzlich erklangen aus den Reihen der Rhoder entsetzte Schreie. Die Männer hörten auf zu schießen und richteten ihre Blicke zum Hafen, wo ihre Schiffe langsam aufs offene Meer zurückgezogen wurden. »Ich habe es gewusst!«, schrie ich begeistert und musste anerkennen, dass sich Artemisia als würdige Regentin erwies.

Unbemerkt von den Angreifern aus Rhodos waren die persischen Boote aus einem versteckt liegenden Hafen ausgelaufen und hatten sich hinter den Schiffen der Rhoder in Stellung gebracht. Mit Tauen schleppten sie die feindliche Flotte ab und nahmen den Griechen so die Rückzugsmöglichkeit. Aus den Wäldern kamen jetzt Hunderte von Amazonen und stürmten auf die gegnerischen Krieger zu. Die wurden von dieser Aktion völlig überrascht und standen konsterniert vor den Stadtmauern.
»An die Bögen!«, schrie der Hauptmann. Der Wolke aus Pfeilen, die jetzt auf die Rhoder herunterflog, hatten die Krieger nichts entgegenzusetzen. Die Deckung

aus Schilden, die ihnen bei ihrer ersten Angriffswelle noch den nötigen Schutz vor den Geschossen der Perser geboten hatte, war vollständig zusammengebrochen. Ein Mann nach dem anderen wurde getroffen und stürzte zu Boden.

Der Hauptmann ließ das Tor öffnen und unsere Soldaten stürmten nach draußen, um sich gemeinsam mit den Amazonen auf die Angreifer zu stürzen. Um keine eigenen Kämpfer zu treffen, wurde der Pfeilhagel nun eingestellt und wir bekamen den Befehl unsere Kameraden vor den Stadtmauern zu unterstützen.

Während sich Mara weiterhin auf Pfeil und Bogen verließ, zog ich mein Schwert. Seite an Seite fanden auch wir nun unseren Weg nach draußen und brachen mit den anderen Soldaten zur linken Seite hin aus.

»Schneidet ihnen den Rückweg ab!«, befahl der Hauptmann, bevor er sich ebenfalls in den Kampf stürzte.

Die Armee aus Rhodos war bereits auf weniger als die Hälfte zusammengeschmolzen und die Männer suchten nun ihr Heil in der Flucht. Sie stürmten auf die Berghänge zu und damit genau in die Arme der zweiten Gruppe von Amazonen, die in diesem Moment aus dem Wald kam.

Plötzlich fanden wir uns mitten im Kampfgetümmel wieder. Wütende Schreie mischten sich mit dem Stöhnen der Verletzten. Der Geruch von Blut und Schweiß zog über das Schlachtfeld. Ich stand einem Rhoder gegenüber, der mich mit finsterer Miene ansah. Er streckte mir seine Klinge entgegen und kam drohend auf mich zu. Mir blieb nichts anderes übrig, als mich mit meinem Schwert zu verteidigen. Mein Gegner drosch seine Waffe mit voller Kraft auf mich herunter. Im letzten Moment konnte ich meine Klinge hochreißen und den Schlag abwehren. Dennoch durchströmte ein stechender Schmerz meinen Oberarm. Ich taumelte zwei Schritte zurück und hätte es wohl nicht geschafft, auch den nächsten Schlag des Rhoders zu parieren. Wieder war es Mara, die mir im letzten Moment zu Hilfe kam. Der aus kurzer Distanz abgefeuerte Pfeil drang tief in die Schulter meines Gegners ein, der seine Waffe nicht mehr halten konnte. Aus ungläubigen Augen starrte mich der Hüne an. Ein zweiter Pfeil drang in seine Brust ein und er ging langsam zu Boden.

Zeit zum Durchatmen blieb mir nicht. »Ralf, hilf mir!«, hörte ich den Schrei meiner Gefährtin und drehte mich blitzschnell um. Einer der Krieger hatte sich vor Mara aufgebaut, die es nicht schaffte, den nächsten Pfeil schnell genug auf den Bogen zu legen. Im letzten Moment gelang es mir mein Schwert zur Abwehr hochzubekommen, bevor der Rhoder Mara mit seiner Waffe treffen konnte. Ich konnte mich jetzt besser auf den Rückschlag einstellen und der Schmerz, der meinen Arm durchzuckte, überraschte mich nicht mehr. Ich wollte jetzt einen eigenen Angriff starten und drosch auf meinen Gegner ein. Die Wucht meines Schlages schmetterte ihn zurück und er hatte das Pech über das Bein eines hinter ihm liegenden Toten zu stolpern. Wehrlos lag mein Gegner nun vor mir und ich hielt das Schwert hoch erhoben über ihm, um den Kampf mit dem nächsten Schlag zu beenden.

Ich schaute in das angstverzerrte Gesicht meines Kontrahenten und hielt inne. Der Knabe vor mir konnte maximal vierzehn Jahre alt sein. »Steh auf und mach, dass du hier wegkommst!«, fuhr ich den Jungen an. Ich spürte den säuerlichen Geschmack meines Mageninhaltes auf der Zunge und zwang mich, den Brechreiz zu unterdrücken. Um ein Haar hätte ich einem

Kind mein Schwert in die Brust gestoßen. In diesem Moment wurde mir die ganze Sinnlosigkeit dieses Kampfes bewusst. Was hatte die Mannen aus Rhodos dazu bewogen, die Stadt Halikarnassos anzugreifen? Wie viele Schlachten hatten die Griechen und die Perser schon gegeneinander geführt, um ein Land zu erobern, das nach dem Krieg in Armut und Schmerz dahinvegetierte? Ich wünschte, Mara und ich könnten diesem Wahnsinn entkommen und müssten nicht mit ansehen, wie einer der Krieger nach dem anderen den Tod fand. War ich vor wenigen Stunden noch in dem Glauben gewesen, dass es den Persern nur darum ging, ihre Stadt zu verteidigen, musste ich jetzt erkennen, dass sie mit der gleichen Unbarmherzigkeit zum Angriff übergegangen waren, die vorher die Männer aus Rhodos gezeigt hatten. Es reichte den Soldaten der Artemisia nicht aus, die Gegner einfach nur zurückzuschlagen. Sie würden nicht eher ruhen, bis alle Feinde erschlagen vor den Mauern der Stadt lagen. Mara und ich versuchten, uns so gut es ging aus dem Kampf herauszuhalten. Die Soldaten der Stadt waren jetzt in der Überzahl und die Angreifer waren in die Rolle der Verteidiger gedrängt worden. Wir hielten uns am Rand der Schlacht auf und sahen zu, wie die Reihen der Rhoder immer dünner wurden. Der Verlust ihrer Schiffe hatte ihnen einen harten Schlag versetzt, den sie nicht schnell genug verdauen konnten. Vor allem die Amazonen wüteten gnadenlos und kämpften mit einer beängstigenden Härte. Ich konnte nur froh sein, dass ich mich nicht auf der Seite der Griechen befand, sondern die Frauen zu meinen Verbündeten zählte.

Die Schlacht vor den Toren von Halikarnassos ging nun schnell zu Ende. Keinem der Rhoder gelang es, den Klingen der persischen Soldaten und der Amazonen zu entkommen. Aber auch unter den Verteidigern hatte es große Verluste gegeben. Wir starrten auf das Schlachtfeld und sahen überall die reglosen Körper der Opfer. Das Blut hatte den sandigen Boden rot gefärbt. Die Schreie der Verletzten drangen über den Platz und brachen abrupt ab, wenn die Krieger das Leiden der todgeweihten Gegner beendeten.
»Was steht ihr da herum?«, fuhr uns der Hauptmann an. »Wir müssen die Leichen zusammentragen und sie verbrennen.«
»Warum?«, fragte ich, ohne wirklich einen Grund dafür wissen zu wollen. Alles in mir wehrte sich dagegen, auch nur einen der leblosen Leiber zu berühren.
»Wenn wir die Toten hier liegen lassen, wird die Seuche vollenden, was die Rhoder begonnen haben und kein Mensch in Halikarnassos wird etwas dagegen tun können. Und jetzt bewegt euch!«
»Wir sollten tun, was er sagt«, flüsterte Mara mir zu. Sie packte die Beine eines persischen Soldaten und mir blieb nichts anderes übrig, als ihr zu helfen. Ich wollte den Leichnam unter den Achselhöhlen packen, damit wir ihn zusammen in die Mitte des Platzes tragen konnten. Dort, wo der rechte Oberarm sein sollte, war nur noch ein blutiger Stummel. Ich fühlte das klebrige Blut zwischen meinen Fingern, die eine tiefrote Farbe annahmen. Diesmal schaffte ich es nicht, den Brechreiz zu unterdrücken. Ich ging auf die Knie und übergab

mich, bis ich nur noch saure Gallenflüssigkeit auf meiner Zunge schmeckte.

»Ist alles in Ordnung mit dir?«, fragte Mara und legte ihre Hand auf meine Schulter.

»Nichts ist in Ordnung«, antwortete ich gequält. »Schau dich doch um. Wir stehen hier in einem Meer aus Blut zwischen verunstalteten Leibern. Wie kannst du da fragen, ob alles in Ordnung ist?«

Meine Gefährtin antwortete nicht. Es tat mir leid, dass ich ihr so barsch geantwortet hatte. Die Tränen in ihren Augen zeigten mir, wie sehr auch sie sich quälte. Ich stand auf und nahm Mara für einen kurzen Moment in den Arm. »Ich weiß, dass wir jetzt hier durch müssen«, sagte ich leise. »Es war nicht fair von mir, dich so anzufahren.«

»Ist schon gut«, erwiderte Mara und wischte sich mit ihrem Ärmel die Tränen aus dem Gesicht. »Lass uns tun, was der Hauptmann uns befohlen hat.«

Diesmal nahmen wir jeder ein Bein des Soldaten und zogen den Körper hinter uns her. Auf diese Art mussten wir ihn wenigstens nicht ansehen, während wir ihn in die Mitte des Platzes schafften. Dort waren die Soldaten dabei, die Toten zu einem makabren Berg aufzuschichten. In den nächsten Stunden arbeiteten wir schweigend und ich erlebte die ganze Szenerie wie einen bösen Traum. Meine Gedanken verschwammen in einem Nebel aus Schmerz und Leid und ich hatte keinen Blick für das, was um mich herum geschah.

Nachdem wir unsere Tätigkeit endlich beendet hatten, gingen wir mit den persischen Soldaten zurück hinter den Befestigungsring. Ich drehte mich nicht herum, als das Prasseln des Feuers erklang, und wusste auch so, dass der Leichenberg entzündet worden war. In der Abenddämmerung erhellte der Lichtschein der Flammen

aber auch den Platz vor mir und zeigte die grausamen Details der Schlacht. Noch immer lagen Schwerter herum und die dunkelroten Flecken auf dem Boden würden noch von den Kämpfen erzählen, wenn die Glut des Feuers längst erkaltet war.
In den Straßen von Halikarnassos wurden die Verletzten aus den eigenen Reihen versorgt. Das Wehklagen der Frauen, die ihre Männer und Söhne verloren hatten, erklang wie eine schaurige Musik über der Stadt. An einem Brunnen füllten wir unsere Trinkschläuche auf und reinigten notdürftig Hände und Gesicht. Auch wenn ich den ganzen Tag über noch nichts gegessen hatte, würde ich jetzt keinen Bissen herunterbekommen. Mara musste es ähnlich gehen wie mir. Ihre Augen lagen tief hinter Tränensäcken verborgen und die eingefallenen Wangenknochen ließen nichts mehr von der Fröhlichkeit der jungen Frau erkennen, die mir in den vergangenen Wochen so sehr ans Herz gewachsen war.
In einem Zelt fanden wir freie Plätze, an denen wir die Nacht verbringen konnten. Die Leere in meinem Kopf schaffte es noch immer, die Gedanken an die Ereignisse der vergangenen Stunden zu verdrängen, und ich fiel bald in einen gnädigen Schlaf.

Es war noch nicht richtig hell, als die Trompeter der Stadt den Weckruf für die Soldaten bliesen. Ich stand auf und rüttelte Mara wach, die wie eine Tote auf dem Boden lag. Gemeinsam verließen wir das Zelt.
Der Geruch nach verbranntem Fleisch lag wie ein Schleier in den Straßen von Halikarnassos und rief

die schaurigen Ereignisse des Vortages wieder in meine Erinnerung.

»Was sollen wir jetzt tun?«, fragte Mara leise, als wir zu den anderen Kriegern auf den Marktplatz traten.

»Ich weiß es nicht«, antwortete ich. »Wir müssen irgendwie an Artemisia herankommen und sie bitten, dass wir diesen Ort hier so schnell wie möglich verlassen dürfen.«

»Meinst du denn, sie lässt uns gehen?«

»Keine Ahnung. Die große Gefahr ist doch von der Stadt abgewendet worden. Welchen Grund sollte sie haben, uns weiter hier festzuhalten?«

»Braucht sie denn dafür einen Grund?«

Schweigend sah ich meine Gefährtin an. Mit ihrer letzten Frage hatte sie durchaus den Kern unseres Problems getroffen. Wir konnten nicht einfach aus Halikarnassos spazieren, wie es uns gerade passte. Die Soldaten der Regentin würden keinen Menschen aus der Stadt heraus- oder in sie hineinlassen. Artemisia dagegen hatte im Moment sicher andere Sorgen, als sich mit zwei Reisenden abzugeben. Es konnte Tage und Wochen dauern, bis das Leben in hier wieder einen halbwegs normalen Gang ging. So lange wollte ich auf keinen Fall in der Stadt bleiben. Ich dachte auch an Antipatros, der nichts unternommen hatte, um uns aus der Schlacht herauszuhalten. Auch er konnte unmöglich wollen, dass Mara und ich länger als unbedingt notwendig an diesem Ort blieben.

Ein weiteres Signal des Trompeters zog unsere Aufmerksamkeit auf sich. In den Reihen der Soldaten machte sich eine gespannte Unruhe breit. Sie alle schienen auf ein Ereignis zu warten, das unmittelbar bevorstehen musste.

Tatsächlich sahen wir, wie sich Artemisia mit ihren

Wachen den Weg zum Marktplatz bahnte. Sie kam aus der Richtung, in der auch das Grabmal des Mausolos lag, das mittlerweile seinen Reiz auf mich völlig verloren hatte. Auch wenn ich die Meisterleistung anerkennen musste, die dort vollbracht worden war, interessierte mich das fünfte Weltwunder nicht mehr. Zu viel war seit unserer Ankunft in Halikarnassos passiert, als dass ich jetzt noch einen Blick für die gewaltige Ruhestätte des persischen Königs übrig gehabt hätte. Ich wollte nur noch weg von diesem Ort. Und das so schnell wie möglich.

Die Menschen auf dem Platz bildeten eine Gasse, um ihre Regentin hindurchzulassen. Artemisia trat auf ein Podest in der Mitte des Platzes, das von den Soldaten eilig herbeigeschafft worden war. Ich war neugierig, was uns die Gattin des Mausolos zu sagen hatte.

»Bürger von Halikarnassos!«, ertönte die Stimme der Regentin. »In den vergangenen Stunden habt ihr Großes geleistet und unsere Stadt vor dem Angriff der Rhoder bewahrt. Es ist euch gelungen, den Feind zu vernichten und unsere Häuser zu schützen.«

Ein wahrer Jubelsturm brach aus den Soldaten und Bürgern der Stadt hervor. Erst als Artemisia ihre Hand hob und somit das Zeichen gab, dass sie weitersprechen wollte, beruhigten sich die Menschen wieder. »Die Gefahr ist aber noch nicht gebannt!«, fuhr sie fort. »Wir haben unsere Feinde mit einer List überraschen können und die erste Schlacht gewonnen. Die Rhoder werden sich aber sehr schnell von diesem Rückschlag erholen und eine neue Flotte aufstellen. Und diese wird vielleicht noch größer sein, als die, die wir gerade besiegt haben. Wenn wir verhindern wollen, dass weitere Angriffe kommen, müssen wir nun einen Gegenschlag führen.«

Wieder wurde die Regentin von lauten Beifallsstürmen ihrer Untertanen unterbrochen. Diesmal dauerte es länger, bis es ruhig genug war, dass Artemisia weitersprechen konnte.

»Sobald am morgigen Tag die Sonne aufgeht, werden wir uns auf den Weg machen und nach Rhodos segeln. Jeder Krieger, der noch in der Lage ist, ein Schwert zu führen, wird den Gegenangriff begleiten. Beweist, dass sich die Söhne und Töchter von Halikarnassos vor keinem Feind zu fürchten brauchen!«

Der nun folgende Jubel zeigte, wie sehr die Soldaten mit der Meinung ihrer Regentin übereinstimmten. Ich war dagegen alles andere als glücklich über die Neuigkeiten, die Artemisia uns mitgeteilt hatte. Für Mara und mich würde es schwer werden, der Reise nach Rhodos zu entgehen.

»Wir müssen zu ihr«, sagte ich zu Mara und ergriff ihre Hand. Die Menschen standen so dicht beieinander, dass es uns fast unmöglich war, zur Regentin von Halikarnassos durchzudringen. Meter für Meter kämpften wir uns vorwärts und reagierten dabei nicht auf die derben Flüche, mit denen uns die Soldaten bedachten. Endlich wurden die Reihen vor uns etwas lichter und wir kamen besser voran.

»Wo wollt ihr hin?«, stoppte uns die Stimme des Hauptmanns, der wie aus dem Nichts vor uns auftauchte.

»Wir müssen dringend mit Artemisia sprechen«, antwortete ich.

»Das ist unmöglich«, sagte der Hauptmann bestimmt. »Die Regentin bereitet gerade den Gegenschlag auf Rhodos vor und hat keine Zeit, sich mit euch abzugeben.«

»Es ist aber wichtig«, sagte ich.

»Was wollt ihr von Artemisia?«

»Wir sind als Reisende hier in Halikarnassos und wollen die Stadt so schnell wie möglich wieder verlassen.«

»Das werdet ihr auch«, sagte der Hauptmann. »Wenn wir morgen mit den Schiffen in Richtung Rhodos aufbrechen, werdet ihr mit an Bord sein.«

»Wir sind keine Krieger.«

»Wenn ihr nicht tut, was ich euch befehle, lasse ich euch in den Kerker werfen.«

»Was soll das?«, regte ich mich auf. »Wir haben nichts getan, weswegen man uns einsperren müsste.«

»Wenn wir Rhodos besiegt haben, seid ihr frei und könnt gehen, wohin ihr wollt. Bis dahin steht ihr unter meinem Kommando.«

Ich merkte, wie der Zorn in mir wuchs, musste aber gleichzeitig einsehen, dass wir nichts gewannen, wenn wir hier in Halikarnassos eingesperrt wurden. Vielleicht bekamen wir in Rhodos die Gelegenheit, der Schlacht zu entgehen, und konnten die Reise von dort aus fortsetzen. Ich hoffte auch immer noch darauf, dass sich Antipatros bei mir meldete. Noch kannten wir das nächste Ziel unserer Reise nicht und hatten daher auch keine Ahnung, was wir unternehmen sollten. Wahrscheinlich war es jetzt das Beste, den Befehl des Hauptmanns zu befolgen.

»Geht zum Zeugwart und lasst euch neu einkleiden. Danach könnt ihr euch bis zum Morgengrauen ausruhen. Wenn das Signal ertönt, erwarte ich, dass ihr euch in den Hafen begebt und mit auf mein Schiff steigt.«

Nach diesen Worten drehte sich der Hauptmann um und ließ uns stehen.

»Und jetzt?«, fragte Mara und sah mich verzweifelt an.

»Gehen wir zum Zeugwart«, antwortete ich.

»Willst du wirklich mit nach Rhodos segeln?«
»Wir haben keine andere Wahl. Wenn wir erstmal dort sind, sehen wir weiter. Antipatros wird eingreifen, wenn es zu brenzlig wird.«
»Wie kannst du dir da so sicher sein?«
»Er kann sich meinen Tod nicht leisten und wird deinen ganz sicher verhindern.«

Der Weg zum Zeugwart führte uns erneut am Grabmal des Mausolos vorbei. Trotz der gedrückten Stimmung nahmen Mara und ich uns die Zeit, den mächtigen Bau in Ruhe von allen Seiten anzusehen. Neben dem Gebäude an sich war ich vor allem von den Skulpturen fasziniert, die sich in drei jeweils etwa ein Meter hohen Reihen um das komplette Mausoleum herumzogen. Vor den Säulen, die den Mittelteil der Anlage bildeten, waren Statuen von Amazonen und Kriegern aufgestellt. Hier musste eine Vielzahl von Bildhauern am Werk gewesen sein. Anders wäre es sicher nicht möglich gewesen, das Grabmal in so kurzer Zeit zu errichten. Von Artemisia hatten wir erfahren, dass die Bauzeit nicht einmal zehn Jahre betragen hatte.
Beeindruckend war vor allem die riesige Höhe des Mausoleums, das die anderen Häuser von Halikarnassos um das Zehnfache überragte. Nach einem Eingang suchten Mara und ich jedoch vergeblich. Sehr gerne hätte ich mir auch das Innere der Anlage angesehen. Der Versuch, bis zur Säulenhalle hochzuklettern, wäre aber bei den Soldaten, die überall in den Straßen von Halikarnassos hockten, um Kräfte für den nächsten Tag zu sammeln, sicher nicht auf

große Gegenliebe gestoßen. Auch wenn uns Artemisia in ruhigeren Zeiten das Grabmal sicherlich genauer gezeigt hätte, durften wir nicht riskieren, dass wir bei einem eigenmächtigen Erkundungsversuch erwischt wurden.

»Ich hätte nicht erwartet, euch beide noch einmal lebend wiederzusehen«, begrüßte uns der Zeugwart, als wir die Waffenkammer der Stadt erreichten.

»Der Hauptmann schickt uns«, sagte ich, ohne auf die Bemerkung des Alten einzugehen. »Wir sollen uns neue Kleidung und Waffen für den Gegenangriff auf Rhodos holen.

»Ihr wollt mit in den Kampf gegen die Griechen ziehen?«, fragte der Alte erstaunt. »Ich fand es schon Verschwendung, euch Waffen für die Schlacht vor unserer Stadt zu geben.«

»Wir haben genauso gekämpft wie die anderen Soldaten auch«, entgegnete ich verärgert. »Bekommen wir nun unsere Sachen, oder müssen wir erst den Hauptmann holen, damit er dir die entsprechenden Befehle geben kann.«

Mit meinen Worten hatte ich genau den richtigen Ton getroffen, dem Kerl den Wind aus den Segeln zu nehmen. Er überreichte uns ein Bündel mit sauberer Kleidung und füllte unsere Köcher mit Pfeilen auf. Die Bögen und Schwerter, die wir vor zwei Tagen bekommen hatten, waren noch in Ordnung und mussten nicht ausgetauscht werden. »Seife bekommt ihr im Waschhaus. Ich würde euch einen Besuch dort dringend empfehlen«, sagte der Alte und sah uns mit einem breiten Grinsen an.

Auch wenn ich dem Zeugwart am liebsten die Faust zwischen die Zähne geschlagen hätte, bedankten wir uns artig und verließen die Waffenkammer.

»Ein abscheulicher Kerl!«, sagte Mara, als wir wieder im Freien waren.

»Mit etwas Glück sehen wir ihn nicht wieder. Er ist sicher nur neidisch, weil man ihn nicht mehr aus dem Keller heraus lässt. Er hat wahrscheinlich einfach zu lange kein Tageslicht mehr gesehen.«

Wir sahen uns an und mussten beide lachen. Es tat gut, den ganzen Schrecken um uns herum für einige Sekunden zu vergessen. Mit dem Waschhaus hatte uns der Zeugwart einen wertvollen Hinweis gegeben. Weil wir uns am Abend vorher nur notdürftig hatten waschen können, schlugen wir jetzt den Weg zu dem kleinen Bau ein, der hinter den Hütten lag, in denen einige der Soldaten ihre Unterkunft hatten. Den Männern, die nur wegen des Angriffs der Rhoder nach Halikarnassos gekommen waren, standen keine Schlafplätze zur Verfügung. Sie fanden ihr Lager in den Straßen der Stadt, in denen man einige Notzelte aufgestellt hatte. Die Amazonen hatten sich wieder in die Wälder zurückgezogen. Ich war gespannt, ob sie an dem Angriff auf die Insel Rhodos teilnehmen würden oder als Wächterinnen für die Stadt zurückblieben.

Mittlerweile brannte die Mittagssonne über Halikarnassos. Es herrschte eine fast schon gespenstische Ruhe. Nach wie vor lag über der Stadt der Geruch der verbrannten Leichen und umschloss sie wie eine Glocke. Bis auf Mara und mich war das Waschhaus leer. Ich war froh, endlich die verdreckte Tunika loszuwerden, die den Gestank von Blut und Rauch aufgesogen hatte wie ein Schwamm.

Ich warf einen Blick auf den nackten Körper meiner Begleiterin und dachte wieder an die Warnung ihres Vaters. Aber auch wenn die Drohung von Antipatros, mich zu töten, nicht zwischen uns gestanden hätte, wäre es in diesem Moment weder der richtige Ort noch die richtige Zeit gewesen, mich der schönen Griechin wieder zu nähern.

Mara bemerkte meinen Blick und sah mich lächelnd an.
»Es wird der Tag kommen, wo auch mein Vater nichts mehr gegen unsere Liebe tun kann«, sagte sie.
»Vielleicht«, antwortete ich und wich ihrem Blick aus.
»Du bist immer noch böse auf mich«, sagte sie und kam zu mir.

Ich sah tief in die Augen der Frau, die ich so sehr liebte, und wusste in diesem Moment, dass ich ihr niemals wirklich böse sein würde. Ich nahm mir fest vor, einen Weg zu finden, dass wir beide für immer zusammenbleiben konnten, wenn unsere Abenteuer bei den sieben Weltwundern vorbei waren.

»Ich bin dir nicht böse«, sagte ich und hauchte Mara einen Kuss auf die Wange. »Dennoch sollten wir zusehen, dass wir hier fertig werden. Wir müssen noch einen Platz für die Nacht finden und sollten die Zeit nutzen, um uns auszuruhen, bevor wir mit den Persern in See stechen.«

»Du hast ja recht«, sagte sie und drehte sich um.
»Wie geht es dir denn jetzt?«, lenkte ich vom Thema ab.
»Besser. Ich bin zwar immer noch sehr müde, aber ich fühle mich nicht mehr so erschlagen wie heute Morgen.«

Wir streiften uns die ärmellosen Tuniken über, deren Stoff etwa eine Handbreit über den Knien endete. Der Zeugwart musste einen guten Blick für unsere Körpergröße gehabt haben. Die Sachen passten uns beiden wie angegossen. Wir würden uns gut darin bewegen können. Nicht einmal die Schwerter störten uns beim Laufen und die Bögen lagen so leicht über der

Schulter, dass wir sie kaum spürten.
Obwohl wir noch genügend Geld hatten, um eine Unterkunft zu bezahlen, wurden wir nicht fündig, weil einfach zu viele Leute in Halikarnassos waren. So blieb uns nichts anderes übrig, als die Nacht in einem der provisorischen Zelte zu verbringen. Wir kamen gerade rechtzeitig am Marktplatz an, als die Wachen der Stadt das Essen an die Soldaten verteilten. Es gab eine Art Fleischbrühe, die in tönernen Töpfen ausgeschenkt wurde. Dazu ein Stück trockenes Brot. Unsere Wasserschläuche bekamen wir ebenfalls gefüllt. Um für den nächsten Tag ausgeruht zu sein, gingen wir sehr früh schlafen. Auch an diesem Abend wurde meine Hoffnung, Antipatros würde sich melden, nicht erfüllt.

Wie ich es nicht anders erwartet hatte, gehörten wir zu den Letzten, die am nächsten Morgen den Hafen erreichten. Einige der Soldaten waren so im Kampfesfieber, dass sie schon sehr früh bei den Schiffen auf die Abfahrt warteten. Mara und ich dagegen wurden erst von dem Signal geweckt, das die Trompeter bliesen, um das Zeichen zu geben, dass der Gegenschlag nach Rhodos eingeleitet wurde. Der Hauptmann warf uns einige missbilligende Blicke zu und wies uns an, sein Schiff zu besteigen.
Wieder einmal mussten wir also unsere Reise auf dem Meer fortsetzen. Nach dem Sturm, in den wir auf der Überfahrt nach Piräus geraten waren, kostete mich das noch immer große Überwindung. Da half auch der aufmunternde Blick nicht, den mir Mara zuwarf, als sie selbst auf das Deck trat.

Zunächst wunderte ich mich darüber, dass wir die Reise mit den Schiffen unserer Gegner antraten, aber dann wurde mir sehr schnell klar, was Artemisia damit bezweckte. Die Überraschung der Menschen würde sehr groß sein, wenn anstelle ihrer eigenen Krieger die persischen Soldaten im Hafen von Rhodos einfielen.
Meinen Befürchtungen zum Trotz verlief die Überfahrt ohne Probleme. Wir saßen im Bauch des Schiffes und warteten darauf, dass wir unser Ziel erreichten. Mit dem Sonnenaufgang konnten wir vor uns bereits die ersten Türme der griechischen Insel erkennen. Die Spannung wuchs, je näher wir an die Hafeneinfahrt herankamen. Würden die Rhoder auf unsere List hereinfallen? Der Hauptmann befahl uns, die Bögen schussbereit zu machen. Wir waren jetzt nur noch wenige Meter von einem Ring aus Steinen entfernt, der nur eine schmale Gasse freiließ, damit die Schiffe in den Hafen einlaufen konnten. Hunderte von Männern und Frauen kamen herbei, gelaufen und jubelten den vermeintlichen Heimkehrern zu.
Wir passierten nun die beiden Türme, die als Markierung errichtet worden waren, damit die Einfahrt weithin sichtbar war und besser angesteuert werden konnte. Hinter uns bildeten die anderen Schiffe eine Kette.
»Gleich geht es los!«, zischte mir Mara zu. Genau wie die anderen Krieger waren wir bereit, sofort einen Pfeil auf die Soldaten von Rhodos zu richten.
»Noch scheinen die Griechen nicht gemerkt zu haben, dass es nicht ihre eigenen Leute sind, die die Stadt ansteuern«, gab ich ebenso leise zurück.
Durch die schmalen Schießscharten in der Bordwand konnten wir einen Teil des Hafens überblicken. Tausende von Rhodern waren gekommen, um ihre

Helden bei der Heimkehr zu begrüßen. Während wir immer näher kamen sahen wir, wie sich in der Menschenmenge eine Gasse bildete, durch die eine Gruppe von neun Männern hindurchschritt, die von rund einem Dutzend Soldaten begleitet wurden. Sie trugen allesamt dunkelblaue Tuniken. Die Gürtel, die sie um die gut genährten Bäuche gebunden hatten, waren genauso schwarz wie ihre Sandalen.

Ich vermutete, dass hier so etwas wie der Rat der Stadt in den Hafen kam, um die Nachricht vom ruhmreichen Sieg über Halikarnassos zu hören. Verwunderlich war nur, dass sie keinen Verdacht schöpften. Die rhodischen Krieger wären sicher längst an Bord der Schiffe gewesen, um sich von ihrem Volk zujubeln zu lassen. Waren die Bewohner der Stadt wirklich so überheblich und rechneten nicht damit, dass nicht ihre eigenen Männer den Weg in den Hafen gefunden hatten?

Wir waren jetzt noch etwa fünfzig Meter von der Anlegestelle entfernt. Die Spannung unter den persischen Kriegern war zum Zerreißen gespannt. Jeder Einzelne von ihnen hielt den gespannten Bogen in der Hand und war bereit, seinen Pfeil in einem Bruchteil von Sekunden abzuschießen.

»Jetzt!«, schrie der Hauptmann und stellte sich aufrecht auf das Deck.

Gleichzeitig mit den anderen Kriegern sprangen auch Mara und ich auf und hielten den schussbereiten Bogen auf die total überraschten Bewohner von Rhodos gerichtet, die jetzt nur noch zwanzig Meter von uns entfernt waren.

Die wenigen anwesenden Soldaten versuchten, ihre Bögen zu ziehen, ließen sie aber sofort wieder sinken, als sie erkannten, dass sie unserer Übermacht nichts entgegenzusetzen hatten. Den Griechen blieb nichts anderes übrig, als zuzusehen, wie weitere Schiffe mit schussbereiten persischen Kriegern in den Hafen einliefen. Die Stadtbewohner standen wie zu Stein erstarrt an ihren Plätzen. Ihre Blicke zeigten eine Mischung aus Angst und Neugierde.

»Bewohner von Rhodos!«, schrie Artemisia, die jetzt neben dem Hauptmann stand, in die Menge hinein, sodass auch der hinterste der Menschen sie hören konnte. »Euer hinterhältiger Angriff auf unsere Stadt ist fehlgeschlagen. Ich, Artemisia die Regentin von Halikarnassos, werde ab sofort die Herrschaft über Rhodos antreten. Ergebt euch und tretet in meine Dienste über! Ich gelobe, dass keinem ein Leid geschieht, der sich auf die Seite von mir und meinen Kriegern stellt.«

Nach den Worten der persischen Regentin herrschte zunächst eisige Stille im Hafen von Rhodos. Die wenigen Soldaten legten ihre Waffen nieder und knieten sich als Zeichen des Respekts nieder. Ich bewunderte Artemisia für ihre Worte. Ihr war es gelungen, die Herrschaft über die Stadt zu gewinnen, ohne einen einzigen Pfeil abfeuern zu lassen.

Die Mitglieder des Stadtrates tuschelten aufgeregt miteinander, nahmen aber ebenfalls eine demütige Haltung ein, als Artemisia an Land trat und auf sie zuschritt.

Der Hauptmann befahl uns, nun ebenfalls das Schiff zu verlassen, damit wir die Waffen der Rhoder einsammeln konnten. Ohne einen Tropfen Blut zu vergießen, hatten die Perser die Herrschaft über die Stadt übernommen.

Die Belagerung von Rhodos

Da Mara und ich zu der Gruppe von Kriegern gehörten, die mit Artemisia auf einem Schiff nach Rhodos gereist waren, begleiteten wir die Regentin auch, als sie mit dem Rat in den Palast der Stadtoberhäupter ging. Die Nachricht von der Besetzung durch die Perser hatte sich wie ein Lauffeuer herumgesprochen. Überall lugten neugierige Gesichter hinter Mauervorsprüngen oder aus Türspalten hervor, um einen Blick auf die Ankömmlinge zu werfen, die Rhodos im Sturm erobert hatten.
Die Straße ließ einiges vom Reichtum der Stadt erkennen. Viele Häuser zeigten Skulpturen oder waren mit goldenen Malereien verziert. Wir gelangten auf einen Platz, an dem Kaufleute ihre Waren anboten. Die unterschiedlichsten Düfte drangen in meine Nase. Ich sah Teppiche, Tonkrüge in allen erdenklichen Formen und Größen sowie Gehege mit Ziegen, Rindern und Schafen. Handwerker boten ihre Dienstleistungen an. Schmiede waren darunter genauso vertreten, wie eine Vielzahl von Bildhauern, die ihre Skulpturen vor den Augen der Besucher modellierten.
Die Männer unterbrachen ihre Arbeit, als wir den Platz überquerten, und sahen uns skeptisch an. Sicher fürchteten sie um ihre Geschäfte und hofften, dass die Besatzer die Handelsbeziehungen der Stadt nicht unterbrachen und das normale Leben ohne größere Unterbrechungen weiterlief.
»Bleibt in Rhodos!«, hörte ich plötzlich die Stimme von Antipatros hinter mir. Erstaunt sah ich mich um, suchte nach dem Sprecher, konnte ihn aber nirgendwo entdecken.
»Fahrt nicht zurück nach Halikarnassos!« Blitzschnell drehte ich mich um, sah aber nur die persischen

Krieger, die hinter mir schritten. Woher kam die Stimme? Ich war mir sicher, die Worte gehört zu haben.
»Das sechste Wunder ist hier.« Wieder vernahm ich die Botschaft klar und deutlich in meinen Ohren. Ich ärgerte mich, dass ich keine Möglichkeit hatte, dem Griechen zu antworten oder ihm Fragen zu stellen. So sehr ich auch nach der Gestalt suchte, ich konnte nichts entdecken.
»Ralf, was ist mit dir?«, sprach Mara mich an, die bisher genau wie ich schweigend hinter Artemisia und dem Rat hergegangen war.
»Hast du eine Stimme gehört?«
»Nein. Wie kommst du darauf?«
»Vergiss es. Ich dachte, es hätte jemand zu uns gesprochen, aber ich habe mich wohl geirrt«, log ich. Antipatros hatte es auf irgendeine Art geschafft, mit mir Kontakt aufzunehmen. Ich war mir absolut sicher, dass ich mich nicht getäuscht hatte. Mara würde ich später davon erzählen. Jetzt war nicht der richtige Zeitpunkt. Ich wollte abwarten, was Artemisia als Nächstes tat.
»Bist du dir sicher, dass alles in Ordnung ist?«, fragte Mara erneut.
»Ja. Ich war nur kurz abgelenkt. Lass uns später darüber sprechen.« Der Blick meiner Freundin zeigte mir, dass es ihr nicht sonderlich schmeckte, von mir nur ausweichende Antworten zu bekommen. Sie runzelte die Stirn und setzte gerade zu einer scharfen Erwiderung an, als unsere Gruppe plötzlich stehen blieb. Beinahe wäre ich noch gegen den vor mir laufenden Krieger gestoßen, konnte mich aber im letzten Moment abfangen.
Die Ratsmitglieder, die sich vor wenigen Minuten noch als stolze Herrscher über Rhodos gesehen hatten, standen nun mit ihrer neuen Regentin vor den Toren des Palastes. Es war nicht viel von dem Hochmut übrig

geblieben, mit dem die Männer bereitgestanden hatten, um ihre Helden zu begrüßen und den vermeintlichen Sieg über Halikarnassos zu feiern. Von Artemisia gedemütigt, blieb ihnen nun nichts anderes mehr übrig, als die Herrschaft über die Stadt abzutreten.

Hoch erhobenen Hauptes folgten die persischen Soldaten ihrer Regentin in den Palast. So gelangten auch Mara und ich ins Innere des Gebäudes. Am Ende der etwa fünfzig Personen umfassenden Gruppe gingen, von ihren Bewachern umringt, die Mitglieder des Rates. Sie flüsterten leise miteinander und beratschlagten sicher, wie sie versuchen konnten, eine angemessene Position auf Rhodos zu behalten.

Durch eine mit kostbaren Wandteppichen geschmückte Vorhalle schritten wir in einen Saal, der gerade groß genug war, alle Anwesenden zu fassen. Artemisia wies die Ratsmitglieder und ihre engsten Vertrauten an, auf den Steinstühlen Platz zu nehmen, die um einen Marmortisch herum aufgestellt waren, der Platz für zwölf Personen bot. Sie selbst setzte sich an das Kopfende der Tafel. Wir stellten uns mit den anderen Soldaten an den Seiten des Raumes entlang der Wand auf.
»Rat von Rhodos!«, ergriff Artemisia das Wort. »Ihr habt in eurem Übermut geglaubt, die Stadt Halikarnassos unter eure Herrschaft zwingen zu können und dabei die Schlagkräftigkeit der persischen Armee unterschätzt. Den Angriff auf unser Land konnten wir nicht ungestraft hinnehmen und haben uns daher zum Gegenschlag entschlossen, dem ihr nichts entgegensetzen konntet. Mit sofortiger Wirkung übernimmt Halikarnassos die Regentschaft über die Insel Rhodos und wird damit ausschließen, dass es in

Zukunft zu Angriffen auf das persische Volk kommt.«
Im Raum war es jetzt so leise, dass man eine Stecknadel hätte fallen hören können. Artemisia hatte die Situation voll unter Kontrolle und genoss ihren Auftritt sichtlich. »Die Hauptmänner eurer verbliebenen Armee werden mit mir zurück nach Halikarnassos reisen, wo sie ihre gerechte Strafe erhalten, und hier durch meine eigenen Männer ersetzt.«
Artemisia ließ ihren Blick durch den Raum schweifen. Die Männer des Rates spürten wohl, dass es jetzt um ihr eigenes Schicksal gehen würde. Sie rutschten unruhig auf ihren Sitzen hin und her und ich konnte die Schweißtropfen auf den Gesichtern erkennen.
»Es ist mir nicht daran gelegen, die Reichtümer der Stadt zu plündern«, fuhr die Regentin fort. »Ich kann und will das Volk von Rhodos nicht für die Habsucht seines Rates verantwortlich machen.« Artemisia sah die Männer jetzt direkt an, die unter dem Blick zu erstarren schienen. »Euer Leben werde ich schonen, weil ihr die Handelsbeziehungen eurer Stadt kennt und dafür sorgen könnt, dass Halikarnassos von ihnen profitiert. Dennoch werdet auch ihr nicht ohne Strafe davonkommen. Schließlich wart ihr es, die den Angriff auf meine Heimat befohlen haben. Jeweils zwei meiner Soldaten werden zukünftig jeden Einzelnen von euch auf Schritt und Tritt überwachen. Jedes kleinste Vergehen werden sie Hauptmann Prios berichten, der ab sofort die Befehlsgewalt über Rhodos innehat und eine entsprechende Strafe verhängen wird, wenn ihr euch nicht an seine Regeln haltet. Ich selbst werde die Insel noch heute mit der Hälfte meines Heeres verlassen und nach Halikarnassos zurückkehren.«
Die Männer des Rates sahen sich untereinander an und schienen nach einer passenden Reaktion zu suchen.

Plötzlich stand einer von ihnen auf und verbeugte sich vor der neuen Regentin. Die anderen folgten seinem Beispiel. »Eure Großherzigkeit ehrt uns«, sagte der Mann unterwürfig. »Ich, Saulos, Vorsitzender des Rats von Rhodos, gelobe euch unsere uneingeschränkte Treue.«

Ohne den Mann eines Blickes zu würdigen, verließ Artemisia den Raum. Prios blieb mit zehn persischen Soldaten und den Ratsmitgliedern zurück, während Mara und ich mit den anderen Männern der Regentin folgten. Vor dem Gebäude gab Artemisia den Wachen, die vor dem Eingang auf der Treppe standen, letzte Anweisungen und wandte sich dann uns zu.
»Ich danke euch dafür, dass ihr in Halikarnassos für mein Volk gekämpft habt und auch hier bereit wart, dies zu tun. Es steht euch nun frei, ob ihr mit mir in meine Stadt zurückkehrt oder auf Rhodos bleibt.«
»Wir bleiben hier«, sagte ich sofort und erntete dafür einen verwunderten Blick von Mara.
»War es nicht euer Wunsch das Grabmal meines Gatten und Bruders zu sehen?«
»Wir hatten trotz der Schlacht ausreichend Gelegenheit, die Baukunst zu bewundern, die dein Volk bei der Erbauung des Grabtempels geleistet hat«, antwortete ich.
»Wenn das euer Wunsch ist, soll es so geschehen. Ihr könnt euch in der Stadt frei bewegen und steht unter dem Schutz von Hauptmann Prios und seinen Männern.«
Wir verbeugten uns zum Abschied vor der klugen Perserin, die ihr Volk so weitsichtig regierte. Die kehrte dem Regierungspalast nun endgültig den Rücken zu und schritt, gefolgt von ihren Soldaten, in Richtung

Hafen davon.

»Was soll das?«, wollte Mara wissen, nachdem die Regentin aus unserem Blick verschwunden war. »Wie kommst du darauf, dass wir hier bleiben sollen? Es war nie unsere Absicht, nach Rhodos zu reisen.«

»Antipatros hat mir gesagt, dass wir hier bleiben sollen.«

»Wie? Wann?«

»Im Hafen. Kurz bevor wir zum Palast gegangen sind.«

»Dort hast du ihn gesehen?«

»Nein. Ich hörte nur seine Stimme.«

»Ich war doch die ganze Zeit neben dir und habe nichts bemerkt.«

»Dennoch bin ich mir aber absolut sicher, dass er es war. Keine Ahnung, wie der Kerl das wieder angestellt hat. Er hat jedenfalls gesagt, dass wir auf der Insel bleiben sollen.«

»Aber was sollen wir hier?«

»Das musst du deinen Vater fragen.«

Wir verzichteten darauf, bei den persischen Soldaten zu übernachten, weil wir vermeiden wollten, immer wieder in die Dienste des Heeres eingespannt zu werden. In einem Gasthaus fanden wir ein Zimmer, das wir für eine Woche mieteten und im Voraus bezahlten. Hauptmann Prios verbrachte die meiste Zeit im Regierungspalast. Als wir ihn kurz trafen, sagte er uns, dass wir jederzeit zu ihm kommen könnten, wenn es irgendwelche Probleme gäbe. Somit konnten Mara und ich uns frei auf Rhodos bewegen und merkten schnell, dass der Reichtum in der Stadt sich auf einen sehr geringen

Teil der Bevölkerung verteilte. Wie auch in den Großstädten meiner Zeit gab es mehrere Armenviertel. Auch in Babylon, Ephesos und Halikarnassos hatte ich ähnliche Bilder gesehen. Natürlich reichte die medizinische Versorgung nicht einmal in Bruchteilen an die Verhältnisse heran, wie ich sie gewohnt war. Wirklich alte Menschen sah ich kaum. Dafür aber viele kranke Kinder, die auf den Straßen um ihren Lebensunterhalt bettelten. Solche Zustände hatte ich bisher während meiner Reise durch die Vergangenheit nur in Babylon gesehen. Mir taten die Menschen leid, aber ich musste einsehen, dass ich ihnen nicht helfen konnte.

»Was machen wir denn jetzt?«, fragte Mara, als wir am dritten Morgen nach der Einnahme der Stadt im Hafen von Rhodos saßen. Obwohl wir unsere alten Tuniken längst gegen kürzere getauscht hatten, machte uns die brütende Hitze zu schaffen.

»Ich weiß es nicht«, antwortete ich und dachte daran, dass ich zu Hause schon mit meinen Freunden darüber gesprochen hatte, einmal auf Rhodos Urlaub zu machen. Die Badestrände waren ein beliebtes Reiseziel für deutsche Touristen. Nicht wenige wären sicher bereit gewesen, ein Vermögen dafür zu bezahlen, die Insel so zu sehen, wie es mir jetzt vergönnt war.

»Wir sitzen seit Tagen nur hier herum. Bist du sicher, dass es wirklich die Stimme von Antipatros war, die dir befahl, hier auf der Insel zu bleiben?«

»Wie oft willst du mich das denn noch fragen?«

»Ich verstehe das nicht. Wir haben uns jetzt die ganze Stadt angesehen. Auch wenn der Hafen sicher beeindruckend ist, kann er unmöglich das sechste Weltwunder sein.«

»Das glaube ich auch nicht«, gab ich meiner Gefährtin

recht. »Es *muss* aber einen Grund geben, warum wir hier sind«, fuhr ich fort. »Bisher war Antipatros nicht sehr großzügig damit, uns mit Informationen zu versorgen. Diesmal geht er aber wirklich zu weit.«
»Es ist schlimm, nichts tun zu können«, fügte Mara traurig hinzu.
Wieder konnte ich der schönen Griechin nur zustimmen. Nach den Ereignissen der vergangenen Wochen waren wir es einfach nicht mehr gewohnt, längere Zeit tatenlos an einem Ort zu sein. »Ich bin überzeugt, dass in Kürze etwas passieren wird«, sagte ich nach einer Weile. Ich musste mich zwingen, nicht zu sehr auf die nackten Beine meiner Freundin zu starren, die ausgestreckt in der prallen Sonne vor mir lagen. Auch wenn ich ihr schon lange nicht mehr böse war, dass sie mir verschwiegen hatte, in welchem Verhältnis sie wirklich zu Antipatros stand, blieb immer noch die Angst vor ihrem Vater. Er würde alles in seiner Macht Stehende tun, um zu verhindern, dass wir beide uns näherkamen. Mir war schon lange klar geworden, wie sehr ich die schöne Griechin liebte. Wie sie mich ansah, bewies, dass es ihr ebenso ging. Im Moment hatten wir aber keine Chance, diese Liebe auch zu leben. Das Beben in Ephesos und der Hagel am Strand zeigten, dass Antipatros immer eine Möglichkeit finden würde, uns zu stören. Ich schwor mir, den Alten davon zu überzeugen, dass ich der Richtige für seine Tochter war. Aber da er sich - wenn überhaupt - immer nur kurz zeigte, fehlte mir dazu einfach die Gelegenheit.
»Was hältst du davon, wenn wir morgen die Stadt verlassen und die Insel erkunden?«, brach ich das Schweigen.
Mara sah mich skeptisch an. »Was soll uns das bringen?«

»Vielleicht finden wir ja einen Hinweis, warum dein Vater wollte, dass wir auf der Insel bleiben.«

»Meinst du?«

»Es ist auf jeden Fall besser, als nur hier zu sitzen und zu warten.«

Den Rest des Tages verbrachten wir auf dem Markt und betrachteten das rege Treiben der Händler und ihrer Kunden. Am Abend lag ich noch lange wach und es fiel mir schwer, der Versuchung zu widerstehen, einfach zu Mara unter die Decke zu kriechen und ihr meine wahren Gefühle für sie zu zeigen. Irgendwann verrieten mir die gleichmäßigen Atemzüge meiner Begleiterin, dass sie eingeschlafen war. Ich dachte an meine Zeit und fragte mich, was Frau Kern und meine Klassenkameraden wohl unternommen hatten, um mich zu finden. Nach den vielen Abenteuern, die ich in den letzten Wochen erlebt hatte, sehnte ich mich jetzt, wo ich zum ersten Mal wirklich zur Ruhe gekommen war, mehr denn je nach meinem Zuhause. Es kam mir vor, als wäre ich jetzt schon Jahre in der Vergangenheit und die Zweifel, ob ich jemals wieder in meine Welt zurückkehren konnte, wuchsen mehr und mehr. Mit diesen trüben Gedanken schlief ich schließlich ein.

Ungeachtet der Warnung unseres Wirtes, es sei zu gefährlich zu zweit und unbewaffnet ins Landesinnere vorzudringen, machten wir uns am nächsten Morgen auf den Weg.

»Wo genau wollen wir denn nun hin?«, wollte Mara leicht genervt wissen, nachdem wir das Tor in der Stadtmauer passiert hatten und somit ungeschütztes

Gelände betraten. Von Hauptmann Prios hatten wir ein Siegel bekommen, mit dem man uns jederzeit wieder in die Stadt hineinlassen würde.

»Lass uns schauen, ob wir von dort oben die Insel überblicken können.« Ich deutete mit dem rechten Zeigefinger auf die kahlen Gebirge, die sich entlang der Küste erstreckten.

»Du willst bei der Hitze da hinaufklettern?«

»Warum nicht? Es ist besser, als nur auf dem Marktplatz oder im Hafen herumzulungern.«

Wirklich begeistert war Mara von meinem Vorschlag nicht, willigte aber ein. Zunächst kamen wir gut voran und brauchten lediglich eine halbe Stunde für die erste Hälfte des Weges. Dann wurde es jedoch zunehmend steiler und wir mussten immer öfter die Hände zu Hilfe nehmen, um den Felsen zu erklimmen. Der Schweiß lief mir aus allen Poren und auch auf dem Gesicht von Mara bildeten sich einige Perlen. Sie sprach es nicht aus, aber ihr Blick machte mir unmissverständlich klar, dass sie mich für die Idee, hier heraufzuklettern, am liebsten erwürgt hätte.

»Wir haben es fast geschafft«, spornte ich meine Begleiterin an.

»Vergiss nicht, dass wir hier auch wieder herunter müssen«, gab sie mürrisch zurück.

Auf den letzten Metern vor dem Gipfel wurde das Gelände wieder etwas flacher und wir konnten die restlichen Meter bis zu unserem Ziel normal gehen. Endlich hatten wir das erste Teilstück unseres Ausflugs hinter uns gebracht und warfen einen Blick über den Hügel. Was wir allerdings sahen war mehr als entmutigend. Der weitere Weg würde uns sehr viel mehr Mühe bereiten, als wir es erwartet hätten. Wieder sagte mir der Gesichtsausdruck meiner Gefährtin mehr als tausend Worte. Sie war sauer. Richtig sauer.

Der Weg hinunter schien noch steiler zu sein, als der schon mühsame Aufstieg. Zu allem Überfluss endete er auch noch direkt vor der nächsten Erhebung, die um einiges höher, aber dafür flacher war. Auf der linken Seite versperrten mächtige Felsen den Blick ins Landesinnere, auf der rechten lag das Meer.

»Du willst jetzt sicher auch auf diesen Hügel hinauf.«

»Ja. Wenn wir es herunter bis zum Strand geschafft haben, wird der nächste Aufstieg leichter. Wir haben schon Schlimmeres überstanden.«

Ich hatte jedoch die Mühe, die uns Abstieg bereitete, unterschätzt. Es wurde zu einer Qual, die Felsen herhinabzuklettern und es gab kaum einen Abschnitt, an dem wir einen Fuß normal vor den anderen setzen konnten. Endlich schafften wir es aber, auch diese Aufgabe zu meistern. Ich ließ mich erleichtert in den Sand fallen, der von den heranrollenden Wellen nass und angenehm kühl war.

»Was ist los?«, fragte ich Mara, die zwischen den drei Hügeln stand und mich angrinste.

»Weißt du, dass uns hier kein Mensch sehen kann?« Provozierend langsam streifte sie sich die kurze Tunika vom Leib. »Ich brauche eine Abkühlung.« Schnell drehte sich meine Gefährtin um und rannte lachend zum Wasser, auf dem sich die sengende Mittagssonne spiegelte.

Ich überlegte nicht lange und tat es Mara gleich. Beide genossen wir das kühle Meer, das uns den Schweiß vom Körper spülte. Nach einigen Minuten gingen wir erfrischt zurück an Land. Mara kam auf mich zu und schlang ihre Arme um meinen Hals. Dabei kam mir ihr Mund so nah, dass ich ihren Atem auf meiner Wange spüren konnte. Sie kam noch ein Stück näher. Unsere

Lippen waren nur noch Millimeter voneinander entfernt. Ihre Brüste berührten meinen Oberkörper. Jede Zelle in mir verlangte jetzt danach, meine Gefährtin endlich zu küssen.

»Ich warne dich nicht noch einmal!«, dröhnte plötzlich die Stimme von Antipatros in meinem Kopf und ich wich erschreckt ein paar Schritte von Mara zurück.

»Was hast du, Ralf?«

»Dein Vater hat gerade wieder zu mir gesprochen und mich daran erinnert, dass du für mich tabu bist«, antwortete ich wütend.

Wortlos hob Mara ihre Tunika auf und streifte sie über ihren wunderschönen Körper. »Lass uns weitergehen.«

Ich stand noch immer nackt vor meiner Begleiterin und wusste nicht, was ich sagen sollte. Als Mara sich umdrehte und die ersten Schritte den Hang hinauf machte, zog auch ich mich an und folgte ihr.

»Bist du sauer?«, fragte ich, nachdem wir etwa eine Stunde schweigend nebeneinander hergegangen waren.

»Nicht auf dich. Auf meinen Vater. Ich kann es nicht ertragen, dass er uns all diesen Gefahren aussetzt, die wir gemeinsam überstehen müssen, uns aber zwingt, unsere Gefühle füreinander zu unterdrücken. Ich würde ihm jetzt gern sagen, wie sehr er mich damit quält. Aber ich bekomme ja nicht einmal die Gelegenheit, überhaupt mit ihm zu reden.«

Ich blieb stehen und hielt Mara am Arm fest. Als sie sich umdrehte, sah ich, wie ihr eine Träne die Wange herablief. Ich nahm sie tröstend in den Arm und küsste sie kurz auf die Nasenspitze. »Wenn unsere Reise endlich vorbei ist, müssen wir deinen Vater davon überzeugen, dass wir zusammengehören.«

Auf dem weiteren Weg sprachen wir nur wenig. Jeder

hing seinen Gedanken nach. Auch wenn sich die Strecke besser bewältigen ließ als beim ersten Anstieg, kostete es uns doch viel Kraft, die Kuppe des Hügels zu erreichen. Ich war gespannt, was wir zu sehen bekommen würden, wenn wir endlich oben angekommen waren. Würden wir umkehren müssen, ohne einen Schritt weitergekommen zu sein? Oder brachte uns die Aussicht dort den gewünschten Erfolg?
Die Spannung, die ich verspürte, als wir die letzten Meter in Angriff nahmen, wurde unerträglich. Ich hoffte, dass wir uns die Strapazen an diesem Tag nicht umsonst zugemutet hatten. Mara würde auf dem Rückweg sonst keine Chance auslassen, mir mitzuteilen, was sie von meiner Idee, die Insel zu erkunden, hielt. Völlig außer Atem gingen wir die letzten Schritte. Was ich sah, als wir über die Kuppe schauen konnten, verschlug mir den Atem. Ein Zittern durchlief meinen ganzen Körper und ich hatte Mühe, mich auf den Beinen zu halten. Entsetzt sah ich meine Freundin an, die von dem Anblick genauso geschockt war, wie ich.

»Das müssen fast vierhundert Schiffe sein«, sagte Mara mit stockender Stimme.
»Und sie kommen direkt auf die Insel zu.«
»Wir müssen sofort zurück in die Stadt und Hauptmann Prios warnen.«
»Ja«, gab ich meiner Gefährtin recht. »Ich weiß nicht, was er gegen diese Übermacht ausrichten will, sollte sie denn in kriegerischer Absicht kommen. Er muss aber so schnell wie möglich darüber Bescheid wissen.«

In Rekordzeit erreichten wir die Bucht, in der wir uns am Mittag abgekühlt hatten, und begannen sofort, den nächsten Hang zu besteigen. Dabei hatten wir mehr als einmal Glück, bei dem steilen Aufstieg nicht abzustürzen. Völlig erschöpft erreichten wir in der Abenddämmerung die Stadtmauern von Rhodos.
»Wir müssen sofort zu Hauptmann Prios«, sagte ich zu den Wachen, die uns mit skeptischen Blicken ansahen.
»Wer seid ihr und was wollt ihr?«, kam die gelangweilte Antwort des Soldaten auf der linken Seite des Tores.
»Das habe ich doch gerade gesagt. Wir müssen zu Hauptmann Prios!«
»Das geht nicht. Wir haben klare Anweisungen, des Nachts niemanden mehr in die Stadt hineinzulassen.«
»Wir gehören zur persischen Armee.«
»So seht ihr aber nicht aus.«
»Wir müssen den Hauptmann dringend sprechen und haben keine Zeit für diesen Unsinn!« Verärgert hielt ich dem Wachmann das Siegel unter die Nase, das uns als Vertraute von Prios auswies.
»Warum sagt ihr das nicht gleich?«, fragte der Soldat und trat zwei Schritte zur Seite.
Ohne eine Antwort zu geben, zog ich Mara durch das Tor ins Innere der Stadt. Den Regierungspalast ereichten wir schnell. Dort wurden wir wieder von zwei Wächtern aufgehalten, die uns erklärten, dass Hauptmann Prios in einer wichtigen Besprechung sei und nicht gestört werden dürfe.
»Wenn er hört, was wir ihm zu sagen haben, wird er alles andere zurückstellen«, sagte ich bestimmt. »Bring uns zu ihm!«
»Was kann so wichtig sein, s der Rat dafür seine Sitzung unterbrechen sollte?«, wollte der Soldat wissen.
»Wir haben am Horizont etwa vierhundert Kriegs- und

Frachtschiffe gesehen, die Rhodos morgen erreichen werden«, sagte Mara ärgerlich.

»Ist das wahr?«

»Ja«, antwortete ich.

Die beiden Wachen wurden bleich. Sie zögerten jetzt keine Sekunde mehr. Mit eiligen Schritten stürmte einer der Soldaten in Richtung Sitzungssaal, um Hauptmann Prios zu fragen, ob wir ihn sprechen durften. Wir wollten die Antwort des Befehlshabers nicht abwarten und folgten dem Mann.

»Was soll das?«, schrie Prios aufgebracht, als wir zu dritt in die Besprechung platzten.

»Es segeln etwa vierhundert Schiffe auf Rhodos zu«, kam ich ohne Umschweife zur Sache. Ich wollte dem Rat und seinem neuen Anführer erst gar keine Gelegenheit geben, darüber zu diskutieren, ob wir sie nun stören durften oder nicht. »Sie werden die Insel spätestens morgen früh erreichen.«

»Was sagst du da?«, fragte der Hauptmann entsetzt. »Seid ihr euch absolut sicher?«

»Mara und ich haben die Schiffe mit eigenen Augen gesehen.« Abwechselnd berichteten meine Gefährtin und ich nun von unserem Marsch über die Hügel und schilderten, wo genau wir die Schiffe gesehen hatten.

»Es besteht kein Zweifel daran, dass die Flotte die Insel ansteuert«, sagte ich zum Abschluss.

Unsere Nachricht schlug bei den Anwesenden ein, wie die Ladung eines Katapults. Die Männer des Rats redeten wild durcheinander. Sie sprachen davon, dass man sofort mit den Verdeidigungsmaßnahmen beginnen müsse.

»Ruhe!«, brüllte Hauptmann Prios in die Menge, woraufhin ihn alle erwartungsvoll ansahen. »Wir werden unser Heer in Alarmbereitschaft versetzen, damit wir die

Stadtmauern sofort besetzen können, sobald die Angreifer Rhodos erreichen. Verstärkt die Wachen auf den Beobachtungstürmen und lasst die Bogenschützen auf dem Befestigungswall in der Hafeneinfahrt Stellung beziehen.«

Die Soldaten machten sich auf den Weg, die Befehle ihres Hauptmanns auszuführen. Die Mitglieder des Rats hielten sich mit Kommentaren zurück und sahen betreten zu Boden. Plötzlich überkam mich das Gefühl, dass sie ganz genau wussten, wer da auf dem Weg nach Rhodos war und welchen Grund diese Invasion hatte.

Prios schien ähnlich zu denken wie ich und sprach Saulos direkt an. »Was hat das zu bedeuten? Wen habt ihr euch zum Feind gemacht und so erzürnt, dass er mit einer derartigen Anzahl von Schiffen auf Rhodos zugesegelt?«

»Es sind die Makedonier.« Nach wie vor hielt Saulos den Blick starr auf den Boden gerichtet.

»Warum? Was haben sie für einen Grund?«

»Antigorios, der Herrscher der Makedonier, liegt mit Ptolemaios von Ägypten im Krieg. Vor einiger Zeit kam Demetrios, Sohn des Antigorios, auf die Insel und forderte uns auf, ihn in seinem Kampf zu unterstützen. Aufgrund unserer guten Handelsbeziehungen mit den Ägyptern weigerten wir uns und Demetrios zog mit seinen Männern ab.«

»Habt ihr denn nicht daran gedacht, dass sich die Makedonier dafür rächen würden?«, fragte Prios erstaunt.

»Wir haben gedacht, dass wir nicht wichtig genug sind, um von Antigorios oder Demetrios angegriffen zu werden. Schließlich brauchen die Makedonier ihre komplette Streitmacht, um gegen die Ägypter zu siegen.«

»Und da fällt euch nichts Besseres ein, als eure Schiffe gegen Halikarnassos segeln zu lassen?«, regte sich Hauptmann Prios auf. »Was seid ihr nur für Idioten?«

Ich verfolgte das Gespräch mit großem Interesse und wunderte mich ebenfalls über die Entscheidung des rhodischen Rats. Selbst jemandem wie mir, der nichts von Kriegsstrategien verstand, war klar, dass die Makedonier Rhodos nicht in Frieden lassen konnten. Sie mussten die Insel angreifen, und sei es nur aus dem einen Grund, dass dadurch die Handelsbeziehungen ihrer Feinde abgeschnitten wurden. In ihrer Machtgier schienen die Männer des Rats tatsächlich blind für diese Gefahr gewesen zu sein.

»Rhodos ist uneinnehmbar«, sagte Saulos trotzig. »Es wird Demetrios, der die Schiffe vermutlich anführt, nicht gelingen, die Stadtmauern zu überwinden.«

Trotz des Ernstes der Lage, musste ich mir in diesem Moment das Lachen verkneifen. Diese Arroganz war wirklich nicht zu übertreffen. Dass sie ausgerechnet dem Hauptmann, der Rhodos praktisch kampflos erobert hatte, erzählen wollten, die Stadt sei uneinnehmbar, war einfach lächerlich. Prios verzichtete darauf, Saulos auf diesen Punkt hinzuweisen, schüttelte einfach nur den Kopf und erhob sich.

»Ich danke euch, dass ihr mich so schnell über die ankommende Flotte unterrichtet habt«, sagte der Hauptmann an uns gewandt. »Ihr habt euch bereits mehrfach bereit erklärt, für mein Volk zu kämpfen. Kann ich auch jetzt darauf zählen, dass ihr Rhodos bei der Verteidigung unterstützt?«

»Wir werden tun, was in unserer Macht steht«, antwortete ich. Was sollten wir auch anderes machen? Es war zu spät, die Insel vor dem feindlichen Angriff zu verlassen.

Gemeinsam mit den persischen Soldaten folgten wir Prios in den Hafen, wo er den ersten Angriff der Makedonier erwartete. Nicht einmal die Mitglieder des Rats zweifelten noch daran, dass die Flotte in kriegerischer Absicht unterwegs nach Rhodos war. Mit den beiden größten Schiffen segelten wir auf die schmale Hafeneinfahrt zu, die durchden mächtigen Steinwall rund um die Stadt hineinführte. Der Hauptmann ließ die Schiffe hintereinander in Position gehen, sodass sie die Einfahrt versperrten. Ich zweifelte daran, dass die Makedonier auf diese Art lange aufgehalten werden konnten, enthielt mich aber eines Kommentars. Auch die Bogenschützen auf dem Befestigungsring würden es wohl nicht schaffen, diese hohe Anzahl feindlicher Schiffe lange zurückzuhalten.
Entschlossen ging der Hauptmann in den Bauch seines Schiffes und hob sein Beil. »Schlagt den Boden ein!«, schrie er seinen Soldaten zu.
»Was hat der jetzt gesagt?«, fragte Mara und schaute mich überrascht an.
»Ich glaube, er will die Schiffe versenken.«
»Aber warum?«
»Keine Ahnung.« Ich wunderte mich genauso über diese Entscheidung wie meine Gefährtin. »Die Makedonier sind noch nicht mal da und wir zerstören unsere eigenen Galeeren. Ich kann dir auch nicht sagen, welchen Sinn das haben soll.«
Die persischen Soldaten stellten die Anweisung ihres Hauptmannes nicht infrage. Auch wenn ihnen die

Verwunderung über diesen Befehl ins Gesicht geschrieben stand, zögerte keiner der etwa fünfzig Männer auch nur eine Sekunde damit, sein Beil ebenfalls auf den Boden niederfahren zu lassen um die Planken zu zertrümmern. Mit gluckernden Geräuschen fand das Wasser seinen Weg in den Bauch der Galeere und reichte uns schnell bis zu den Knöcheln. Wenn wir uns nicht selbst in Gefahr bringen wollten, mussten wir das Schiff jetzt schnell verlassen und versuchen, den Befestigungswall zu erreichen. So schnell wir konnten, sprangen Mara und ich in dem Gedrängel der Männer von Bord und landeten sicher auf den Steinen. Es war fast ein Wunder, dass alle Soldaten es rechtzeitig schafften, sich ans Ufer zu retten. Schweigend schauten wir zu, wie die riesigen Kriegsschiffe im Meer verschwanden. »In wenigen Minuten wird nichts mehr zu sehen sein«, sagte ich mit einem Kloß im Hals. Es machte mich traurig, zu sehen, wie die mächtigen Kolosse versanken.

»Ich verstehe einfach nicht, warum Prios das tut.« Auch Mara war anzumerken, wie sehr sie das makabre Schauspiel schockte.

Plötzlich kamen die beiden untergehenden Schiffe zur Ruhe. Die Bordwände ragten noch wenige Zentimeter aus dem Wasser und nur die Masten erinnerten daran, wie mächtig die beiden Galeeren einmal gewesen waren, die nun nie mehr über die Ozeane segeln würden.

»Sie haben den Grund erreicht«, stellte meine Gefährtin fest. »Ich hätte nicht gedacht, dass das Wasser hier so flach ist.«

»Mara, das ist genial!« Mit einem Mal wurde mir klar, was der Hauptmann mit dem Versenken der Schiffe bezweckt hatte.

»Was?«
»Schau doch einmal genau hin. Die Hafeneinfahrt ist verschlossen. Die Makedonier können sie jetzt nicht mehr nutzen, um in die Stadt vorzudringen.«
»Das wäre doch aber auch so gewesen, wenn die Schiffe hier vor Anker gelegen hätten.«
»Nein. Man hätte sie in Brand stecken können und die Öffnung wäre wieder frei geworden. So wird es sehr viel schwerer werden, die Schiffskörper aus dem Weg zu räumen. Zumal die Bogenschützen auf dem Wall die Angreifer entsprechend empfangen werden.«
»Dennoch wird es schwer genug, Rhodos gegen die Makedonier zu verteidigen.«
Mittlerweile war es stockdunkel geworden. Überall in der Stadt und im Hafen herrschte große Unruhe. Es war nichts von der nächtlichen Stille übrig geblieben, die wir in den letzten Tagen erlebt hatten. Die Unruhe entstand nicht nur durch die Soldaten, die zum Befestigungsring eilten, um ihre Plätze einzunehmen.
Von Weitem sah ich, dass auch die Bewohner der Stadt unterwegs waren und versuchten, eine sichere Unterkunft zu finden. Gerade diejenigen, die in der Nähe des Walls wohnten, mussten befürchten, dass ihre Häuser von den Angreifern zerstört werden würden. Die Menschen versammelten sich im Zentrum, wo sie zunächst in Sicherheit waren. Dort wurden die Männer mit Waffen ausgerüstet, damit sie bei der Verteidigung der Stadt helfen konnten. Mara und ich blieben auf dem Befestigungsring, der den Hafen umschloss, und waren bereit, die Makedonier mit unseren Pfeilen zu empfangen.

Mit den ersten Sonnenstrahlen tauchte die makedonische Flotte am Horizont auf. Gemeinsam mit den anderen Soldaten hatten wir den Rest der Nacht auf dem Wall unmittelbar neben den versunkenen Schiffen verbracht und sogar ein paar Stunden Schlaf gefunden. Der Untergrund war zwar mehr als unbequem, aber die Steine gaben noch eine angenehme Wärme ab, die sie in der enormen Hitze des vergangenen Tages gespeichert hatten.

Hauptmann Prios erteilte unmittelbar neben uns seine Befehle. Auf der Innenseite des Befestigungswall ließ er jetzt in Abständen von fünf Metern kleine Feuer errichten, an denen wir unsere Pfeile in Brand stecken konnten. Die Rhoder hatten in der Nacht Hölzer herbeigeschafft, die absolut rauchlos verbrannten und somit keine verräterischen Säulen in den Himmel emporsteigen ließen.

»Ich glaube nicht, dass wir diesen Tag heil überstehen«, flüsterte Mara mir zu. Ich konnte die Angst förmlich spüren, die aus ihrer Stimme herausklang.

»Ich vertraue immer noch darauf, dass Antipatros seine schützende Hand über uns hält. Mir ist noch nicht klar, was wir überhaupt auf Rhodos sollen. Dein Vater wird aber einen Grund gehabt haben, warum er mir sagte, wir sollen hier bleiben.«

»Du hast ja recht, Ralf. Hier ist aber nichts, was auch annähernd mit den Kunstwerken vergleichbar ist, die wir bisher gesehen haben.«

»Vertraue auf deinen Vater. Ich weiß nicht, wie er es verhindern kann, er wird aber auf keinen Fall zulassen, dass uns etwas geschieht. Da bin ich mir absolut sicher.«

»Haltet euch bereit!«, kam der geflüsterte Befehl von Hauptmann Prios, der stur aufs Meer schaute, als könne er die Schiffe allein mit seinem Blick aufhalten. Es würde nun nicht mehr lange dauern, bis die Spitze der Flotte in Schussweite war. Mit jedem Meter, den sich uns die Makedonier näherten, wuchs die Anspannung unter den Soldaten. Ich war deutlich aufgeregter, als bei der Verteidigung der Stadt Halikarnassos, weil ich hier zu den ersten gehörte, die den feindlichen Angriff abwehren mussten.

Mittlerweile waren die ersten Schiffe so nahe an uns herangekommen, dass wir Einzelheiten an Bord erkennen konnten. Mich wunderte dabei, wie leer und verlassen die Galeeren wirkten. An Deck war kein Mensch zu sehen. Fast schien es, als wären Geisterschiffe auf dem Weg nach Rhodos. Plötzlich lösten sich zwei Boote aus der Flotte und steuerten weiterhin unaufhaltsam auf uns zu. Der Rest schien hinter der Vorhut zurückzubleiben und abwarten zu wollen.

Die angespannte Ruhe, die über der Insel lag, machte diesen Augenblick noch gespenstischer. Kaum zu glauben, dass ich vor wenigen Tagen selbst noch mit den Persern auf Rhodos zugesegelt war, um die Stadt zu erobern.

Während ich nur eine Sekunde über die vergangenen Ereignisse nachgedacht hatte, sprangen schlagartig Dutzende makedonischen Soldaten auf den beiden vorderen Schiffen auf und schickten eine mörderische Salve von Pfeilen in unsere Richtung. Ich machte mich hinter den Felsen des Befestigungsringes so klein wie möglich und starrte gebannt auf die heranfliegenden Geschosse, die kurz vor dem Steinwall auf der Wasseroberfläche einschlugen.

»Sie wissen, dass wir hier sind.« Mara starrte mich aus schreckgeweiteten Augen an.

»Natürlich. Sie müssen davon ausgehen, hier von uns in Empfang genommen zu werden. Damit ist auch klar, welche Absichten Demetrios verfolgt.«

»Dass wir bei der Anzahl von Schiffen mit einem Angriff rechnen müssen, stand doch von Anfang an fest.«

Wieder kam eine Wolke von Pfeilen auf uns zu, die diesmal einige Meter über den Befestigungsring hinwegflogen. Ich war mir sicher, dass die nächste Welle den Wall und damit einige der Soldaten treffen würde.

»Jetzt!«, schrie Prios.

Augenblicklich tauchten wir die Pfeilspitzen in die Flammen und spannten unsere Bögen. Auch die Makedonier waren längst wieder schussbereit. Gleichzeitig mit unseren Gegnern schickten wir die tödlichen Geschosse auf die Reise. Vorsichtig spähte ich über die Steine hinweg, um zu sehen ob, unser Gegenschlag einen Erfolg gebracht hatte. Die meisten unserer Geschosse waren aber ins Meer gestürzt, ohne Schaden anrichten zu können. Auf einem der Schiffe stand allerdings das Hauptsegel in Flammen. Die Makedonier wurden dadurch abgelenkt und liefen wild durcheinander, weil sie versuchen mussten, das Feuer so schnell wie möglich zu löschen. Wieder spannten wir unsere Bögen und schickten die Pfeile auf die Reise. Diesmal trafen wir besser, was sicher daran lag, dass uns unsere Feinde ein größeres Ziel boten als wir ihnen. Gleich an mehreren Stellen schlugen die brennenden Pfeilspitzen ins Holz und steckten es in Brand. Schnell standen viele Segel lichterloh in Flammen. Die Männer auf den vorderen Schiffen mussten sich vor herunterfallenden Trümmern in Sicherheit bringen und sprangen ins Meer.

Ich wunderte mich darüber, dass die anderen

Makedonier nicht in den Kampf eingriffen. Der weitaus größere Teil der Flotte blieb weiterhin in sicherer Entfernung auf dem Meer liegen und machte keinerlei Anstalten, sich der Insel zu nähern. Lediglich zehn Galeeren gingen etwa einen Kilometer von der Stadt entfernt an der Küste vor Anker. Die Männer sprangen an Land, blieben allerdings dort und unternahmen keinen Angriff auf den Befestigungsring.

Um die mit Teer beschmierten Pfeile zu sparen, ließ Hauptmann Prios keine weitere Salve mehr abfeuern. Die Brände auf den Schiffen konnten von den Makedoniern nicht mehr gelöscht werden, womit der erste direkte Angriff ein schnelles Ende gefunden hatte.

»Das ist gerade noch einmal gut gegangen«, sagte Mara erleichtert.

»Ich verstehe das nicht.«

»Was?«

»Schau, Mara. Demetrios hat lediglich einen ganz kleinen Teil seiner Streitmacht gegen Rhodos geschickt. Der Angriff wurde äußerst schwach geführt. Ich bin mir sicher, dass er damit die Insel noch nicht ernsthaft einnehmen wollte.«

»Aber warum?«

»Das weiß ich nicht. Irgendetwas haben die Makedonier vor. Wenn sie ihre komplette Flotte gegen uns schicken, werden sie zwar viele Schiffe verlieren, die Insel aber letztlich einnehmen. Sicher haben sie noch einen Trumpf in der Hinterhand, den sie jetzt noch nicht ausspielen wollen. Das war nicht mehr als ein Scheinangriff. Da bin ich mir sicher.«

Wie sich herausstellte, hatten wir in unseren Reihen keine Verluste zu beklagen. Lediglich ein Dutzend Soldaten war von den Pfeilen getroffen und leicht verletzt worden. Hauptmann Prios ließ die Männer auf dem Befestigungswall um die Stadt und den Hafen auf ihren Positionen. Wir mussten jederzeit damit rechnen, dass die Makedonier einen weiteren Angriff starteten. So blieb uns nichts anderes übrig, als zu warten. Die Strahlen der Mittagssonne brannten auf uns herunter und machten das Sitzen auf den heißen Steinen von Minute zu Minute weniger erträglich.

So vergingen ganze Tage, ohne dass etwas geschah. Die tödliche Bedrohung, die von den Makedoniern ausging, war dabei allgegenwärtig. Sie vermieden es, mit ihren Schiffen in Reichweite unser Pfeile zu kommen, und unternahmen keinen Angriff. In sicherer Entfernung zur Stadt waren allerdings Zigtausende Soldaten an Land gegangen und hatten einen Ring um Rhodos gezogen. So war es keinem der Einwohner mehr möglich, den Befestigungswall zu verlassen, ohne den Feinden in die Hände zu fallen.
Das ständige Warten zerrte an unseren Nerven. Wir konnten nichts Weiteres tun, als die Belagerer zu beobachten. Während die Makedonier tonnenweise Vorräte an Land brachten, waren die Rhoder von der Außenwelt abgeschnitten und mussten mit dem auskommen, was sich bereits in der Stadt befand. Hauptmann Prios hatte uns versichert, dass wir der Belagerung sehr lange standhalten konnten. Dennoch glaubte ich seinen Worten nicht so recht. Bereits jetzt war die Stimmung im rhodischen Heer mehr als angespannt und es kam immer häufiger zu Streitereien unter den Soldaten. Was würde aber passieren, wenn die Belagerung noch einige Wochen andauerte?

Fast wünschte ich mir, dass die Makedonier endlich etwas unternahmen und es zu einer Entscheidung kam. Um die Kräfte der Soldaten zu schonen, ließ Hauptmann Prios die Wachen sechsmal am Tag ablösen. Der restliche Teil des Heeres befand sich in ständiger Alarmbereitschaft. Die Männer waren jederzeit in der Lage, ihre Positionen auf dem Befestigungsring einzunehmen. Die Bevölkerung von Rhodos wurde ebenfalls zur Verteidigung der Stadt herangezogen. Während man die Männer im Umgang mit den Waffen schulte, übernahmen die Frauen die Versorgung der Truppen.

»Da tut sich etwas«, sagte Mara am Morgen des neunten Tages der Belagerung. Gemeinsam mit rund einem Dutzend rhodischen Soldaten hielten wir auf dem Befestigungswall Wache.

»Bestimmt ist es nur wieder ein Täuschungsmanöver«, antwortete ich müde. Unzählige Male waren die Makedonier in den letzten Tagen mit einer handvoll Schiffen in Richtung Hafeneinfahrt gesegelt, um dann, kurz bevor sie in Schussweite gerieten, wieder abzudrehen.

»Schau doch selbst«, sagte Mara verärgert.

Ich war viel zu müde, um mich zu bewegen, und wollte meine Schicht wie an den Tagen zuvor einfach nur absitzen. Dennoch schreckte mich der Tonfall ihrer Stimme auf. Ich kletterte an den Steinen nach oben und schaute über den Befestigungswall aufs offene Meer.

»Du hast recht. Diesmal scheint Demetrios wirklich einen Angriff zu planen.

»Ja. Wir müssen sofort dem Hauptmann Bescheid geben.«

»Das können wir uns sparen«, entgegnete ich und deutete mit dem rechten Zeigefinger auf den

Kameraden, der den Hafen gerade in Richtung Regierungspalast verließ. Danach wendete ich meine Aufmerksamkeit wieder den zwölf makedonischen Schiffen zu, die nebeneinander auf uns zusegelten. Aus allen Ecken kamen nun Soldaten herbeigelaufen, nahmen ihre Plätze ein und machten ihre Bögen schussbereit.

»Schau mal an Land!«, schrie Mara mich an und boxte mich in die Seite.

Was ich sah, ließ mir das Blut in den Adern gefrieren.

»Jetzt wäre ein guter Zeitpunkt für Antipatros, uns hier herauszuholen«, ächzte ich.

Die Makedonier zogen den Ring um Rhodos Stück für Stück enger und brachten dabei ihre todbringenden Katapulte mit sich. Die Soldaten auf der Stadtmauer schossen eine Wolke aus Pfeilen auf die Angreifer ab, aber es waren viel zu wenige, um diese ernsthaft aufzuhalten. Zu viele unserer Männer waren auf dem Befestigungswall im Hafen, wo wir den makedonischen Angriff erwartet hatten. Die Stellung hier durften wir aber nicht verlassen, weil wir sonst den Weg für die feindlichen Schiffe frei gemacht hätten, die noch immer in sicherer Entfernung zur Hafeneinfahrt warteten.

Die Angreifer schossen nun ebenfalls mit ihren Bögen gegen die Stadtmauer, waren aber noch zu weit entfernt. Da unsere Kameraden deutlich höher standen und nicht wie die Makedonier nach oben schießen mussten, hatten sie eine größere Reichweite. Es konnte aber nicht mehr lange dauern, bis die Feinde nahe genug herangekommen waren, um die Männer auf dem Wall zu treffen.

»Wir müssen in die Stadt und die Soldaten dort beim Kampf unterstützen«, sagte Mara und zog mich am Arm.

»Nein.«

»Wieso nicht? Sollen wir die anderen etwa allein gegen die Übermacht kämpfen lassen, während Hunderte von uns hier im Hafen versauern?«

»Mara. Wir können den Wall hier nicht verlassen«, antwortete ich und deutete aufs Meer. »Die warten nur darauf, dass wir hier abziehen und den Weg in den Hafen frei machen.«

Mit Tränen in den Augen schüttelte Mara den Kopf, musste aber einsehen, dass ich leider recht hatte. Auch die anderen Soldaten blieben auf ihren Positionen und schauten abwechselnd zu der Schlacht an Land und zu den makedonischen Schiffen, die nach wie vor seelenruhig vor Anker lagen, als wollten sie uns mit ihrer bloßen Anwesenheit verhöhnen.

An Land feuerten die Rhoder eine Salve nach der anderen auf die Angreifer ab. Die suchten jetzt Schutz hinter ihren Katapulten, die sie Meter für Meter in Richtung Stadtmauer schoben. Es war nur noch eine Frage der Zeit, bis der erste Wagen nahe genug war, um die Felsbrocken gegen den Befestigungsring zu schleudern. Unsere Kameraden setzten nun brennende Pfeile gegen die Katapulte ein. Gleichzeitig mussten sie sich gegen die Makedonier in den vorderen Reihen wehren. Die hatten die Mauern mittlerweile erreicht und versuchten, Leitern aufzustellen, um das Hindernis zu überwinden. Die Rhoder hieben mit Schwertern auf ihre Feinde ein. Der Gestank von Blut und brennendem Holz wehte zu uns herüber. Die Schreie der Verwundeten übertönten die Kommandos der Hauptmänner.

»Vorsicht!«, schrie ich meiner Gefährtin zu und zog sie gerade noch rechtzeitig zu Boden, bevor einige Pfeile dicht über unsere Köpfe hinwegflogen. Während wir auf dem Wall abgelenkt waren und mit bangen Blicken in

Richtung Stadt schauten, war es den Schiffen gelungen, unbemerkt in Schussweite zu kommen. Ich spannte meinen Bogen und tauchte die mit Pech beschmierte Pfeilspitze in das Feuer ein. Dann schickten wir unsere Pfeile auf die Reise, die aber aufgrund des höheren Gewichts dicht vor den Schiffen ins Meer fielen. Die Makedonier waren schlau genug gewesen, keinen Meter weiter an die Hafeneinfahrt heranzusegeln und deckten den Befestigungsring ihrerseits weiter mit Pfeilen ein. Vereinzelt hörten wir Schreie, wenn einer unserer Kameraden getroffen wurde. Die meisten Geschosse prallten jedoch am Steinwall ab oder flogen über uns hinweg.

Wir hielten uns so gut es ging in Deckung. Dabei riskierten wir immer wieder kurze Blicke über die Steine und schickten unsere eigenen Pfeile auf die Reise. Unsere Verluste im Hafen hielten sich in Grenzen.

Anders sah es dagegen an der Stadtmauer aus, wo unsere Kameraden mit dem Mut der Verzweiflung versuchten, die Angriffe der Makedonier abzuwehren. Die Katapulte brannten lichterloh und auf beiden Seiten der Stadtmauer stapelten sich die Leichen.

Mittlerweile hatte die Sonne ihren höchsten Stand erreicht und der Kampf wurde mit unverminderter Härte fortgeführt. Trotz ihrer zahlenmäßigen Überlegenheit gelang es den feindlichen Kriegern nicht, einen entscheidenden Vorteil zu erringen.

Plötzlich erklang ein lang gezogener, tiefer Ton über dem Schlachtfeld. Augenblicklich sammelten sich die Angreifer und traten geschlossen den Rückzug an. Auch die Schiffe vor der Hafeneinfahrt drehten ab, um zu ihrer Flotte zurückzusegeln. Offensichtlich hatte Demetrios eingesehen, dass er die Stadt an diesem Tag nicht mehr einnehmen konnte, ohne einen großen

Teil seiner Streitmacht einzubüßen und zog seine Truppen zurück, um eine neue Strategie zu finden.
»Das war knapp«, sagte ich. »Ich glaube nicht, dass wir dem Angriff noch lange standgehalten hätten.«
»Es ist noch nicht vorbei«, entgegnete Mara.
»Für heute schon. Lass uns schauen, ob wir den Verwundeten helfen können.«
Es dauerte Stunden, bis auf dem Schlachtfeld wieder Ruhe einkehrte. Die kläglichen Schreie der Verletzten gingen mir durch Mark und Bein. Zu meinem Entsetzen hatten die Rhoder rund ein Drittel ihrer Männer verloren. Wie bereits einige Wochen zuvor in Halikarnassos trugen wir die Toten zu einem Haufen zusammen, um die Leichen zu verbrennen.

»Ralf, was tun wir hier eigentlich?«, fragte Mara am nächsten Morgen. Wir hatten fast die ganze Nacht damit verbracht, die am Befestigungswall entstandenen Schäden auszubessern, und nur wenige Stunden geschlafen. Jetzt saßen wir wieder versteckt neben der Hafeneinfahrt. Wir beobachteten die feindliche Flotte, die in sicherer Entfernung vor Anker lag.
»Ich weiß es nicht.«
»Wir sollten nicht hier sein.«
»Nein, Mara. Das sollten wir nicht. Aber jetzt haben wir gar keine andere Wahl, als die Rhoder weiterhin im Kampf gegen Demetrios zu unterstützen.«
»Ich ertrage das nicht mehr lang.« Tränen schimmerten in den Augen meiner Gefährtin.
»Ich auch nicht. Glaub mir, wenn es eine Möglichkeit gäbe, die Insel zu verlassen, würde ich sie sofort

nutzen.« Müde und hungrig sah ich herüber zur Stadt, wo die Feuer weiterhin brannten. Der Gestank von verbranntem Fleisch wehte zu uns herüber und nahm uns die Luft zum Atmen. Ich wünschte mir einen starken Wind herbei, der uns von dieser Qual befreite, aber es kam nicht die kleinste Brise. »Versuch ein bisschen zu schlafen«, sagte ich und nahm meine Gefährtin in den Arm. Dagegen konnte nicht einmal Antipatros etwas haben. Ich verstand den alten Griechen nicht. Warum setzte er uns weiter der Gefahr aus und holte uns nicht von der Insel herunter?

Ein dumpfes Hämmern schreckte mich plötzlich aus meinen Gedanken auf. Es erklang aus dem Lager der Makedonier und schallte wie das rhythmische Trommeln auf einer Galeere über die Insel.

»Was ist das nun wieder?« Mara setzte sich auf und sah mich fragend an.

»Keine Ahnung. Demetrios scheint eine neue Idee zu haben, wie er die Mauern von Rhodos überwinden kann.«

»Kannst du etwas erkennen?«

«Nein. Es kommt aus dem Lager. Ich kann aber nicht sehen, was die Makedonier da machen.«

Das monotone Klopfen hielt den ganzen Tag und die darauffolgende Nacht an. An Schlaf war nicht zu denken und die Stimmung der Menschen in der Stadt wurde stündlich schlechter. Die Nerven der Rhoder lagen blank. Alle Soldaten mit denen wir sprachen, beschäftigten sich mit der Frage, welche Teufelei Demetrios wohl im Sinn hatte. Die Angst vor den kommenden Stunden lag fast greifbar in der Luft.

Genauso plötzlich, wie es begonnen hatte, verstummte das Hämmern am nächsten Morgen. Tausende von Augenpaaren starrten in Richtung des feindlichen

Lagers, ohne jedoch etwas erkennen zu können. Einige Stunden später ging der Lärm von Neuem los und hielt wieder bis spät in die Nacht an.

»Ich werde hier noch wahnsinnig!«, fluchte ich. Wir waren das erste Mal seit über einer Woche wieder in unsere Unterkunft zurückgekehrt und ich versuchte vergeblich Schlaf zu finden.

Nach dem letzten Angriff der Makedonier hatte Hauptmann Prios uns und rund zwei Dutzend weitere Kameraden zur Stadtmauer versetzt, um einen Teil der Verluste dort ausgleichen, ohne die Verteidigung des Hafens zu sehr zu schwächen.

»Ich habe Angst, Ralf. Langsam glaube ich nicht mehr daran, dass wir Rhodos jemals lebend verlassen werden.«

»Das darfst du nicht denken. Dein Vater wird nicht zulassen, dass uns etwas geschieht.«

»Und wenn er selbst nicht in der Lage ist, einzugreifen?«

»Das glaube ich nicht. Er hatte die Macht, mich Tausende von Jahren in die Vergangenheit zu ziehen. Wenn er es will, wird er uns auch von hier wegbringen können.«

»Er konnte aber nicht verhindern, dass ich noch bei dir bin.«

Auch wenn ich Mara in diesem Punkt recht geben musste, versuchte ich, mir meine eigene Unsicherheit nicht anmerken zu lassen. »Noch ist uns nichts geschehen«, sagte ich daher.

Ein schriller Ton riss mich aus dem Tiefschlaf. Ich hatte nur wenige Stunden auf meinem Lager gelegen, war aber sofort hellwach, sprang auf und lief zu meiner Gefährtin. »Mara, wach auf! Die Alarmhörner erklingen über der Stadt!«

Aus müden Augen sah mich die junge Griechin an. »Was ist los?«

»Sie blasen Alarm. Beeil dich.«

Seit Beginn der Belagerung waren wir es gewohnt, in unserer Kleidung zu schlafen. So brauchten wir nur unsere Sandalen überzuziehen, griffen nach den Waffen und verließen im Laufschritt das Gasthaus.

Wir nahmen unsere Positionen ein und konnten einen Blick ins Landesinnere werfen. Jetzt sahen wir, was das Hämmern der letzten Tage zu bedeuten hatte. Aus dem Lager der Makedonier kam ein wahres Monstrum auf uns zu. Demetrios schickte einen Belagerungsturm an die Front, der in der damaligen Zeit sicher einmalig war. Ich schätzte den Koloss auf eine Höhe von mindestens dreißig Metern. Tausende von Kriegern zogen das Kriegsgerät an Seilen über den steinigen Boden, während weitere Männer von hinten schoben. Das tonnenschwere Bauwerk war auf unzähligen Rädern errichtet. An der Vorderseite waren zwei Rammböcke angebracht, die sich tief in die Befestigungsmauern bohren würden, wenn es den Makedoniern gelang, den Turm so nahe an die Stadt heranzubringen. Dies mussten wir unbedingt verhindern.

Auch den Rhodern stand das Entsetzen über diesen Anblick ins Gesicht geschrieben. Hoffnungslosigkeit machte sich breit. Jeder wusste, dass es den Untergang der Stadt bedeuten würde, wenn es nicht gelang, dieses Ungetüm aufzuhalten.

»Steckt das Ding in Brand!«, befahl Hauptmann Prios

seinen Bogenschützen, als der Turm in Reichweite der Pfeile kam. Mara und ich taten es unseren Kameraden gleich, tauchten die Spitzen ins Feuer, spannten unsere Bögen und schickten eine brennende Wolke gegen den Belagerungsturm.

»Getroffen«, schrie ich begeistert, als ich sah, dass mein Pfeil unterhalb einer der zahlreichen Schießscharten ins Holz schlug. Meine Freude war aber nur von kurzer Dauer. Anstatt den Koloss in Brand zu stecken, wurde das Feuer an der Pfeilspitze sofort gelöscht. Als die Feinde näher kamen, erkannte ich den Grund dafür. Die Makedonier hatten an Weidengeflechten rund um den Turm Tierhäute aufgehängt, die ständig mit Wasser berieselt wurden. So war es unmöglich, das Ungetüm mit unseren Brandpfeilen aufzuhalten.

»Vorsicht!«, schrie Mara und zog mich gerade noch rechtzeitig nach unten.

Eine Salve nach der anderen schickten unsere Feinde nun aus den Schießscharten im oberen Drittel des Turmes auf die Stadtmauern. Wir richteten unsere Pfeile jetzt auf die Soldaten, die den Koloss zogen, mussten aber immer wieder in Deckung gehen, um nicht selbst getroffen zu werden.

»Das ist unser Untergang!«, sagte Mara und deutete auf den Belagerungsturm. Etwa in der Mitte wurde eine Zugbrücke heruntergelassen, die sich genau auf die Befestigungsmauer gelegt hätte, wäre der Turm nicht noch etwa einhundert Meter davon entfernt gewesen. Drei Katapulte kamen zum Vorschein und feuerten eine Ladung von Gesteinsbrocken gegen die Stadt. Wir duckten uns zu Boden und konnten nur hoffen, dass die Mauer nicht an der Stelle getroffen wurde, an der wir unseren Platz gefunden hatten. Mit ohrenbetäubendem

Lärm schlugen die Brocken hinter uns in eines der Häuser und zerstörten es völlig.

»Wir müssen versuchen, in den Turm hineinzuschießen«, rief ich Mara zu und tauchte eine Pfeilspitze ins Feuer. »Die werden einige Zeit brauchen, bis sie die nächste Ladung abfeuern können.« Ich schickte meinen Pfeil auf die Reise und verfolgte gebannt seinen Flug. »So ein Mist!«, fluchte ich, als er oberhalb der Öffnung in eine der Tierhäute schlug und sofort gelöscht wurde.

Mara hatte mehr Glück. Ihr Pfeil blieb in einem der Katapulte stecken, das sofort Feuer fing. Unsere Kameraden merkten, welches Ziel wir verfolgten, und taten es uns gleich. Dutzende von Pfeilen prasselten in die Kammer. So verhinderten wir zumindest, dass die Makedonier weitere Felsbrocken auflegen konnten.

»Gut gemacht!«, rief Hauptmann Prios und warf uns einen anerkennenden Blick zu.

Gegen die eigentliche Gefahr, die der Kriegsturm für uns darstellte, hatten wir aber immer noch kein Mittel gefunden. Im langsam stärker werdendem Wind rückte der mächtige Koloss Meter für Meter näher. Unsere Feinde hatten mittlerweile ihre Plätze an den Seilen aufgegeben und schoben das Monstrum aus sicherer Deckung heraus an. Aus den Luken feuerten die Angreifer weiterhin ununterbrochen ihre Pfeile ab und zwangen uns so immer wieder in Deckung. Bald würde das schwere Kriegsgerät ein tödliches Loch in den Befestigungsring von Rhodos schlagen.

Der Himmel verdunkelte sich immer mehr. Tiefschwarze Wolken hingen über dem Schlachtfeld. Seit unserer Ankunft auf Rhodos hatte ich die Insel nur in Sonnenschein und fast unerträglicher Hitze erlebt. Jetzt schien es so, als wollten die Götter den Untergang der mächtigen Stadt nicht mit ansehen.

Mittlerweile hatten die Makedonier ihren Kriegsturm bis auf wenige Meter an die Mauer herangebracht. Die aus kurzer Entfernung abgefeuerten Pfeile sorgten jetzt für hohe Verluste auf beiden Seiten. Dabei lag der Vorteil klar auf Seiten der Angreifer, die hinter ihren Schießscharten in sicherer Deckung standen. In wahren Bächen lief das Wasser an den Wänden des Turmes herunter und löschte unsere Brandpfeile. Es musste einen riesigen Tank im Innern des Kolosses geben, was auch erklärte, warum so viele Männer nötig waren, um das Ding vorwärts zu bewegen.

»Wir müssen hier weg!«, schrie ich Mara an und zog sie am Arm zur Seite. Auch unsere Kameraden sprangen jetzt auf, um die Stelle zu verlassen, die bald von den Rammböcken getroffen werden würde. Gnadenlos feuerten die Makedonier ihre Pfeile auf uns ab. Mara und ich hatten großes Glück, nicht getroffen zu werden, und fanden in einem der Wachtürme Schutz.

Mit ohrenbetäubendem Lärm bohrten sich die Rammböcke nun langsam aber sicher in die Stadtmauer. Ich spürte, wie der Boden unter meinen Füßen vibrierte, und suchte mit den Händen verzweifelt einen Halt. Der Kriegsturm stand jetzt direkt vor dem Befestigungswall. Die Spitzen der Rammböcke schauten schon aus der Innenseite der Stadtmauer heraus.

Begleitet von Blitz und Donner öffnete der Himmel seine Schleusen und entließ sinnflutartige Regenfälle auf das Schlachtfeld. Innerhalb von Sekunden waren wir durch und durch nass. Die Sicht wurde so schlecht, dass ich nicht einmal mehr die Hand vor Augen erkennen konnte.

Da erklang plötzlich ein Kriegshorn, das die ganze Schlacht übertönte. Augenblicklich herrschte eine gespenstige Stille. Alle warteten gebannt, was passieren würde. Ich konnte es kaum fassen, was ich nun sah. Zu meiner großen Verwunderung schien sich das feindliche Heer aber tatsächlich zurückzuziehen. Innerhalb von wenigen Minuten hatten sich fast alle makedonischen Soldaten auf den Rückweg zu Ihrem Lager gemacht. Nur wenige kleinere Einheiten blieben in der Nähe des mächtigen Kriegsturmes, der sich weiterhin drohend vor der Stadtmauer erhob. Ich verstand die Welt nicht mehr. Ohne zu wissen warum, hatten wir plötzlich eine Galgenfrist erhalten. Was hatte das bloß zu bedeuten? Ich konnte mir beim besten Willen keinen Reim auf diese seltsame Taktik unseres Gegners machen und war gespannt, was sich unsere Feinde als Nächstes ausdenken würden.

Der Aufruhr in der Stadt steigerte sich zur Panik. Trotz des noch immer starken Regens strömten immer mehr Menschen zur Stadtmauer, um den Koloss aus der Nähe zu sehen. Einige unserer Soldaten versuchten, zum Kriegsturm zu gelangen, um ihn zu zerstören. Brandpfeile würden bei dem herrschenden Unwetter erloschen sein, bevor sie das Ungetüm erreichen konnten. Die Makedonier hatten jedoch zum Schutz des Monstrums Bogenschützen postiert, die unsere Männer abschossen, bevor sie in die Nähe des Kolosses gelangen konnten. Auch wenn das Kriegsgerät verlassen und zum Greifen nahe vor uns stand, konnten wir nichts dagegen unternehmen.
Selbst die Mitglieder des Rats, die sich während der Schlacht im sicheren Regierungspalast versteckt

gehalten hatten, versammelten sich nun an der Stadtmauer, um den mächtigen Wehrturm in Augenschein zu nehmen. Als sie das Ausmaß der Katastrophe sahen, machte sich ungläubiges Entsetzen in ihren Gesichtern breit. Vermutlich bereuten sie spätestens in diesem Augenblick, nicht auf die Forderung von Demetrios und dessen Vater eingegangen zu sein.

»Wir sind verloren«, jammerte Saulos und zog sich dafür einen verächtlichen Blick von Prios zu. Da warf sich der Mann zu meiner Verwunderung plötzlich auf die Knie und blickte zum Himmel empor, der nach wie vor seine Schleusen geöffnet hielt. »Mächtiger Helios!«, schrie er mit verzweifelter Stimme zu den Wolken hinauf. »Hilf uns aus unserer Not und wir werden dir ein Denkmal errichten, das die Größe des Turms unserer Feinde noch überragt.«

Ich wusste, dass die Rhoder in Helios ihren Gott und Beschützer sahen, zweifelte aber nun ernsthaft am Geisteszustand von Saulos, der zu glauben schien, in dieser ausweglosen Situation Hilfe von den Göttern bekommen zu können.

Die Menschen auf dem Platz starrten gebannt in den Himmel. Offensichtlich schienen auch sie nicht auszuschließen, dass ihnen ihr Gott zu Hilfe eilen würde. Doch wie ich es erwartet hatte, blieb der Himmel so schwarz und regnerisch wie vor Saulus Kniefall.

»Das war doch klar«, sagte ich zu Mara, die neben mir stand und genau wie ich beobachtete, was passierte.

»Ja«, bestätigte meine Gefährtin. »So leicht machen es die Götter den Menschen für gewöhnlich nicht.«

Doch gerade als wir uns wieder unserer Arbeit zuwenden wollten, sahen wir plötzlich ein Flimmern am Himmel.

»Was ist das?«

»Keine Ahnung«, antwortete ich auf Maras Frage. Sollte der Hilferuf des Saulos doch noch erhört worden sein, oder kündigte sich nur ein weiteres Gewitterblitzen an?

Der Himmel änderte seine Farbe und wenige Sekunden später entwickelte sich langsam aber unzweifelhaft eine Art Gesicht aus einem Teil der Wolken. Genau wie die Menschen um uns herum starrten Mara und ich ungläubig nach oben. Aber so schnell die Erscheinung aufgetaucht war, so schnell war sie auch wieder verschwunden.

»Ich danke dir, mächtiger Helios!«, sagte Saulos nach wenigen Augenblicken. Offensichtlich hatte die Gottheit der Rhoder dem Mann tatsächlich eine Botschaft übermittelt. Denn anders konnte selbst ich, bei aller Skepsis, die geheimnisvolle Erscheinung nicht interpretieren.»Ich kann es einfach nicht fassen«, sagte Mara und schaute mich verblüfft an.

»Mich wundert mittlerweile gar nichts mehr«, entgegnete ich schulterzuckend. Das Auftauchen von Helios hatte mich zunächst genauso überrascht wie meine Gefährtin. Dann beschloss ich, es einfach als gegeben hinzunehmen. Seit meiner Ankunft in Ägypten hatte ich schließlich Dinge erlebt, die noch viel unglaublicher waren. Warum sollte Helios nicht auftauchen, um sein Volk gegen die übermächtigen Feinde zu unterstützen? Wenn es möglich war, dass mich Antipatros Tausende von Jahren in die Vergangenheit riss und er mit Hilfe der Götter so mächtig war, mir ein Erdbeben und Hagel zu schicken, warum sollte dann nicht auch Helios existieren? Jetzt war ich allerdings neugierig darauf zu erfahren, was er Saulos für eine Botschaft gegeben hatte.

Hauptmann Prios ging zu dem Ratsmitglied und redete leise mit ihm. Leider konnten wir nicht verstehen, was

die beiden da besprachen. Dafür sahen wir, wie sich die Gesichtszüge des Hauptmannes langsam erhellten.
»Bringt Schaufeln und Hacken herbei!«, befahl er seinen Soldaten.
Wenige Minuten später begannen wir, einen Graben entlang der Stadtmauer auszuheben. Im strömenden Regen verteilten wir eine Schaufel Erde nach der anderen auf dem Platz.
»Kannst du mir sagen, was wir hier tun?«, fragte Mara, die genau wie ich bis zu den Knien im Schlamm stand.
»Nein. Der Hauptmann scheint aber sehr davon überzeugt zu sein, dass es eine gute Idee ist, hier Löcher zu graben.« In den letzten Wochen hatte ich den Führer der persischen Armee als besonnenen und weitsichtigen Menschen kennengelernt. Ich vertraute darauf, dass er auch jetzt wusste, was er tat. Er würde seine Männer, die am nächsten Tag eine entscheidende Schlacht vor sich hatten, sicherlich nicht die ganze Nacht arbeiten lassen, wenn er nicht der Meinung war, damit einen entscheidenden Vorteil erringen zu können.
Bis zum Morgengrauen hatten wir es geschafft, einen etwa mannstiefen und genauso breiten Graben auszuheben, der sich auf einer Länge von etwa fünfundzwanzig Metern entlang der Stadtmauer ausdehnte. Es regnete nicht mehr, aber das Wasser stand uns immer noch bis zu den Schienbeinen. Als wir endlich mit der Arbeit fertig waren, half ich Mara, vor mir aus dem Graben zu klettern. Als sie es fast geschafft hatte und schon halb oben war, verlor sie plötzlich auf dem schlammigen Untergrund den Halt und fiel nach unten. Sofort stürzte ich zu meiner Gefährtin, die mit schmerzverzerrtem Gesicht im Dreck lag und leise aufstöhnte.
»Bist du verletzt?«

»Mein Knöchel!«

Ich versuchte, ihr aufzuhelfen, aber sie sackte sofort wieder ein, als sie ihr linkes Bein belastete. »Hilf mir mal!«, sagte ich zu einem der Soldaten neben mir. Gemeinsam schafften wir es, Mara aus dem nassen Graben zu hieven. Dabei hätte ich selbst fast den Halt verloren und wäre abgestürzt. Prios nickte mir zu und gab mir so die , den Platz zu verlassen. Ich stützte meine Begleiterin, damit sie ihr verletztes Bein nicht belasten musste, und brachte sie zurück zu unserer Unterkunft.

»Dass mir das ausgerechnet jetzt passieren muss!«, fluchte meine Gefährtin und brach in Tränen aus. »Ihr werdet jeden Bogen brauchen, wenn die Makedonier morgen zum entscheidenden Angriff aufbrechen.«

»Das kannst du vergessen. Du kannst dich selbst nicht schützen und wirst uns keine große Hilfe sein. Ob du es willst oder nicht. Du musst während der Schlacht in unserem Zimmer bleiben.«

Mara antwortete nicht, was ich als Zustimmung auffasste. Mir kam es vor, als wäre eine Ewigkeit vergangen, ehe wir unsere Unterkunft endlich erreichten. Ich half Mara aus der nassen und völlig verdreckten Kleidung und brachte ihr eine Schüssel mit Wasser. Sie verzichtete darauf, sich von mir waschen zu lassen und erklärte augenzwinkernd, dass sie nicht ganz hilflos sei. Als sie den Dreck von ihrem Körper entfernt hatte, zog sie sich eine frische Tunika über und legte sich aufs Bett.

Ich nahm ein Stück Stoff, tränkte es in sauberem Wasser und machte so einen kalten Umschlag, den ich um ihren Knöchel wickelte.

»Ich muss zurück«, sagte ich dann.

»Ich weiß.«

»Hier bist du in Sicherheit.«
»Ralf?« Ich hatte die Tür schon fast erreicht, als Maras Ruf mich zurückhielt.
»Ja.«
»Pass auf dich auf.«

Als ich zurück zum Befestigungsring kam, war es fast Morgen und der Regen hatte aufgehört. Ich traute meinen Augen nicht. Von dem Graben, an dem wir die ganze Nacht gearbeitet hatten, war nichts mehr zu sehen. Mit Zweigen und Erde hatten ihn die Rhoder so gut verdeckt, dass man ihn nur erahnen konnte, wenn man von seiner Existenz wusste. Die ausgehobene Erde war gleichmäßig auf dem Boden verteilt worden. Der heftige Regen hatte die Spuren vollends verwischt. Ich wusste noch immer nicht, welchen Sinn dieser Graben haben sollte, und war gespannt, was passieren würde. Konnten es die Rhoder weiterhin schaffen, sich gegen diese Übermacht zu behaupten?
Plötzlich erklang das Alarmsignal.
Der Augenblick der Entscheidung war gekommen. Ich rannte zu meinem Posten auf dem Befestigungswall und ergriff meinen Bogen. Als ich die Spitze der Mauer erreichte, sah ich die Makedonier zu tausenden auf die Stadt zustürmen.
»Jetzt!«, befahl Hauptmann Prios.
Sekunden später prasselten unsere Pfeile auf die Feinde nieder. Einige gegnerische Soldaten wurden getroffen und blieben reglos am Boden liegen. Deren Kameraden kannten keine Rücksicht. Sie trampelten einfach über die Verwundeten hinweg und

kümmerten sich nicht um die schmerzverzerrten Schreie.

Auf beiden Seiten des Kolosses ließen wir bewusst etwa zwanzig Meter frei und feuerten nur noch vereinzelte Pfeile ab. Wir wussten, dass wir nur mit Bögen keine Chance hatten, die Makedonier lange aufzuhalten. Gespannt warteten wir darauf, was passierte, wenn der mächtige Koloss den Befestigungsring durchbrach. Die Angreifer schossen nun ebenfalls mit Pfeilen, um ihren Kameraden die nötige Deckung zu verschaffen. Die ersten hatten die Kriegsmaschine inzwischen erreicht und verschwanden im Innern.

Auf Befehl von Hauptmann Prios hielten wir uns mit unserer Gegenwehr zurück. Die Wolke der makedonischen Pfeile wurde dichter und das Knirschen der Steinbrocken im Wall verriet uns, dass die Angreifer wieder zu tausenden hinter dem Belagerungsturm standen, um ihn durch die Mauer zu drücken. Millimeter für Millimeter schoben sich die Rammböcke vor. Erste größere Steine lösten sich und fielen vor dem voranschreitenden Koloss in den versteckten Graben. Noch hatten die Makedonier nichts von unserer Falle bemerkt. In wenigen Augenblicken würde sich zeigen, ob wir die mächtige Kriegsmaschine so aufhalten konnten.

Begleitet von ohrenbetäubendem Lärm brach das Monstrum durch die Mauer. Der enorme Schwung reichte aus, um ihn noch gut einen Meter weiter nach vorne zu katapultieren, sodass er direkt auf den Graben zusteuerte. Die Abdeckung der Grube hielt dem tonnenschweren Gerät natürlich nicht stand. Das Ungetüm senkte sich mit den Vorderrädern in die Tiefe und war bewegungsunfähig.

Nun erkannte ich, wie einfach und genial der Plan war. Die Bresche, die der Kampfturm in den Wall gerammt hatte, war nun durch ihn selbst verschlossen. Die makedonischen Soldaten wurden von der plötzlichen Abwärtsbewegung total überrascht. Als sich die Zugbrücke öffnete, die den Männern eigentlich den Weg in die Stadt hätte eröffnen sollen, stürzten sie Hals über Kopf aus dem Turm. Entsetzen stand ihnen ins Gesicht geschrieben. Hatten sie vor wenigen Augenblicken noch an den sicheren Sieg geglaubt, so kämpften sie jetzt ums nackte Überleben. Bei ihrem Fluchtversuch standen sie sich selbst im Weg und schafften es nicht, durch den Turm zu gelangen. Die Schmerzensschreie der verwundeten Krieger hallten über den Platz. Die Makedonier waren in unsere Falle gelaufen und konnten sich nicht mehr daraus befreien.

Auch die Männer außerhalb des Befestigungswalls merkten jetzt, dass ihr Plan gescheitert war. Der sicher geglaubte Sieg war ihnen im letzten Moment aus den Händen gerissen worden. In rascher Folge feuerten wir jetzt einen Pfeil nach dem anderen in das feindliche Heer. So gelang es uns, die völlig überraschten Makedonier zum Rückzug zu zwingen. Demetrios' Mannen flüchteten unter den jubelnden Schreien der Rhoder, die immer wieder ihren Gott Helios priesen, zurück in ihr Lager.

Auch diesen Angriff hatten wir erfolgreich abwehren können und dabei kaum eigene Verluste erlitten. Ich war gespannt, welche List sich Demetrios als Nächstes einfallen ließ um Rhodos doch noch in seine Gewalt zu bekommen. An diesem Tag war sicher mit keinem weiteren Angriff zu rechnen. So ging ich erschöpft, aber glücklich zurück zu Mara, um ihr vom Ausgang der Schlacht zu berichten.

»Du solltest dich wirklich noch ein paar Tage ausruhen«, sagte ich zu meiner Gefährtin, die unbedingt zum Befestigungswall wollte, um den darin steckenden Kriegsturm zu sehen.
»Es geht mir gut.«
»Nein. Du kannst kaum laufen und dein Knöchel ist dick geschwollen. Es wird nicht besser werden, wenn du deinen Fuß nicht schonst.«
»Dann musst du mich eben tragen.« Mara lächelte mich verschmitzt an.
Ich hob resignierend die Schultern. Diesem Argument wollte ich wirklich nichts entgegensetzen. Also half ich Mara die Treppe hinunter und nahm sie dann huckepack. Für den Weg bis zum Wall benötigten wir etwa doppelt so lang wie gewöhnlich. Dort feierten die Bewohner der Stadt gemeinsam mit den Soldaten noch immer ihren Gott Helios.
»Das ist unglaublich«, staunte Mara, nachdem ich sie auf dem Boden abgesetzt hatte. Beim Gehen stützte ich sie weiterhin, damit sie ihren verletzten Fuß nicht belasten musste. »Ich habe noch nie so eine gewaltige Kriegsmaschine gesehen. Wenn es Demetrios gelungen wäre, in die Stadt einzudringen, wären wir verloren gewesen.«
»Die Makedonier haben die Flucht ergriffen, als sie merkten, dass der Koloss feststeckt und ihr Plan somit gescheitert war.«
»Demetrios reitet auf die Stadt zu!«, schrie einer der Soldaten auf dem Befestigungswall.

Sofort eilte Hauptmann Prios auf die Stadtmauer, um zu sehen, was der makedonische Feldherr vorhatte. Ich wäre gerne ebenfalls auf den Befestigungsring gestiegen, wollte Mara aber nicht allein zurücklassen. Demetrios sprach allerdings so laut, dass wir ihn auch von unserem Standort aus verstehen konnten.
»Bürger von Rhodos!«, schallte es über den Wall. »Ich bin gekommen, um euch ein Friedensangebot zu machen.«
In diesem Moment wurde ich Zeuge unglaublicher Überheblichkeit. Der feige Saulos, der sich während der Schlacht im Hintergrund gehalten hatte, sah sich plötzlich ermutigt, die Verhandlung zu führen. Jetzt, wo keine Gefahr mehr für sein Leben bestand, schritt er hoch erhobenen Hauptes auf die Stadtmauer zu, um mit Demetrios zu reden. Hauptmann Prios antwortete allerdings, bevor der Rhoder die Spitze des Befestigungsringes erreicht hatte. »Wie lautet euer Angebot?«
»Wenn ihr einwilligt, uns zukünftig im Kampf gegen unsere Feinde zu unterstützen, heben wir die Belagerung auf. Unser Krieg gegen Ptolemaios soll von dieser Vereinbarung ausgeschlossen sein.«
»Einverstanden!«, antwortete der Hauptmann, ohne zu zögern. Saulos schnappte nach Luft, konnte aber nicht mehr eingreifen. Nun ging alles sehr schnell. So lang die Belagerung gedauert hatte, so zügig wurde der Friede besiegelt. Demetrios wurde mit seinen beiden Begleitern in die Stadt eingelassen und zum Regierungspalast geführt, wo der Vertrag mit den Rhodern besiegelt werden sollte. Die Menschen in Rhodos atmeten auf. In wenigen Tagen würde das normale Leben wieder Einzug auf der Insel halten und ihre Bewohner die Ängste der letzten Tage vergessen

lassen.

Demetrios hielt Wort und stach bereits am nächsten Morgen mit seiner Flotte in See.

Während ich bei der Ausbesserung des Befestigungsrings half, verbrachte Mara die meiste Zeit in unserer Unterkunft. Ihr Knöchel war noch immer dick geschwollen und sie konnte ihn nicht belasten.

»Warum bleiben wir immer noch auf Rhodos?«, fragte Mara am Abend.

»Was sollen wir sonst tun?«

»Hier ist das sechste Weltwunder nicht. Es hat keinen Sinn, dass wir auf der Insel sind.«

»Solange uns dein Vater keine neuen Anweisungen gibt, können wir nichts tun. Wo willst du denn hingehen?«

»Das weiß ich nicht.«

»Eben.« Mir gefiel es genauso wenig, hier auf Rhodos festzusitzen, wie Mara. Außerdem fürchtete ich, dass uns langsam aber sicher die Zeit weglief. Im Moment waren uns aber wieder einmal die Hände gebunden. Wir mussten auf eine Nachricht von Antipatros warten. Es gab sicher einen Grund, warum wir noch immer auf der Insel waren, wenn ich mir auch absolut nicht vorstellen konnte, welchen.

In den Straßen von Rhodos kehrte unterdessen der Alltag ein. Die Händler und Handwerker nahmen ihre Arbeit auf dem Marktplatz wieder auf. Nur noch wenig erinnerte an die Schlacht, die noch vor wenigen Tagen an der Stadtmauer geführt worden war. Mara ging es langsam besser.

»Ich bin doch keine alte Frau«, warf sie mir vor, als ich ihr grinsend einen Krückstock aus festem Eichenholz überreichte. Dennoch nahm sie diese Hilfe dankbar an. So war sie in der Lage, ein paar Schritte ohne meine

Hilfe zu gehen. Wir erhöhten die Strecke täglich und erreichten so eines Abends den Hafen von Rhodos. Die beiden Galeeren waren längst aus der Hafeneinfahrt geborgen worden, damit die Handelsschiffe die Insel erreichen und verlassen konnten.

Wir setzten uns auf eine Mauer direkt am Wasser, damit Mara einen Moment ausruhen konnte. Plötzlich kam Saulos mit seinen Mannen eiligen Schrittes die Straße zum Hafen herabgelaufen. Der dicke Vorsteher des Rats fuchtelte aufgeregt mit den Armen und blieb vor einem Schiff stehen, das gerade vor Anker ging. Wir hatten es bis zu diesem Moment eher beiläufig beachtet.

Ein kleiner, leicht dicklicher Mann, dessen wenige Haare auf dem Kopf längst ergraut waren, wurde von Saulos überschwänglich begrüßt. Wir erfuhren, dass es sich bei dem Besucher um den Künstler Chaves von Lindos handelte, der eine Statue zu Ehren des Gottes Helios errichten sollte.

»Kannst du uns eine mit Gold reich verzierte Statue errichten, die das Abbild Heilos' zeigt und mindestens zehn Mannslängen hoch ist?«, kam Saulos sofort auf den Punkt.

»Natürlich kann ich das!«, antwortete der Fremde und warf dem ehemaligen Ratschef einen verächtlichen Blick zu. »Ihr habt wohl hier auf dieser Insel noch nichts von meinen weltberühmten Kunstwerken gehört.«

»Oh doch. Deswegen haben wir dich ja kommen lassen«, entgegnete Saulos. »Wie hoch ist der Preis, den ihr für eure Arbeit verlangt?«

Chaves von Lindos nannte einen Betrag, der mir sehr hoch erschien, den Männern des Rats aber offensichtlich zusagte.

»Und was ist, wenn die Statue zweimal so hoch wird

wie geplant?«, fuhr Saulos fort. »Können wir davon ausgehen, dass ihr dafür auch den doppelten Preis verlangt?«

»Ja«, sagte der Künstler leichtfertig. Die Größe der Statue schien ihn so zu beeindrucken, dass seine Rechenkünste darunter litten.

»Dann soll es so geschehen«, bestimmte Saulos.

Ich musste meine Meinung über den Anführer des rhodosschen Rats revidieren. Bisher hatte ich nicht viel von ihm und seinen Männern gehalten, weil sie nur ihren eigenen Vorteil im Sinn hatten und dabei feige hinter dem Rücken von anderen verkrochen. Hier hatte Saulos jetzt aber echtes Verhandlungsgeschick bewiesen.

»Warum lachst du, Ralf?«

»Chaves von Lindos hat sich gerade so richtig über den Tisch ziehen lassen.«

»Wie meinst du das?«

»Wenn die Statue jetzt doppelt so hoch werden soll, wird er dafür mindestens das Achtfache des Materials benötigen. Der Preis, den er ausgehandelt hat, wird nicht ausreichen, um die Kosten zu decken. Helios muss nicht nur höher werden, sondern auch wesentlich dicker. Der Sockel muss einiges mehr an Gewicht tragen als bei einer entsprechend kleineren Statue.«

»Lass uns zurückgehen«, sagte Mara gelangweilt Meine Gefährtin schien sich nicht besonders für diese architektonischen Details zu interessieren.

Ich half ihr auf die Beine und hatte plötzlich das Gefühl, als würde irgendetwas nicht stimmen. Die Umgebung schien sich zu verändern. Jeder Schritt fühlte sich an, als würde ich durch Watte gehen, und wo eben noch Saulos mit dem Künstler gestanden hatte, konnte ich nur noch Konturen erkennen.

»Ralf.« Auf einmal hörte ich Maras Stimme, als stünde sie nicht mehr neben mir, sondern wäre weit entfernt.
»Ralf.«
Ein seltsames Kribbeln lief durch meinen gesamten Körper. Plötzlich hatte ich das Gefühl zu schweben. Mara sagte noch irgendetwas, aber ich konnte ihre Worte nicht mehr verstehen. Mir wurde schwarz vor Augen.

»Was war das?« Mara sah mich total verstört an und auch ich fühlte mich, als wäre mein Innerstes nach außen gekehrt worden. Wir lagen auf einer harten Oberfläche und hielten uns an der Hand.
»Im ersten Moment dachte ich, Antipatros hätte uns wieder auf eine magische Reise entführt. Wir sind aber immer noch im Hafen von Rhodos.«
»Ja. Mir ist plötzlich übel geworden und ich konnte nichts mehr sehen.«
»Mir ging es genauso. Auf einmal war aber alles wieder vorbei.
»Irgendetwas ist dennoch anders. Sieh dir die Leute an. Die meisten habe ich noch nicht gesehen. Diejenigen, die mir bekannt vorkommen, scheinen älter geworden zu sein.«
»Du hast recht.« Ich schaute mich im Hafen um und hatte plötzlich das Gefühl, als würde mir der Boden unter den Füßen weggezogen. »Dreh dich mal um. Das glaubst du nicht.«
Fassungslos starrte ich zur Hafeneinfahrt und spürte, wie sich Mara an meiner Schulter festhielt.

Die gewaltige Statue vor uns übertraf alles, was ich bis dahin gesehen hatte. Meine Gedanken überschlugen sich. Mit einem Mal ergab alles einen Sinn. Die Reise nach Rhodos, die Schlacht mit Demetrios und schließlich die Heliosstatue. Jetzt wusste ich, worum es sich beim sechsten Weltwunder handelte. Den Begriff hatte ich in meiner Zeit schon gehört. Bisher war es mir nur noch nicht gelungen, den Zusammenhang zu erkennen. Als ich aber die fünfunddreißig bis vierzig Meter hohe Statue sah, fiel es mir wie Schuppen von den Augen.

»Der Koloss von Rhodos!«

»Was sagst du da?« Mara sah mich verwundert an.

»Das ist der Koloss von Rhodos. Ich habe in meiner Zeit schon von der Statue gehört. Sie ist der Grund, warum Antipatros wollte, dass wir auf der Insel bleiben.«

»Bist du sicher?«

»Was sonst sollte das Wunder sein, das er uns zeigen wollte?«

»Dann hätte er uns auch gleich in diese Zeit bringen können.« Uns beiden war klar, dass wir einen Zeitsprung hinter uns hatten, wenn wir auch nicht wussten, wie viel Zeit vergangen war.

»Ja, aber vermutlich wollte er, dass wir hautnah miterleben, warum die Rhoder diese Statue erschaffen haben.«

»Meinst du?«

»Ganz sicher. Es würde zu deinem Vater passen.« Nach wie vor konnte ich meine Augen nicht von dem Koloss abwenden. Jeder Finger des Helios war länger, als ein erwachsener Mann und so dick, dass man ihn nicht mit beiden Armen umspannen konnte. Die Statue stand nackt auf einem mannshohen Sockel direkt neben der Hafeneinfahrt auf dem Befestigungsring. Der gesamte Körper der Heliosfigur war mit Bronze überzogen. In der rechten Hand trug er eine Fackel, die ebenso vergoldet war, wie die sieben Strahlen, die aus der Krone auf seinem Haupt herauswuchsen. Der Speer in seiner Linken überragte den Kopf der Statue und reichte am anderen Ende bis zum Boden.

»Da hat Chaves von Lindos wirklich ein Denkmal für die Ewigkeit geschaffen!«, sagte Mara.

Ich erinnerte mich daran, gelesen zu haben, dass der Koloss nicht lange stand und nach einem Erdbeben ins Meer gestürzt war, erwiderte aber nichts.

»Ich glaube, da hinten sitzt er«, riss mich Mara aus meinen Gedanken.

»Wer?«

»Der Künstler.« Mara deutete mit dem Zeigefinger auf eine Gestalt, die neben der Statue auf dem Boden kauerte.

»Du hast recht. Lass uns zu ihm gehen.«

»Warum?«

»Ganz einfach. Wenn er uns sagt, wie lange der Bau des Kolosses gedauert hat, wissen wir, wie groß unser Zeitsprung war.«

»Ist das so wichtig?«

»Vielleicht nicht. Aber es interessiert mich schon, wie viele Jahre inzwischen vergangen sind. Oder willst du einfach nur hier sitzen bleiben?«

»Nein. Aber ich weiß nicht, ob ich mit meinem verletzten Knöchel über den Befestigungsring laufen kann.«

»Tut er denn überhaupt noch weh?«

Mara stand auf und ging ein paar Schritte. »Es ist weg«, sagte sie erstaunt. »Als ob nie etwas gewesen wäre.«

»Das dachte ich mir schon. Als ich den Sprung von Ägypten nach Babylon gemacht habe, waren meine Verletzungen auch wie weggeblasen.«

»Weggeblasen?«

»Ich meine, ich habe sie nicht mehr gespürt«, sagte ich grinsend. Wir gingen über den Befestigungswall auf den Koloss von Rhodos zu. Chaves von Lindos kauerte immer noch mit vor den Knien verschränkten Armen neben der Heliosstatue, als wir ihn erreichten. »Ein beeindruckendes Werk habt ihr hier hinterlassen«, begrüßte ich den Künstler.

Chaves fuhr erschreckt auf und sah uns aus traurigen Augen an. Offensichtlich hatte er nicht gehört, wie wir langsam näher gekommen waren. »Beeindruckend? Diese Statue hat mein Leben zerstört. Zwölf Jahre habe ich an Helios gearbeitet und dafür das Dreifache von dem aufwenden müssen, was ich von den Rhodern bekommen habe. Jetzt besitze ich nicht mehr als das, was ich am Leib trage.«

Ich erinnerte mich an die Preisverhandlung, die der Künstler mit Saulos geführt hatte. Es war nicht verwunderlich, dass er nach der Erstellung des Kolosses bankrott war. »Der Ruhm, den dir die Heliosstatue einbringt, wird Jahrtausende anhalten«, versuchte ich, Chaves von Lindos aufzumuntern.

»Ruhm kann man nicht essen«, gab er zerknirscht zurück.

»Mara! Ralf! Ich habe schon befürchtet, ihr seid tot!« Der Wirt, bei dem wir schon während der Schlacht um Rhodos eine Unterkunft gefunden hatten, zeigte sich sichtlich erfreut, als wir sein Gasthaus betraten. Zur Begrüßung umarmte er zuerst Mara und dann mich.

»Wo habt ihr denn die ganzen Jahre über gesteckt?«

»Das ist eine längere Geschichte«, antwortete ich lächelnd. »Wir werden auch nicht lange auf der Insel bleiben und bald wieder abreisen. Hast du ein Zimmer für uns frei?«

»Natürlich, ihr könnt auch noch etwas zu essen bekommen, wenn ihr wollt. Ihr beiden habt euch in der ganzen Zeit kein bisschen verändert.«

Ich lächelte Mara an und auch die konnte sich ein Grinsen nicht verkneifen. Der Rhoder selbst hatte inzwischen graue Haare bekommen und war deutlich kräftiger geworden. Wir nahmen sein Angebot an und ließen uns nach der Mahlzeit unser Quartier zeigen. Der Wirt nahm uns die aus seiner Sicht viele Jahre zurückliegende plötzliche Abreise nicht übel, da wir unsere Unterkunft immer eine Woche im Voraus bezahlt hatten und ihm somit nichts schuldig geblieben waren. Unser Zimmer war kleiner als damals und es stand nur ein Bett darin.

»Ich kann auf dem Boden schlafen«, sagte ich zu meiner Gefährtin.

»Nein. Das Bett ist groß genug für uns beide. Antipatros wird uns wohl kaum die Decke auf den Kopf fallen lassen, nur weil wir nebeneinanderliegen.«

Wir ließen unsere Tuniken an und zogen nur die Sandalen aus, bevor wir es uns auf dem Lager bequem machten. Mara schlief sofort ein. Ich betrachtete sie noch eine Weile und fuhr zärtlich mit dem Finger durch ihr Haar. Es fiel mir immer schwerer, meine Gefühle für die wunderschöne Griechin zu unterdrücken.

»Du bist jetzt fast am Ziel deiner Reise angelangt.«

Ich musste kurz vor dem Einschlafen gewesen sein und setzte mich erschreckt auf. Als ich die Gestalt des Antipatros vor mir sah, wurde ich sofort hellwach. Mara drehte sich nur um und murmelte ein paar unverständliche Worte. Einen Moment war ich irritiert. Antipatros erschien mir heute anders als sonst. Fast kam es mir vor, als wäre seine Gestalt nicht mehr fest, sondern eher feinstofflich. Die Konturen schienen leicht zu verschwimmen. Was war los mit dem Alten? Zu Beginn meiner Abenteuer hatte er sich noch einen Spaß daraus gemacht, mir in wechselnden Gestalten zu erscheinen. Das war schon seit Längerem nicht mehr vorgekommen. Konnte es sein, dass auch seine Kräfte begrenzt waren?

»Warum tauchst du immer dann auf, wenn man dich am wenigsten braucht?«, begrüßte ich den Alten mürrisch.

»Du warst lange genug auf Rhodos. Es wird Zeit, dass du zur letzten Etappe deiner Reise antrittst.«

»Du hättest uns ja gleich in diese Zeit schicken können, wenn es nur darum ging, dass wir den Koloss von Rhodos sehen.«

»Du solltest erleben, aus welchem Grund die Statue errichtet wurde.«

»Das weiß ich. Trotzdem war es nicht nötig, uns mitten in die Schlacht zwischen Rhodos und den Makedoniern zu schicken.«

»Nur du solltest den Kampf erleben. Mara hätte dich schon lange verlassen müssen.«

»Auch das weiß ich.« Antipatros hatte mir das richtige Stichwort geliefert. Jetzt war genau der richtige Zeitpunkt, um mit ihm über seine Tochter zu sprechen. »Ich will, dass Mara mit mir in meine Zeit zurückkehrt.«

Antipatros sah mich einen Augenblick ruhig an, bevor er den Kopf schüttelte. »Der Platz für meine Tochter ist Athen. Sie gehört nicht in die Zukunft und schon gar nicht an deine Seite.«

»Ich gehöre auch nicht hierher. Das hat dich aber nicht

davon abgehalten, mich aus meinem normalen Leben zu reißen.«

»Das ist etwas anderes.«

»Ist es nicht. Ich verlange, dass du Mara mit mir gehen lässt.«

»Das werde ich nicht tun.«

»Doch Antipatros. Genau das wirst du.«

»Wie kommst du darauf?«

»Wenn du es nicht tust, werde ich keine Zeile über deine sieben Weltwunder schreiben.«

Die Gesichtsfarbe des Alten wechselte auf Kalkweiß, um dann Zornesröte zu weichen. Zum ersten Mal sah ich echte Gefühlsregungen bei Antipatros.

»Wenn du nicht tust, was ich von dir verlange, wirst du nie wieder in deine Zeit zurückkehren.«

»Dann werden deine Weltwunder in Vergessenheit geraten.«

»Das wagst du nicht.«

»Doch Antipatros. Ich habe mich jetzt lange genug von dir an der Leine führen lassen. Du hast selbst gesagt, dass dir die Götter keine zweite Chance geben werden. Du brauchst mich also.«

»Unterschätze nicht meine Macht. Ich werde nicht zulassen, dass Mara in deiner Zeit zugrunde geht.«

»Das wird sie auch nicht. Darauf hast du mein Wort.«

Mit meiner Forderung hatte ich jetzt alles auf eine Karte gesetzt und konnte nur hoffen, dass dem Alten die Erinnerung der Menschheit an die Weltwunder wirklich so wichtig war, wie er immer behauptete.

»Wenn sich die Menschen, zweitausendfünfhundert Jahre nachdem ich die sieben Weltwunder zusammengetragen habe, noch an meinen Namen erinnern, habe ich mir einen Platz bei den Göttern verdient und werde zum Olymp aufsteigen. Diese

Chance werde ich mir von dir nicht nehmen lassen.«

»Du weißt, was du tun musst, damit ich meine Erlebnisse aufschreibe.«

»Noch ist deine Reise nicht zu Ende«, wechselte Antipatros plötzlich das Thema.

»Aber bald. Ich will jetzt wissen, ob Mara bei mir bleiben wird.«

»Du musst zurück nach Ägypten.«

Wütend sah ich den Greis vor mir an. Er ging nicht mehr auf meine Bemerkung ein und betrachtete das Thema Mara einfach als erledigt. »Was soll ich dort?«

»In Ägypten wird sich der Kreis schließen.«

»Ich soll wieder zu den Pyramiden?«

»Nein.«

»Was dann?«

»Das wirst du erfahren, wenn du dort bist.«

»Jetzt reicht es aber.« Ich sprang auf und blieb dicht vor der Erscheinung stehen. Die Adern hinter meiner Stirn drohten zu zerplatzen. »Kannst du mir nicht einmal eine Antwort geben, mit der ich auch etwas anfangen kann?«

Ich glaubte, noch ein schwaches Grinsen auf den Gesichtszügen von Antipatros zu sehen, als dieser sich langsam auflöste. »Bleib hier!«, fluchte ich leise. »Wir sind noch nicht fertig.«

»Mara wird zurück in ihre Heimat gehen und du in deine. Ich kann dir dein weiteres Leben zur Hölle machen, wenn du nicht tust, was ich dir aufgetragen habe«, erklang die Stimme aus dem Nichts.

»Das werden wir ja sehen!«, rief ich Antipatros hinterher.

Pharos

»Warum sollen wir denn jetzt wieder nach Ägypten?«, wollte Mara wissen, als ich ihr von meinem Gespräch mit ihrem Vater berichtete.
»Ich weiß es nicht. Antipatros hat sich wieder einmal sehr unklar ausgedrückt und mir nicht gesagt, wo unser genaues Ziel liegt.«
»Aber du willst die Reise machen?«
»Natürlich. Es bleibt uns ja auch nichts anderes übrig. Hier haben wir gesehen, was uns der Alte zeigen wollte. Ich bin schon sehr gespannt, was uns erwartet. Bald habe ich das Ende meiner langen Reise durch die Vergangenheit erreicht.«
»Ja, das hast du.«
Ich hörte einen traurigen Ton aus der Stimme meiner Gefährtin heraus und beschloss auch bei ihr jetzt das Thema anzusprechen, das mir schon so lange auf dem Herzen lag. »Wie wäre es, wenn du mich in meine Zeit begleitest?«
Einen Moment lang schaute mich Mara mit Tränen in den Augen an, dann schüttelte sie den Kopf. »Ach, Ralf. Du glaubst gar nicht, wie gerne ich das tun würde. Wir wissen aber beide, dass mein Vater dies niemals zulassen wird.«
»Müssen wir uns denn alles von ihm gefallen lassen?«
»Er hat die Macht. Wir können nichts dagegen machen, dass er jeden von uns wieder in seine Heimat zurückschickt.«
Das sah ich ganz anders, verzichtete aber darauf weiter mit Mara zu diskutieren. Allein die Tatsache, dass sie mit mir in meine Zeit gehen wollte, ließ mich vor Freude innerliche Luftsprünge machen.

Als wir im Hafen ankamen, herrschte dort große Aufregung. Wir mischten uns unter das Volk, um den Grund dafür zu erfahren. Den Gesprächen entnahmen wir, dass Chaves von Lindos sich ein Messer ins Herz gestoßen hatte. Am Morgen war er von Fischern am Fuße der Heliosstatue gefunden worden. Mir tat der Künstler leid, der keine Perspektive mehr in seinem Leben sehen konnte, nachdem er sich mit dem Bau des mächtigen Denkmals übernommen hatte. Davon, dass sein Name die Jahrtausende überstehen würde, konnte er nicht satt werden.

Doch bevor ich weiter darüber nachdenken konnte, musste ich mich um unsere Überfahrt kümmern. Der Wirt hatte uns von einem mächtigen Handelsschiff vorgeschwärmt, das unübersehbar im Hafen lag. Es war bereits fertig beladen und kurz davor, in See zu stechen. Wir einigten uns mit dem Kapitän über den Preis für die Überfahrt nach Ägypten und gingen mit ihm an Bord.

»Wir laufen aus, sobald die Sonne ihren höchsten Stand erreicht hat«, sagte er und ließ uns alleine ohne unsere Antwort abzuwarten.

Trotz der vielen Schiffsreisen, die ich in den letzten Monaten erleben musste, konnte ich mich noch immer nicht für das Meer begeistern. Obwohl wir noch nicht einmal abgelegt hatten, meldete sich das mulmige Gefühl in meinem Magen, das ich seit der Überfahrt von Babylon nach Griechenland nur zu gut kannte. Ich hoffte inständig, dass es nun das letzte Mal war, dass ich ein Schiff betreten musste, bevor ich endlich nach Hause zurückkehren konnte.

»Es wird schon alles gut gehen«, versuchte Mara, mir Mut zu machen. Sie musste mir wohl angesehen haben, dass ich nicht sonderlich begeistert von der bevorstehenden Reise war. »Bisher waren uns die Götter stets wohlgesinnt.«

»Du vergisst den Sturm, der uns beide fast das Leben gekostet hätte«, entgegnete ich.

»Es ist uns aber nichts passiert. Ich bin mir sicher, dass wir unser Ziel auch diesmal erreichen werden. Antipatros wird nicht zulassen, dass dir jetzt noch etwas passiert. Du bist auf der letzten Etappe deiner Reise. Tot kannst du nicht von den Weltwundern berichten.«

Natürlich musste ich Mara vollkommen recht geben. Mein Magen sah das aber noch immer anders und zog sich krampfhaft zusammen.

Zunächst schienen meine Sorgen völlig unbegründet zu sein. Bei strahlendblauem Himmel und Sonnenschein verließen wir den Hafen, passierten die Heliosstatue und gelangten auf das offene Meer. Mara und ich genossen den Tag an Deck des Schiffes. Mein Magen hatte sich einigermaßen beruhigt und ich war sogar in der Lage, ein Stück trockenes Fleisch und Brot zu essen, das uns der Kapitän kurz vor Einbruch der Dämmerung bringen ließ. Doch mit der Dunkelheit kam der Nebel und alles wurde anders.

Urplötzlich bildeten sich undurchsichtige Schlieren und das Schiff sah aus wie in Watte gehüllt. Ich konnte Mara nur schemenhaft erkennen, obwohl sie nur einen Meter von mir entfernt stand. Die See blieb weiterhin ruhig und es ging nicht der leiseste Windhauch. Die Stille um uns herum kam mir gespenstisch vor. Die wenigen Geräusche waren kaum zu orten.

»Lass uns in die Kabine gehen«, brach Mara unser Schweigen. »Morgen hat sich der Nebel bestimmt verzogen.«

»Ja«, antwortete ich knapp. Wir hatten ohnehin vorgehabt, die Nacht im Innern des Schiffes zu verbringen. Der Kapitän war beschäftigt und auch sonst interessierte sich keiner der Seeleute für uns. Wir würden noch genug Zeit an Deck verbringen und darauf warten, dass wir die Küste von Ägypten erreichten. Als ich mich auf meinem Lager ausstreckte, merkte ich, wie müde ich war. Ohne noch einen weiteren Gedanken an das Ziel dieser Reise zu verschwenden, schlief ich sofort ein.

Am nächsten Morgen hatte sich der Nebel nicht aufgelöst. Im Gegenteil. Mir kam es so vor, als wäre er noch dichter geworden. Sogar im Bauch des Schiffes konnte ich jetzt alles nur noch durch einen milchigen Schleier sehen. Wir gingen an Deck, wo wir nicht das Geringste erkennen konnten. Da es noch immer fast windstill war, bewegten wir uns kaum vorwärts und wurden nur von der Strömung getragen. Bei diesem Tempo würde die Fahrt nach Ägypten um einige Tage oder vielleicht sogar Wochen länger dauern als geplant.
»Da seid ihr ja«, begrüßte uns der Kapitän, der plötzlich hinter uns stand. »Ich wollte gerade zu euch kommen und fragen, wie ihr die Nacht überstanden habt.«
»Uns geht es gut«, sagte ich und wunderte mich darüber, wie besorgt der Kapitän um unser Wohlergehen war, nachdem er sich uns gegenüber bisher sehr kurz angebunden gezeigt hatte. »Wir waren nur überrascht, dass sich das Wetter seit gestern Abend nicht geändert hat.«
»Darüber wundere ich mich selbst. So einen dichten Nebel habe ich bisher selten erlebt. Besonders im Sommer. Normalerweise ist es so, dass der Wind sehr schnell Lücken reißt und wir somit nach wenigen

Stunden wieder eine gute Sicht haben. Es wird nicht mehr lange dauern. Da bin ich mir sicher.«

Ich konnte den Optimismus des Kapitäns nicht teilen, erwiderte aber nichts. An und für sich war der Nebel nicht schlimm. Nur die Luft war so feucht, dass ich das Gefühl hatte, ich könnte sie trinken. Unsere Tuniken klebten an unseren Körpern. Wenn wir auf der Überfahrt ein paar Tage verlieren würden, war dies allerdings nicht schlimm. Antipatros hatte mir nur gesagt, dass wir nach Ägypten mussten. Eine Zeitvorgabe wie in Ephesos gab es nicht.

Entgegen der Erwartung des Kapitäns änderte sich das Wetter in den folgenden Tagen jedoch nicht. Es ging kein Wind und wir trieben weiter auf dem Meer, ohne wirklich voranzukommen. Ich konnte nur hoffen, dass der Kapitän noch in der Lage war, unsere Position zu bestimmen. Ihm fehlten die Sonne und die Sterne, die ihm ansonsten den Weg über die Meere zeigten.

»Ich werde hier noch verrückt!«, sagte Mara am Morgen des sechsten Tages. »Wenn nicht bald etwas passiert, zerschellen wir noch an irgendeiner Insel oder laufen auf einer Sandbank fest.«

»Sagtest du nicht, die Götter würden eine schützende Hand über uns halten?«

»Was soll das?«, fuhr Mara mich an. »Machst du etwa mich für diesen Dunst verantwortlich?«

»Das habe ich nicht gesagt.«

»Aber gedacht.«

»Auch das nicht. Jetzt beruhige dich mal wieder.«

Genau wie der Mannschaft schlug das schlechte Wetter auch uns aufs Gemüt. Seit Tagen erkannten wir alles um uns herum nur schemenhaft, und nicht nur einmal hatten wir uns an Gegenständen gestoßen, die einfach nicht zu sehen gewesen waren.

»Es tut mir leid, Ralf.«
»Ich weiß Mara. Der Nebel kann einen aber auch verrückt machen. Lass uns an Deck gehen. Vielleicht tut sich ja heute etwas.«
»Glaubst du daran?«
»Ich hoffe es zumindest. Nichts ist ewig. Noch nicht einmal dieser Dunst um uns herum.« Maras Blick zeigte mir, dass ich sie damit keinesfalls überzeugt hatte. Dennoch widersprach sie meinem Vorschlag nicht und folgte mir mit mürrischem Blick.
Bei der Essensausgabe hatte ich den Eindruck, dass die Rationen von Tag zu Tag kleiner wurden. Gingen uns etwa die Nahrungsmittel aus? Möglich war es. Immerhin dauerte die Fahrt deutlich länger als geplant. Ich konnte mir vorstellen, dass der Kapitän möglichst viel Lagerraum für die Waren haben wollte und dies zulasten der Vorräte ging. Sicher plante er ein paar Tage länger ein, als die Überfahrt für gewöhnlich dauerte. Was aber, wenn dieser Zeitraum überschritten war? Ich sagte meiner Freundin nichts von meinen Befürchtungen. Ihre Laune war schon übel genug und ich wollte mich nicht den Rest des Tages mit ihr streiten. Den Kapitän wollte ich allerdings bei der nächsten Gelegenheit darauf ansprechen.
Im Laufe der folgenden Stunden hatte ich das Gefühl, dass sich der Nebel langsam etwas auflockerte. Die Sicht war aber immer noch auf wenige Meter beschränkt und selbst auf diese Entfernung konnten wir alles nur schemenhaft erkennen. Es musste bald etwas passieren. Wenn der Nebel noch lange anhielt, würde es früher oder später zu ersten Vorfällen unter den Seeleuten kommen, die allesamt kurz vor dem Durchdrehen standen.

»Ralf, wach auf!«, schrie Mara am nächsten Morgen.
»Was ist denn los?« Mürrisch setzte ich mich auf und sah meine Gefährtin aus müden Augen an. Obwohl wir in den letzten Tagen wenig bis nichts getan hatten, war ich doch so müde, als hätte ich nächtelang nicht geschlafen.
»Der Nebel ist weg.«
»Wie weg?«
»Er hat sich aufgelöst. Werd endlich wach und komm mit nach draußen!«
»Mach doch nicht so einen Stress. Es ist doch gut, dass wir weiterfahren können.« Ich wollte mich gerade wieder hinlegen, als Mara meinen Arm ergriff und mich einfach aus dem Bett zog. Sie hielt mir einen Becher Wasser vors Gesicht, den ich in einem Zug austrank. Langsam merkte ich, wie die Lebensgeister in meinem Körper wieder erwachten. »Der Nebel ist weg? Dann lass uns an Deck gehen!«
»Genau das habe ich dir gerade vorgeschlagen«, sagte Mara und schüttelte den Kopf. Ich folgte ihr nach draußen, wo wir von blendenden Sonnenstrahlen empfangen wurden. Wir sahen einen wolkenlosen Himmel und konnten seit Tagen erstmals wieder einen Blick auf das Meer werfen. Zu keiner Seite des Schiffes war Land zu sehen. Die See war ruhig und es blies nur ein leichter Wind.
»Es wurde aber auch Zeit, dass dieser Dunst sich endlich verzieht«, sagte ich lächelnd. Meine Laune war auf einen Schlag deutlich besser.
»Ja«, bestätigte Mara. »Es ist schön, dass wir wieder den Himmel sehen können. Ich bin mir sicher, jetzt

werden wir unser Ziel ohne weitere Zwischenfälle erreichen.«

Leider bestätigte sich diese Voraussage meiner Gefährtin nicht. Das Gesicht des Kapitäns, der mit leicht gesenktem Kopf auf uns zukam, zeigte uns, dass nicht alles so in Ordnung war, wie wir es hofften. »Was ist los?«, sprach ich ihn direkt an.

»Offensichtlich sind wir doch weiter von unserem Kurs abgetrieben, als ich es erwartet hatte. Wie werden weitere zwei Tage brauchen, um wieder auf den richtigen Weg in Richtung Ägypten zu gelangen.«

»Ist das so schlimm?«, fragte Mara.

»Ja«, bestätigte der Kapitän besorgt.

»Die Vorräte reichen nicht. Habe ich recht?« Ich sprach meine Befürchtung aus, die sich schon am Vortag in mir festgesetzt hatte.

»Wasser haben wir genug«, antwortete der Kapitän. »Das Essen wird aber leider nur noch für einen Tag reichen. Zwei, wenn wir die Rationen halbieren.«

»Gibt es denn keine andere Küste, die wir anlaufen können?«

»Leider nicht, Ralf. Ich weiß nicht genau, wo wir gelandet sind. Mit Gewissheit kann ich das erst sagen, wenn die Sterne am Himmel auftauchen. Falls der Wind stärker wird, können wir Ägypten bis morgen erreichen. Bleibt er aber so lau, sehe ich keine Chance, unsere Reise zu beschleunigen.«

Ich war dem Kapitän dankbar, dass er uns so ehrlich die Wahrheit sagte, auch wenn er uns nichts Gutes zu berichten hatte. Er wandte sich nun von uns ab und begab sich an sein Steuerrad. Mara und ich beschlossen, den Tag an Deck zu verbringen. Da wir beide nicht sonderlich hungrig waren, verzichteten wir auf ein Frühstück. Sicherlich würden wir froh sein, wenn wir in zwei Tagen wenigstens noch ein Stück trockenes Brot hatten. Ohne das kleinste Wort der Beschwerde verzichtete auch die Mannschaft auf den Großteil ihres täglichen Proviants.

In der Abenddämmerung sahen wir plötzlich ein Licht, das vom Horizont aus zu uns herüberstrahlte. Zunächst dachte ich an den Mond, aber der befand sich genau auf der anderen Seite des Schiffes. Es war schwer zu sagen, wie weit dieses Leuchten noch von uns entfernt war. Dennoch glaubte ich daran, dass wir es schneller erreichen konnten als die ägyptische Küste. Nachdem meine Hoffnung den ganzen Tag über immer weiter geschwunden war, sah ich jetzt im wahrsten Sinne des Wortes ein Licht am Ende des Horizonts.
»Ich habe es dir doch gesagt«, flüsterte Mara mir glücklich zu.
»Abwarten. Noch haben wir das Licht nicht erreicht, von dem wir noch nicht einmal wissen, was es zu bedeuten hat.«
Wir gingen zum Kapitän, der an der Reling des Schiffes stand und wie erstarrt zu dem fernen Leuchten starrte.
»Weißt du, was das ist?«, sprach ich den Seemann an.
»Das muss der Pharos sein«, antwortete er ehrfürchtig. »Ich habe schon viel darüber gehört, aber bisher nicht geglaubt, dass er tatsächlich existiert.«
»Was ist der Pharos?«
»Ein riesiger Turm auf dessen Spitze ein Feuer den Schiffen den Weg zeigen soll.«
»Ein Leuchtturm?«
»Ein Pharos. Er trägt den Namen von der Insel, auf dem er steht.«

»Woher weißt du das alles, wenn du ihn noch nie gesehen hast?«, wollte ich wissen.

»Man erzählt sich viel von der Stadt, die der mächtige Feldherr Alexander gegründet hat.«

»Meinst du Alexandria?«

Mara und der Kapitän sahen mich gleichermaßen verblüfft an. »Woher kennst du die Stadt?«

»Ich habe schon davon gehört«, antwortete ich lächelnd. Ich konnte mich erinnern, dass die Stadt von Alexander dem Großen gegründet worden war. Mehr wusste ich nicht über diesen Ort, war mir aber in diesem Moment sicher, dass ich dort das siebte Weltwunder finden würde. Alles andere würde keinen Sinn ergeben. Wahrscheinlich war Antipatros sogar für den Nebel verantwortlich und hatte dafür gesorgt, dass wir vom Kurs abkamen.

»Wir werden dem Licht folgen. Im Hafen können wir die Vorräte auffüllen und unsere Reise fortsetzen«, sagte der Kapitän.

»Mara und ich werden wohl in Alexandria bleiben.«

»Es steht euch frei, mein Schiff dort zu verlassen«, sagte der Kapitän, der versuchte seine Verwunderung über meine Entscheidung zu verbergen.

»Warum willst du in Alexandria bleiben?«, wollte Mara wissen, nachdem uns der Seemann verlassen hatte.

»Weil ich davon überzeugt bin, dass wir dort das Ziel unserer Reise finden.«

»Meinst du etwa diesen Pharos?«

»Nicht unbedingt. Leuchttürme sind eigentlich nichts Besonderes. Ich habe aber schon von Alexander dem Großen gehört und würde mich nicht wundern, wenn wir in der Stadt einen ihm geweihten Tempel finden würden, den dein Vater auf seine Liste gesetzt hat, oder irgendein anderes Bauwerk, das gewaltig genug ist,

seinen Ansprüchen gerecht zu werden.«
»Ich hoffe du hast recht. Warum sagst du eigentlich dauernd Leuchtturm?«
»Bei uns heißen die so. In meiner Zeit gibt es viele Lichter, die auf einem Turm angebracht wurden, um den Schiffen den Weg zu weisen. Genauso wie bei diesem Bauwerk.«
»Für mich bleibt es der Pharos«, sagte Mara bestimmt.
Da es für mich keinen Unterschied machte, wie wir den Turm nannten, sagte ich nichts zu diesem Thema. Vielmehr war ich gespannt darauf, was ich in der berühmten Stadt alles zu sehen bekam, und freute mich, bald von diesem Schiff herunterzukommen. Noch bevor es richtig dunkel wurde, frischte der Wind auf und blies uns direkt in die Richtung des Lichtes. Es schien mir in diesem Moment ein bisschen so, als hätten die Götter endlich ein Einsehen mit uns. Denn von deren Existenz war ich nach all meinen Abenteuern inzwischen restlos überzeugt. Wenn es aber all die vielen verschiedenen Götter auch noch in meiner Zeit gab, was ja so sein musste, wenn mich Antipatros mit deren Hilfe in die Vergangenheit gezogen hatte, was taten sie dann den ganzen Tag? Hatten sie es aufgegeben, sich mit den Problemen der Menschen zu befassen, oder waren ihnen diese Themen einfach nur zu langweilig geworden?

Es dauerte schließlich bis zum nächsten Morgen, bis wir unser Ziel erreichten. Mara und ich verbrachten die komplette Nacht an Deck, wo wir abwechselnd ein paar Stunden schliefen. Je näher wir an Alexandria herankamen, umso besser war der eigentliche Turm

zu sehen. Ich schätzte seine Höhe auf über hundert Meter. Über der Kammer mit dem Feuer war eine Statue angebracht, bei der es sich, wie ich später erfuhr, um ein Abbild des Meeresgottes Poseidon handelte. Ich brannte darauf, mir den Turm genauer anzusehen, musste mich aber gedulden. Zunächst fuhren wir an ihm vorbei und passierten die Hafeneinfahrt. Als das Schiff endlich anlegte, zahlte ich dem Kapitän den vereinbarten Preis und wir verabschiedeten uns von ihm.
»Du willst zum Pharos, richtig?«
»Ja«, antwortete ich meiner Gefährtin, die Mühe hatte, mir zu folgen.
»Warum?«
»Vermutlich ist das der erste Leuchtturm der Welt. Ich muss ihn mir unbedingt aus der Nähe anschauen. Das letzte Weltwunder suchen wir später.«
»Du glaubst immer noch nicht, dass es sich dabei um den Pharos handelt?«
»Nein. So einzigartig der Bau auch sein mag, ist er dennoch nichts weiter als ein Leuchtturm.«
Als wir schließlich schwer atmend vor dem Pharos stehen blieben, hatte ich meine Meinung längst geändert. Mara hatte mit ihrer Vermutung recht. Wir waren am Ziel unserer Reise angelangt und standen nun vor dem letzten Bauwerk, das Antipatros auf seine berühmte Liste der sieben Weltwunder gesetzt hatte.
Trotz allem, was ich auf den bisherigen Stationen meiner Reise gesehen hatte, war ich von dem mächtigen Turm überwältigt. Auf einer Grundfläche von etwa dreißig Quadratmetern erhob sich ein Rechteck, das etwas mehr als die Hälfte des Gebäudes ausmachte, dessen Höhe ich nun auf hundertzwanzig bis hundertdreißig Meter schätzte. Der zweite Teil des

Turms war achteckig. Auf diesem befand sich ein Rundbau, in dem die Leuchtanlage eingebaut sein musste. Den Abschluss bildete die Statue des Poseidon, die ich bereits vom Schiff aus gesehen hatte. Der mächtige Turm war zu großen Teilen mit weißem Marmor verkleidet, was ihm ein noch beeindruckenderes Aussehen verlieh.
Leider sah ich, dass es nicht so einfach werden würde, an das Gebäude heranzukommen. Der Pharos war an allen Seiten von einer hohen Mauer umgeben und an jeder Ecke der quadratischen Umgrenzung befand sich ein Wachturm.
»Jetzt müssen wir nur noch in den Leuchtturm hineinkommen.«
»Das wird schwierig«, antwortete meine Begleiterin und deutete auf zwei Soldaten, die neben einem Tor standen und es bewachten.
»Wir geben uns einfach als Reisende aus, die den Pharos besichtigen wollen. Genau genommen stimmt das sogar.«
Dass dieser Plan nicht funktionieren würde, merkten wir bereits, bevor wir die Männer erreichten. Ihr Blick war abweisend, wenn nicht sogar feindselig. Als wir nur noch wenige Meter von ihnen entfernt waren, kreuzten die Soldaten ihre Lanzen vor dem Tor und zeigten uns damit unmissverständlich, dass wir nicht willkommen waren.
»Wir möchten uns den mächtigen Pharos gerne von innen ansehen«, sagte ich trotzdem.
Der Linke der Männer schüttelte nur den Kopf. »Kein Fremder hat das Recht, den Pharos zu betreten«, sagte der Zweite.
»Lass uns gehen, Ralf!«, wisperte mir Mara zu. »Wenn wir uns zu auffällig benehmen, landen wir am Ende

noch im Kerker.«

Mir blieb nichts anderes übrig, als meiner Gefährtin zuzustimmen. Ohne ein Wort des Abschieds wandten wir uns ab und gingen wieder zurück in Richtung Stadt.

»Wir müssen unbedingt in den Leuchtturm«, sagte ich, als wir außer Hörweite waren.

»Warum?«

»Wenn dein Vater nur gewollt hätte, dass ich den Pharos sehe, wäre meine Aufgabe erfüllt. Er würde sich dann sicherlich melden oder mich einfach wieder in meine Zeit zurückschicken.«

»Du scheinst es ja eilig zu haben, von mir wegzukommen.«

»Wie kommst du denn darauf?« Verdutzt schaute ich meine Gefährtin an.

»Wenn dich Antipatros zurückschickt, werden wir beide uns nie wieder sehen.« Jetzt konnte Mara ihre Tränen nicht mehr zurückhalten.

Ich nahm sie in den Arm und drückte sie fest an mich. »Ich will doch nicht von dir weg«, sagte ich und spürte nun selbst, wie mir ein dicker Kloß den Hals zuschnürte. War nun bald der Moment gekommen, an dem ich mich von der Griechin verabschieden musste? Das konnte und durfte nicht sein. »Ich werde deinen Vater zwingen, dass er dich mit mir gehen lässt, wenn du es denn willst.«

»Natürlich will ich bei dir bleiben. Du wirst Antipatros aber niemals überzeugen können.«

»Dann erzähle ich in meiner Zeit eben nichts von seinen Weltwundern. Du wirst sehen, dass er sich diesem Argument nicht entziehen kann.«

»Unterschätze niemals die Macht meines Vaters.«

»Das tue ich nicht. Wenn er dich aber wirklich liebt, wird er wollen, dass du glücklich bist.«

»Er wird der Meinung sein, dass ich das nur in meiner Zeit sein kann.«

Ich gab Mara, die ich immer noch in meinen Armen hielt, einen vorsichtigen Kuss auf ihre wunderbar zarten Lippen und drückte sie dann wieder fest an mich. »Mir wird schon eine Lösung einfallen«, flüsterte ich in ihr Ohr.

»Ralf, schau mal hinter dich!«, sagte Mara plötzlich.

Ich drehte mich um und schaute auf eine Gruppe von zehn Maultieren, die mit jeweils zwei Körben beladen waren und die von Männern in schwarzen Tuniken geführt wurden. Die Kapuzen hingen den Helfern so tief in die Gesichter, dass sie nicht zu erkennen waren. Die kleine Karawane steuerte direkt auf den Pharos zu. Die Soldaten, die uns eben noch so schroff abgewiesen hatten, öffneten kommentarlos das Tor, um die Gruppe einzulassen.

»Hast du eine Erklärung dafür?«

»Ich denke, dass die Maultiere den Brennstoff nach oben bringen sollen«, antwortete ich.

»Brennstoff?«

»Ja. Irgendwie muss das Feuer ja in Gang gehalten werden.«

»Also Holz?«

»Nicht unbedingt. Hier gibt es weit und breit nichts als Steine und Sand. Holz müsste von weit hergebracht werden.«

»Was dann?«

»Weiß ich nicht. Aber wir werden es herausfinden.«

»Und jetzt?«

»Wir warten ab, bis sie wieder hinauskommen. Ich habe da so eine Idee, wie wir vielleicht doch noch in den Leuchtturm gelangen können.«

»Wie denn?«

»Lass dich überraschen.«

Mara warf mir einen zweifelnden Blick zu, sagte aber nichts. Wir setzten uns vor einen Felsbrocken in den Sand und tranken aus unseren Wasserflaschen. Jetzt spürte ich die Müdigkeit in meinen Knochen. Die wahnsinnige Hitze, die ich schon von meinem Abenteuer bei den Pyramiden kannte, tat ihr Übriges. Von einem Moment auf den anderen war ich völlig fertig. Es war, als drückten Gewichte auf meine Augenlider. Das konnte unmöglich mit rechten Dingen zugehen.

»Schlaf ruhig ein bisschen«, sagte Mara, die wohl gemerkt hatte, dass ich mich kaum noch wachhalten konnte. »Ich wecke dich, wenn etwas passiert.« Ein paar Sekunden lang schaute ich Mara noch dankbar an, dann fielen mir die Augen zu. Die mir nur allzu vertraute Stimme ließ nicht lange auf sich warten.

»Du bist nun am Ziel deiner langen Reise angekommen und ich gratuliere dir zu dieser Leistung. Ich hatte einige Male Zweifel, dass du es bis zum Leuchtturm von Alexandria schaffen würdest, aber du hast dich als sehr zäh erwiesen. Meine Entscheidung, dich auszuwählen, um über die sieben Weltwunder zu berichten, war richtig.«

Völlig verdutzt starrte ich die Gestalt vor mir an. Hatte ich richtig gehört? Sprach mir Antipatros jetzt wirklich ein Lob aus, nachdem er mich monatelang wie einen Hasen herumgescheucht hatte?

»Wieso antwortest du nicht?«

»Solche Worte bin ich von dir nicht gewohnt. Wo bleiben die Vorwürfe, die du mir bei unseren letzten Treffen immer gemacht hast?«

»Es gibt keine Vorwürfe.«

»Nein? Noch nicht einmal wegen Mara?« Plötzlich

wurde mir klar, dass hier etwas nicht stimmen konnte. Es war ja nicht das erste Mal, dass mir Antipatros im Traum erschien. Aber früher war sein Äußeres deutlich kräftiger gewesen. Jetzt kam er mir noch blasser vor als beim letzten Mal. So, als könne er sich jeden Moment auflösen.
»Ich möchte, dass deine Tochter bei mir bleibt.«
»Nein. Ich habe dir schon gesagt, dass eure Wege nicht die gleichen sind, und werde meine Meinung nicht ändern.«
Ich merkte, wie der Zorn in mir hochstieg. Es war einfach unglaublich, wie stur dieser Grieche war. Er musste doch längst gemerkt haben, dass ich seiner Tochter nichts Böses wollte. »Was muss ich noch tun, damit du mir endlich vertraust?«
»Zunächst möchte ich, dass du versuchst, in die Brennkammer des Pharos zu gelangen. Dieses Ziel zu erreichen, wird dein letztes Abenteuer in der Vergangenheit sein.«
»Was ist los mit dir?« Ich spürte deutlich, dass der Alte einiges von seiner Sicherheit verloren hatte. Fast kam mir seine Stimme kränklich vor. Verließen Antipatros so kurz vor dem Ziel seine Kräfte? Wenn das passierte, würde ich in der Vergangenheit festsitzen, wenn auch gemeinsam mit Mara.
»Du musst deine Aufgabe erfüllen.«
»Ich habe es dir schon einmal gesagt«, entgegnete ich. »Ich werde nicht über die Weltwunder berichten, wenn Mara nicht bei mir bleiben kann.«
»Dir wird nichts anderes übrig bleiben.«
»Was macht dich da so sicher?«
»Wenn du nicht dafür sorgst, dass sich die Menschheit an mich erinnert, werde ich nicht zum Olymp auffahren dürfen.«

»Das ist nicht mein Problem«, entgegnete ich wütend.

»Liebst du Mara?«

»Was hat das damit zu tun?«

»Ich habe nicht mehr die Kraft, euch beide in eure Zeit zurückzubringen. Wenn du nicht tust, was ich von dir verlange, bleibt Mara in der Vergangenheit verschollen.«

Jetzt war es heraus. Fassungslos starte ich auf die Gestalt, die jetzt immer mehr zu flackern begann. Der Alte wollte tatsächlich seine Tochter opfern, nur um zur Gottheit zu werden. »Dann lass mich hier und bringe nur Mara nach Hause«, sagte ich dann.

»Das geht leider nicht.«

»Warum nicht?«

»Ich werde entweder zum Olymp auffahren oder endgültig sterben. Dich kann ich noch einmal durch die Zeit reisen lassen. Mara nicht mehr. Das werden die Götter, die mir meine Kräfte gegeben haben, nicht zulassen.«

»Was soll Mara denn machen, wenn sie völlig auf sich alleine gestellt in der Vergangenheit festsitzt?«, regte ich mich auf.

»Das wird sie ja nicht«, sagte Antipatros.

»Wie meinst du das nun wieder?«

»Wenn du deine Aufgabe erfüllst, kann ich Mara genau zu dem Zeitpunkt hier herausholen, in dem auch du wieder zurück in deine Zeit reist.«

»Und wenn nicht?«

»Werden wir alle drei sterben.«

Es folgte, was ich leider nur zu gut kannte. Antipatros bestimmte für sich, dass das Gespräch zu Ende war, und löste sich vor meinen Augen auf. Ich verzichtete darauf, ihm noch hinterherzurufen, weil ich wusste, wie sinnlos dies war.

Genauso plötzlich, wie die Müdigkeit von meinem Körper Besitz ergriffen hatte, war sie auch wieder verschwunden. Ich setzte mich auf und war sofort hellwach.
»Was ist los mit dir«, fragte meine Gefährtin besorgt.
»Nichts.« Ich brauchte einen Moment, um meine Gedanken zu ordnen. Obwohl ich mir große Sorgen machte, wie es mit mir und Mara weitergehen sollte, fühlte ich mich körperlich auf einmal, als könnte ich Bäume ausreißen. Sicherlich hatte Antipatros mit irgendeinem Trick für meine Müdigkeit gesorgt, damit er mir in meinem Traum erscheinen konnte. Ich beschloss, Mara nichts von meinem Gespräch mit ihrem Vater zu erzählen. Es hätte sie nur belastet.
Dass der Leuchtturm von Alexandria das siebte Weltwunder war, wussten wir. Auch hatten wir schon geplant, ihn zu betreten, bevor Antipatros mich dazu aufgefordert hatte. Das Gespräch mit ihm änderte also nichts.
»Du sahst gerade eben noch aus, als hättest du seit Tagen nicht geschlafen. Wieso bist du schon wieder wach?«
»Ich weiß es nicht, Mara. Mir geht es gut. Was ist in der Zwischenzeit geschehen?«, lenkte ich vom Thema ab.
»Nichts.« Meine Freundin sah mich noch immer zweifelnd an, ließ es aber dabei bewenden. »Du willst noch immer in den Pharos?«
»Ja.«
»Aber wie?«
»Wir warten ab, bis die Karawane zurückkommt.«
»Und dann?«

»Folgen wir ihnen. Irgendwo werden sie ein Lager für den Brennstoff haben. Wir müssen herausfinden, wo das ist.«
»Jetzt sag mir endlich, was du vorhast.«
»Mara. Ich kann dir das selbst noch nicht genau erklären. Vertrau mir einfach.« Ich sah ihrem Blick an, dass meine Gefährtin damit nicht einverstanden war. Sie drehte mir den Rücken zu und starrte stur in Richtung Pharos.

Es kam uns wie eine Ewigkeit vor, bis die Karawane den Leuchtturm endlich verließ. Mittlerweile war die Abenddämmerung hereingebrochen, was unserem Plan, den Männern zu folgen, entgegenkam. Die Karawane steuerte direkt auf uns zu. Um nicht gesehen zu werden, machten wir uns hinter dem Stein so klein wie möglich.
»Wenn sie an uns vorbei sind, folgen wir ihnen«, flüsterte ich meiner Begleiterin zu. Während wir warteten, schaute ich mir die Gefäße genauer an. Jeweils zwei davon waren mit Trageriemen auf den Rücken der Tiere geschnallt. War es möglich, in ihnen unbemerkt in das Innere des Pharos zu kommen? Wenn es uns gelang, das Lager zu finden, brauchten wir dort nur zwei volle Behälter durch leere auszutauschen, in denen wir uns dann verstecken konnten. Ich befürchtete, Mara würde dieser riskante Plan nicht sonderlich begeistern, und hatte ihr deshalb noch nichts von meiner Idee erzählt. Wenn es erst einmal so weit war, würde sie schon zustimmen. Jetzt hätte sie allerdings alles unternommen, um mich von meinem Plan abzubringen. Ich wollte jedoch keine

Möglichkeit auslassen, um in den Leuchtturm hineinzugelangen.

Wir warteten, bis die Karawane etwa hundert Meter an uns vorbei war, und folgten ihr dann.

»Ich verstehe immer noch nicht, was du dir davon versprichst, die Tiere zu verfolgen.«

»Mara. Außer der Karawane kommt niemand in den Pharos hinein. Wenn wir also an den Wachen vorbei wollen, müssen wir mit den Maultieren gehen.«

»Das ist doch verrückt. Wie willst du das anstellen?«

»Das zeige ich dir, wenn wir das Lager gefunden haben. Lass uns erstmal sehen, wohin die Männer die Maultiere bringen.«

»So langsam habe ich das Gefühl, dass mir das, was du vorhast, nicht gefallen wird.«

»Ich will nur versuchen, mehr über die Karawane herauszubekommen, die den Brennstoff in den Pharos bringt. Mehr nicht.«

»Nimm jetzt nicht alles so leicht, nur weil du glaubst, du bist am Ende deiner Reise angelangt.«

»Was soll denn noch passieren?« Natürlich war ich mir meiner Sache bei Weitem nicht so sicher, wie ich es Mara gegenüber vorgab. Was aber sollte ich tun? Wir mussten diese letzte Prüfung noch bestehen, damit Mara wenigstens in ihre eigene Zeit zurückkehren konnte. Würde sie in Alexandria zurückbleiben, konnte das ihr Todesurteil sein. Wenn sie sicher zu Hause angekommen war, würde ich nach Köln zurückkehren und alles dafür tun, dass Mara mir folgen konnte. Eine andere Chance hatten wir nicht.

»Sei dir da mal nicht so sicher. Ich verstehe auch nicht, warum du es jetzt so eilig hast. Wenn wir es geschafft haben, in die Brennkammer zu kommen, werden wir uns wahrscheinlich für immer trennen müssen. Bedeutet dir das denn nichts?«

»Doch. Und das weißt du auch. Ich denke aber nicht an einen Abschied. Ich werde deinen Vater überzeugen.«

Wieder merkte ich, wie Mara mit den Tränen kämpfte. Ich liebte die junge Griechin und das Letzte, was ich wollte, war, dass sie traurig sein musste. Ich würde alles daran setzen, sie zu retten. Auf keinen Fall durfte allein sie in der Vergangenheit zurückbleiben. Lieber würde ich selbst darauf verzichten, in meine Zeit zurückzukehren und mit Mara in Alexandria leben.

Die Karawane hatte den Stadtrand jetzt erreicht. Ich war sehr gespannt, wohin sie uns führen würde. Schneller als erwartet erreichten die Männer mit ihren Tieren das Ziel. Sie kamen zu einem flachen Bau, vor dessen Holztor genau wie beim Pharos zwei Soldaten postiert waren. Ehe wir nahe genug herankamen, um einen Blick ins Innere des Gebäudes zu werfen, verschwand die Karawane darin und das Tor schloss sich.

»Und was machen wir jetzt?«

Ich fluchte innerlich, konnte die Frage meiner Gefährtin aber auch nicht beantworten. Wie es aussah, war mein Plan schon gescheitert, bevor wir überhaupt irgendetwas unternommen hatten. Es hatte keinen Sinn, einen Versuch zu unternehmen, an den Wachen vorbeizukommen. Das könnten wir auch direkt beim Pharos probieren. Ich hatte einfach nicht bedacht, dass auch das Brennstofflager nicht unbewacht zurückgelassen werden könnte. Dabei war noch nicht einmal sicher, ob hier überhaupt Vorräte lagen. Es war auch durchaus möglich, dass die Wachen hier nur zum Schutz der Maultiere aufgestellt wurden. Nein. Ich musste meinen Plan aufgeben und eine andere Möglichkeit finden, in den Leuchtturm zu kommen.

»Ich glaube nicht, dass die Männer hier schlafen«,

sagte ich schließlich.
»Wie kommst du darauf?«
»Riech doch mal. Hier stinkt es nach Maultiermist. Wahrscheinlich sind hier nur die Stallungen und das Lager für den Brennstoff. Das würde auch die Wachposten erklären.«
»Du willst die Männer verfolgen, wenn sie herauskommen?«
»Ja. Vielleicht können wir einen von ihnen überzeugen, uns zu helfen.«
»Mach keine Dummheiten, Ralf.«
»Was meinst du?«
»Du willst sie ja hoffentlich nicht mit Gewalt überzeugen.«
»Um Himmels willen, nein! Mara, du müsstest mich doch inzwischen gut genug kennen, um zu wissen, dass ich das nie tun würde. Ich habe immer noch eine große Menge des Geldes, das ich nach meinem Olympiasieg bekommen habe. In meine Zeit kann ich es ohnehin nicht mitnehmen. Vielleicht kann ich aber damit einen der Arbeiter überreden, uns zu helfen. Ich glaube nicht, dass sie einen sehr hohen Lohn bekommen.«
»Wenn die Männer ihrem Herrn treu ergeben sind, wird dich der Versuch, sie zu bestechen, direkt in den Kerker führen. Meinst du nicht, es gibt eine andere Möglichkeit?«
»Ich wüsste nicht, welche.«
»Wir könnten ein Ersuchen beim Stadtrat stellen.«
»Ich weiß nicht, Mara. Wie sollen wir erklären, warum wir in den Leuchtturm wollen? Nein. Der einzige Weg führt über die Karawane. Da bin ich mir sicher.«
»Also gut. Lass es uns versuchen. Sag aber hinterher nicht, ich hätte dich nicht gewarnt.«

Wie ich es erhofft hatte, mussten wir nicht lange warten, bis sich das Tor wieder öffnete und zehn Männer ins Freie traten. Es konnte sich bei ihnen nur um die Führer der Maultiere handeln, die jetzt sicherlich nach Hause gingen, um sich von der harten Arbeit zu erholen. Die Helfer gingen in verschiedenen Richtungen weg, sodass wir jetzt schnell eine Entscheidung treffen mussten, wem wir folgen wollten.

Ich wollte mich gerade nach links umwenden, als mich Mara zurückhielt.

»Ralf, schau mal!«, wisperte sie mir zu und deutete auf einen Mann, der rechts an der Mauer der Stallungen entlangstolperte, und von einem Kameraden gestützt werden musste. »Bei den beiden stimmt etwas nicht.«

Meine Gefährtin hatte Recht. Je weiter sich die Männer vom Tor und damit von den Soldaten entfernten, umso schwerer schien einem der beiden das Laufen zu fallen. Wir folgten ihnen in sichererer Entfernung und hofften, dass sie mit sich selbst genug zu tun hatten und sich nicht umdrehen würden. Plötzlich konnte sich der Maultierführer nicht mehr auf den Beinen halten und sackte zu Boden. Sein Kamerad war nicht in der Lage, den schweren Körper abzufangen. Gleichzeitig stürmten Mara und ich zu den beiden hin.

»Was hat er denn?«, wollte ich wissen, während sich Mara neben den Verletzten kniete.

»Mein Bruder hat seit Tagen hohes Fieber«, kam die verzweifelte Antwort.

»Warum ruht er sich dann nicht aus?«

»Wir brauchen das Geld. Wenn einer von uns beiden ausfällt, wird er sofort von einem anderen Führer

ersetzt. Es gibt viele Männer in Alexandria, die in Armut leben und auf der Suche nach Arbeit sind.«
»Wenn er sich nicht erholt, kann ihm das Fieber den Tod bringen«, sagte Mara.
»Schick deinen Bruder zu einem Arzt«, stimmte ich meiner Gefährtin zu.
»Wir können uns keinen Arzt leisten. Wenn wir die Arbeit nicht fortführen, werden wir alles verlieren und als Bettler enden.« Die Verzweiflung war dem jungen Mann, der nicht älter sein konnte als ich, deutlich anzumerken. Auch wunderte ich mich darüber, wie offen er uns gegenüber war.
»Ich habe eine Idee, wie wir euch helfen können«, sagte ich. »Aber zunächst sollten wir deinen Bruder nach Hause bringen. Wenn er noch lange hier liegt, werden die Soldaten auf uns aufmerksam. Wie heißt du eigentlich.«
»Ich bin Trajan und mein Bruder heißt Hadrian.«
Nachdem auch Mara und ich unsere Namen genannt hatten, trugen Trajan und ich den Bewusstlosen durch die Straßen von Alexandria. Der Makedonier packte seinen Bruder unter den Achselhöhlen, ich hielt ihn an den Füßen. Mara lief neben uns und passte auf, dass keine Soldaten kamen. Keiner von uns hatte Lust, den Wachen den Zustand von Hadrian zu erklären.
Mir kam es vor, als spürte ich meine Oberarme nicht mehr, als wir das Ziel endlich erreichten. Trajan führte uns in eine kleine Hütte, in deren Mitte eine Feuerstelle angelegt war. Wir betteten den Kranken auf sein Lager. Trajan bot uns einen Becher Wasser an, den wir dankbar annahmen.
»Ich werde dir das Geld für einen Arzt geben«, sagte ich, nachdem wir alle einen Schluck getrunken hatten.
Trajan sah mich verblüfft an. »Warum willst du das tun?

Ich habe nichts, was ich dir als Gegenleistung geben kann.«

»Doch, das hast du. Wir wollen in den Pharos.«

»Ihr wollt in den Pharos?« Aus schreckgeweiteten Augen sah mich der Makedonier an.

»Ja.«

»Das geht nicht. Ich bin euch zu großem Dank verpflichtet, aber wenn ich euch helfe, in den Pharos zu gelangen, wird es mein sicherer Tod sein.«

»Aber nur, wenn du dabei erwischt wirst«, entgegnete ich.

»Es ist unmöglich, was du da von mir verlangst.«

»Das ist es nicht, Trajan. Du hast selbst gesagt, dass dein Bruder Ruhe braucht. Bring ihn morgen zu einem Arzt und lass ihn danach ein paar Stunden ausruhen. Mara und ich übernehmen für diesen einen Tag eure Arbeit. In den schwarzen Tuniken wird es keinem auffallen, wenn wir die Maultiere führen.«

»Und wenn doch?«

»Wenn morgen die Sonne untergegangen ist, geht ihr zu den Wachen und sagt, dass ihr überfallen worden seid. Bis dahin sind wir längst weg.«

Trajans Blick wechselte zwischen seinem Bruder und mir. Ich sah ihm an, dass er sich die Entscheidung nicht einfach machte. Ich griff unter meine Tunika und zog den Beutel mit den restlichen Münzen hervor. Der Blick des jungen Maultierführers, als ich die Geldstücke vor ihm auskippte, zeigte mir, dass ich ihn jetzt für meine Pläne gewonnen hatte. Damit war meine Barschaft bis auf ein Silberstück, das in meine Tunika eingenäht war, aufgebraucht.

»Was ist eigentlich in den Körben?«, wollte Mara wissen.

»Getrockneter Tierdung.«

»Und das brennt?«

»Sogar sehr gut«, antwortete Trajan und grinste meine Gefährtin an.

Jetzt war ich froh, den Plan, in den Körben in den Pharos zu gelangen, aufgegeben zu haben. Der Makedonier erklärte uns noch, was wir wissen mussten, um überhaupt in die Stallungen der Maultieren eingelassen zu werden. Danach wies er uns ein Lager in der Hütte zu, auf dem wir die Nacht verbringen konnten.

»Traust du Trajan?«, flüsterte mir Mara zu, als sie in meinen Armen auf dem getrockneten Stroh lag.

»Wir haben keine andere Wahl«, antwortete ich.

Noch bevor die Sonne aufgegangen war, verabschiedeten wir uns von Trajan. Sein Bruder schlief noch tief und fest. Die beiden Tuniken passten uns perfekt. Wir zogen die Kapuzen tief in die Gesichter, wobei meine Gefährtin Mühe hatte, ihre Haarflut darunter zu verstecken. »Ich hoffe, dass unser Plan funktioniert.«

»Keine Sorge, Mara. Das wird schon klappen.« Wir gingen zu den Stallungen und trafen dort auf weitere Maultierführer, die wie wir auf dem Weg zu ihrer Arbeit waren. Die Soldaten, die das Tor bewachten, schauten nicht mal auf und ließen uns passieren. Die erste Hürde hatten wir damit genommen und konnten nur hoffen, dass es weiterhin so gut für uns lief. Gemeinsam mit unseren »Kollegen« gelangten wir in eine kleine Kammer, in der die Leinen und die Trageriemen untergebracht waren. Wir taten es den anderen Männern gleich und nahmen die Ausrüstung für unsere

Tiere von Haken, die in die Mauer eingelassen waren.
»Hier stinkt es!«, flüsterte mir Mara zu.
»Was hast du erwartet?«, gab ich ebenso leise zurück.
Nachdem alle sich zu einem Maultier begeben hatten und nur noch zwei übrig blieben, machten auch Mara und ich uns daran, die Trageriemen auf ihren Rücken zu befestigen. Dabei schauten wir genau zu, wie die anderen diese Arbeit verrichteten und folgten ihrem Beispiel. »Jetzt fehlen nur noch die Körbe und wir können endlich in den Pharos«, sagte ich.
Wie Perlen auf einer Schnur reihten sich die Maultiere hintereinander auf. Wir verließen die Stallungen und kamen zu einem Platz, an dem Dung zum Trocknen lagerte. Meine Hoffnung, dass die Körbe befüllt bereitstanden, erfüllte sich leider nicht. Wir befestigten die leeren Behälter auf den Maultieren und begannen dann damit, den Dung mit einer Art Mistgabel in die Körbe zu schaufeln. Der Blick meiner Gefährtin zeigte mir, dass sie mich dafür am liebsten erwürgt hätte. Mara war von Anfang an gegen meinen Plan gewesen, mit der Karawane in den Leuchtturm zu gelangen. Für die Arbeit, die wir jetzt verrichten mussten, würde sie sich irgendwann an mir rächen. Ich hoffte, dass sie dazu Gelegenheit bekommen würde. Der Gedanke, dass wir vielleicht gerade unsere letzten gemeinsamen Stunden verbrachten, war allgegenwärtig. Auch wenn ich es mir meiner Gefährtin gegenüber nicht anmerken ließ, hatte ich große Angst davor, dass Antipatros es nicht schaffen würde, Mara wieder aus der Vergangenheit zu holen.
Als wir endlich mit dem Beladen der Tiere fertig waren, brannte die Sonne bereits ohne Erbarmen auf uns herunter. Es würde wieder ein sehr heißer Tag werden. Bislang hatten die anderen Männer kaum von uns Notiz

genommen. Überhaupt war der Kontakt zwischen den einzelnen Maultierführern eher gering. Jeder ging stumm seiner Arbeit nach und interessierte sich nicht dafür, was der andere tat. Uns konnte das nur recht sein. Als wir das Tor verließen, saßen die Soldaten daneben und schliefen. Sie dachten wohl nicht daran, dass jemand in die Stallungen eindringen würde, wenn die Maultiere nicht da waren. Was hätte man dort auch stehlen sollen? Den Tierdung sicher nicht.
Schweigend schritten wir mit der Karawane in Richtung Pharos. Würde es uns tatsächlich gelingen, auf diese Weise in den Leuchtturm zu gelangen?
Während wir uns dem Pharos näherten, hatten Mara und ich Gelegenheit, das Bauwerk noch einmal genauer zu betrachten. Ich war wirklich beeindruckt von der Leistung, die die Makedonier, die in Rhodos noch meine Feinde gewesen waren, hier vollbracht hatten. Nicht zum ersten Mal während meiner Reise durch die Vergangenheit musste ich Antipatros recht geben. Die Weltwunder waren es wirklich wert, auch nach zweitausendfünfhundert Jahren nicht in Vergessenheit zu geraten. Mit meinem Vater würde ich wohl zukünftig viele Diskussionen über den Erhalt alter Bauwerke führen. Meine Meinung hatte sich in den letzten Monaten grundlegend geändert. Er würde aber sicher nicht von der Ansicht abweichen, dass das Alte dem Neuen weichen musste. Bei diesem Gedanken merkte ich, wie sehr ich meine Familie vermisste. Wie war es meinen Eltern wohl ergangen, als sie von dem Verschwinden ihres Sohnes gehört hatten? Ich wusste es nicht und freute mich darauf, sie endlich wiederzusehen.

Mit gesenktem Kopf schritten wir an den Wachen vorbei und standen kurz darauf am Fuße des Leuchtturms. Auch die Soldaten hier nahmen kaum Notiz von uns und wirkten eher gelangweilt. So war es letztlich viel einfacher gewesen, in den Pharos zu gelangen, als wir es vermutet hatten. Selbst Mara wirkte jetzt wesentlich zuversichtlicher, dass unser Plan gelingen konnte.

Ich sah die Außenwand aus weißem Marmor hinauf und wurde mir erst jetzt der Tatsache bewusst, dass es eine große Anstrengung bedeuten würde, bis nach oben in den Brennraum zu gelangen. Doch bevor ich weiter darüber nachdenken konnte, war es schon so weit. Am Ende der kleinen Karawane betraten Mara und ich mit unseren Maultieren den Leuchtturm. Ich hatte erwartet, in einen hohen Raum zu kommen. Diese Vermutung bestätigte sich jedoch nicht. Wir kamen in ein Gewölbe, das gerade hoch genug war, um darin zu stehen. Lediglich an der Innenseite der Außenwand des Turmes führte eine langsam ansteigende Rampe nach oben. Sie war nur so breit, dass darauf zwei Lasttiere nebeneinander gehen konnten. In der Turmmitte befand sich ein Schacht, der bis hinauf zur Leuchtanlage reichte.

Über die Rampe gelangten wir auf die nächsthöhere Ebene des Turms und von dort aus weiter nach oben. Während wir uns immer weiter im Kreis in die Höhe bewegten, zählte ich die einzelnen Gewölbe mit. Insgesamt waren es vierzehn, bis wir den Vorraum zum Leuchtfeuer erreichten.

Das Atmen fiel mir immer schwerer. Auch die anderen Männer keuchten neben mir, obwohl sie diese Anstrengungen täglich vollbrachten. Lediglich die Maultiere drehten stur ihre Runden, ohne auch nur das geringste Anzeichen von Ermüdung erkennen zu lassen.

Zu meiner Überraschung wurden wir in dem Vorraum von zwei weiteren Männern empfangen, die, wie wir ihrem Gespräch entnehmen konnten, die Nacht im Pharos verbracht hatten. Sicherlich war es ihre Aufgabe, das Feuer mit dem Tierdung in Gang zu halten. Der Geruch trieb mir die Tränen in die Augen. Es stank so sehr, dass ich das Gefühl hatte, mich jeden Moment übergeben zu müssen. Gabeln, mit denen wir die Körbe leeren konnten, standen bereit. Der Brennstoff wurde im Vorraum aufgehäuft und nicht nur Mara und mir traten bei dieser Arbeit die Schweißperlen auf die Stirn. Endlich war auch diese Aufgabe erledigt und ich vermutete, dass wir sofort mit dem Abstieg beginnen würden. Zu gerne hätte ich jetzt noch einen Blick auf die Leuchtanlage geworfen.

»Ihr beide bleibt heute im Pharos«, sagte einer der Männer plötzlich zu Mara und mir und wande sich zum Gehen, ohne eine Antwort abzuwarten. Die beiden Makedonier, die seit dem Vortag hier oben waren, übernahmen unsere Maultiere und die Karawane machte sich auf den Rückweg.

»Die können uns doch nicht einfach hier stehen lassen!«, sagte Mara, als die Gruppe außer Hörweite war.

»Doch. Unsere Aufgabe ist es nun, das Feuer in Gang zu halten.«

»Wir sollen den Mist in den Brennraum schaufeln?«

»Ich befürchte, ja.«

»Trajan hätte uns das sagen müssen.«

»Ja, das hätte er. Ich finde es aber nicht schlimm, dass wir hier bleiben sollen. Jetzt können wir uns in Ruhe die Leuchtanlage anschauen. Oder hast du etwas dagegen, die Nacht mit mir alleine im Pharos zu verbringen.«

Mara zog ihre Kapuze über den Kopf, schüttelte ihr Haar aus und sah mich grinsend an. »Nein, Ralf. Das habe ich nicht. Ganz und gar nicht.«

Auch wenn ich nur zu gut wusste, wie die letzten Worte meiner Gefährtin gemeint waren, ging ich zunächst nicht darauf ein. Als Erstes wollte ich mir im Brennraum anschauen, wohin wir im Laufe der Nacht den riesigen Berg getrockneten Mistes schaufeln sollten. Natürlich war ich mir darüber im Klaren, dass es die letzten Stunden sein konnten, die ich gemeinsam mit meiner Gefährtin verbrachte. Spätestens nachdem wir am nächsten Tag mit der Arbeit im Brennraum fertig waren, würde mein Aufenthalt in der Vergangenheit sein Ende finden. Dessen war ich mir absolut sicher. Es gab keinen Grund für Antipatros, mich weiterhin in Alexandria festzuhalten.
Der Brennraum lag direkt über dem Vorraum, in dem der Tierdung gelagert war. Zu zweit würden wir die Distanz bis zum Feuer locker überbrücken können, ohne ständig hin- und herlaufen zu müssen. Dabei würde ich den Brennstoff nach oben schaufeln und Mara musste ihn dann auf das Feuer werfen. Voller Spannung betraten wir den Brennraum. Sofort spürten wir die Hitze, die vom Feuer ausging. Die ganze Zeit über hatte ich mich gefragt, wie die Makedonier mit Mist ein Feuer machen konnten, das so hell war und so weit leuchtete, dass man es schon in großer Entfernung auf dem Meer sehen konnte. Jetzt sah ich die Antwort auf meine Frage. Das Licht wurde durch einen Hohlspiegel, welcher an der dem Meer gegenüberliegenden Wand des Raumes befestigt war, gebündelt und reflektiert. Staunend betrachtete ich diese Konstruktion. Der

Feuerschein war so immens stark, dass wir sicher erblindet wären, wenn wir direkt in den Strahl geschaut hätten. Für mich wäre allein diese Anlage ein Grund dafür, den Pharos in die Liste der sieben Weltwunder aufzunehmen.

Da der Brennstoff fast aufgebraucht war, beschlossen Mara und ich die erste Ladung des Tierdunges nach oben zu schaffen. Innerhalb von Sekunden lief uns bei dieser Arbeit der Schweiß aus allen Poren.

»Es reicht«, rief meine Gefährtin nach etwa zehn Minuten herunter.

Ich stellte meine Gabel an die Wand und wartete auf die schöne Griechin, die langsam die Rampe herunter und auf mich zukam. Die Tunika klebte an ihrem Körper, wie eine zweite Haut. Ich musste schlucken, als ich meine Gefährtin so sah. War jetzt der Moment gekommen, an dem wir beide endlich alleine und ungestört sein konnten? Mara blieb dicht vor mit stehen und lächelte mich an. Ich legte beide Hände auf ihre Taille und zog sie sanft zu mir. Unsere Lippen waren nur noch wenige Zentimeter voneinander entfernt und mein Blick verlor sich in ihren wunderschönen braunen Augen.

»Antipatros wird uns nicht in Ruhe lassen«, seufzte Mara.

»Doch, das wird er. Er kann uns keinen Hagel schicken und auch kein Erdbeben. Nie würde er etwas tun, was eines seiner Weltwunder gefährden könnte. Wenn wir irgendwo Ruhe vor ihm haben, dann hier.« Dass der alte Grieche noch nicht einmal mehr die Kraft besaß, uns beide nach Hause zu bringen, erwähnte ich nicht.

»Dann halt den Mund und küss mich endlich.«

Das ließ ich mir nicht zweimal sagen. Längst konnte ich ihren Atem auf meinen Lippen spüren und zog sie noch ein Stück näher an mich heran. Mara verschränkte die

Arme hinter meinem Hals und drückte ihren Oberkörper an meinen. Es war, als durchschösse mich ein Blitz, als sich unsere Lippen endlich berührten. Unsere Zungen verfingen sich in einem wilden Kuss. Der Körper meiner Gefährtin drückte sich jetzt noch fester an mich. Ich löste meine Lippen von Maras und küsste sie den Hals entlang abwärts. Ein Zittern durchlief sie, als meine Hände ihren Gürtel lösten und sich langsam unter den Stoff ihrer Tunika schoben. Es dauerte nicht lang bis wir ohne unsere Kleidung im Pharos standen. Ich küsste sie zwischen ihre Brüste. Meine Hände wanderten ihren Rücken herab und ich zog sie noch fester an mich, während ich ein Stück in die Hocke ging. Mara stöhnte auf, als meine Zunge ihren Bauchnabel erreichte. Ihre Hände durchfuhren meine Haare und ihre Knie gaben langsam nach. Wieder trafen sich unsere Zungen zu einem leidenschaftlichen Kuss. Ich konnte das Zittern ihres Körpers spüren. Eng umschlungen gingen wir zu Boden und genossen das, was wir beide uns schon so lang wünschten. In diesem Moment gab es keinen Leuchtturm und Antipatros war mir völlig egal.

»Das Feuer!«, rief Mara entsetzt. Wir waren so miteinander beschäftigt, dass wir alles um uns herum vergessen hatten. Jetzt lagen wir verschwitzt auf unseren Tuniken und ich hielt meine Gefährtin in den Armen. Innerhalb des Bruchteils einer Sekunde war nun die Leidenschaft zwischen uns verflogen und wir sprangen auf. Ich lief in den Brennraum und sah, dass die Flammen erloschen waren und der Tierdung nur noch schwach vor sich hin glühte. Mit einem Satz sprang ich nach unten, nahm die Gabel und schleuderte den getrockneten Mist nach oben. Genauso eilig schaufelte Mara den Brennstoff auf das Feuer. Dicke Rauchschwaden vernebelten uns den Blick. Wir mussten jetzt aufpassen, dass wir den letzten glühenden Rest nicht erstickten. Ich stürmte zurück in den Brennraum und kniete mich neben die Feuerstelle. Beide bliesen wir in die glühenden Reste und schauten uns erleichtert an, als die ersten Flammen wieder über den getrockneten Mist züngelten.

»Das war knapp«, sagte ich zu Mara, die schwer atmend neben mir stand.

»Lass uns erst einmal wieder die Tuniken anziehen. Wenn jemand gesehen hat, dass die Flammen erloschen sind, werden in wenigen Minuten die Soldaten hier sein, um nachzusehen.«

In der Eile hatten wir nicht die Zeit gefunden, uns wieder anzuziehen. Wir banden uns gerade die Gürtel um, als wir von unten erboste Schreie hörten.

»Jetzt landen wir doch wieder im Kerker«, sagte ich grinsend. Es war mir in diesem Moment völlig egal, was die Soldaten mit uns anstellen würden. Die vergangenen Stunden waren jede Qual wert, die wir jetzt vielleicht ertragen mussten.

Die Schreie unter uns wurden lauter. »Gleich sind sie da«, sagte Mara und drückte sich fest an mich.

Doch plötzlich spürte ich, wie der Druck ihres Körpers nachließ. Die Umgebung verschwamm im Nebel und ich hatte den Eindruck, als könnte ich durch meine Gefährtin hindurchsehen. War dies jetzt das Ende meiner langen Reise durch die Vergangenheit? Kam Antipatros nun, um mich wieder in meine Zeit zurückzubringen? Und was war mit Mara? Mit diesen Gedanken gingen bei mir alle Lichter aus und ich wurde wieder einmal in den Strudel der Zeiten hineingezogen.

Die Akropolis

»Was ist los mit dir, Ralf?«
»Was?«
»Du bist plötzlich ohnmächtig geworden.«
»Wo bin ich?« Ich öffnete die Augen und sah in das besorgte Gesicht meines Klassenkameraden. »Tim?«, fragte ich verblüfft.
»Wer denn sonst? Was ist mit dir los?«
Ich antwortete nicht und sah mich irritiert um. Es dauerte ein paar Sekunden, bis ich begriff, dass ich wieder in Athen auf der Akropolis war. Langsam kehrte meine Erinnerung zurück. Wir waren ins Dionysos-Theater gegangen und mir war schwindelig geworden. Danach war ich bei den Pyramiden erwacht. Die vielen Wochen in der Vergangenheit schienen hier nur wenige Sekunden gedauert zu haben.
»Ist alles in Ordnung mit dir?«, fragte Hilde Klein. Meine Lehrerin schaute mich besorgt an. Anna und Tim knieten neben mit und selbst Dimitri war zu uns gekommen und schaute zu mir herab.
»Es geht mir gut«, sagte ich und stand leicht schwankend auf.
»Der zieht doch nur wieder seine Show ab«, sagte Mike.
»Das tut er nicht«, sagte Tim und ging einen Schritt auf Grenzer zu.
»Lass gut sein«, sagte ich zu meinem Freund. Dann sah ich mich auf der Bühne des Theaters um. Alle meine Klassenkameraden waren versammelt. Leider war Mara nicht zu sehen. Hatte Antipatros es geschafft, sie in ihre Zeit zurückzubringen, oder war sie noch immer in Alexandria? Konnte er mir gar etwas

vorgespielt haben, damit ich nicht mehr darauf bestand, dass sie bei mir bleibt? Zuzutrauen war dem Alten das. In dem Fall war es völlig gleichgültig, ob ich über meine Abenteuer berichten würde oder nicht. Was aber, wenn Mara wirklich in der Vergangenheit verschollen blieb, wenn ich meine Aufgabe nicht zu Ende brachte? Die Wächter des Leuchtturms hatten sie sicher gefangen genommen. Ich musste befürchten, dass sie meine Gefährtin mit dem Tode bestrafen würden. Nein. Es blieb mir nichts anderes übrig, als über die Weltwunder zu berichten. Ich hasste Antipatros für das, was er mir und Mara angetan hatte. Dennoch musste ich mich seinen Wünschen zunächst beugen.

»Ist wirklich alles in Ordnung«?, riss mich Anna aus meinen Gedanken.

»Ja. Es geht mir gut.« Obwohl mir noch immer etwas schwindelig war, gingen wir zu den anderen, die einen Kreis um Dimitri gezogen hatten und seinen Erklärungen zuhörten.

»Das Dionysos-Theater war die wichtigste Bühne Griechenlands«, sagte unser Führer. »Es gilt als Geburtsstätte des Theaters der griechischen Antike.«

Dimitri erzählte weiter von der Geschichte des Theaters, aber ich hörte nicht mehr hin. Zu viele Dinge schossen mir durch den Kopf. Es würde noch einen Moment dauern, bis ich mich wieder richtig in meiner Zeit zurechtfand.

Mit Tim und Anna, die beide nicht mehr von meiner Seite wichen und mich besorgt ansahen, ging ich am Ende der Gruppe und hoffte, dass die Führung bald zu Ende war. Dimitri stoppte am anderen Ende der Bühne und begann wieder, über die berühmten Dichter der Vergangenheit zu reden. Mike und Sandra klebten dem Griechen dabei regelrecht an den Lippen. Ich konnte es einfach nicht mehr ertragen.

»Hat auch Antipatros hier seine Werke vorgetragen?«, fragte ich.

»Was soll das jetzt wieder?«, fragte Sandra aufgebracht. »Kannst du nicht endlich einmal mit diesem Blödsinn aufhören und uns in Ruhe lassen. Du musst Dimitri ja nicht zuhören, wenn dich das alles hier nicht interessiert.«

»Antipatros gab es wirklich«, sagte ich und grinste meine Klassenkameradin an. »Ich habe nur eine Frage gestellt. Darf ich das etwa nicht?«

»Wer soll das denn gewesen sein?«, wollte Mike wissen.

»Es wundert mich, dass du den Namen nicht kennst«, sagte ich und musste mich zwingen, ernst zu bleiben. »Antipatros war ein berühmter griechischer Dichter. Er war es, der vor fast 2500 Jahren die Liste der sieben Weltwunder angefertigt hat.«

»Das denkst du dir doch gerade aus.«

»Nein, Mike«, sagte Hilde Klein. »Ralf hat recht.«

Anna und Tim sahen mich mit offenen Mündern an. Sandra rollte nur mit den Augen und schien mich immer noch nicht ernst zu nehmen.

Ich wollte mir die Gelegenheit nicht nehmen lassen, allen zu zeigen, dass Mike nicht so schlau war, wie er immer tat. Schließlich wollte Antipatros, dass ich über sein Erbe berichte. Genau damit konnte ich jetzt beginnen. »Kennst du die sieben Weltwunder überhaupt?«, fragte ich meinen altklugen Klassenkameraden deshalb.

»Natürlich«, antworte Mike.

Ein Blick in sein Gesicht reichte mir aber aus, um zu erkennen, wie unsicher er war. »Dann zähle sie auf.«

»Die Pyramiden, die Stadtmauern von Babylon und der

Koloss von Rhodos sind schon mal drei.«

»Die Stadtmauern gehörten nicht dazu«, sagte ich und grinste Mike an. Dann zählte ich ihm die Liste des Antipatros auf und gab kurze Erklärungen zu den einzelnen Positionen ab. Es bereitete mir großen Spaß, zu sehen, wie die Blicke meiner Freunde mit jedem Wunder, das ich nannte, ungläubiger wurden. Mike antwortete nicht mehr und stellte sich zwischen Dimitri und die wilde Hilde, die mich noch einen Moment lang sichtlich irritiert ansah.

»Lasst uns mit der Führung fortfahren«, sagte sie schließlich.

»Ist dir die Hitze nicht bekommen?«, fragte Tim.

»Warum?«

»Seit wann kennst du dich so gut in der Geschichte aus?«

»Das ist Zufall. Über die Weltwunder habe ich mal was gelesen.«

»Du hast gelesen? Freiwillig?«

»Ja. Was ist daran so ungewöhnlich?« Plötzlich ärgerte ich mich zu meinem eigenen Erstaunen über die Sprüche meines Freundes, die mir in der Vergangenheit nie etwas ausgemacht hatten.

Tim tippte sich mit dem Zeigefinger gegen die Stirn, sagte aber nichts mehr. Wir verließen das Theater und gingen zurück zum Parthenon.

»Schade, dass nicht mehr von der Akropolis erhalten blieb«, sagte ich, nachdem sich Dimitri von uns verabschiedet hatte.

»Was hast du da gerade gesagt?«

»Hast du etwas mit den Ohren, Tim?«

»Nein. Aber du scheinst wirklich zu lange in der Sonne gewesen zu sein. Vor einer halben Stunde wolltest du den Hügel noch sprengen.«

»Man wird seine Meinung ja wohl ändern dürfen«, entgegnete ich gereizt.
»Du spinnst doch.« Tim ließ mich stehen und marschierte in Richtung Bus. Anna zögerte einen Moment, folgte ihm dann aber.

In den folgenden Stunden ließen mich meine Klassenkameraden in Ruhe. Sie schienen sich sehr über meine Sinneswandlung zu wundern, aber das war mir in diesem Moment egal. Ich brauchte jetzt einfach Zeit, um meine Gefühle zu ordnen. Der Gedanke, Mara vielleicht niemals wieder zu sehen, war allgegenwärtig und bohrte sich wie ein Stachel in mein Herz.
Im Bus saß ich alleine. Die Gespräche meiner Klassenkameraden erschienen mir unwichtig und dumm. Dennoch tat mir mein Verhalten Tim gegenüber jetzt leid. Sicher dachte er, dass ich jetzt völlig den Verstand verloren hatte. Er konnte ja nicht wissen, was ich in den letzten Monaten alles erlebt und durchgemacht hatte. Ich nahm mir vor, mich am Abend bei ihm zu entschuldigen. Ich wollte nach Mara nicht auch noch meinen besten Freund verlieren.
Den Nachmittag verbrachte ich in unserem Zimmer. Frau Klein brauchte ich nicht erst lange davon zu überzeugen, dass es mir nicht gut ging. Schlafen konnte ich nicht und so lag ich einfach nur auf meinem Bett und starrte zur Decke. Was sollte ich tun? Würde sich Antipatros noch einmal bei mir melden? Gab es vielleicht doch noch die Chance, ihn davon zu überzeugen, dass Mara zu mir gehörte?

Ein Geräusch an der Tür riss mich aus den Gedanken und ich drehte mich um. »Hallo Tim«, begrüßte ich meinen Freund, der sich offensichtlich bemühte, leise zu sein.
»Hi. Geht es dir jetzt wieder besser?«
»Ja. Es tut mir leid wegen vorhin.«
»Ist schon in Ordnung.«
»Haben die anderen noch etwas gesagt.«
»Nicht viel«, sagte Tim. »Sie wundern sich über dein Verhalten, schieben es aber auf die Hitze. Gehst du denn mit zur Party?«
»Klar«, antwortete ich. Ich wollte es vor Tim nicht zugeben, hatte aber tatsächlich schon mit dem Gedanken gespielt, im Zimmer zu bleiben. Hier würde mir aber die Decke auf den Kopf fallen. Ich brauchte jetzt einfach ein bisschen Abwechslung. Auch wenn ich sicher eher zu den Langweilern unserer Klassenfete gehören würde.

»Warum verstellst du dich so?«, fragte mich Sandra am Abend. Ich saß etwas abseits von den anderen auf einer Bank. Die Musik, die aus den Boxen dröhnte, war mir zu laut und zum Tanzen verspürte ich keine Lust. Es überraschte mich, dass sich Sandra neben mich setzte. Ich konnte mich nicht erinnern, wann sie das letzte Mal ein Gespräch mit mir gesucht hatte. Wenn dies überhaupt jemals der Fall gewesen war.
»Wie meinst du das?«
»Du tust immer so, als interessierte dich die Geschichte nicht. Und doch weißt du so viel darüber.«
»Ich bin eben nicht so ein Streber wie Mike.«

»Was hast du gegen ihn?«
»Nichts Besonderes. Ich mag ihn einfach nicht.«
»Du bist heute anders als sonst.«
»Kann sein«, sagte ich. Große Lust, mich mit Sandra zu unterhalten, hatte ich nicht. Sicher. Gestern hätte ich mich noch darüber gefreut, dass sie überhaupt mit mir redete. Gestern war aber verdammt lang her. Je länger ich meinen Klassenkameraden beim Feiern zusah, desto weniger Lust verspürte ich, weiter auf der Fete zu bleiben. Ich vermisste Mara und konnte mir nicht vorstellen, dass ich sie wirklich nie mehr sehen würde. Ich stand auf und schaute in Richtung Ausgang. Dort stand Hilde Kern an der Tür und beobachtete ihre Schüler.
»Was ist los?«, fragte Sandra.
»Ich gehe hoch ins Zimmer.«
»Soll ich mitkommen?«
Ich sah das Mädchen überrascht an. Dann schüttelte ich den Kopf. Es war schon komisch, wie sie ihr Verhalten mir gegenüber änderte, nur weil ich einmal etwas besonders gut gewusst hatte. Sandra sah mich sichtlich irritiert an und schien darauf zu warten, dass ich irgendetwas sagte. Doch mir reichte es. Für diesen Abend hatte ich genug.
Ich verließ den Partyraum des Hotels und war froh, dass mich die wilde Hilde nicht aufhielt, um mir Fragen zu stellen. Auf dem Weg ins Zimmer begegnete mir niemand. Erleichtert schloss ich dir Tür und legte mich wieder auf mein Bett. Am liebsten wäre ich noch heute Abend nach Hause gefahren.

In den letzten drei Tagen unserer Klassenfahrt kapselte ich mich immer mehr von meinen Mitschülern ab. Der Schmerz, Mara verloren zu haben, wuchs ständig an. Zunächst fragten Tim und Anna mich ständig, was mit mir los sei. Dann ließen sie mir aber zunehmend meine Ruhe und beschäftigten sich zu zweit. Sandra würdigte mich keines Blickes mehr. So setzte ich mich die meiste Zeit mit den Abenteuern auseinander, die ich in den letzten Monaten erlebt hatte.

Nichts war mehr so, wie vor meiner Reise in die Vergangenheit. Meine Einstellung zu vielen Dingen hatte sich grundlegend geändert. Es würde dauern, bis ich mich an mein neues Leben gewöhnt hatte.

Endlich kam der Tag unserer Heimfahrt. Ich konnte es nicht abwarten, nach Hause zu kommen. Dort würde ich mich dann in meinem Zimmer mit der Vergangenheit beschäftigen. Es interessierte mich sehr, was in der heutigen Zeit über die Weltwunder bekannt war. Dann würde ich meine Abenteuer aufschreiben. Es war mir egal, ob Antipatros zum Olymp auffuhr oder nicht. Ich wollte lediglich verhindern, dass Mara in der Vergangenheit verschollen blieb.

Tims Eltern setzten mich zu Hause ab, weil mein Vater und meine Mutter über das Wochenende verreist waren. Ich hatte also meine Ruhe.

Ich schloss die Haustür auf und ging direkt in mein Zimmer. Schweigend sah ich mich in meinem kleinen Reich um. Die leise Hoffnung, Mara würde mich hier erwarten, erfüllte sich nicht. Ich legte mich auf mein Bett und schloss die Augen. Sofort sah ich vor mir das Bild der schönen Griechin und spürte einen Kloß in meinem Hals. Ich würde Mara niemals vergessen.

Am nächsten Tag suchte ich mir im Internet alles zusammen, was ich über die sieben Weltwunder finden konnte. Viel war es nicht. Es gab weit weniger Material zum Thema, als ich gedacht hätte. Antipatros schien recht zu haben. Sein Erbe geriet tatsächlich langsam in Vergessenheit.

Was ich über die Vergangenheit las, stand zum Teil im Widerspruch zueinander. In einigen Punkten waren sich die Gelehrten selbst nicht einig. Dennoch war es interessant zu sehen, was in der heutigen Zeit über die antiken Bauwerke berichtet wurde. Nicht alles deckte sich mit meinen Erlebnissen.

Am Abend kamen meine Eltern nach Hause. Ich war gespannt, wie mein Vater auf meinen Sinneswandel reagieren würde. In meinem bisherigen Leben hatte ich seine Begeisterung für moderne Architektur geteilt und überall auf der Welt Gebäude mit ihm angeschaut. Während meiner langen Reise durch die Vergangenheit hatte ich aber die Baukunst der Antike zu schätzen gelernt und meine Meinung grundlegend geändert. Ich war sehr gespannt auf unser erstes Gespräch.

»Wie war die Klassenfahrt?«, fragte mein Vater beim Abendessen.

»Es war schön, aber ich war auch froh, als wir gestern wieder hier zu Hause ankamen«, antwortete ich.

»Hat dir Athen nicht gefallen?«

»Doch. Besonders die Akropolis.«

»Wirklich?«

Meine Eltern sahen mich gleichermaßen überrascht an. Vor der Fahrt hatte ich beiden noch erzählt, dass ich mir die alten Ruinen nicht freiwillig anschauen wollte. Jetzt schwärmte ich davon.

»Ja«, beantwortete ich die Frage meines Vaters. »Schade, dass nicht mehr von der Anlage erhalten blieb.«

»Was habt ihr denn sonst noch unternommen?«, fragte meine Mutter.

»Wir waren die meiste Zeit am Strand.«

»Bist du endlich an Sandra herangekommen?«

Ich ärgerte mich über das Grinsen, das sich nach der Bemerkung meines Vaters in dessen Gesicht schob. Auch wenn ich mit ihm bisher immer über alles reden konnte, wollte ich darüber jetzt auf keinen Fall mit ihm sprechen. Ich dachte an Mara, die wahrscheinlich immer noch in Alexandria festsaß und sicher in den Kerker geworfen worden war. Ich musste sie retten und verhindern, dass sie in der Vergangenheit ihr Leben verlor. »Es gibt auch noch andere hübsche Mädchen«, sagte ich, stand auf und ging die Treppe hinauf in mein Zimmer.

Es dauerte keine fünf Minuten, bis mein Vater an meine Tür klopfte.

»Wenn ich dich verärgert habe, tut mir das leid«, sagte er, als ich ihm öffnete.

»Es ist schon in Ordnung«, antwortete ich.

»Was machst du hier?«

»Wie meinst du das?«

»Was sollen all diese Bilder?« Mein Vater deutete auf die Bilder der Pyramiden, die auf meinem Schreibtisch verteilt lagen. »Habt ihr über das Wochenende noch eine Hausaufgabe bekommen?«

»Nein«, sagte ich. »Ich interessiere mich für die sieben Weltwunder und will eine Geschichte darüber schreiben.«

»Du willst eine Geschichte schreiben? Freiwillig?«

»Wieso denn nicht?« Ich ärgerte mich über meinen Vater. Er reagierte, wie Tim es vor ein paar Tagen getan hatte. Offensichtlich traute mir kein Mensch auch nur das kleinste bisschen Kultur zu.

»Da steckt doch sicher ein Mädchen dahinter«, sagte mein Vater grinsend. »Die Mühe lohnt nicht. Wenn du sie anders nicht überzeugen kannst, such dir eine andere.«

»Du hast ja gar keine Ahnung!«, schrie ich meinen Vater an, der, sichtlich irritiert, ein paar Schritte zurückwich. Im gleichen Moment taten mir meine Worte leid. Er konnte ja nicht wissen, was ich in den letzten Monaten mitgemacht hatte und würde es mir auch nicht glauben, wenn ich es ihm erzählte. »Ich will einen Roman schreiben und hatte gehofft, dass du mich dabei unterstützt.«

»Wie meinst du das?«

»Du hast mir doch von deinem Freund erzählt, der Chef eines Verlagshauses ist. Du musst ihm sagen, dass er mein Buch veröffentlichen soll.«

»Das kann nicht dein Ernst sein. Selbst wenn es dir gelingt, ein paar Seiten zu schreiben und daran glaube ich schon nicht, dann wird daraus noch lange kein Buch werden. Ich weiß nicht, wer oder was dir in Athen den Kopf verdreht hat, aber du solltest diesen Unsinn schnell wieder vergessen.«

Ich antwortete meinem Vater nicht und wartete, bis er mein Zimmer verließ, dann legte ich mich auf mein Bett und verschränkte die Arme unter meinem Kopf. Ich dachte an Mara und betete, dass es mir gelang, sie zu retten. Meine Hoffnung, dass mir Antipatros nach meiner Rückkehr noch ein Zeichen geben würde, hatte sich nicht erfüllt. Die Ungewissheit, ob meine Freundin überhaupt noch am Leben war, machte mich fast wahnsinnig. Ich musste dieses Buch schreiben. So schnell wie möglich. Wenn mich mein Vater nicht unterstützen wollte, musste ich eben einen anderen Weg finden, die Geschichte zu veröffentlichen.

Als ich am nächsten Tag von der Schule nach Hause kam, begann ich damit, meine Abenteuer aufzuschreiben. Zunächst tat ich mich schwer. Der Gedanke an Mara spornte mich aber immer wieder an, wenn ich kurz vor dem Aufgeben stand. Seite für Seite klappte es schließlich besser. Ich nutzte jede freie Minute, um meine Erlebnisse zu Papier zu bringen, und es dauerte nicht einmal drei Monate, bis ich mit der ersten Version meines Romans fertig war. Mit meinem Vater sprach ich nicht mehr über das Thema, bemerkte aber, wie er mich stirnrunzelnd ansah, wenn er mich in meinem Zimmer besuchte. Meine Mutter hielt sich aus diesem Streit heraus, warf mir aber immer wieder besorgte Blicke zu.
Ohne die Hilfe meines Vaters gestaltete sich die Verlagssuche wesentlich schwieriger, als ich erwartet hatte. Die Absagen stapelten sich auf meinem Schreibtisch und meine Verzweiflung wuchs mit jedem Tag. Wie sollte ich Mara retten, wenn ich niemanden für mein Buch begeistern konnte?
»Ich habe gestern Mittag mit Sven gesprochen«, sagte mein Vater eines Morgens beim Frühstück.
Ich konnte mir gut vorstellen, was als Nächstes kam. Ich hatte schon viel früher damit gerechnet, dass sich mein Leichtathletiktrainer bei meinen Eltern beschwerte.

»Er sagt, dass du seit Monaten nicht mehr beim Training warst und immer andere Ausreden dafür hast«, fuhr mein Vater fort.

»Mir ist im Moment nicht nach Sport.«

»Aber warum nicht?«, schaltete sich meine Mutter ein. »Du bist nur noch in deinem Zimmer und sitzt am Computer. So kenne ich dich nicht.«

»Du bist in der Mannschaft einer der besten. Du kannst Sven nicht einfach so im Stich lassen«, sagte mein Vater.

»Ich kann es aber nicht ändern«, antwortete ich. Ich verstand ja, dass sich meine Eltern Sorgen machten. Was sollte ich aber tun? Die Wahrheit würden sie mir nicht glauben. Im Moment gab es für mich nichts Wichtigeres, als den Versuch, Mara zu retten. Egal wie dünn der Strohhalm auch war, an den ich mich klammerte. Ich hatte die Hoffnung, meine Freundin aus der Vergangenheit wiederzusehen, noch nicht aufgegeben.

»Was fehlt dir, Ralf?«, fragte meine Mutter weiter.

»Nichts. Mir steht einfach nicht der Sinn nach Training. Zwingt mich nicht dazu.«

»Das hat keiner vor«, sagte mein Vater. »Ist es wegen deiner Geschichte?«

»Ja.«

»Es scheint dir sehr ernst damit zu sein.«

»Mehr als das. Ich muss dieses Buch fertig bekommen.«

»Du musst?« Mein Vater sah mich irritiert an.

»Ich kann es dir nicht genauer erklären. Aber ich muss es tatsächlich«, sagte ich traurig. Ein Blick auf die Uhr zeigte mir, dass ich mich jetzt beeilen musste, wenn ich nicht zu spät zur Schule kommen wollte. Ich stand auf, nahm meine Tasche, verabschiedete mich von meinen

Eltern und verließ das Haus. Sie würden sicher noch eine Weile über mich sprechen, bevor auch mein Vater zur Arbeit musste. Mein Verhältnis zu ihnen wurde von Woche zu Woche schlechter.

Am Abend kam mein Vater in mein Zimmer. Diesmal nahm er sich die Zeit, sich die Bilder näher anzuschauen. Mittlerweile waren es eine ganze Menge mehr und alle Weltwunder waren darauf abgebildet.
»Wie weit bist du denn mit der Geschichte?«
»Ich habe fast 500 Seiten. Das Manuskript ist fertig, aber bisher habe ich leider keinen Verlag gefunden. Deinem Freund habe ich es noch nicht geschickt.«
»Das werde ich tun.«
»Was?«
»Maile mir die Datei zur Arbeit. Ich werde mit Peter sprechen und ihm das Manuskript schicken.
Sprachlos sah ich meinen Vater an. Heute Morgen hatte ich noch das Gefühl, dass wir uns immer weiter voneinander entfernten. Jetzt half er mir.
Nicht einmal ein halbes Jahr, nachdem ich aus der Vergangenheit zurückgekehrt war, hielt ich das fertige Buch in den Händen.
Kurze Zeit nach seinem Erscheinen bekam ich die Gelegenheit, in der Stadtbibliothek daraus vorzulesen. Schon als ich am Tag der Veranstaltung morgens aufstand, spürte ich die Aufregung. Ich war gespannt, ob überhaupt jemand kommen würde, um sich Auszüge aus meinem Buch anzuhören. Ich konnte den ganzen Tag nichts essen. Meine Eltern redeten mir gut zu und versicherten mir, wie stolz sie auf mich waren, aber ich konnte mich nicht beruhigen. Als ich den großen

Lesesaal der Bibliothek betrat, spürte ich wie meine Hände feucht wurden. Der Raum war bis auf den letzten Platz besetzt. Mindestens fünfzig Zuhörer warteten darauf, dass ich endlich mit meinem Vortrag begann.
Der Leiter der Bibliothek sprach noch ein paar einführende Worte, dann war ich an der Reihe. Ich räusperte mich kurz und begann. Zunächst war ich so aufgeregt, dass ich Angst davor hatte, keinen Ton herauszubringen. Aber mit jedem Wort, das über meine Lippen kam, ging es besser. Als ich während der Lesung ins Publikum schaute, glaubte ich plötzlich Mara dort sitzen zu sehen. Für einen Moment geriet ich ins Stocken und blickte schnell in das Buch, damit ich weitersprechen konnte. Beim nächsten Absatz machte ich eine Pause und sah wieder zu den Zuhörern. Der Platz, auf dem ich gerade noch Mara zu sehen glaubte, war leer. Löste etwa der Wunsch, meine Freundin endlich wiederzusehen, in mir schon Halluzinationen aus? Mit den Augen wanderte ich durchs Publikum, konnte aber außer den Gesichtern meiner Eltern keine Bekannten erkennen. Nach kurzem Zögern las ich weiter.
Als ich nach etwa einer halben Stunde aufhörte zu lesen, klatschten die Zuhörer begeistert Beifall. Der Leiter der Bibliothek verkündete, dass nun noch die Möglichkeit bestand Fragen an den Autor zu stellen. Sofort wurde ich umringt. Nacheinander legten mir ein paar der Gäste ihr gerade erworbenes Exemplar meines Romans zum Signieren vor.
»Tolles Buch!«, hörte ich plötzlich eine mir sehr gut bekannte Stimme hinter mir. »Klingt fast so, als hätten Sie das alles wirklich erlebt.«
Langsam drehte ich mich um. Die Angst, mich zu irren, drohte mir die Kehle zuzuschnüren. Endlich sah ich in

das Gesicht, das ich so sehr liebte und schon so lange vermisste.

»Mara?«, stammelte ich. Zu viele Gedanken und Gefühle strömten auf mich ein. Ich war nicht in der Lage, einen vernünftigen Satz zu sprechen, und starrte die junge Frau vor mir einfach nur an. Dann fielen wir uns in die Arme.

ENDE

Hilmer – Der Lemming, der nicht sterben wollte

Titel: Hilmer – Der Lemming, der nicht sterben wollte

Autor: Jörg Olbrich
ISBN: 9783735784506
Verlag: BoD
Preis: 7,99 €
Art: Taschenbuch

Selbstmord war für das Volk der Lemminge das Normalste von der Welt. Bis Hilmer kam!

Seit vielen Generationen ist es eine heilige Pflicht für alle Lemminge, sich mit Vollendung des 15 Lebensmonats von den Klippen des Todesfelsen in die Tiefe zu stürzen. So schafft es das Volk von König Helmut seine Bevölkerungszahlen konstant zu halten. Einst war es der Prophet Wonibalt, der als erster eine Gruppe von Lemmingen zum Todesfelsen geführt hatte. Seit diesem Tag ist es für jedes Mitglied dieser Rasse eine Ehre, dem Propheten ins gelobte Land zu folgen. So ist es Brauch. So ist es Sitte. Bisher hat dagegen auch nie ein Lemming protestiert.

Außer Hilmer!